时代记忆文丛

李有才板话

赵树理小说选

赵树理 著　　赵二湖 选编

青海人民出版社

图书在版编目（C I P）数据

李有才板话：赵树理小说选 / 赵树理著；赵二湖选编. -- 西宁：青海人民出版社，2020.1
（时代记忆文丛）
ISBN 978-7-225-05841-2

Ⅰ. ①李… Ⅱ. ①赵… ②赵… Ⅲ. ①小说集—中国—当代 Ⅳ. ① I247

中国版本图书馆 CIP 数据核字 (2019) 第 215615 号

时代记忆文丛

李有才板话

——赵树理小说选

赵树理 著

赵二湖 选编

出 版 人 樊原成
出版发行 青海人民出版社有限责任公司
西宁市五四西路 71 号 邮政编码：810023 电话：（0971）6143426（总编室）
发行热线 （0971）6143516 / 6137730
网 址 http://www.qhrmcbs.com
印 刷 陕西龙山海天艺术印务有限公司
经 销 新华书店
开 本 890 mm × 1240 mm 1/32
印 张 11
字 数 260 千
版 次 2020 年 1 月第 1 版 2020 年 1 月第 1 次印刷
书 号 ISBN 978-7-225-05841-2
定 价 64.00 元

总　序

“人民文学”的传统在当代

李云雷

20 世纪中国最重要的事件是中国革命和改革开放，中国革命的胜利使中国彻底摆脱了半封建半殖民社会，获得了民族独立，“中国人民从此站起来了”；改革开放的成功则让中国走出了一穷二白的状态，奠定了民族复兴的基础。在 21 世纪的今天，我们正走在中华民族伟大复兴的征程上，当回望 20 世纪的时候，我们应该感激与铭记中国革命与改革开放，或许我们身在其中并不觉得有什么特别，但是放眼世界我们就会发现，并不是所有国家的革命都能够获得胜利，在 20 世纪末仍大体保持着 19 世纪末古老帝国版图的，只有中国；也并不是所有国家都能够进行改革开放，都能够取得改革开放的成功，或者说能够顺利推进改革开放并使国势国运日趋向上的，也只有中国。中国革命和改革开放是 20 世纪中国最重要的遗产，也是我们在 21 世纪不断开拓进取、实现民族复兴最重要的根基。

“人民文学”是在中国革命的进程中产生，并对中国革命、建设、改革产生重要影响的文学。在这里,我们所说的“人民文学”是一种泛指，在不同的历史时期曾被称为“革命文学”“解放区文学”“十七年文学”等，又在不同的理论视域中被命名为“左翼文学”“社会主义文学”“红色文学”等，“人民文学”的概念既是对上述各种称谓的通约性表达，也是在新的历史语境中的一种通俗性表达。“人民文学”与 20 世纪中国革命紧紧联系在一起，既是 20 世纪中国革命组织、动员的一种方式，也是其在文化上的一种表达。“人民文学”的重要性体现在它在转变观念、凝聚情感、社会动员与组织，以及寓教于乐等方面所发挥的作用。在 1940—1970 年代，中国内忧外患不断，生产力低下，群众的识字率较低、知识文化水平贫乏、娱乐方式简单，“人民文学”在那时起到了独特而重要的作用。作为一种文化政治传统，“人民文学”伴随 20 世纪中国革命以及建国后的社会主义建设实践而逐渐生成，并以不同方式在改革开放的历史语境中延续和变迁，它直接参与和内在于现代中国的进程，发挥着独特的革命文化能量，进而建构了新的社会主义文化经验和价值传统。

“人民文学”在 1940—1970 年代的中国文学界曾占据主流，但在改革开放的历史新时期，对“人民文学”的评价却发生了分歧与分裂，其中既有 20 世纪 80 年代、90 年代和 21 世纪初等不同时期的差异，也有国家、文学界、知识界等不同层面的差异，以下我们对这些分歧简单做一下勾勒，并对“人民文学”在新时代的状况做出分析。

在 20 世纪 80 年代，伴随着对“文革文学”的批判与反思，中国文学进入了一个繁荣发展的新时期，文学思潮层出不穷，从“伤痕文学”“反思文学”到“改革文学”“知青文学”，再到“寻根文学”“先锋文学”，获得解放的文学释放出无穷的活力。在政治层面，中国进入了一个思想解放的时期，文艺政策也从“为政治服务”调整为“为人民服务，为社会主义服务”。在知识界，则发生了一场声势浩大的新启蒙运动。文学上的种种变化，被后来的文学史家概括为从“一体化到多元化”的转变，所谓“一体化”是指“人民文学”从1940年代到1970年代逐渐占据主流、成为主体，并趋于激进化的过程，而“多元化”则是指“一体化”因“文革文艺”的泡沫化而终止，逐渐走向开放、多元的过程。在这一历史时期，曾被激进的“文革文艺”压抑的其他文艺派别获得了重新评价，这些文艺派别既包括左翼文学内部的周扬、冯雪峰、胡风等人的文艺理论，丁玲、赵树理、孙犁、路翎等人的小说，也包括左翼文学之外的其他派别，比如自由主义文学、新月派、京派文学，等等，但在80年代，所谓“多元化”仍有其边界，大致限于“新文学”的范围之内，但这要到时代的进一步发展之后才能为我们知悉。1980年代的文学大致以1985年为界，呈现出迥然不同的样貌，在1985年之前，左翼文学与现实主义仍然占据主流，而在1985年之后，先锋文学与现代主义蔚然成风，逐渐占据了文学界的主流，而这则伴随着文学评价标准的重大变化，那就是从革命化到现代化、从人民文学到精英文学的转变。在这一过程中，以“重写文学史”的兴起为标志，对“人民文学”的评价逐渐走低，以“写什么和怎么写”的讨论为中心，对现实主义作品的评价也逐渐走低，或许在一个渴望转变与新异的时代，这样的变化也是难免的，要等到一个新的时代，我们才能对之进行客观冷静的评价。

在1990年代，市场化大潮席卷而来，文学界与知识界也产生了分化与争论，1993年、1994年发生的“人文精神大讨论”突显了作家与知识分子面对市场大潮的分歧，一些作家与知识分子热烈拥抱市场化与世俗化大潮，而另一些作家与知识分子则在市场大潮中坚守道德理想，或者坚守个人的岗位意识。与此同时，大众文化迅速崛起，影视与流行音乐逐渐占据了文化领域的中心位置，文学的位置开始边缘化。在文学界内部，伴随着金庸、琼瑶等通俗小说的流行，以前备受“新文学”压抑的通俗文学获得了重新评价的机会,从鸳鸯蝴蝶派到张恨水，从还珠楼主到港台新武侠，都获得了前所未有的关注。“多元化”的发展突破了“新文学”的界限，而逐渐开始向通俗文学、流行文学开放，文学评价的标准也逐渐向是否能够畅销，是否能够获得市场与读者的认可转移。在这样的潮流中,“新文学”的传统趋于边缘化,“人民文学”则处于边缘的边缘。但是在知识界，也出现了重新评价左翼文学的“再解读”思潮，他们从现代化、现代性的视角重新审视左翼文学的经典作品，对之做出了与革命史视野不同的阐释，不过这种解读更多借助于西方的“市民社会”“公共空间”等理论资源，其中不乏深刻的洞见，但也有失之凿枘不合之处。发生在 1997 年、1998 年的“新左派与自由主义论争”，显示了 80 年代新启蒙知识分子的分裂，他们在如何认识中国、如何评价中国革命、如何看待中国与世界等诸多问题上产生了深刻分歧，自由主义者更认可西方的普世价值与世界体系，但是新左派借助于新的理论资源，更认可中国道路的主体性与独特性。这一论争是 20 世纪最后一场思想论争，也是迄今为止影响最大的思想争鸣,这一论争主要发生于人文领域,其中很少看到文学知识分子的身影。但这一论争涉及对中国革命与红色经典的评价问题，也为人们重新认识红色文学打开了新的视野。

在 21 世纪最初 10 年,市场化大潮与大众文化的深刻影响仍在持续，但是在文学界内部，又出现了新的因素，那就是网络文学的迅速崛起，网络文学借助新的媒体形式，形成了一种新的文学生产、传播与接受方式，也形成了一种新的文学观念与文学模式。在观念上，网络文学打破了“新文学”以来的文学内涵，“新文学”将文学视为一种严肃的精神或艺术上的事业，无论是左翼文学、自由主义文学、“为艺术而艺术”，还是“改革文学”“先锋文学”“寻根文学”，中国现当代文学史上彼此相异与争论的诸多文学思潮，其实都分享着这样共同的文学观念，但是网络文学的出现却改变了这一共识，网络文学重视的是文学的消遣、娱乐、游戏功能，并将之推向了极致，而不再注重文学的教化、启迪、审美等功能，这极大地改变了文学的定位与整体格局。网络文学的盛行催生了穿越、玄幻、盗墓等不同的类型文学，并逐渐形成了一整套成熟的商业模式。与此同时，在更加市场化的环境中，通俗文学占据了越来越多的市场份额，“新文学”与“人民文学”的传统被进一步边缘化，主流文学界只有依靠体制的力量——作协、期刊、出版社——才能够生存下来。在这种情形之下，“底层文学”作为一种新的文艺思潮兴起，对 80 年代以来日趋僵化的“纯文学”及其体制进行了批判与超越，在文学界与社会各界引起了广泛关注。有论者将“底层文学”与“人民文学”的传统联系起来，但围绕这一议题也发生了分歧与争论，纯文学论者竭力贬低底层文学与“人民文学”的传统，但更年轻的一代研究者对之则持更为积极的态度。在文学研究界同样如此，新世纪以来，“左翼文学”“延安文艺”“十七年文学”逐渐成为文学界关注与阐释的热点问题，更年轻的学者倾向于从肯定的视角重新阐释“人民文学”及其经典作家作品，但他们的努力常被主流文学界视为异端与另类。

在 21 世纪第二个 10 年之初，市场化与大众文化进一步发展，网络文学及其商业模式则更趋于成熟，逐渐形成了“三分天下”的整体文学格局，即纯文学（严肃文学）、畅销书、网络文学三者各据一隅，纯文学（严肃文学）以期刊、作协、评奖为中心，畅销书以出版社与经济效益为中心，网络文学以点击率与IP改编为中心，各自形成了一套相对独立的文学运转与评价体系。但在2014年，这一整体格局开始发生转变。2014年及其之后，习近平总书记发表《在文艺座谈会上的讲话》等一系列关于文艺问题的重要论述，这是继毛泽东《在延安文艺座谈会上的讲话》之后，我党最高领导人首次系统阐释对文艺问题的观点，讲话所提出的“坚持以人民为中心的创作导向”“文艺不要做市场的奴隶”“创作是自己的中心任务,作品是自己的立身之本”等观点，继承了我党“文艺为人民服务，为社会主义服务”的优秀传统，又对文艺界出现的新问题、新现象、新经验做出了分析与判断，为新时代文艺的发展指明了方向，已经改变了并将继续改变文学界的整体格局。

改变之一，是“人民文学”的传统得到弘扬。自20世纪80年代中期以来，“人民文学”传统先后遭遇“先锋文学”、通俗文学、网络文学等巨大变革的挑战，日渐趋于边缘化，虽曾以“底层文学”的名义短暂复兴，而并没有得到主流文学界的认可，但“以人民为中心的创作导向”提出之后，极大地扭转了文学界的整体状况，“人民文学”传统受到重视，红色文学的经典作品也得到重新阐释与更大范围的认可。

改变之二，是“新文学”的观念得以传承。中国的“新文学”虽然有内部不同派别的论争以及不同历史时期的巨大断裂，但却都将文学视为一种精神或艺术上的事业，这一点与通俗文学、类型文学注重消遣娱乐有着本质的不同，习近平总书记系列讲话中将作家艺术家视为“灵魂的工程师”，将文艺视为中华民族伟大复兴进程中的重要力量，指出“文艺是时代前进的号角，最能代表一个时代的风貌，最能引领一个时代的风气”，在这一基点上鼓励探索与创新，这是对新文学观念与传统的认可、尊重与倡导。

改变之三，是“三分天下”的格局得以改观。“三分天下”是各自形成了一套相对独立的文学运转与评价系统，但习近平总书记系列讲话是对文艺界整体讲的，也是对文学界整体讲的，不仅包括纯文学（严肃文学）界，也包括通俗文学、网络文学等领域，目前通俗文学、网络文学领域已经发生了巨大的变化，比如官场小说的转型、科幻小说的兴起，以及网络小说更加关注现实题材，更加注重现实主义等，“三分天下”的格局有望在相互竞争与争鸣中形成一种新的、开放而又统一的评价体系。

但是从另一个角度来说，现在的改变仍然只是初步的，一个突出的表现是《创业史》等人民文学的经典作品虽然得到了国家与政治层面的推崇，也得到了知识界愈发深入的研究，但是在主流文学界并没有内化为重要的写作资源与参照，很多作家心目中的理想作品仍然是中国古典、俄苏19世纪批判现实主义以及欧美20世纪现代派作品，并未真正将“人民文学”作为自己可资借鉴的重要传统；另一个突出表现是习近平总书记《在文艺座谈会上的讲话》发表已经5年，但并没有真正出现“以人民为中心的创作导向”的经典作品，现有的艺术性较高的优秀作品并没有坚持以人民为中心的创作导向，而有些试图坚持以人民为中心的创作导向的作品则在思想性、艺术性上存在不少缺憾，并没有达到更高层次上的融合与统一。这似乎也很难归咎于作家努力得不够，一个人思想观念的转变是艰难的，而新时期以来“人民文学”及其传统的不断边缘化，红色文学被贬低几乎成为文学界的集体无意识，要转变这样的观念，需要我们做出更加艰苦的努力。

在今天，我们需要在新的时代背景下重新认识“人民文学”的合理性与历史经验，重新梳理新中国前三十年与后四十年文学的关系，重新理解文学与人民、时代、生活的关系，面对 21 世纪正在渐次展开的历史，我们应该从“人民文学”中汲取理想主义等稀缺性精神资源，从而创造中国文学新的未来。

在这种情况下，青海人民出版社编辑出版的《时代记忆文丛》显示了历史性与前瞻性的眼光，将对重新认识和发掘“人民文学”的精神资源，传承“人民文学”的优秀传统产生重要影响。此套丛书邀请前沿学者或熟谙作品的作者子女选编人民文学代表作家的代表作品，选编丁玲、贺敬之、郭小川、李季、艾青、臧克家、赵树理、孙犁、田间、李若冰等经典作家。每种选编作品前置有一篇序言，系统介绍作家生平、创作，梳理关于他们的研究史与评价史，既有历史与文学价值，也具有新时代的眼光与视野，可以让我们看到这些文学前辈是如何在与时代、人民、生活的融合中进行艺术创作的，他们的经验值得我们借鉴，他们的作品值得我们学习。新时代的中国作家只有自觉地继承“人民文学”的传统，才能在“坚持以人民为中心的创作导向”中大有作为，我们期待这套丛书能够为新时代作家的艺术创作提供可资借鉴的资源，也期待这套丛书能受到广大读者的喜爱与欢迎。

2019 年 10 月 28 日

代　序

谈赵树理

孙犁

山西自古以来，就是多才多艺之乡。在八年抗日战争期间，作为敌后的著名抗日根据地，在炮火烽烟中，绽放了一枝奇异的花，就是赵树理的小说创作。

赵树理的小说，以其故事的通俗性，人物性格的鲜明，特别是语言的地方色彩，引起了各个抗日根据地军民的注意。他的几种作品，不胫而走，油印、石印、铅印，很快传播。

抗日战争刚刚结束，我在冀中区读到了他的小说:《小二黑结婚》《李有才板话》和《李家庄的变迁》。

我当即感到，他的小说，突破了前此一直很难解决的，文学大众化的难关。

在他以前，所有文学作者，无不注意通俗传远的问题。“五四”白话文学的革命，是破天荒地向大众化的一次进军。几经转战，进展好像并不太大，文学作品虽然白话了，仍然局限在少数读者的范围里。理论上的不断探讨，好像并不能完全解决大众化的实践问题。

文学作品能不能通俗传远，作家的主观愿望固然是一种动力，但是其他方面的条件，也很重要。多方面的条件具备了，才能实现大众化，主要是现实生活和现实斗争的需要，政治的需要。在这两项条件之外，作家的思想锻炼、生活经历、艺术修养和写作才能，都是缺一不可的必要条件。

我曾默默地巡视了一下赵树理的学习、生活和创作的道路。因为和他并不那么熟悉，有些只是以一个同时代人的猜测去进行的。

据王中青的一篇回忆记载：一九二六年赵树理“在长治县山西省立第四师范学校念书。他平易近人，说话幽默，是一个很有风趣的人。他勤奋好学，博览群书，向当时上海左翼作家的作品学习，向民间传统艺术学习。他那时就可谓是一位博学多识，多才多艺的青年文艺作者”。

这段回忆出自赵树理的幼年同学，后来的战友，当然是非常可信的。其中提到的许多史实，都对赵树理以后的创作，有直接的关系。但是，即使赵树理当时已具备这些特点，如果没有遇到抗日战争，没有能与这一伟大历史环境相结合，那么他的前途，他的创作，还是很难预料的。

在学校，他还是一个文艺爱好者，毕业以后，按照当时一般的规律，他可以沉没乡塾，也可以老死户牖。即使他才情卓异，能在文学上有所攀登，可以断言，在创作上的收获，也不会达到我们现在所能看到的高度。

创作上的真正通俗化，真正为劳苦大众所喜见乐闻，并不取决于文学形式上。如果只是那样，这一问题，早已解决了。也不单单取决于文学的题材。如果只是写什么的问题，那也很早就解决了。它也不取决于对文学艺术的见解，所学习的资料。在当时有见识，有修养的人才多得很，但并没有出现赵树理型的小说。

这一作家的陡然兴起，是应大时代的需要产生的，是应运而生，时势造英雄。

当赵树理带着一支破笔，几张破纸，走进抗日的雄伟行列时，他并不是一名作家。他同那些刚放下锄头，参加抗日的广大农民一样，并没有觉得自己有任何特异的地方。他觉得自己能为民族解放献出的，除去应该做的工作，就还有这一支笔。

他是大江巨河中的一支细流，大江推动了细流，汹涌前去。

他的思想，他的所恨所爱，他的希望，只能存在于这一巨流之中，没有任何分散或格格不入之处。

他同身边的战士，周围的群众，休戚与共，亲密无间。

他要写的人物，就在他的眼前，他要讲的故事，就在本街本巷。他要宣传、鼓动，就必须用战士和群众的语言，用他们熟悉的形式，用他们的感情和思想。而这些东西，就在赵树理的头脑里，就在他的笔下。

如果不是这样，作家是不会如此得心应手，唱出了时代要求的歌。

正当一位文艺青年需要用武之地的时候，他遇到了最广大的场所，最丰富的营养，最有利的条件。

是的，每个时代都有它自己的歌手。但是，歌手的时代，有时要成为过去。这一条规律，在中国文学史上，特别显著。

随着抗日战争的胜利，土地改革的胜利，解放战争的胜利，随着全国解放的胜利锣鼓，赵树理离开乡村，进了城市。

全国胜利，是天大的喜事。但对于一个作家来说，问题就不这样简单了。

从山西来到北京，对赵树理来说，就是离开了原来培养他的土壤，被移置到了另一处地方，另一种气候、环境和土壤里。对于花木，柳宗元说“其土欲故”。

他的读者群也变了，不再完全是他的战斗伙伴。

这里对他表示了极大的推崇和尊敬，他被展览在这新解放的，急剧变化的，人物复杂的大城市里。

不管赵树理如何恬淡超脱，在这个经常遇到毁誉交于前，荣辱战于心的新的环境里，他有些不适应。就如同从山地和旷野移到城市来的一些花树，它们当年开放的花朵，颜色就有些暗淡了下来。

政治斗争的形势，也有变化。上层建筑领域，进入了多事之秋，不少人跌落下来。作家是脆弱的，也是敏感的。他兢兢业业，唯恐有什么过失，引来大的灾难。

渐渐也有人对赵树理的作品提出异议。这些批评者，不用现实生活去要求、检验作品，只是用几条杆棒去要求、检验作品。他们主观唯心地反对作家写生活中所有，写他们所知，而责令他们写生活中所无或他们所不知。于是故事越来越假，人物越来越空。他们批评赵树理写的多是落后人物或中间人物。吹捧者欲之升天，批评者欲之入地。对赵树理个人来说，升天入地都不可能。他所实践的现实主义传统，只要求作家创造典型的形象，并不要求写出“高大”的形象。他想起了在抗日根据地工作时，那种无忧无虑，轻松愉快的战斗心情。他经常回到山西，去探望那里的人们。

他的创作迟缓了，拘束了，严密了，慎重了。因此，就多少失去了当年的青春泼辣的力量。

很长时期，他专心致志地去弄说唱文学。赵树理从农村长大，他对于民间艺术是非常爱好,也非常精通的。他根据田间的长诗《赶车传》，改编的《石不烂赶车》鼓词，令人看出，他不只对赶车生活知识丰富，对鼓词这一形式，也运用自如。这是赵树理一篇得意的作品。

这一时期，赵树理对于民间文艺形式，热爱到了近于偏执的程度。对于“五四”以后发展起来的各种新的文学形式，他好像有比一比看的想法。这是不必要的。民间形式，只是文学众多形式的一个方面。它是因为长期封建落后，致使我国广大农民，文化不能提高，对城市知识界相对而言的。任何形式都不具有先天的优越性,也不是一成不变，而是要逐步发展，要和其他形式互相吸收、互相推动的。

流传民间的通俗文艺,也型类不一,神形各异。文艺固然应该通俗，但通俗者不一定皆得成为文艺。赵树理中后期的小说，读者一眼看出，渊源于宋人话本及后来的拟话本。作者对形式好像越来越执着，其表现特点为:故事行进缓慢，波澜激动幅度不广，且因过多罗列生活细节，有时近于卖弄生活知识。遂使整个故事铺摊琐碎，有刻而不深的感觉。中国古典小说的白描手法，原非完全如此。

进城不久，是一九五〇年的冬季吧，有一天清晨，赵树理来到了我在天津的狭小的住所。我们是初次见面，谈话的内容，现在完全忘记了，但他留给我的印象是很清楚的。他恂恂如农村老夫子，我认为他是一个典型的农民作家。

因为是同时代，同行业，加上我素来对他很是景仰，他的死亡，使我十分伤感。他是我们这一代的优秀人物。他的作品充满了一个作家对人民的诚实的心。

林彪、“四人帮”当然不会放过他。在林彪、“四人帮”兴妖作怪的那些年月，赵树理在没有理解他们的罪恶阴谋之前，最初一定非常惶惑。在既经理解之后，一定是非常痛恨的。他们不只侮辱了他，也侮辱了他多年来为之歌颂的，我们的党、国家和人民。

天生妖孽，残害生民。在林彪、“四人帮”鼓动起来的腥风血雨之中，人民长期培养和浇灌的这一株花树，凋谢死亡。这是文学艺术的悲剧。

经济、政治、文艺，自古以来，就形成了一种非常固定，非常自然的关系。任何改动其位置，或变乱其关系的企图，对文艺的自然生成，都是一种灾难。

文艺的自然土壤，只能是人民的现实生活和斗争，植根于这种土壤，文艺才能有饱满的生机。使它离开这个土壤，插进多么华贵的瓶子里，对它也只能是伤害。

林彪、“四人帮”这些政治野心家，用实用主义对待文艺。他们一时把文艺捧得太高，过分强调文艺的作用，几乎要和政治，甚至和经济等同起来。历史已经残酷地记载：在他们这样做的时候，常常是为他们在另一个时候，过分贬低文艺，惩罚文艺，甚至屠宰文艺，包藏祸心。

1978 年 11 月 11 日

目录

小二黑结婚

一　神仙的忌讳

刘家峧有两个神仙：一个是前庄上的二孔明，一个是后庄上的三仙姑。二孔明也叫二诸葛，原来叫刘修德，当年做过生意，抬脚动手都要论一论阴阳八卦、看一看黄道黑道。三仙姑是后庄于福的老婆，每月初一十五都要顶着红布摇摇摆摆装扮天神。

二孔明忌讳“不宜栽种”，三仙姑忌讳“米烂了”。这里边有两个小故事：有一年春天大旱，直到阴历五月初三才下了四指雨。初四那天大家都抢着种地，二孔明看了看历书，又切指算了一下说：“今日不宜栽种。”初五日是端午，他历年就不在端午这天做什么，又不曾种；初六倒是个黄道吉日，可惜地干了，虽然勉强把他的四亩谷子种上了，却没有出够一半。后来直到十五才又下雨，别人家都在地里锄苗，二孔明却领着两个孩子在地里补空子。邻家有个后生，吃饭时候在街上碰上二孔明便问道：“老汉！今天宜栽种不宜？”二孔明翻了他一眼，扭转头返回去了，大家就嘻嘻哈哈传为笑谈。

三仙姑有个女孩叫小芹。一天，金旺他爹到三仙姑那里问病，三仙姑坐在香案后唱，金旺他爹跪在香案前听，小芹那年才九岁，晌午做捞饭，把米下进锅里了，听见她娘哼哼得很中听，站在桌前听了一会，把做饭也忘了。一会，金旺他爹出去小便，三仙姑趁空子向小芹说："快去捞饭！米烂了！"这句话却不料就叫金旺他爹听见，回去就传开了。后来有些好玩笑的人，见了三仙姑就故意问别人"米烂了没有？"

二　三仙姑的来历

三仙姑下神，足足有三十年了。那时三仙姑才十五岁，刚刚嫁给于福，是前后庄上第一个俊俏媳妇。于福是个老实后生，不多说一句话，只会在地里死受。于福的娘早死了，只有个爹，父子两个一上了地，家里就只留下新媳妇一个人。村里的年轻人们觉着新媳妇太孤单，就慢慢自动地来跟新媳妇做伴，不几天就集合了一大群，每天嘻嘻哈哈，十分哄伙。于福他爹看见不像个样子，有一天发了脾气，大骂一顿，虽然把外人挡住了，新媳妇却跟他闹起来。新媳妇哭了一天一夜，头也不梳，脸也不洗，饭也不吃，躺在炕上，谁也叫不起来，父子两个没了办法。邻家有个老婆替她请了一个神婆子，在她家下了一回神，说是三仙姑跟上她了，她也哼哼唧唧自称吾神长吾神短，从此以后每月初一十五就下起神来，别人也给她烧起香来求财问病，三仙姑的香案便从此设起来了。

青年们到三仙姑那里去，要说是去问神，还不如说是去看圣像。三仙姑也暗暗猜透大家的心事，衣服穿得更新鲜，头发梳得更光滑，首饰擦得更明，宫粉搽得更匀，不由青年们不跟着她转来转去。

这是三十来年前的事。当时的青年，如今都已留下胡子，家里大半又都是子媳成群，所以除了几个老光棍，差不多都没有那些闲情到三仙姑那里去了。三仙姑却和大家不同，虽然已经四十五岁，却偏爱当个老来俏，小鞋上仍要绣花，裤腿上仍要镶边，顶门上的头发脱光了，用黑手帕盖起来，只可惜宫粉涂不平脸上的皱纹，看起来好像驴粪蛋上下上了霜。

老相好都不来了，几个老光棍不能叫三仙姑满意，三仙姑又团结了一伙孩子们，比当年的老相好更多，更俏皮。

三仙姑有什么本领能团结这伙青年呢？这秘密在她女儿小芹身上。

三 小 芹

三仙姑前后共生过六个孩子，就有五个没有成人，只落了一个女儿，名叫小芹。小芹当两三岁时候，就非常伶俐乖巧，三仙姑的老相好们，这个抱过来说是“我的”，那个抱起来说是“我的”，后来小芹长到五六岁，知道这不是好话，三仙姑教她说：“谁再这么说，你就说‘是你的姑姑’。”说了几回，果然没有人再提了。

小芹今年十八了，村里的轻薄人说，比她娘年轻时候好得多。青年小伙子们，有事没事，总想跟小芹说句话。小芹去洗衣服，马上青年们也都去洗；小芹上树采野菜，马上青年们也都去采。

吃饭时候，邻居们端上碗爱到三仙姑那里坐一会，前庄上的人来回一里路，也并不觉得远。这已经是三十年来的老规矩，不过小青年们也这样热心，却是近二三年来才有的事。三仙姑起先还以为自己仍有勾引青年的本领，日子长了，青年们并不真正跟她接近，她才慢慢看出门道来，才知道人家来了为的是小芹。

不过小芹却不跟三仙姑一样：表面上虽然也跟大家说说笑笑，实际上却不跟人乱来，近二三年，只是跟小二黑好一点。前年夏天，有一天前晌，于福去地，三仙姑去串门，家里只留下小芹一个人，金旺来了，嬉皮笑脸向小芹说：“这回可算是个空子吧？”小芹板起脸来说：“金旺哥！咱们以后说话要规矩些！你也是娶媳妇大汉了！”金旺撇撇嘴说：“咦！装什么假正经？小二黑一来管保你就软了！有便宜大家讨开点，没事；要正经除非自己锅底没有黑！”说着就拉住小芹的胳膊悄悄说：“不用装模作样了！”不料小芹大声喊道：“金旺！”金旺赶紧放手跑出来。一边还咄唸道：“等得住你！”说着就悄悄溜走了。

四　金旺弟兄

提起金旺来，刘家峧没有人不恨他，只有他一个本家兄弟名叫兴旺跟他对劲。

金旺他爹虽是个庄稼人，却是刘家峧一只虎，当过几十年老社首，捆人打人是他的拿手好戏。金旺长到十七八岁，就成了他爹的好帮手，兴旺也学会了帮虎吃食，从此金旺他爹想要捆谁，就不用亲自动手，只要下个命令，自有金旺、兴旺代办。

抗战初年，汉奸敌探溃兵土匪到处横行，那时金旺他爹已经死了，金旺、兴旺弟兄两个，给一支溃兵做了内线工作，引路绑票，讲价赎人，又做巫婆又做鬼，两头出面装好人，后来八路军来，打垮溃兵土匪，他两人才又回到刘家峧。

山里人本来就胆子小，经过几个月大混乱，死了许多人，弄得大家更不敢出头了。别的大村子都成立了村公所、各救会、武委会，刘家峧却除了县府派来一个村长以外，谁也不愿意当干部。不久，县里派人来刘家峧工作，要选举村干部，金旺跟兴旺两个人看出这又是掌权的机会，大家也巴不得有人愿干，就把兴旺选为武委会主任，把金旺选为村政委员，连金旺老婆也被选为妇救会主席，其他各干部，硬捏了几个老头子出来充数。只有青抗先队长，老头子充不得。兴旺看见小二黑这个小孩子漂亮好玩，随便提了一下名就通过了，他爹二诸葛虽然不愿，可是惹不起金旺，也没有敢说什么。

村长是外来的，对村里情形不十分了解，从此金旺、兴旺比以前更厉害了，只要瞒住村长一个人，村里人不论哪个都得由他两个调遣。这几年来，村里别的干部虽然调换了几个，而他两个却好像铁桶江山。大家对他两个虽是恨得入骨，可是谁也不敢说半句话，都恐怕扳不倒他们，自己吃亏。

五　小二黑

小二黑，是二诸葛的二小子，有一次反扫荡打死过两个敌人，曾得到特等射手的奖励。说到他的漂亮，那不只在刘家峧有名，每年正月扮故事，不论去到哪一村，妇女们的眼睛都跟着他转。

小二黑没有上过学，只是跟着他爹识了几个字。当他六岁时候，他爹就教他识字。识字课本既不是五经四书，也不是常识国语而是从天干、地支、五行、八卦、六十四卦名等学起，进一步便学些百中经、玉匣记、增删卜易、麻衣神相、奇门遁甲、阴阳宅等书。小二黑从小就聪明，像那些算属相、卜六壬课念大小游年或“甲子乙丑海中金”等口诀，不几天就都弄熟了，二诸葛也常把他引在人前卖弄。因为他长得伶俐可爱，大人们也都爱跟他玩；这个说“二黑，算一算十岁属什么！”那个说“二黑，给我卜一课！”后来二诸葛因为说“不宜栽种”误了种地，老婆也埋怨，大黑也埋怨，庄上人也都传为笑谈，小二黑也跟着这事受了许多奚落。那时候小二黑十三岁，已经懂得好歹了，可是大人们仍把他当成小孩来玩弄，好跟二诸葛开玩笑的，一到了家，常好对着二诸葛问小二黑道：“二黑！算算今天宜不宜栽种？”和小二黑年纪相仿的孩子们，一跟小二黑生了气，就连声喊道：“不宜栽种不宜栽种……”小二黑因为这事，好几个月见了人躲着走，从此就和他娘商量成一气，再不信他爹的鬼八卦。

小二黑跟小芹相好已经二三年了。那时候他才十六七，原不过在冬天夜长时候，跟着些闲人到三仙姑那里凑热闹，后来跟小芹混熟了，好像是一天不见面也不能行。后庄上也有人愿意给小二黑跟小芹做媒人，二诸葛不愿意，不愿意的理由有三：第一小二黑是金命，小芹是火命，恐怕火克金；第二小芹生在十月，是个犯月；第三是三仙姑的名声不好。恰巧在这时候彰德府来了一伙难民，其中有个老李带来个八九岁的小姑娘，因为没有吃的，愿意把姑娘送给人家逃个活命。二诸葛说是个便宜，先问了一下生辰八字，切算了半天说：“千里姻缘使线牵，”就替小二黑收作童养媳。

虽然二诸葛说是千合适万合适，小二黑却不认账。父子俩吵了几天，二诸葛非养不行，小二黑说：“你愿意养你就养着，反正我不要！”结果虽把小姑娘留下了，却到底没有说清楚算什么关系。

六　斗争会

金旺自从碰了小芹的钉子以后，每日怀恨，总想设法报一报仇。有一次武委会训练村干部，恰巧小二黑发疟疾没有去。训练完毕之后，金旺就向兴旺说：“小二黑是装病，其实是被小芹勾引住了，可以斗争他一顿。”兴旺就是武委会主任，从前也碰过小芹一回钉子，自然十分赞成金旺的意见，并且又叫金旺回去和自己的老婆说一下，发动妇救会也斗争小芹一番。金旺老婆现任妇救会主席，因为金旺好到小芹那里去，早就恨得小芹了不得，现在金旺回去跟她说要斗争小芹，这才是巴不得的机会，丢下活计，马上就去布置，第二天，村里开了两个斗争会，一个是武委会斗争小二黑，一个是妇救会斗争小芹。

小二黑自己没有错，当然不承认，嘴硬到底，兴旺就下命令，把他捆起来送交政权机关处理。幸而村长脑筋清楚，劝兴旺说：“小二黑发疟是真的，不是装病，至于跟别人恋爱，不是犯法的事，不能捆人家。”兴旺说：“他已是有了女人的。”村长说：“村里谁不知道小二黑不承认他的童养媳。人家不承认是对的；男不过十六，女不过十五，不到订婚年龄。十来岁小姑娘，长大也不会来认这笔账。小二黑满有资格跟别人恋爱，谁也不能干涉。”兴旺没话说了，小二黑反要问他：“无故捆人犯法不犯，”经村长双方劝解，才算放了完事。

兴旺还没有离村公所，小芹拉着妇救会主席也来找村长，她一进门就说：“村长！捉贼要赃，捉奸要双，当了妇救会主席就不说理了？”兴旺见拉着金旺的老婆，生怕说出这事与自己有关，赶紧溜走。后来村长问了问情由，费了好大一会唇舌，才给她们调解开。

七　三仙姑许亲

两个斗争会开过以后，事情包也包不住了，小二黑也知道这事是合理合法的了，索性就跟小芹公开商量起来。

三仙姑却着了急。她跟小芹虽是母女，近几年来却不对劲。三仙姑爱的是青年们，青年们爱的是小芹。小二黑这个孩子，在三仙姑看来好像鲜果，可惜多一个小芹，就没了自己的份儿。她本想早给小芹找个婆家推出门去，可是因为自己声名不正，差不多都不愿意跟她结亲。开罢斗争会以后，风言风语都说小二黑要跟小芹自由结婚，她想要真是那样的话，以后想跟小二黑说句笑话都不能了，那是多么可惜的事，因此托东家求西家要给小芹找婆家。

“插起招军旗，就有吃粮人。”有个吴先生是在阎锡山部下当过旅长的退职军官，家里很富，才死了老婆。他在奶奶庙大会上见过小芹一面，愿意续她，媒人向三仙姑一说，三仙姑当然愿意。不几天过了礼帖，就算定了，三仙姑以为了却一宗心事。

小芹已经和小二黑商量得差不多了，如何肯听她娘的话？过礼那一天，小芹跟她娘闹起来，把吴先生送来的首饰绸缎扔下一地。媒人走后，小芹跟她娘说：“我不管！谁收了人家的东西谁跟人家去！”

三仙姑愁住了，睡了半天，晚饭以后，说是神上了身，打了两个呵欠就唱起来。她起先责备于福管不了家，后来说小芹跟吴先生是前世姻缘，还唱些什么“前世姻缘由天定，不顺天意活不成……”，于福跪在地下哀求，神非教他马上打小芹一顿不可。小芹听了这话，知道跟这个装神弄鬼的娘说不出什么道理来，干脆躲了出去，让她娘一个人胡说。

小芹一个人悄悄跑到前庄上去找小二黑，恰在路上碰上小二黑去找她，两人就悄悄拉着手到一个大窑里去商量对付三仙姑的法子。

八 拿 双

小芹把她娘怎样主婚，怎样装神，唱些什么，从头至尾细细向小二黑说了一遍，小二黑说：“不用理她！我打听过区上的同志，人家说只要男女本人愿意，就能到区上登记，别人谁也做不了主……”说到这里，听见外边有脚步声，小二黑伸出头来一看，黑影里站着四五个人，有一个说：“拿双拿双！”他两人都听出是金旺的声音，小二黑起了火，大叫道：“拿？没有犯了法！”兴旺也来了，下命令道：“捉住捉住！我就看你犯法不犯法，给你操了好几天心了！”小二黑说：“你说去哪里咱就去哪里，到边区政府你也不能把谁怎么样！走！”兴旺说："走？便宜了你！把他捆起来！"小二黑挣扎了一会，无奈没有他们人多，终于被他们七手八脚打了一顿捆起来了。兴旺说："里边还有个女的，也捆起来！捉奸要双，这是她自己说的！"说着就把小芹也捆起来了。

前庄上的人都还没有睡，听见有人吵架，有些人就跑出来看，麻秆火把下看见捆着的两个人，大家不问就都知道了八九分。二诸葛也出来了，见小二黑被人家捆起来，就跪在兴旺面前哀求道："兴旺！咱两家没有什么仇！看在我老汉面上，请你们诸位高高手……"兴旺说："这事情，我们管不了，送给上级再说吧！"小二黑说："爹！你不用管！送到哪里也不犯法！我不怕他！"兴旺说："好小子！要硬你就硬到底！"又逼住三个民兵说："带他们走！"一个民兵问："带到村公所？"兴旺说："还到村公所干什么？上一回不是村长放了的？送给区武委会主任按军法处理！"说着就把他两个人拥上走了。

九　二诸葛的神课

邻居们见是兴旺弟兄们捆人，也没有人敢给小二黑讲情，直等到他们走后，才把二诸葛招呼回家。

二诸葛连连摇头说："唉！我知道这几天要出事啦：前天早上我上地去，才上到岭上，碰上个骑驴媳妇，穿了一身孝，我就知道坏了。我今年是罗睺星照运，要谨防戴孝的冲了运气，因此哪里也不敢去，谁知躲也躲不过！昨天晚上二黑他娘梦见庙里唱戏。今天早上一个老鸦落在东房上叫了十几声……唉！反正是时运，躲也躲不过。"他啰里啰唆念了一大堆，邻居们听了有些厌烦，又给他说了一会宽心话，就都散了。

有事人哪里睡得着？人散了之后，二诸葛家里除了童养媳之外，三个人谁也没有睡。二诸葛摸了摸脸，取出三个制钱占了一卦，占出之后吓得他面色如土。他说："了不得呀了不得！丑土的父母动出午火的官鬼，火旺于夏，恐怕有些危险了。唉！人家把他选成青年队长，我就说过不叫他当，小杂种硬要充人物头！人家说要按军法处理，要不当队长哪里犯得了军法？"老婆也拍手跺脚道："小爹呀！谁知道你要闯这么大的事啦？"大黑劝道："不怕！事已经出下了，由他去吧！我想这又不是人命事，也犯不了什么大罪！既然他们送到区上了，我先到区上打听打听！你们都睡吧！"说着点了个灯笼就走了。

二诸葛打发大黑去后，仍然低头细细研究方才占的那一卦。停了一会，远远听着有个女人哭，越哭越近，不大一会就来到窗下，一推门就进来了。二诸葛还没有看清是谁，这女人就一把把他拉住，带哭带闹说："刘修德！还我闺女！你的孩子把我的闺女勾引到哪里了？还我……"二诸葛老婆正气得死去活来，一看见来的是三仙姑，正赶上出气，从炕上跳下来拉住她道："你来了好！省得我去找你！你母女两个好生生把我个孩子勾引坏，你倒有脸来找我！咱两人就也到区上说说理！"两个女人滚成一团，二诸葛一个人拉也拉不开，也再顾不上研究他的卦。三仙姑见二诸葛老婆已经不顾命了，自己先胆怯了几分，不敢恋战，少闹了一会挣脱出来就走了。二诸葛老婆追出门来，被二诸葛拦回去，还骂个不休。

一O　恩典恩典

二诸葛一夜没有睡，一遍一遍念："大黑怎么还不回来，大黑怎么还不回来。"第二天天不明就起程往区上走，走到半路，远远看见大黑、三个民兵已都回来了，还来了区上一个助理员，一个交通员。他远远就喊叫道："大黑！怎么样？要紧不要紧？"大黑说："没有事！不怕！"说着就走到跟前，助理员跟三个民兵先走了。大黑告交通员说："这就是我爹！"又向二诸葛说："区上添传你跟于福老婆。你去吧，没有事！二黑跟小芹两个人，一到区上就放开了。区上早就听说兴旺跟金旺两个人不是东西，已经把他两个人押起来了，还派助理员到咱村开大会调查他们横行霸道的证据，我赶到那里人家就问罢了，听说区上还许咱二黑跟小芹结婚。"二诸葛说："不犯罪就好，结婚可不行，命相不对！你没有听说添传我做什么？"大黑说："不知道，大约也没有什么大事。你去吧，我先回去告我娘说。"交通员说："老汉！这就算见了你了！你去吧，我再传那一个去！"说了就跟大黑相跟着走了。

二诸葛到了区上，看见小二黑跟小芹坐在一条板凳上，他就指着小二黑骂道："闯祸东西！放了你你还不快回去？你把老子吓死了！不要脸！"区长道："干什么？区公所是骂人的地方？"二诸葛不说话了。区长问："你就是刘修德？"二诸葛答："是！"问："你给刘二黑收了个童养媳？"答："是！"问："今年几岁了？"答："属猴的，十二岁了。"区长说："女不过十五岁不能订婚，把人家退回娘家去，刘二黑已经跟于小芹订婚了！"二诸葛说："她只有个爹，也不知逃难逃到哪里去了，退也没处退。女不过十五不能订婚，那不过是官家规定，其实乡间七八岁订婚的多着哩。请区长恩典恩典就过去了……"区长说："凡是不合法的订婚，只要有一方不愿意都得退！"二诸葛说："我这是两家情愿！"区长问小二黑道："刘二黑！你愿意不愿意？"小二黑说："不愿意！"二诸葛的脾气又上来了，瞪了小二黑一眼道："由你啦？"区长道："给他订婚不由他，难道由你啦？老汉！如今是婚姻自主，由不得你了！你家养的那个小姑娘，要真是没有娘家，就算成你的闺女好了。"二诸葛道："那也可以，不过还得请区长恩典恩典，不能叫他跟于福这闺女订婚！”区长说：“这你就管不着了！”二诸葛发急道：“千万请区长恩典恩典，命相不对，这是一辈子的事！”又向小二黑道：“二黑！你不要糊涂了！这是你一辈子的事！”区长道：“老汉！你不要糊涂了，强逼着你十九岁的孩子娶上个十二岁的小姑娘，恐怕要生一辈子气！我不过是劝一劝你，其实只要人家两个人愿意，你愿意不愿意都不相干。回去吧！童养媳没处退就算成你的闺女！”二诸葛还要请区长“恩典恩典”，一个交通员把他推出来了。

一一 看看仙姑

三仙姑去寻二诸葛，一来为的是逞逞闹气的本领，二来为的是遮遮外人的耳目，其实小芹吃一吃亏她很高兴，所以跟二诸葛老婆闹了一阵之后，回去就睡了。第二天早上，她起得很迟，于福虽比她着急，可是自己既没有主意，又不敢叫醒她，只好自己先去做饭，饭快成的时候，三仙姑慢慢起来梳妆，于福问她道：“不去打听打听小芹？”她说：“打听她做甚啦？她的本领多大啦？”于福也再没有敢说什么，把饭菜做成了放在炉边等，直等到她梳妆罢了才开饭。

饭还没有吃罢，区上的交通员来传她。她好像很得意，嗓子拉得长长地说：“闺女大了咱管不了，就去请区长替咱管教管教！”她吃完了饭，换上新衣服、新首帕、绣花鞋、镶边裤，又擦了一次粉，加了几件首饰，然后叫于福给她备上驴，她骑上，于福给她赶上，往区上去。

到了区上。交通员把她引到区长房子里，她趴下就磕头，连声叫道：“区长老爷，你可要给我做主！”区长正伏在桌上写字，见她低着头跪在地下，头上戴了满头银首饰，还以为是前两天跟婆婆生了气的那个年轻媳妇，便说道：“你婆婆不是有保人吗？为什么不找保人？”三仙姑莫名其妙，抬头看了看区长的脸。区长见是个擦着粉的老太婆，才知道是认错人了。交通员道：“认错人了！这就是于小芹的娘！”区长又打量了她一眼道：“你就址小芹的娘呀？起来！不要装神弄鬼！我什么都清楚！起来！”三仙姑站起来了。区长问：“你今年多大岁数？”三仙姑说：“四十五。”区长说：“你自己看看你打扮得像个人不像？”门边站着老乡一个十来岁的小闺女嘻嘻嘻笑了。交通员说：“到外边耍！”小闺女跑了。区长问:“你会下神是不是？”三仙姑不敢答话。区长问:“你给你闺女找了个婆家？”三仙姑答:“找下了！”问:“使了多少钱？”答:“三千五！”问：“还有些什么？”答：“有些首饰布匹！”问：“跟你闺女商量过没有？”答：“没有！”问：“你闺女愿意不愿意？”答：“不知道！”区长道：“我给你叫来你亲自问问她！”又向交通员道：“去叫于小芹！”

刚才跑出去那个小闺女，跑到外边一宣传，说有个打官司的老婆，四十五了，擦着粉，穿着花鞋。邻近的女人们都跑来看，挤了半院，唧唧哝哝说：“看看！四十五了！”“看那裤腿！”“看那鞋！”三仙姑半辈没有脸红过，偏这会撑不住气了，一道道热汗在脸上流，交通员领着小芹来了，故意说:“看什么？人家也是个人吧，没有见过？闪开路！”一伙女人们哈哈大笑。

把小芹叫来，区长说：“你问问你闺女愿意不愿意！”三仙姑只听见院里人说“四十五”“穿花鞋”，羞得只顾擦汗，再也开不得口。院里的人们忽然又转了话头，都说“那是人家的闺女”，“闺女不如娘会打扮”,也有人说:“听说还会下神”,偏又有个知道底细的断断续续讲“米烂了”的故事，这时三仙姑恨不得一头碰死。

区长说：“你不问我替你问！于小芹，你娘给你找的婆家你愿意跟人家结婚不愿意？”小芹说：“不愿意！我知道人家是谁？”区长向三仙姑道：“你听见了吧？”又给她讲了一会婚姻自主的法令，说小芹跟小二黑订婚完全合法，还吩咐她把吴家送来的钱和东西原封退了，让小芹跟小二黑结婚。她羞愧之下，一一答应了下来。

一二　怎么到底

三个民兵回到刘家峧，一说区上把兴旺金旺两人押起来，又派助理员来调查他们的罪恶，真是人人拍手称快。午饭后，庙里开一个群众大会，村长报告了开会宗旨就请大家举他两个人的作恶事实。起先大家还怕扳不倒人家，人家再返回来报仇，老大一会没有人说话，有几个胆子太小的人，还悄悄劝大家说："忍事者安然。"有个被他两人作践垮了的年轻人说："我从前没有忍过？越忍越不得安然！你们不说我说！"他先从金旺领着土匪到他家绑票说起，一连说了四五款，才说道："我歇歇再说，先让别人也说几款！"他一说开了头，许多受过害的人也都抢着说起来：有给他们花过钱的，有被他们逼着上过吊的，也有产业被他们霸了的，老婆被他们奸淫过的。他两人还派上民兵给他们自己割柴，拨上民夫给他们自己锄地；浮收粮，私派款，强迫民兵捆人，……你一宗他一宗，从晌午说到太阳落，一共说了五六十款。

区上根据这些罪状把他两人送到县里，县里把罪状一一证实之后，除叫他们赔偿大家损失外，又判了十五年徒刑。

经过这次大会之后，村里人也都敢出头了。不久，村干部又都经过大改选，村里人再也不敢乱投坏人的票了。这其间，金旺老婆自然也落了选。不过她还变了口吻，说："以后我也要进步了。"

两个神仙也有了变化：

三仙姑那天在区上被一伙妇女围住看了半天，实在觉着不好意思，回去对着镜子研究了一下，真有点打扮得不像话；又想到自己的女儿快要跟人结婚，自己还卖什么老俏？这才下了个决心，把自己的打扮从顶到底换了一遍，弄得像个当长辈人的样子，把三十年来装神弄鬼的那张香案也悄悄拆去。

二诸葛那天从区上回去，又向老婆提起二黑跟小芹的命相不对，他老婆道："把你的鬼八卦收起吧！你不是说二黑这回了不得吗？你一辈子放个屁也要卜一课，究竟抵了些什么事？我看个芹蛮不错，能跟咱二黑过就很好！什么命相对不对？你就不记得'不宜栽种'？"二诸葛见老婆都不信自己的阴阳，也就不好意思再到别人跟前卖弄他那一套了。

小芹和小二黑各回各家，见老人们的脾气都有些改变，托邻居们趁势和说和说，两位神仙也就顺水推舟同意他们结婚。后来两家都准备了一下，就过门。过门之后，小两口都十分得意，邻居们都说是村里第一对好夫妻。

夫妻们在自己卧房里有时候免不了说玩话：小二黑好学三仙姑下神时候唱"前世姻缘由天定"，小芹好学二诸葛说"区长恩典，命相不对"。淘气的孩子们去听窗，学会了这两句话，就给两位神仙加了新外号：三仙姑叫"前世姻缘"，二诸葛叫"命相不对"。

一九四三，五，写于太行。

李有才板话

一　书名的来历

阎家山有个李有才，外号叫“气不死”。

这人现在有五十多岁，没有地，给村里人放牛，夏秋两季捎带看守村里的庄稼。他只是一身一口，没有家眷。他常好说两句开心话，说是“吃饱了一家不饥，锁住门也不怕饿死小板凳”。村东头的老槐树底有一孔土窑还有三亩地，是他爹给留下的，后来把地押给阎恒元，土窑就成了他的全部产业。

阎家山这地方有点古怪：村西头是砖楼房，中间是平房，东头的老槐树下是一排二三十孔土窑。地势看来也还平，可是从房顶上看起来，从西到东却是一道斜坡。西头住的都是姓阎的；中间也有姓阎的也有杂姓，不过都是些在地户；只有东头特别，外来的开荒的占一半，日子过倒霉了的本村的杂姓，也差不多占一半，姓阎的只有三家，也是破了产卖了房子才搬来的。

李有才常说“老槐树底的人只有两辈——一个‘老’字辈，一个‘小’字辈”。这话也只是取笑：他说的“老”字辈，就是说外来的开荒的，因为这些人的名字除了闾长派差派款在条子上开一下以外，别的人很少留意，人叫起来只是把他们的姓上边加个“老”字，像“老陈、老秦、老常……”等。他说的“小”字辈，就是其余的本地人，因为这地方人起乳名，常把前边加个“小”字，像“小顺、小保……”等。可是西头那些大户人家，都用的是官名，有乳名别人也不敢叫——比方老村长阎恒元乳名叫“小囤”，别人对上人家不只不敢叫“小囤”，就是该说“谷囤”也只得说成“谷仓”，谁还好意思说出“囤”字来？一到了老槐树底，风俗大变，活八十岁也只能叫“小什么，小什么”，你就起上个官名也使不出去——比方陈小元前几年请柿子洼老先生给起了个官名叫“陈万昌”，回来虽然请闾长在闾账上改过了，可是老村长看账时候想不起这“陈万昌”是谁，问了一下闾长，仍然提起笔来给他改成陈小元。因为有这种关系，老槐树底的本地人，终于还都是“小”字辈。李有才自己，也只能算“小”字辈人，不过他父母是大名府人，起乳名不用“小”字，所以从小就把他叫成“有才”。

在老槐树底，李有才是大家欢迎的人物，每天晚上吃饭时候，没有他就不热闹。他会说开心话，虽是几句平常话，从他口里说出来就能引得大家笑个不休。他还有个特别本领是编歌子，不论村里发生件什么事，有个什么特别人，他都能编一大套，念起来特别顺口。这种歌，在阎家山一带叫“圪溜嘴”，官话叫“快板”。

比方说：西头老户主阎恒元，在抗战以前年年连任村长，有一年改选时候，李有才给他编了一段快板道：

村长阎恒元，一手遮住天，
自从有村长，一当十几年。
年年要投票，嘴说是改选，
选来又选去，还是阎恒元。

不如弄块板，刻个大名片，
每逢该投票，大家按一按，
人人省得写，年年不用换，
用他百把年，管保用不烂。

恒元的孩子是本村的小学教员，名叫家祥，民国十九年在县里的简易师范毕业。这人的相貌不大好看，脸像个葫芦瓢子，说一句话眏十来次眼皮。不过人不可以貌取，你不要以为他没出息，其实一肚肮脏计，谁跟他共事也得吃他的亏。李有才也给他编过一段快板道：

鬼眏眼，阎家祥，
眼睫毛，二寸长，
大腮蛋，塌鼻梁，
说句话儿眼皮忙。
两眼一忽闪，
肚里有主张，
强占三分理，
总要沾些光。
便宜占不足，
气得脸皮黄，
眼一挤，嘴一张，
好像母猪打哼哼！

像这些快板，李有才差不多每天要编，一方面是他编惯了觉着口顺，另一方面是老槐树底的年轻人吃饭时候常要他念些新的，因此他就越编越多。他的新快板一念出来，东头的年轻人不用一天就都传遍了，可是想传到西头就不十分容易。西头的人不论老少，没事总不到老槐树底来闲坐，小孩们偶尔去老槐树底玩一玩，大人知道了往往骂道：“下流东西！明天就要叫你到老槐树底去住啦！”有这层隔阂，有才的快板就很不容易传到西头。

抗战以来，阎家山有许多变化，李有才也就跟着这些变化作了些新快板，还因为作快板遭过难。我想把这些变化谈一谈，把他在这些变化中作的快板也抄他几段，给大家看看解个闷，结果就写成这本小书。

作诗的人，叫“诗人”；说作诗的话，叫“诗话”。李有才作出来的歌，不是“诗”，明明叫作“快板”，因此不能算“诗人”，只能算“板人”。这本小书既然是说他作快板的话，所以叫作《李有才板话》。

二　有才窑里的晚会

李有才住的一孔土窑，说也好笑，三面看来有三变：门朝南开，靠西墙正中有个炕，炕的两头还都留着五尺长短的地面。前边靠门这一头，盘了个小灶，还摆着些水缸、菜瓮、锅、匙、碗、碟；靠后墙摆着些筐子、箩头，里面装的是村里人送给他的核桃、柿子（因为他是看庄稼的，大家才给他送这些）；正炕后墙上，就炕那么高，打了个半截套窑，可以铺半条席子。因此你要一进门看正面，好像个小山果店；扭转头看西边，好像石菩萨的神龛；回头来看窗下，又好像小村子里的小饭铺。

到了冷冻天气，有才好像一炉火——只要他一回来，爱取笑的人们就围到他这土窑里来闲谈，谈起话来也没有什么题目，扯到哪里算哪里。这年正月二十五日，有才吃罢晚饭，邻家的青年后生小福，领着他的表兄就开开门走进来。有才见有人来了，就点起墙上挂的麻油灯。小福先向他表兄介绍道："这就是我们这里的有才叔！"有才在套窑里坐着，先让他们坐到炕上，就向小福道："这是哪里的客？"小福道："是我表兄，柿子洼的！"他表兄虽然年轻，却很精干，就谦虚道："不算客，不算客！我是十六晚上在这里看戏，见你老叔唱焦光普唱的那样好，想来领领教！"有才笑了一笑又问道："你村的戏今年怎么不唱了？"小福的表兄道："早了赁不下箱，明天才能唱！"有才见他说起唱戏，劲上来了，就不客气地讲起来。他讲："这焦光普，虽说是个丑，可是个大角色，唱就得唱出劲来！"说着就举起他的旱烟袋算马鞭子，下边虽然坐着，上边就轮打起来，一边轮着一边道："一出场：当当当当当令 × 令当令 × 令……当令 × 各拉打打当！"他煞住第一段家伙，正预备接着打，门"啪"一声开了，走进来个小顺，拿着两个软米糕道："慢着老叔！防备着把锣打破了！"说着走到炕边把胳膊往套窑里一展道："老叔！我爹请你尝尝我们的糕！"(阴历正月二十五，此地有个节叫"添仓"，吃黍米糕。) 有才一边接着一边谦让道："你们自己吃吧！今年煮的都不多！"说着接过去，随便让了让大家，就吃起来。小顺坐到炕上道："不多吧总不能像启昌老婆，过个添仓，派给人家小旦两个糕！"

小福道："雇不起长工不雇吧，雇得起管不起吃？"有才道："启昌也还罢了，老婆不是东西！"小福的表兄问道："哪个小旦？就是唱国舅爷那个？"小福道："对！老得贵的孩子给启昌住长工。"小顺道："那么可比他爹那人强一百二十分！"有才道："那还用说？"小福的表兄悄悄问小福道："老得贵怎么？"他虽说得很低，却被小顺听见了，小顺道："那是有歌的！"接着就念道：

张得贵，真好汉，
跟着恒元舌头转：

恒元说个“长”，
得贵说“不短”；
恒元说个“方”，
得贵说“不圆”；
恒元说“砂锅能捣蒜”，
得贵就说“打不烂”；
恒元说“公鸡能下蛋”，
得贵就说“亲眼见”。
要干啥，就能干，
只要恒元嘴动弹！

他把这段快板念完，小福听惯了，不很笑。他表兄却嘻嘻哈哈笑个不了。

小顺道：“你笑什么？得贵的好事多着哩？那是我们村里有名的吃烙饼干部。”小福的表兄道：“还是干部啦？”小顺道：“农会主席！官也不小。”小福的表兄道：“怎么说是吃烙饼干部？”小顺说：“这村跟别处不同：谁有个事到公所说说，先得十几斤面、五斤猪肉，在场的每人一斤面烙饼，一大碗菜，吃了才说理。得贵领一分烙饼，总得把每一张烙饼都挑过。”小福的表兄道：“我们村里早二三年前说事就不行吃喝了。”小顺道：“人家哪一村也不行了，就这村怪！这都是老恒元的古规。老恒元今天得个病死了，明天管保就吃不成了。”

正说着，又来了几个人：老秦（小福的爹）、小元、小明、小保。一进门，小元喊道：“大事情！大事情！”有才忙道：“什么？什么？”小明答道：“老哥！喜富的村长撤差了！”小顺从炕上往地下一跳道：“真的？再唱三天戏！”小福道：“我也算数！”有才道：“还有今天？我当他这饭碗是铁箍箍住了！谁说的？”小元道：“真的！章工作员来了，带着公事！”小福的表兄问小福道：“你村人跟喜富的仇气就这么大？”小顺道：“那也是有歌的：

一只虎，阎喜富，
吃吃喝喝有来路，
当过兵，卖过土，
又偷牲口又放赌，
当牙行，卖寡妇……
什么事情都敢做。
惹下他，防不住，
人人见了满招呼！

你看仇恨大不大？”小福的表兄听罢才笑了一声，小明又拦住告诉他道：“柿子洼客你是不知道！他念的那还是说从前，抗战以后这东西趁着兵荒马乱抢了个村长，就更了不得了，有恒元那老不死给他撑腰，就没有他干不出来的事，屁大点事弄到公所，也是桌面上吃饭，袖筒里过钱，钱淹不住心，说捆就捆，说打就打，说教谁倾家败产谁就没法治。逼得人家破了产，老恒元管‘贱钱二百’买房买地。老槐树底这些人，进了村公所，谁也不敢走到桌边。三天两头出款，谁敢问问人家派的是什么钱；人家姓阎的一年四季也不见走一回差，有差事都派到老槐树底，谁不是荒着地给人家支？……你是不知道，坏透了坏透了！”有才低声问道：“为什么事撤了的？”小保道：“这可还不知道，大概是县里调查出来的吧？”有才道：“光撤了差放在村里还是大害，什么时候毁了他才能算干净，可不知道县里还办他不办？”小保道：“只要把他弄下台，攻他的人可多啦！”

远远有人喊道：“明天到庙里选村长啦，十八岁以上的人都得去……”一连声叫喊，声音越来越近，小福听出来了，便向大家道：“是得贵！还听不懂他那贱嗓？”进来了，就是得贵。他一进来，除了有才是主人，随便打了个招呼，其余的人都没有说话，小福小顺彼此挤了挤眼。得贵道：“这里倒热闹！省得我跑！明天选村长啦，凡年满十八岁者都去！”又把嗓子放得低低的：“老村长的意思选广聚！谁不在这里，你们碰上告诉给他们一声！”说着抽身就走了，他才一出门，小顺抢着道：“吃烙饼去吧！”小元道：“吃屁吧！章工作员还在这里住着啦，饼恐怕烙不成！”老秦埋怨道：“人家听见了！”小元道：“怕什么？就是故意叫他听啦。”小保道：“他也学会打官腔了：‘凡年满十八岁者’……”小顺道：“还有‘老村长的意思’。”小福道：“假大头这会要变真大头啦呀！”小福的表兄问小福道：“谁是假大头？”小顺抢着道：“这也有歌：

刘广聚，假大头：
一心要当人物头，
抱粗腿，借势头，
拜认恒元干老头。
大小事，强出头，
说起话来歪着头。
从西头，到东头，
放不下广聚这颗头。

一念歌你就清楚了。”小福的表兄觉着很奇怪，也没有顾上笑，又问道：“怎么你村有这么多的歌？”小顺道：“提起西头的人来，没有一个没歌的，连哪一个女人脸上有麻子都有歌。不只是人，每出一件新事隔不了一天就有歌出来了。”又指着有才道:“有我们这位老叔，你想听歌很容易！要多少有多少！”

小元道：“我看咱们也不用管他‘老村长的意思’不意思，明天偏给他放个冷炮，攒上一伙人选别人，偏不选广聚！”老秦道：“不妥不妥，指望咱老槐树底人谁得罪得起老恒元？他说选广聚就选广聚，瞎惹那些气有什么好处？”小元道：“你这老汉也真见不得事！只怕柿叶掉下来碰破你的头,你不敢得罪人家,还不是照样替人家支差出款？”老秦这人有点古怪，只要年轻人一发脾气，他就不说话了。小保向小元道：“你说得对，这一回真是该扭扭劲！要是再选上个广聚还不是仍出不了恒元老家伙的手吗？依我说咱们老槐树底的人这回就出出头，就是办不好也比搓在他们脚板底强得多！”小保这么一说,大家都同意，只是决定不了该选谁好。依小元说，小保就可以办；老陈觉得要是选小明，票数会更多一些；小明却说在大场面上说个话还是小元有两下子。李有才道：“我说个公道话吧：要是选小明老弟，管保票数最多，可是他老弟恐怕不能办。他这人太好，太直，跟人家老恒元那伙人斗个什么事恐怕没有人家的心眼多，小保领过几年羊（就是当羊经理），在外边走的地方也不少，又能写能算，办倒没有什么办不了，只是他一家五六口子全靠他一个人吃饭，真也有点顾不上。依我说，小元可以办，小保可以帮他记一记账，写个什么公事……”这个意见大家赞成了。小保向大家道:“要那样咱们出去给他活动活动！”小顺道:“对！宣传宣传！”说着就都往外走。老秦着了急，叫住小福道：“小福！你跟人家逞什么能！给我回去！”小顺拉着小福道：“走吧走吧！”又回头向老秦道：“不怕！丢了你小福我包赔！”说了就把小福拉上走了。老秦赶紧追出来连声喊叫，也没有叫住，只好领上外甥（小福的表兄）

回去睡觉。

窑里丢下有才一个人，也就睡了。

三 打 虎

第二天吃过早饭，李有才放出牛来预备往山坡上送，小顺拦住他道：“老叔你不要走了！多一票算一票！今天还许弄成，已经给小元弄到四十多票了。”有才道：“误不了！我把牛送到椒洼就回来，这时候又不怕吃了谁的庄稼！章工作员开会，一讲话还不是一大晌？误不了！”小顺道：“这一回是选举会，又不是讲话会。”有才道：“知道！不论什么会，他在开头总要讲几句‘重要性’啦，‘什么的意义及其价值’啦，光他讲讲这些我就回来了！”小顺道：“那你去吧！可不要叫误了！”说着就往庙里去了。

庙里还跟平常开会一样，章工作员、各干部坐在拜庭上，群众站在院里，不同的只是因为喜富撤了差，大家要看看他还威风不威风，所以人来得特别多。

不大一会，人到齐了，喜富这次当最后一回主席。他虽然沉着气，可是嗓子究竟有点不自然，说了几句客气话，就请章工作员讲话，章工作员这次也跟从前说话不同了，也没有讲什么“意义”与“重要性”，直截了当说道：“这里的村长，犯了一些错误，上级有命令叫另选。在未选举以前，大家对旧村长有什么意见，可以提一提。”大家对喜富的意见，提一千条也有，可是一来没有准备，二来碍于老恒元的面子，三来差不多都怕喜富将来记仇，因此没有人敢马上出头来提，只是交头接耳商量。有的说“趁此机会不治他，将来是村上的大害”，有的说“能送死他自然是好事，送不死，一旦放虎归山必然要伤人”，……议论纷纷，都没有主意。有个马凤鸣，当年在安徽卖过茶叶，是张启昌的姊夫，在阎家山下了户。这人走过大地方，开通一点，不像阎家山人那么小心小胆。喜富当村长的第一年，随便欺压村民，有一次压迫到他头上，当时惹不过，只好忍过去。这次喜富已经下了台，他想趁势算一下旧账，便悄悄向几个人道："只要你们大家有意见愿意提，我可以打头一炮！"马凤鸣说愿意打头一炮，小元先给他鼓励道："提吧！你一提我接住就提，说开头多着哩！"他们正商量着，章工作员在台上等急了，便催道："有没有？再限一分钟！"马凤鸣站起来道："我有个意见：我的地上边是阎五的坟地，坟地堰上的荆条、酸枣树，一直长到我的地后，遮住半块地不长庄稼。前年冬天我去砍了一砍，阎五说出话来，报告到村公所，村长阎喜富给我说的，叫我杀了一口猪给阎五祭祖，又出了二百斤面叫所有的阎家人大吃一顿，罚了我五百块钱，永远不准我在地后砍荆条和酸枣树。猪跟面大家算吃了，钱算我出了，我都能忍过去不追究，只是我种地出着负担永远叫给人家长荆条和酸枣树，我觉着不合理。现在要换村长，我请以后开放这个禁令！"章工作员好像有点吃惊，问大家道："真有这事？"除了姓阎的，别人差不多齐声答道："有！"有才也早回来了，听见是说这事，也在中间发冷话道："比那更气人的事还多得多！"小元抢着道："我也有个意见！"接着说了一件派差事。两个人发言以后，意见就多起来，你一款我一款，无论是花黑钱、请吃饭、打板子、罚苦工……只要是喜富出头做的坏事，差不多都说出来了，可是与恒元有关系的事差不多还没人敢提，直到晌午，意见似乎没人提了，章工作员气得大瞪眼，因为他常在这里工作，从来也不会想到有这么多的问题。他向大家发命令道："这个好村长！把他捆起来！"一说捆喜富，当然大家很有劲，也不知道上来多少人，七手八脚把他捆成了个倒缚兔。他们问送到哪里，章工作员道："且捆到下面的小屋里，拨两个人看守着，大家先回去吃饭，吃了饭选过村长，我把他带回区上去！”小顺、小福还有七八个人抢着道：“我看守！我看守！”小顺道：“迟吃一会饭有什么要紧？”章工作员又道：“找个人把上午大家提的意见写成个单子作为报告，我带回去！”马凤鸣道：“我写！”小保道：“我帮你！”章工作员见有了人，就宣布散了会。

这天晌午，最着急的是恒元父子，因为有好多案件虽是喜富出头，却还是与他们有关的。恒元很想吩咐喜富一下叫他到县里不要乱说，无奈那么许多人看守着，没有空子，也只好罢了。吃过午饭，老恒元说身体有点不舒服，只打发儿子家祥去照应选举的事，自己却没有去。

会又开了，章工作员宣布新的选举办法道：“按正规的选法，应该先选村代表，然后由代表会里产生村长，可是现在来不及了。现在我想了个变通办法：大家先提出三个候选人，然后用投票的法子从三个人中选一个。投票的办法，因为不识字的人很多，可以用三个碗，上边画上记号，放到人看不见的地方，每人发一颗豆，愿意选谁，就把豆放到谁的碗里去；这个办法好不好？”大家齐声道：“好！”这又出了家祥意料之外；他仗着一大部分人离不了他写票，谁知章工作员又用了这个办法。办法既然改了，他借着自己是个教育委员，献了个殷勤，去准备了三个碗，顺路想在这碗上想点办法。大家把三个候选人提出来了：刘广聚是经过老恒元的运动的，自然在数，一个是马凤鸣，一个就是陈小元。家祥把一个红碗两个黑碗上贴了名字向大家声明道：“注意！一会把这三个碗放到里边殿里，次序是这样：从东往西，第一个，红碗，是刘广聚！第二个是马凤鸣，第三个是陈小元。再说一遍：从东往西，第一个，红碗，是刘广聚！第二个是马凤鸣，第三个是陈小元。”说了把碗放到殿里的供桌上，然后站东过西每人发了一颗豆，发完了就投起来。一会，票投完了，结果是马凤鸣五十二票，刘广聚八十八票当选，陈小元八十六票，跟刘广聚只差两票。

选举完了，章工作员道："我还要回区上去。派两个人跟我相跟上把喜富送去！"家祥道："我派！我派！"下边有几个人齐声道："不用你派，我去！我去！"说着走出十几个人来，工作员道："有两个就行！"小元道："多去几个保险！"结果有五个去。工作员又叫人取来了马凤鸣跟小保写的报告，就带着喜富走了。

刘广聚当了村长，送走工作员之后，歪着个头，到恒元家里去，一方面是谢恩，一方面是领教，老恒元听了家祥的报告，知道章工作员把喜富带走，又知道小元跟广聚只差两票，心里着实有点不安，少气无力向广聚道："孩子！以后要小心点！情况变得有点不妙了！马凤鸣，一个外来户，也要翻眼；老槐树底人也起了反了！"说着伸出两个指头来道："你看危险不危险？两票！只差两票！"又吩咐他道："孩子以后要买一买马凤鸣的账，拣那不重要的委员给他当一个——就叫他当个建设委员也好！像小元那些没天没地的东西，以后要找个机会重重治他一下，要不就压不住东头那些东西，不过现在还不敢冒失，等喜富的事有个头尾再说！回去吧孩子！我今天有点不得劲，想早点歇歇！"广聚受完了这番训，也就辞出。

这天晚上，李有才的土窑里自然也是特别热闹，不必细说。第二天便有两段新歌传出来，一段是：

正月二十五，打倒一只虎；
到了二十六，虎老更吃苦，
大家提意见，尾巴藏不住，
鼓冬按倒地，打个背绑兔。
家祥干眏眼，恒元屙一裤。
大家哈哈笑，心里蛮舒服。

还有一段是：

老恒元，真混账，
抱住村长死不放。
说选举，是假样，
侄儿下来干儿上。

(喜富是恒元的本家侄儿，广聚是干儿。)

四 丈 地

自从把喜富带走以后，老恒元总是放心不下，生怕把他与自己有关的事攀扯出来，可是现在的新政府不比旧衙门，有钱也花不进去，打发家祥去了几次也打听不着，只好算了。过了三个月，县里召集各村村长去开会，老恒元托广聚到县里顺便打听喜富的下落。

隔了两天，广聚回来了，饭也没有吃，歪着个头，先到恒元那里报告。恒元躺着，他坐在床头毕恭毕敬的报告道："喜富的事，因为案件过多，喜富不愿攀出人来，直拖累了好几个月才算结束。所有麻烦，喜富一个人都承认起来了，县政府特别宽大，准他呈递悔过书赔偿大众损失，就算完事。"恒元长长吐了口气道："也算！能不多牵连别人就好！"又问道："这次开会商议了些什么？"广聚道："一共三件事：第一是确实执行减租，发了个表格，叫填出佃户姓名，地主姓名，租地亩数，原租额多少，减去多少。第二是清丈土地，办法是除了政权、各团体干部参加外，每二十户选个代表共同丈量。第三是成立武委会发动民兵，办法是先选派一个人，在阳历六月十五号以前到县受训。"老恒元听说喜富的案件已了，才放心了一点，及至听到这些事，眉头又打起皱来。他等广聚走了，便跟儿子家祥道："这派人受训没有什么难办，依我看还是巧招兵，跟阎锡山要的在乡军人一样，随便派上个谁就行了。减租和丈地两件事，在阎家山说来，只是对咱不利。不过第一件还好办，只要到各窝铺上说给佃户们一声，就叫他们对外人说是已经减过租了，他们怕夺地，自然不敢不照咱的话说；回头村公所要造表，自然还要经你的手，也不愁造不合适。只有这第二件不好办；丈地时候参加那么多的人，如何瞒得过去？"家祥眏着眼道："我看也好应付！说各干部吧！村长广聚是自己人。民事委员、教育委员是咱父子俩，工会主席老范是咱的领工，咱一家就出三个人。农会主席得贵还不是跟着咱转？财政委员启昌，平常打的是不利不害主义，只要不叫他吃亏，他也不说什么。他孩子小林虽然算个青救干部，啥也不懂。只有马凤鸣不好对付，他最精明，又是个外来户，跟咱都不一心，遇事又敢说话，他老婆桂英又是个妇救干部，一家也出着两个人……"老恒元道："马凤鸣好对付：他们做过生意的人最爱占便宜，叫他占上些便宜他就不说什么了。我觉得最难对付的是每二十户选的那一个代表，人数既多，意见又不一致。"家祥道："我看不选代表也行。"恒元道："不妥！章工作员那小子腿勤，到丈地时候他要来了怎么办？我看代表还是要，不过可以由村长指派，派那些最穷、最爱打小算盘的人，像老槐树底老秦那些人。"家祥道："这我就不懂了；越是穷人，越出不起负担，越要细丈别人的地……"恒元道："你们年轻人自然想不通：咱们丈地时候，先紧那最零碎的地方丈起——比方咱'椒洼'地，一亩就有七八块，算的时候你执算盘，慢慢细算。这么着丈量，一个椒洼不上十五亩地就得丈两天。他们那些爱打小算盘的穷户，哪里误得起闲工？跟着咱们丈过两三天，自然就都走开了。等把他们熬败了，咱们一方面说他们不积极不热心，一方面还不是由咱自己丈吗？只要做个样子，说多少是多少，谁知道？”家祥道：“可是我见人家丈过的地还插牌子！”恒元道：“山野地，块子很不规矩，每一处只要把牌子上写个总数目——比方‘自此以下至崖根共几亩几分’，谁知道对不对？要是再用点小艺道买一买小户，小户也就不说话了——比方你看他一块有三亩，你就说‘小户人家，用不着细盘量了，算成二亩吧！’这样一来，他有点小虚数，也怕多量出来，因此也就不想再去量别人的！”

恒元对着家祥训了这一番话，又打发他去请来马凤鸣。马凤鸣的地都是近二十年来新买的，不过因为买得刁巧一点，都是些大亩数——往往完一亩粮的地就有二三亩大。老恒元说：“你的地既然都是新买的，可以不必丈量，就按原契插牌子。”马凤鸣自然很高兴。恒元又叫家祥叫来了广聚，把自己的计划宣布了一番。广聚一来自己地多，二来当村长就靠的是恒元，当然没有别的话说。

第二天便依着计划先派定了丈地代表，第三天便开始丈地。果不出恒元所料，章工作员来了，也跟着去参观。恒元说：“先丈我的！”村长广聚领头，民事委员阎恒元、教育委员阎家祥、财政委员张启昌、建设委员马凤鸣、农会主席张得贵、工会主席老范、妇救主席桂英、青救主席小林，还有十余个新派的代表们，带着丈地的弓、算盘、木牌、笔砚等，章工作员也跟在后边，往椒洼去了。

广聚管指划，得贵执弓，家祥打算盘。每块地不够二分，可是东伸一个角西打一个弯，还得分成四五块来算。每丈量完了一块，休息一会，广聚给大家讲方的该怎样算，斜的该怎样折，家祥给大家讲“飞归得亩”之算法。大家原来不是来学习算地亩，也都听不起劲来，只是觉着丈量的太慢。章工作员却觉着这办法很细致，说是“丈地的模范”，说了便往柿子洼编村去了。

果不出恒元所料，两天之后，椒洼地没有丈完，就有许多人不来了。到了第五天，临出发只集合了七个人：恒元父子连领工老范是三个，广聚一个，得贵一个，还有桂英跟小林，一个没经过事的女人，一个小孩子。恒元摇着芭蕉扇，广聚端着水烟袋，领工老范捎着一张镬，小林捎着个镰预备割柴，桂英肚里怀着孕，想拔些新鲜野菜，也捎着个篮子，只有得贵这几天在恒元家里吃饭，自然要多拿几件东西——丈地弓、算盘、笔砚、木牌，都是他一个人抱着。丈量地点是椒洼后沟，也是恒元的地，出发时候，恒元故意发脾气道："又都不来了！那么多的委员，只说话不办事，好像都成了咱们七八个人的事了！"说着就出发了。这条沟没有别人的地，连样子也不用装，一进了沟就各干各的：桂英吃了几颗青杏，就走了岔道拔菜去了，小林也吃了几颗，跟桂英一道割柴去了，家祥见堰上塌了个小壑，指挥着老范去垒，得贵也放下那些家具去帮忙，恒元跟广聚，到麦地边的核桃树底趁凉快说闲话去。

这天有才恰在这山顶上看麦子，见进沟来七八个人，起先还以为是偷麦子的，后来各干其事了。虽然离得远了认不清人，可是做的事也都看得很清楚，只有到核桃树底去的那两个人不知是干什么的。他又往前凑了一凑，能听见说说笑笑，却听不见说什么。他自言自语道："这是两个什么鬼东西，我总要等你们出来！"说着就坐在林边等着。直到天快晌午，见有个从核桃树下钻出来喊道："家祥！写牌来吧！"这一下听出来了，是恒元。垒堰那三个人也过来了两个，一个是家祥，一个是老范。家祥写了两个木牌，给了老范一块，自己拿着一块：老范那块插在东圪嘴上，家祥那块插在麦地边。牌子插好，就叫来了桂英、小林，七个人相跟着回去了，有才见得贵拿着弓，才想起来人家是丈地，暗自寻思道："这地原是这样丈的？我总要看看牌上写的是什么！"一边想，一边绕着路到沟底看牌。两块牌都看了，麦地边那块写的是："自此至沟掌，大小十五块，共七亩二分二厘。”东圪嘴上那块写的是：“圪嘴上至崖根，共三亩二分八厘。”他看完了牌，觉着好笑。回来在路上编了这样一段歌：

丈地的，真奇怪，
七个人，不一块；
小林去割柴，桂英去拔菜，
老范得贵去垒堰，家祥一旁乱指派，
只有恒元和广聚，核桃树底趁凉快，
芭蕉扇，水烟袋，
说说笑笑真不坏。
坐到小晌午，叫过家祥来，
三人一捏弄，家祥就写牌，
前后共算十亩半，木头牌子插两块。
这些鬼把戏，只能哄小孩；
从沟里到沟外，平地坡地都不坏，
一共算成三十亩，管保恒元他不卖！

五　好怕的“模范村”

过了几天，地丈完了，他们果然给小户人家送了些小便宜，有三亩只估二亩，有二亩估作亩半。丈完了地这一晚上，得贵想在小户们面前给恒元卖个好，也给自己卖个好，因此在恒元家吃过晚饭，跟家祥们攀谈了几句，就往老槐树底来。老槐树底人也都吃过了饭，在树下纳凉，谈闲话，说说笑笑，声音很高。他想听一听风头对不对，就远远在路口站住步侧耳细听，只听一个人道："小旦！你不能劝劝你爹以后不要当恒元的尾巴？人家外边说多少闲话……"又听见小旦拦住那人的话抢着道："哪天不劝他？可是他不听有什么法？为这事不知生过多少气？有时候他在老恒元那里拿一根葱、几头蒜，我娘也不吃他的，我也不吃他的，就那他也不改？"他听见是自己的孩子说自己，更不便走进场，可是也想再听听以下还说些什么，所以也舍不得走开。停了一会，听得有才问道："地丈完了？老恒元的地丈了多少？"小旦道："听说是一百一十多亩。"小元道："哄鬼也哄不过！不用说他原来的祖业，光近十年来的押地也差不多有那么多！"小保道："押地可好算，老槐树底的人差不多都是把地押给他才来的！"说着大家就七嘴八舌，三亩二亩给他算起来，算的结果，连老槐树底带村里人，押给恒元的地，一共就有八十四亩。小元道："他通年雇着三个长工，山上还有六七家窝铺，要是细量起来，丈不够三百亩我不姓陈！"小顺道："你不说人家是怎样丈的？你就没听有才老叔编的歌？'丈地的，真奇怪，七个人，不一块……'"接着把那一段歌念了一遍，念得大家哈哈大笑。老秦道："我看人家丈得也公道，要宽都宽，像我那地明明是三亩，只算了二亩！"小元道："那还不是哄小孩？只要把恒元的地丈公道了，咱们这些户，二亩也不出负担，三亩还不出负担；人家把三百亩丈成一百亩，轮到你名下，三亩也得出，二亩也得出（当时行的是累进税制）！"

得贵听到这里，知道大家已经猜透了恒元的心事，这个好已经卖不出去，就返回来想再到恒元这里把方才听到的话报告一下。他走到恒元家，恒元已经睡了，只有家祥点着灯造表，他便把方才听到的话和有才的歌报告给家祥，中间还加了一些骂恒元的话。家祥听了，沉不住气，两眼眏得飞快，骂了小元跟有才一顿，得贵很得意地回去睡了。

第二天，不等恒元起床，家祥就去报告昨天晚上的事。恒元听了，倒不在乎骂不骂，只恨他们不该把自己的心事猜得那么透彻，想了一会道："非重办他几个不行！"吃过了饭，叫来了广聚，数说了小元跟有才一顿罪状，末了吩咐道："把小元选成什么武委会送到县里受训去，把有才撵走，永远不准他回阎家山来！"

广聚领了命，即刻召开了个选人受训的会，仿照章工作员的办法推了三个候选人，把小元选在三人里边，然后投豆子，可是得贵跟家祥两个人，每人暗暗抓了一把豆子都投在小元的碗里，结果把小元选住了。

村里人，连恒元、广聚都算上，都只说这是拔壮丁当兵。小元家里只有一个老娘，又没有吃的，全仗小元养活，一见说把小元选住了，哭着去哀求广聚。广聚奉的是恒元的命令，哀求也没有效，得贵很得意，背地里卖俏说："谁叫他评论丈地的事？"这话传到老槐树底，大家才知道原来是这么一回事。

小明见邻居们有点事，最能热心帮助。他见小元他娘哀求也无效，就去找小保、小顺等一干人来想办法，小保道："我看人家既是有计划的，说好话也无用，依我说就真当了兵也不是坏事，大家在一处都不错，谁还不能帮一把忙？咱们大家可以招呼他老娘几天。"小明向小元道："你放心吧！也没有多余的事！烧柴吃水，一个人能费多少，你那三亩地，到了忙时候一个人抽一晌工夫就给你捎带了！"小元的叔父老陈为人很痛快，他向大家谢道："事到头上讲不起，既然不能不去，以后自然免不了麻烦大家照应，我先替小元谢谢！"小元也跟着说了许多道谢的话。

在村公所这方面，减租跟丈地的两分表也造成了，受训的人也选定了，做了一份报告，吃过午饭，拨了个差，连小元一同送往区上。把这三件工作交代过，广聚打发人把李有才叫到村公所，歪着个头，拍着桌子大大发了一顿脾气，说他“造谣生事”，又说“简直像汉奸”，最后下命令道：“即刻给我滚蛋！永远不许回阎家山来！不听我的话我当汉奸送你！”有才无法，只好跟各牛东算了算账，搬到柿子洼编村去住。

隔了两天，章工作员来了，带着县里来的一张公事，上写道：“据第六区公所报告，阎家山编村各干部工作积极细致，完成任务甚为迅速，堪称各村模范，特传令嘉奖以资鼓励……”自此以后，阎家山就被称为“模范村”了。

六　小元的变化

两礼拜过后，小元受训回来了，一到老槐树底，大家就都来问询，在地里做活的，虽然没到晌午，听到小元回来的消息的也都赶回来问长问短。小元很得意地道：“依他们看来这一回可算把我害了，他们哪里想得到又给咱们弄了个合适？县里叫咱回来成立武委会，发动民兵，还允许给咱们发枪，发手榴弹。县里说：‘以后武委会主任跟村长是一文一武，是独立系统，不是附属在村公所。’并且给村长下的公事教他给武委会准备一切应用物件。从今以后，村里的事也有咱老槐树底的份了。”小顺道：“试试！看他老恒元还能独霸乾坤不能？”小明道：“你的苗也给你锄出来了。老人家也没有饿了肚，这家送个干粮，那家送碗汤，就够他老人家吃了。”小元自是感谢不提。

吃过午饭，小元到了村公所，把县里的公事取出来给广聚看。广聚一看公事，知道小元有权了，就拿上公事去找恒元。

恒元看了十分后悔道：“想不到给他做了个小合适！”又皱着眉头想了一会道：“既然错了，就以错上来——以后把他团弄住，叫他也变成咱的人！”广聚道：“那家伙有那么一股拗劲，恐怕团弄不住吧！”恒元道:“你不懂!这只能慢慢来!咱们都捧他的场,叫他多占点小便宜,‘习惯成自然’,不上几个月工夫,老槐树底的日子他就过不惯了。”

广聚领了恒元的命,把一座庙院分成四部分,东社房上三间是村公所,下三间是学校,西社房上三间是武委会主任室,下三间留作集体训练民兵之用。

民兵动员起来了,差不多是老槐树底那一伙子,常和广聚闹小意见,广聚觉得很难对付。后来广聚常到恒元那里领教去,慢慢就生出法子来。比方广聚有制服,家祥有制服,小元没有,住在一个庙里觉着有点比配不上,广聚便道:“当主任不可以没制服,回头做一套才行!”隔了不几天,用公款做的新制服给小元拿来了。广聚有水笔,家祥有水笔,小元没有,觉着小口袋上空空的,家祥道:“我还有一支回头送你!”第二天水笔也插起来了。广聚不割柴,家祥不割柴,小元穿着制服去割了一回柴,觉着不好意思,广聚道:“能烧多少?派个民兵去割一点就够了!”

从此以后,小元果然变了,割柴派民兵,担水派民兵,自己架起胳膊当主任。他叔父老陈,见他的地也荒了,一日就骂他道:“小元你看!近一两月来像个什么东西!出来进去架两条胳膊,连水也不能担了,柴也不能割了!你去受训,人家大家给你把苗锄出来,如今莠了一半穗了,你也不锄二遍,草比苗还高,看你秋天吃什么?”小元近来连看也没有到地里看过,经老陈这一骂,也觉得应该到地里看看去。吃过早饭,扛了一把锄,正预备往地里走,走到村里,正碰上家祥吃过饭往学校去。家祥含笑道:“锄地去啦?”小元脸红了,觉着不像个主任身份,便喃喃地道:“我到地里看看去!”家祥道:“歇歇谈一会闲话再去吧!”小元也不反对,跟着家祥走到庙门口,把锄放在门外,就走进去跟家祥、广聚闲谈起来,直谈到晌午才回去吃饭去。吃过饭,总觉着不可以去锄地，结果仍是第二天派了两个民兵去锄。

这次派的是小顺跟小福，这两个青年虽然也不敢不去，可是总觉着不大痛快，走到小元地里，无精打采慢慢锄起来。他两个一边锄一边谈。小顺道："多一位菩萨多一炉香！成天盼望主任给咱们抵些事，谁知道主任一上了台，就跟人家混得很热，除了多派咱几回差，一点什么好处都没有？"小福道："头一遍是咱给他锄，第二遍还教咱给他锄！"小顺道："那可不一样；头一遍是人家把他送走了，咱们大家情愿帮忙；第二遍是人家升了官，不能锄地了，派咱给人家当差。早知道落这个结果，帮忙？省点气力不能睡觉？"小福道："可惜把个有才老汉也撵走了，老汉要在，一定要给他编个好歌！"小顺道："咱不能给他编个试试？"小福道："可以！我帮你！"给小元锄地，他们既然有点不痛快，所以也不管锄到了没有，留下草了没有，只是随手锄过就是，两个人都把心用在编歌子上。小顺编了几句，小福也给他改了一两句，又添了两句，结果编成了这么一段短歌：

陈小元，坏得快，
当了主任耍气派，
改了穿，换了戴，
坐在庙上不下来，
不担水，不割柴，
蹄蹄爪爪不想抬，
锄个地，也派差，
逼着邻居当奴才。

小福晚上悄悄把这个歌念给两三个青年听，第二天传出去，大家都念得烂熟，小元在庙里坐着自然不得知道。

这还都是些小事，最叫人可恨的是把喜富赔偿群众损失这笔款，移到武委会用了。本来喜富早两个月就递了悔过书出来了，只是县政府把他应赔偿群众的款算了一下，就该着三千四百余元，还有几百斤面，几石小米。这些东西有一半是恒元用了，恒元就着人告喜富暂且不要回来，有了机会再说。

恰巧“八一”节要检阅民兵，小元跟广聚说，要做些挂包、子弹袋、炒面袋，还要准备七八个人三天的吃喝。广聚跟恒元一说，恒元觉着机会来了，开了个干部会，说公所没款，就把喜富这笔款移用了。大家虽然听说喜富要赔偿损失，可是谁也没听说赔多少数目。因为马凤鸣的损失也很大，遇了事又能说两句，就有些人怂恿着他去质问村长。马凤鸣跟恒元混熟了，不想得罪人，可是也想得赔偿，因此借着大家的推举也就答应了。但是他知道村长不过是个假样子，所以先去找恒元。他用自己人报告消息的口气说：“大家对这事情很不满意，将来恐怕还要讨这笔款！”老恒元就猜透他的心事，便向他道：“这事怕不好弄，公所真正没款，也没有日子了，四五天就要用，所以干部会上才那么决定，你不是也参加过了吗？不过咱们内里人好商量；你前年那一场事，一共破费了多少，回头叫他另外照数赔偿你！”马凤鸣道：“我也不是说那个啦，不过他们……”恒元拦他的话道：“不不不！他不赔我就不愿意他！不信我可以垫出来！咱们都是个干部，不分个里外如何能行？”马凤鸣见自己落不了空，也就不说什么了；别人再怂恿也怂恿不动他了。

事过之后，第二天喜富就回来了。赔马凤鸣的东西恒元担承了一半，其余应赔全村民众，那么大的数目，做了几条炒面袋，几个挂包，几条子弹袋，又给民兵拿了二十多斤小米就算完事。

“八一”检阅民兵，阎家山的民兵服装最整齐，又是模范，主任又得了奖。

七　恒元广聚把戏露底

过了阴历八月十五日，正是收秋时候，县农会主席老杨同志被分配到第六区来检查督促“秋收工作”。老杨同志叫区农会给他介绍一个比较进步的村，区农会常听章工作员说阎家山是模范村，就把他介绍到阎家山去。

老杨同志吃了早饭起程，天不晌午就到了阎家山。他一进公所，正遇着广聚跟小元下棋。他两个因为一步棋争起来，就没有看见老杨同志进去。老杨同志等了一会，还没有人跟他答话，他就在这争吵中问道:“哪一位是村长？”广聚跟小元抬头一看，见他头上箍着块白手巾，白小布衫深蓝裤，脚上穿着半旧的硬鞋至少也有二斤半重。从这服装上看，村长广聚以为他是哪村派来的送信的，就懒洋洋地问道：“哪村来的？”老杨同志答道：“县里！”广聚仍问道：“到这里干什么？”小元棋快输了，在一边催道:“快走棋吗！”老杨同志有些不耐烦，便道:“你们忙得很！等一会闲了再说吧！”说了把背包往阶台上一丢。坐在上面休息。广聚见他的话头有点不对，也就停住了棋，凑过来答话。老杨同志也看出他是村长，却又故意问了一句“村长哪里去了？”他红着脸答过话，老杨同志才把介绍信给他，信上写的是：

兹有县农会杨主席，前往阎家山检查督促秋收工作，请予接洽是荷……

广聚看过了信，把老杨同志让到公所，说了几句客气话，便要请老杨同志到自己家里吃饭。老杨同志道：“还是兑些米到老百姓家里吃吧！”广聚还要讲俗套，老杨同志道：“这是制度，不能随便破坏！”广聚见他土眉土眼，说话却又那么不随和，一时想不出该怎么对付，便道："好吧！你且歇歇，我给你出去看看！"说了就出了公所来找恒元。他先把介绍信给恒元看了，然后便说这人是怎样怎样一身土气，恒元道："前几天听喜富说有这么个人。这人你可小看不得！听喜富说，有些事情县长还得跟他商量着办。"广聚道："是是是！你一说我想起来了！那一次在县里开会，讨论丈地问题那一天，县干部先开了个会，仿佛有他，穿的是蓝衣服，眉眼就是那样。"恒元道："去吧！好好应酬，不要冲撞着他！"广聚走出门来又返回去问道："我请他到家吃饭，他不肯，他教给他找个老百姓家去吃，怎么办？"恒元不耐烦了，发话道："这么大一点事也问我？那有什么难办？他要那么执拗，就把他派到个最穷的家——像老槐树底老秦家，两顿糠吃过来，你怕他不再找你想办法啦？"广聚道："老槐树底那些人跟咱们都不对，不怕他说坏话？"恒元道："你就不看人？老秦见了生人敢放个屁？每次吃了饭你就把他招待回公所，有什么事？"

广聚碰了一顿钉子讨了这么一点小主意，回去就把饭派到老秦家。这样一来，给老秦找下麻烦了！阎家山没有行过这种制度，老秦一来不懂这种管饭只是替做一做，将来还要领米，还以为跟派差派款一样；二来也不知道家常饭就行，还以为衙门来的人一定得吃好的。他既是这样想，就把事情弄大了，到东家借盐，到西家借面，老两口忙了一大会，才算做了两三碗汤面条。

晌午，老杨同志到老秦家去吃饭，见小砂锅里是面条，大锅里的饭还没有揭开，一看就知道是把自己当客人待。老秦舀了一碗汤面条，毕恭毕敬双手捧给老杨同志道："吃吧先生！到咱这穷人家吃不上什么好的，喝口汤吧！"他越客气，老杨同志越觉着不舒服，一边接一边道："我自己舀！唉！老人家！咱们吃一锅饭就对了，为什么还要另做饭？"

老秦老婆道："好先生！啥也没有！只是一口汤！要是前几年这饭就端不出来！这几年把地押了，啥也讲不起了！"老杨同志听她说押了地，正要问她押给谁，老秦先向老婆喝道："你这老不死，不知道你那一张疯嘴该说什么！可蹩不死你！你还记得啥？还记得啥！"老杨同志猜着老秦是怕她说得有妨碍，也就不再追问，随便劝了老秦几句。老秦见老婆不说话了，因为怕再引起话来，也就不再说了。

小福也回来了。见家里有个人，便问道："爹！这是哪村的客？"老秦道："县里的先生！"老杨同志道："不要这样称呼吧！哪里是什么'先生'？我姓杨！是农救会的！你们叫我个'杨同志'或者'老杨'都好！"又问小福"叫什么名字"，"多大了"，小福一一答应，老秦老婆见孩子也回来了，便揭开大锅开了饭。老秦，老秦老婆，还有个五岁的女孩，连小福，四个人都吃起饭来。老杨同志第一碗饭吃完，不等老秦看见，就走到大锅边，一边舀饭一边说："我也吃吃这饭，这饭好吃！"老两口赶紧一齐放下碗来招待，老杨同志已把山药蛋、南瓜舀到碗里。老秦客气了一会，也就罢了。

小顺来找小福割谷，一进门碰上老杨同志，彼此问询了一下，就向老秦道："老叔！人家别人的谷都打了，我爹病着，连谷也割不起来，后晌叫你小福给俺割吧？"老秦道："吃了饭还要打谷！"小顺道："那我也能帮忙，打下你的来，迟一点去割我的也可以！"老杨同志问道："你们这里收秋还是各顾各？农救会也没有组织过互助小组？"小顺道："收秋可不就是各顾各吧？老农会还管这些事啦？"老杨同志道："那么你们这里的农会都管些什么事？"小顺道："咱不知道。"老杨同志自语道："模范村！这算什么模范？"五岁的小女孩，听见"模范"二字，就想起小顺教她的几句歌来，便顺口念道：

模范不模范，从西往东看；

西头吃烙饼，东头喝稀饭。

小孩子虽然是顺口念着玩，老杨同志却听着很有意思，就逗她道："念得好呀！再念一遍看！"老秦又怕闯祸，瞪了小女孩一眼。老杨同志没有看见老秦的眼色，仍问小女孩道："谁教给你的？"小女孩指着小顺道："他！"老秦觉着这一下不只惹了祸，又连累了邻居。他以为自古"官官相卫"，老杨同志要是回到村公所一说，马上就不得了。他气极了，劈头打了小女孩一掌骂道："可哑不了你！"小顺赶紧一把拉开道："你这老叔！小孩们念个那，有什么危险？我编的，我还不怕，就把你怕成那样？那是真的吧是假的？人家吃烙饼有过你的份？你喝的不是稀饭？"老秦就有这样一种习惯，只要年轻人说他几句，他就不说话了。

吃过了饭，老秦跟小福去场里打谷子。老杨同志本来预备吃过饭去找村农会主任，可是听小顺一说，已知道工作不实在，因此又想先在群众里调查一下，便向老秦道："我给你帮忙去。"老秦虽说"不敢不敢"，老杨同志却扛起木掀、扫帚跟他们往场里去。

场子就在窑顶上，是好几家公用的。各家的谷子都不多，这天一场共摊了四家的谷子，中间用谷草隔开了界。

老杨同志到场子里什么都通，拿起什么家具来都会用，特别是好扬家，不只给老秦扬，也给那几家扬了一会，大家都说："真是一张好木掀"（就是说他用木掀用得好）。一场谷打罢了，打谷的人都坐在老槐树底休息，喝水，吃干粮，蹲成一圈围着老杨同志问长问短，只有老秦仍是毕恭毕敬站着，不敢随便说话。小顺道："杨同志！你真是个好把式！家里一定种地很多吧？"老杨同志道："地不多，可是做得不少！整整给人家住过十年长工！"老秦一听老杨同志说是个住长工出身，马上就看不起他，一屁股坐在墙根下道："小福！不去场里担糠还等什么？"小福正想听老杨同志谈些新鲜事，不想半路走开，便推托道："不给人家小顺哥割谷？"老秦道："担糠回来误得了？小孩子听起闲话来就不想动了！"小福无法，只好去担糠。他才从家里挑起篓来往场里走，老秦也不顾别人谈话，又喊道："细细扫起来！不要只扫个场心！"他这样子，大家都觉着他不顺眼，小保便向他发话道："你这老汉真讨厌！人家说个话你偏要乱吵！想听就悄悄听，不想听你不能回去歇歇？"老秦受了年轻人的气自然没有话说，起来回去了。小顺向老杨同志道："这老汉真讨厌！吃亏，怕事，受了一辈子穷，可瞧不起穷人。你一说你住过长工，他马上就变了个样子。"老杨同志笑了笑道："是的！我也看出来了。"

广聚依着恒元的吩咐，一吃过饭就来招呼老杨同志，可是哪里也找不着，虽然有人说在场子里，远远看了一下，又不见一个闲人（他想不到县农会主席还能做起活来），从东头找到西头，西头又找回东头来，才算找到。他一走过来，大家什么都不说了。他向老杨同志道："杨同志！咱们回村公所去吧！"老杨同志道："好，你且回去，我还要跟他们谈谈。"广聚道："跟他们这些人能谈个什么？咱们还是回公所去歇歇吧！"老杨同志见他瞧不起大家，又想碰他几句，便半软半硬地发话道："跟他们谈话就是我的工作，你要有什么话等我闲了再谈吧！"广聚见他的话头又不对了，也不敢强叫，可是又想听听他们谈什么，因此也不愿走开，就站在圈外。大家见他不走，谁也不开口，好像庙里十八罗汉像，一个个都成了哑子。老杨同志见他不走开大家不敢说话，已猜着大家是被他压迫怕了，想赶他走开，便向他道："你还等谁？"他呶呶唧唧道："不等谁了！"说着就溜走了。老杨同志等他走了十几步远，故意向大家道："没有见过这种村长！农救会的人到村里，不跟农民谈话，难道跟你村长去谈？"大家亲眼看见自已惹不起的厉害人受了碰，觉着老杨同志真是自己人。

天气不早了，小顺喊叫小福去割谷，老杨同志见小顺说话很痛快，想多跟他打听一些村里的事，便向他道："多借个镰，我也给你割去！"小明、小保也想多跟老杨同志谈谈，齐声道："我也去！"小顺本来只问了个小福，连自己一共两个人，这会却成了五个。这五个人说说话话，一同往地里去了。

八 "老""小"字辈准备翻身

五个人到了地，一边割谷一边谈话。小顺果然说话痛快，什么也不忌讳。老杨同志提到晌午听的那四句歌，很夸奖小顺编得好。小保道："他还是徒弟，他师父比他编得更好。"老杨同志笑道："这还是有师父的？"向小顺道："把你师父编出来的给咱念几段听一听吧？"小顺道："可以！你要想听这，管保听到天黑也听不完！"说着便念起来。他每念一段，先把事实讲清楚了然后才念，这样便把村里近几年来的事情翻出来许多。老杨同志越听越觉着有意思，比自己一件一件打听出来的事情又重要又细致，因此想亲自访问他这师父一次，就问小顺道："这歌编得果然好！我想见见这个人，吃了晚饭你能领上我去他家里闲坐一会吗？"小顺道："可惜他不在村里了，叫人家广聚把他撵跑了！"接着就把丈地时候的故事从头至尾说了一遍，一直说到小元被送县受训，有才逃到柿子洼。老杨同志问道："柿子洼离这里有多么远？"小顺往西南山洼里一指道："那不是？不远！五里地！"老杨同志道："我看这三亩谷也割不到黑！你们着个人去把他请回来，咱们晚上跟他谈谈！"小明道："只要敢回来，叫一声他就回来了！我去！"老杨同志道："叫他放心回来！我保他无事！"小顺道："小明叔腿不快！小福你去吧！"小福很高兴地说了个“可以”，扔下镰就跑了。小福去后老杨同志仍然跟大家接着谈话，把近几年来村里的变化差不多都谈完了。最后老杨同志问道：“这些事情，章工作员怎么不知道？”小保道：“章工作员倒是个好人，可惜没经过事，一来就叫人家团弄住了。”他直谈到天快黑，谷也割完了，小福把有才也叫来了，大家仍然相跟着回去吃饭。

小顺家晚饭是谷子面干粮豆面条汤，给他割谷的都在他家吃。小顺硬要请老杨同志也在他家吃，老杨同志见他是一番实意，也就不再谦让，跟大家一齐吃起来。小顺又给有才端了碗汤拿了两个干粮，有才是自己人，当然也不客气。老秦听说老杨同志敢跟村长说硬话，自然又恭敬起来，把晌午剩下的汤面条热了一热，双手捧了一碗送给老杨同志。

晚饭吃过了，老杨同志向有才道：“你住在哪个窑里？今天晚上咱们大家都到你那里谈一会吧！”有才就坐在自己的门口，顺手指道：“这就是我的窑！”老杨同志抬头一看，见上面还贴着封条，不由他不发怒。他跳起来一把把封条撕破了道：“他妈的！真敢欺负穷人！”又向有才道：“开开进去吧！”有才道：“这锁也是村公所的！”老杨同志道：“你去叫村公所人来给你开！就说我把你叫来谈话啦！”有才去了。

有才找着了广聚，说道：“县农会杨同志找我回来谈话，叫你去开门啦！”广聚看这事情越来越硬，弄得自己越得不着主意，有心去找恒元，又怕因为这点小事受恒元的碰。他想了一想，觉着农救会人还是叫农救会干部去应酬，主意一定，就向有才道：“你等等，我去取钥匙去！”他回家取上钥匙，又去把得贵叫来，暗暗嘱咐了一番话，然后把钥匙给了得贵，便向有才道：“叫他给你开去吧！”有才就同得贵一同回到老槐树底。

得贵跟着恒元吃了多年残剩茶饭，半通不通的浮言客套倒也学得了几句。他一见老杨同志，就满面赔笑道："这位就是县农会主席吗，慢待慢待！我叫张得贵，就是这村的农会主席。晌午我就听说你老人家来了，去公所拜望了好几次也没有遇面……"说着又是开门又是点灯，客气话说得既然叫别人搀不上嘴，小殷勤也做得叫别人帮不上手。老杨同志在地里已经听小顺念过有才给他编的歌，知道他的为人，也就不多接他的话。等他忙乱过后，大家坐定，老杨同志慢慢问他道："这村共有多少会员？"他含糊答道："唉！我这记性很坏，记不得了，有册子，回头查查看！"老杨同志道："共分几小组？"他道："这这这我也记不清了。"老杨同志放大嗓子道："连几个小组也记不得？有几个执行委员？"他更莫名其妙，赶紧推托道："我是个老粗人，什么也不懂，请你老人家多多包涵！"老杨同志道："你不懂只说你不懂，什么粗人不粗人？农救会根本没有收过一个细人入会！连组织也不懂，不只不能当主席，也没有资格当会员，今天把你这主席资格、会员资格一同取消了吧！以后农救会的事不与你相干！"

他一听要取消他的资格，就转了个弯道："我本来办不了。辞了几次也辞不退，村里只要有点事，想不管也不行！……"老杨同志道："你跟谁辞过？"他道："村公所！"老杨同志道："当日是谁教你当的？"他道："自然也是村公所！"老杨同志说："不怨你不懂，原来你就不是由农救会来的！去吧！这一回不用辞就退了！"他还要啰唆，老杨同志挥着手道："去吧去吧！我还有别的事啦！"这才算把他赶出去。

这天因为有才回来了，邻居们都去问候，因此人来得特别多，来了又碰上老杨同志取消得贵，大家也就站住看起来了。老杨同志把得贵赶走之后，顺便向大家道："组织农救会教受压迫农民反对压迫自己的人。日本鬼子压迫我们，我们就反对日本鬼子；土豪恶霸压迫我们，我们就反对土豪恶霸。张得贵能领导你们反对鬼子吗？能领导着你们反对土豪恶霸吗？他能当个什么主席？……”老杨同志借着评论得贵，顺路给大家讲了讲“农救会是干什么的”，大家听得很起劲。不过忙时候总是忙时候，大家听了一小会，大部分就都回去睡了，窑里只剩下小明、小保、小顺、有才四个人(小福没有来，因为后晌没有担完糠，吃过晚饭又去担去了)。老杨同志道：“请你们把恒元那一伙人做的无理无法的坏事拣大的细细说几件，我把他记下来。”说着取出钢笔和笔记簿子来道：“说吧！就先从喜富撤差说起！”小明道：“我先说吧？说漏了大家补！”接着便说起来。他才说到喜富赔偿大家损失的事，小顺忽听窗外好像有人，便喊道：“谁？”喊了一声，果然有个人咚咚咚跑了。大家停住了话，小保、小顺出来到门外一看，远远来了一个人，走近了才认得是小福。小顺道：“是你？你不进来怎么跑了？”小福道：“哪里是我跑？是老得贵！我担完了糠一出门就见他跑过去了！”小保道：“老家伙，又去报告去了！”小顺道：“要防备这老家伙坏事！你们回去谈吧，我去站个岗！”小顺说罢往窑顶上的土堆上去了，大家仍旧接着谈。老杨同志把材料记了一大堆，便向大家道：“我看这些材料中，押地，不实行减租，喜富不赔款，村政权不民主，这四件事最大，因为在这四件事上吃亏的是大多数。咱们要斗争他们,就要叫恒元退出押地，退出多收的租来,叫喜富照县里判决的数目赔款,彻底改选了村政干部。其余各人吃亏的事，只要各个人提出，该怎么办就怎么办，只要这样一来他们就倒台了，受压迫的老百姓就抬起头来了。”

小明道：“能弄成那样，那可真是又一番世界，可惜没有阎家——如今就想不出这么个可出头的人来。有几个能写能算、见过世面、干得了说话的，又差不多跟人家近，跟咱远。”老杨同志道：“现在的事情，要靠大家，不只靠一两个人——这也跟打仗一样，要凭有队伍，不能只凭指挥的人。指挥的人自然也很要紧，可是要从队伍里提拔出来的才能靠得住。你不要说没有人，我看这老槐树底的能人也不少，只要大家抬举，到个大场面上，可真能说他几句！”小保道：“这道理是对的，只是说到真事上我就懵懂了。就像咱们要斗争恒元，可该怎样下手？咱又不是村里的什么干部，怎样去集合人？怎样跟人家去说？人家要说理咱怎么办？人家要翻了脸咱怎么办？……”老杨同志道：“你想得很是路，咱们现在预备就是要预备这些。咱们这些人数目虽然不少，可是散着不能办事，还得组织一下。到人家进步的地方，早就有组织起来的工农妇青各救会，你们这里因为一切大权都在恶霸手里，什么组织也没有。依我说，咱们明天先把农救会组织起来，就用农救会出名跟他们说理。咱们只要按法令跟他说，他们使的黑钱、押地、多收了人家的租子，就都得退出来。他要无理混赖，现在的政府可不像从前的衙门，不论他是多么厉害的人，犯了法都敢治他的罪！”小保道：“这农救会该怎么组织？”老杨同志就把《会员手册》取出来，给大家把会员的权利、义务、入会资格、组织章程等大概讲了一些，然后向大家道：“我看现在很好组织，只要说组织起来能打倒恒元那一派，再不受他们的压迫，管保愿意参加的人不少！”小保道：“那么明天你就叫村公所召开个大会，你把这道理先给大家宣传宣传，就叫大家报名参加，咱们就快快组织起来干！”老杨同志道：“那办法使不得！”小保道：“从前章工作员就是那么做的，不过后来没有等大家报名，不知道怎样老得贵就成了主席了！”老杨同志道：“所以我说那办法使不得。那办法还不只是没有人报名：一来在那种大会上讲话，只能笼统讲，不能讲得很透彻；二来既然叫大家来报名，像与恒元有关系那些人想报上名给恒元打听消息，可该收呀不收？我说不用那样做：你们有两个人会编歌，就把‘入了农救会能怎样怎样’编成个歌传出去，凡是真正受压迫的人听了，一定有许多人愿意入会，然后咱们出去几个人跟他们每个人背地谈谈，愿意入会的就介绍他入会。这样组织起来的会，一来没有恒元那一派的人，二来入会以后都知道会是做什么的。”大家齐声道：“这样好，这样好！”小保道：“那么就请有才老叔今天黑夜把歌编成，编成了只要念给小顺，不到明天晌午就能传遍。”老杨同志道：“这样倒很快，不过还得找几个人去跟愿意入会的人谈话，然后介绍他们入会。”小福道：“小明叔交人很宽，只要出去一转还不是一大群？”老杨同志道：“我说老槐树底有能人你们看有没有？”正说着，小顺跑进来道：“站了一会岗又调查出事情来了：广聚、小元、马凤鸣、启昌，都往恒元家里去了，人家恐怕也有什么布置。我到他门口看看，门关了，什么也听不见！”老杨同志道：“听不见由他去吧！咱们谈咱们的。你们这几个人算是由我介绍先入了会，明天你们就可以介绍别人，天气不早了，咱们散了吧！”说了就散了。

九　斗争大胜利

自从老杨同志这天后晌碰了广聚一顿，晚上又把有才叫回，又取消张得贵的农会主席，就有许多人十分得意，暗暗道：“试试！假大头也有不厉害的时候？”第二天早上，这些人都想看看老杨同志是怎么一个人，因此吃早饭时候，端着碗来老槐树底的特别多。有才应许下的新歌，夜里编成，一早起来就念给小顺了，小顺就把这歌传给大家。歌是这样念：

入了农救会，力量大几倍，
谁敢压迫咱，大家齐反对。
清算老恒元，从头算到尾；

黑钱要他赔，押地要他退；
减租要认真，一颗不许昧。
干部不是人，都教他退位；
再不吃他亏，再不受他累。
办成这些事，痛快几百倍，
想要早成功，大家快入会！

提起反对老恒元，阎家山没有几个不赞成的，再说到能叫他赔黑款，退押地……大家的劲儿自然更大了，虽然也有许多怕得罪不起人家不敢出头的，可是仇恨太深，愿意干的究竟是多数。还有人说："只要能打倒他，我情愿再贴上几亩地！"他们听了这入会歌，马上就有二三十个入会的，小保就给他们写上了名。山窝铺的佃户们，无事不到村里来。老杨同志道："谁可以去组织他们？"有才道："这我可以去！我常在他们山上放牛，跟他们最熟。"打发有才上了山，小明就到村里去活动，不到晌午就介绍了五十五个会员。小明向老杨同志道："依我看来，凡是敢说敢干的，差不多都收进来了；还有些胆子小的，虽然也跟咱是一气，可是自己又不想出头，暂且还不愿参加。"老杨同志道："不少，不少！这么大个小村子，马上说话马上能组织起五十多个人来，在我做过工作的村子里，这还算第一次遇到。从这件事上看，可以看出一般人对他们仇恨太深，斗起来一定容易胜利！事情既然这么顺当，咱们晚上就可以开个成立大会，选举出干部，分开小组，明天就能干事。这村里这么多的问题，区上还不知道，我可以连夜回区上一次，请他们明天来参加群众大会。"正说着，有才回来了，有几家佃户也跟着来了。佃户们见了老杨同志，先问"要是生起气来，人家要夺地该怎么办？"老杨同志就把法令上的永佃权给他们讲了一遍，叫他们放心。小明道：

“山上人也来了，我看就可以趁着晌午开个会。”老杨同志道：“这样更好！晌午开了会，赶天黑我还能回到区上。”小明道：“这会咱们到什么地方开？”老杨同志道：“介绍会员不叫他们知道，是怕那些坏家伙混进来；开成立大会可不跟他们偷偷摸摸，到大庙里成立去！”吃过了午饭，庙里的大会开了，选举的结果，小保、小明、小顺当了委员。三个人一分工，小保担任主席，小明担任组织，小顺担任宣传。选举完了，又分了小组，阎家山的农救会就算正式成立。

老杨同志向新干部们道：“今天晚上，可以通知各小组，大家搜集老恒元的恶霸材料。”小顺道：“我看连广聚、马凤鸣、张启昌、陈小元的材料都可以搜集。”老杨同志道：“这不大妥当，马凤鸣、张启昌不是真心顾老恒元的人，照你们昨天谈的，这两个人有时候也反对恒元。咱们着个跟他说得来的人去给他说明利害关系，至少斗起恒元来他两人能不说话。小元他原来是你们招呼起来的人，只要恒元一倒，还有法子叫他变过来。把这些人暂且除过，只把劲儿用在恒元跟广聚身上，成功要容易得多。”老杨同志把这道理说完，然后叫他们多布置几个能说会道的人，预备在第二天的大会上提意见。

安顿停当，老杨同志便回到区公所去。他到区上把在阎家山发现的问题大致一谈，区救联会、武委会主任、区长，大家都莫名其妙，章工作员三番五次说不是事实，最后还是区长说：“咱们不敢主观主义，不要以为咱们没有发现问题就算没有问题。依我说咱们明天都可以去参加这个会去，要真有那么大问题，就是在事实上整了我们一次风。”

老恒元也生了些鬼办法：除了用家长资格拉了几户姓阎的，又打发得贵向农救会的个别会员们说：“你不要跟着他们胡闹！他们这些工作人员，三天调了，五天换了，老村长是永远不离阎家山的，等他们走了，你还出得了老村长的手心吗？”果然有几个人听了这话，去找小明要退出农救会，小明急了，跟小保、小顺商议。小顺道："他会说咱也会说，咱们再请有才老叔编上个歌，多多写几张把村里贴满，吓他一吓！"有才编了个短歌，连编带写，小保也会写，小顺、小福管贴，不大一会就把事情办了，连老恒元门上也贴了几张。第二天早上，满街都有人在墙上念歌：

工作员，换不换，
农救会，永不散，
只要你恒元不说理，
几时也要跟你干！

这样才算把得贵的谣言压住。

吃过早饭，老杨同志跟区长、救联主席、武委会主任、章工作员一同来了，一来就先到老槐树底遛了一趟，这一着是老恒元、广聚们没有料到的，因此马上慌了手脚。

群众大会开了，恒元的违法事实，大家一天也没有提完。起先提意见的还只是农救会人，后来不是农救会人也提起意见了。恒元最没法巧辩的是押地跟不实行减租，其余捆人、打人、罚钱、吃烙饼……他虽然想尽法子巧辩，只是证据太多，一条也辩不脱。

第二天仍然继续开会，直到晌午才算开完。斗争的结果老恒元把八十四亩押地全部退回原主，退出多收了的租，退出有证据的黑钱。因为私自减了喜富的赔款，刘广聚由区公所撤职送县查办。喜富的赔款仍然如数赔出。在斗争时候，自然不能十分痛快，像退押契，改租约……也费了很大周折，不过这种斗争，人们差不多都见过，不必细叙。

吃过午饭，又选村长。这次的村长选住了小保，因此农救会又补选了委员。因为斗争胜利，要求加入农救会的人更多起来，经过了审查，又扩充了四十一个新会员。其余村政委员，除了马凤鸣跟张启昌不动外，老恒元父子也被大家罢免了另行选过。

选举完了，天也黑了，区干部连老杨同志都住在村公所，因为村里这么大问题章工作员一点也不知道，还常说老恒元是开明士绅，大家就批评了他一次，老杨同志指出他不会接近群众，一来了就跟恒元们打热闹，群众有了问题自然不敢说。其余的同志，也有说是“思想意识”问题或“思想方法”问题的，教章同志做一番比较长期的反省。

批评结束了，大家又说起闲话，老杨同志顺便把李有才这个人介绍了一下，大家觉着这人很有趣，都说“明天早上去访一下”。

一〇 “板人”作总结

老杨同志跟区干部们因为晚上多谈了一会话，第二天醒得迟了一点。他们一醒来，听着村里地里到处喊叫，起先还以为出了什么事，仔细一听，才知道是唱不是喊。老杨同志是本地人，一听就懂，便向大家道：“你听老百姓今天这股高兴劲儿！‘干梆戏’唱得多么喧！”（这地方把不打乐器的清唱叫“干梆戏”）

正说着，小顺唱着进公所来。他跳跳打打向老杨同志跟区干部们道：“都起来了？昨天累了吧？”看神气十分得意。老杨同志问道：“这场斗争老百姓觉着怎样？”小顺道：“你就没有听见‘干梆戏’？真是天大的高兴，比过大年高兴得多啦！地也回来了，钱也回来了，吃人虫也再不敢吃人了，什么事有这事大？”老杨同志道：“李有才还在家吧？”小顺道：“在！他这几天才回来没有什么事，叫他吧？”老杨同志道：“不用！我们一早起好到外边遛一下，顺路就遛到他家了！”小顺道：“那也好！走吧？”小顺领着路，大家就往老槐树底来。

才下了坡，忽然都听得有人吵架。区长问道：“这是谁吵架？”小顺道：“老陈骂小元啦！该骂！”区干部们问起底细，小顺道：“他本来是老槐树底人，自己认不得自己，当了个武委会主任，就跟人家老恒元打成一伙，在庙里不下来。这两天斗起老恒元来了，他没处去，仍然回到老槐树底。老陈是他的叔父，看不上他那样子，就骂起他来。”区干部们听老杨同志说过这事，所以区武委会主任也来了。区武委会主任道：“趁斗倒了恒元，批评他一下也是个机会。”大家本是出来闲找有才的，遇上了比较正经的事自然先办正经事，因此就先往小元家。老陈正骂得起劲，见他们来了，就停住了骂，把他们招呼进去。武委会主任也不说闲话，直截了当批评起小元来，大家也接着提出些意见，最后的结论分三条：第一是穿衣吃饭跟人家恒元们学样，人家就用这些小利来拉拢自己，自己上了当还不知道；第二是不生产，不劳动，把劳动当成丢人事，忘了自己的本分；第三是借着一点小势力就来压迫旧日的患难朋友。区武委会主任最后等小元承认了这些错误，就向他道：“限你一个月把这些毛病完全改过，叫全村干部监视着你。一个月以后倘若还改不完，那就没有什么客气的了！”老陈听完了他们的话，把膝盖一拍道：“好老同志们！真说得对！把我要说他的话全说完了！”又回头向小元道：“你也听清楚了，也都承认过了！看你做的那些事以后还能见人不能？”老杨同志道：“这老人家也不要那样生气！一个人做了错，只要能真正改过，以后仍然是好人，我们仍然以好同志看他！从前的事情已经过去了，尽责备他也无益，我看以后不如好好帮助他改过，你常跟他在一处，他的行动你都可以知道，要是见他犯了旧错，常常提醒他一下，也就是帮助了他了……”

谈了一会，已是吃早饭时候，老杨同志跟区干部们就从小元家里走出。他们路过老秦门口，冷不防见老秦出来拦住他们，跪在地下咕咚咕咚磕了几个头道："你们老先生们真是救命恩人呀！要不是你们诸位，我的地就算白白押死了……"老杨同志把他拉起来道："你这老人家真是认不得事！斗争老恒元是农救会发动的，说理时候是全村人跟他说的，我们不过是几个调解人。你的真恩人是农救会，是全村民众，哪里是我们？依我说你也不用找人谢恩，只要以后遇着大家的事靠前一点，大家是你的恩人，你也是大家的恩人……"老秦还要让他们到家里吃饭，他们推推让让走开。

李有才见小顺说老杨同志跟区干部们找他，所以一吃了饭，取起他的旱烟袋就往村公所来。从他走路的脚步上，可以看出比哪一天也有劲。他一进庙门，见区村干部跟老杨同志都在，便道："找我吗？我来了！"小保道："这老叔今天也这么高兴？"有才道："十五年不见的老朋友，今天回来了，怎能不高兴？"小明想了一想问道："你说的是个谁？我怎么想不起来？"有才道："一说你就想起来了！我那三亩地不是押了十五年了吗？"他一说大家都想起来了，不由得大笑了一阵。

老杨同志向有才道："最好你也在村里担任点工作干，你很有才干，也很热心！"小明道："当个民众夜校教员还不是呱呱叫？"大家拍手道："对！对！最合适！"

老杨同志向有才道："大家想请你把这次斗争编个纪念歌好不好？"有才道："可以！"他想了一会，向大家道："成了成了！"接着念道：

阎家山，翻天地，
群众会，大胜利。
老恒元，泄了气，
退租退款又退地。

刘广聚，大舞弊，
犯了罪，没人替。
全村人，很得意，
再也不受冤枉气，
从村里，到野地，
到处唱起“干梆戏”。

大家听他念了，都说不错，老杨同志道：“这就算这场事情的一个总结吧！”

谈了一小会，区干部回区上去了，老杨同志还暂留在这一带突击秋收工作，同时在工作中健全各救会组织。

一九四三，十，写于太行。

李家庄的变迁

一

李家庄有座龙王庙，看庙的叫“老宋”。老宋原来也有名字，可是因为他的年纪老，谁也不提他的名字；又因为他的地位低，谁也不加什么称呼，不论白胡老汉，不论才会说话的小孩，大家一致都叫他“老宋”。

抗战以前的八九年，这龙王庙也办祭祀，也算村公所；修德堂东家李如珍也是村长也是社首，因此老宋也有两份差——是村警也是庙管。

庙里挂着一口钟，老宋最喜欢听见钟响。打这钟也有两种意思：若是只打三声——往往是老宋亲自打，就是有人敬神；若是不住乱打，就是有人说理。有人敬神，老宋可以吃上一份献供；有人说理，老宋可以吃一份烙饼。

一天，老宋正做早饭，听见庙门响了一声，接着就听见那口钟当当当地响起来。隔着竹帘子看，打钟的是本村的教书先生春喜。

春喜，就是本村人，官名李耀唐，是修德堂东家的本家侄儿。前几年老宋叫春喜就是“春喜”，这会春喜已经二十好几岁了，又在中学毕过业，又在本村教小学，因此也叫不得“春喜”了。可是一个将近六十岁的老汉，把他亲眼看着长大了的年轻后生硬叫成“先生”，也有点不好意思。老宋看见打钟的是他，一时虽想不起该叫他什么，可是也急忙迎出来，等他打罢了钟，向他招呼道：“屋里坐吧！你跟谁有什么事了？”

春喜对他这招待好像没有看见，一声不哼走进屋里向他下命令道：“你去报告村长，就说铁锁把我的桑树砍了，看几时给我说！”老宋去了。等了一会，老宋回来说:“村长还没有起来。村长说今天晌午开会。”春喜说：“好！”说了站起来，头也不回就走了。

老宋把饭做成，盛在一个串门大碗（即一碗可以吃饱的大碗）里，端在手里，走出庙来，回手锁住庙门，去通知各项办公人员和事主。他一边吃饭一边找人，饭吃完了人也找遍了，最后走到福顺昌杂货铺，通知了掌柜王安福，又取了二十斤白面回庙里去。这二十斤面，是准备开会时候做烙饼用的。从前没有村公所的时候，村里人有了事是请社首说理。说的时候不论是社首、原被事主、证人、庙管、帮忙，每人吃一斤面烙饼，赶到说完了，原被事主，有理的摊四成，没理的摊六成。民国以来，又成立了村公所；后来阎锡山巧立名目，又成立了息讼会，不论怎样改，在李家庄只是旧规添上新规，在说理方面，只是烙饼增加了几份——除社首、事主、证人、帮忙以外，再加上村长副、闾邻长、调解员等每人一份。

到了晌午，饼也烙成了，人也都来了，有个社首叫小毛的，先给大家派烙饼——修德堂东家李如珍是村长又是社首，李春喜是教员又是事主，照例是两份，其余凡是顶两个名目的也都照例是两份，只有一个名目的照例是一份。不过也有不同，像老宋，他虽然也是村警兼庙管，却照例又只能得一份。小毛自己虽是一份，可是村长照例只吃一碗鸡蛋炒过的，其余照例是小毛拿回去了。照例还得余三两份，因为怕半路来了什么照例该吃空份子的人。

吃过了饼，桌子并起来了，村长坐在正位上，调解员是福顺昌掌柜王安福，靠着村长坐下，其余的人也都依次坐下。小毛说："开腔吧，先生！你是原告，你先说！"

春喜说："好，我就先说！"说着把椅子往前一挪，两只手互相把袖口往上一摸，把脊梁骨挺得直蹶蹶地说道："张铁锁的南墙外有我一个破茅厕……"

铁锁插嘴道："你的？"

李如珍喝道："干什么？一点规矩也不懂！问你时候你再说！"回头又用嘴指了指春喜："说吧！"

春喜接着道："茅厕旁边有棵小桑树，每年的桑叶简直轮不着我自己摘，一出来芽就有人摘了。昨天太阳快落的时候，我家里去这桑树下摘叶，张铁锁女人说是偷他们的桑叶，硬拦住不教走，恰好我放学回去碰上，说了她几句，她才算丢开手。本来我想去找张铁锁，叫他管教他女人，后来一想，些小事走开算了，何必跟她一般计较，因此也没有去找他。今天早上我一出门，看见桑树不在了，我就先去找铁锁。一进门我说：'铁锁！谁把茅厕边那小桑树砍了？'他老婆说：'我！'我说：'你为什么砍我的桑树？'她说：'你的？你去打听打听是谁的！'我想我的东西还要去打听别人？因此我就打了钟，来请大家给我问问他。我说完了，叫他说吧！看他指什么砍树。"

李如珍用嘴指了一下铁锁："张铁锁！你说吧！你为什么砍人家的树？"

铁锁道："怎么你也说是他的树？"

李如珍道："我还没有问你你就先要问我啦是不是？你们这些外路人实在没有规矩！来了两三辈了还是不服教化！"

小毛也教训铁锁道："你说你的理就对了，为什么先要跟村长顶嘴？"

铁锁道:“对对对,我说我的理:这棵桑树也不是我栽的,是它自己出的,不过长在我的茅厕墙边，总是我的吧？可是哪一年也轮不到我摘叶子，早早地就被人家偷光了……”

李如珍道：“简单些！不要拉那么远！”

铁锁道：“他拉得也不近！”

小毛道：“又顶起来了！你是来说理来了呀，是来顶村长来了？”

铁锁道：“你们为什么不叫我说话？”

福顺昌掌柜王安福道：“算了算了！怨咱们说不了事情。我看双方的争执在这里，就是这茅厕究竟该属谁。我看这样子吧：耀唐！你说这茅厕是你的，你有什么凭据？”

春喜道：“我那是祖业，还有什么凭据？”

王安福又向铁锁道：“铁锁你啦？你有什么凭据？”

铁锁道:“连院子带茅厕，都是他爷爷手卖给我爷爷的，我有契纸。”说着从怀里取出契纸来递给王安福。

大家都围拢着看契，李如珍却只看着春喜。

春喜道：“大家看吧！看他契上是一个茅厕呀，是两个茅厕！”

铁锁道:“那上边自然是一个！俺如今用的那个,谁不知道是俺爹新打的？”

李如珍道：“不是凭你的嘴硬啦！你记得记不得？”

铁锁道：“那是三十年前的事，我才二十岁，自然记不得。可是村里上年纪的人多啦！咱们请出几位来打听一下！”

李如珍道:“怕你嘴硬啦？还用请人？我倒五十多了，可是我就记不得！”

小毛道：“我也四十多了，自我记事，那里就是两个茅厕！”

铁锁道：“小毛叔！咱们说话都要凭良心呀！”

李如珍翻起白眼向铁锁道：“照你说是大家打伙讹你啦，是不是？”

铁锁知道李如珍快撒野了,心里有点慌,只得说道:“那我也不敢那么说！”

窗外有个女人抢着叫道："为什么不敢说？就是打伙讹人啦！"只见铁锁的老婆二妞当当当跑进来，一手抱着个孩子，一手指画着，大声说道："你们五十多的记不得，四十多的记得就是两个茅厕，难道村里再没有上年纪的人，就丢下你们两个了？……"

李如珍把桌子一拍道："混蛋！这样无法无天的东西！滚出去！老宋！撵出她！"

二妞道："撵我呀？贼是我捉的，树也是我砍的，为什么不叫我说话？"

李如珍道："叫你来没有？"

二妞道："你们为什么不叫我？哪有这说理不叫正头事主的？"

小毛道："家有千口，主事一人。有你男人在场，叫你做什么？走吧走吧！"说着就往外推她。

二妞把小毛的手一拨道："不行！不是凭你的力气大啦！贼是我捉的，树是我砍的！谁杀人谁偿命！该犯什么罪我都领，不要连累了我的男人。"

在窗外听话的人越挤越多，都暗暗点头，还有些人交头接耳说："二妞说话把得住理！"

正议论间，又从庙门外走进个人来，有二十多岁年纪，披着 一头短发，穿了件青缎夹马褂，手里提了根藤条手杖。人们一见他，跟走路碰上蛇一样，不约而同都吸了一口冷气，给他让开了一条路。这人叫小喜，官名叫继唐，也是李如珍的本家侄子，当年也是中学毕业，后来吸上了金丹，就常和邻近的光棍们来往，当人贩、卖寡妇、贩金丹、挑词讼……无所不为，这时又投上三爷的门子，因为三爷是阎锡山的秘书长的堂弟，小喜抱上这条粗腿，更是威风凛凛，无人不怕。他一进去，正碰着二妞说话，便对二妞发话道："什么东西叽叽喳喳的！"

除了村长是小喜的叔父，别的人都站起来赔着笑脸招呼小喜，可是二妞偏不挨他的骂，就顶他道："你管得着？你是公所的什么人？谁请的你？……”

二妞话没落音，小喜劈头就是一棍道：“滚你妈的远远的！反了你！草灰羔子！”

小毛拦道：“继唐！不要跟她一般计较！”又向二妞道：“你还不快走？”

二妞并不哭，也不走，挺起胸膛向小喜道：“你杀了我吧！”

小喜轮转棍子狠狠又在二妞背上打了两棍道：“杀了你又有什么事？”把小孩子的胳膊也打痛了，小孩子大哭起来。

窗外边的人见势头不对，跑进去把二妞拉出来了。二妞仍不服软，仍回头向里边道：“只有你们活的了！外来户还有命啦？”别的人低声劝道：“少说上句吧！这时候还说什么理？你还占得了他的便宜呀？”

村长在里边发话道：“闲人一概出去！都在外边乱什么？”

小毛揭起帘子道：“你们就没有看见庙门上的虎头牌吗？‘公所重地，闲人免进。’你们乱什么？出去！”

窗外的人们也只得掩护二妞走出去。

小毛见众人退出，赶紧回头招呼小喜：“歇歇，继唐！老宋！饼还热不热了？”

老宋端过一盘烙饼来道：“放在火边来，还不很冷！”说着很小心地放在小喜跟前。

小喜也不谦让，抓起饼子吃着，连吃带说：“我才从三爷那里回来。三爷托我给他买一张好条儿，不知道村里有没有？”

小毛道：“回头打听一下看吧，也许有！”

李如珍道：“三爷那里很忙吗？”

“忙，”小喜嘴里嚼着饼子，连连点头说：“事情实在多！三爷也是不想管，可是大家找得不行！凡是县政府管不了的事，差不多都找到三爷那里去了。”老宋又端着汤来，小喜接过来喝了两口，忽然看见铁锁，就放下碗向铁锁道："铁锁！你那女人你可得好好管教管教啦！你看那像个什么样子？叽叽喳喳，一点也不识羞！就不怕别人笑话？"

铁锁想："打了我老婆，还要来教训我，这成什么世界？"可是势头不对，说不得理，也只好不作声。

停了一会，小喜的汤也快喝完了，饼子还没有吃到三分之一。福顺昌掌柜王安福向大家提道："咱们还是说正事吧！"

小喜站起来道："你们说吧！我也摸不着，我还要给三爷买条儿去！"

小毛道："吃了再去吧！"

小喜把盘里的饼一卷，捏在手里道："好，我就拿上！"说罢，拿着饼子，提起他的藤条手杖，匆匆忙忙地走了。

王安福接着道："铁锁！你说你现在用的那个茅厕是你父亲后来打的，能找下证人不能？"

铁锁道："怎么不能？你怕俺邻家陈修福老汉记不得啦？"

春喜道："他不行！一来他跟你都是林县人，再者他是你女人的爷爷，是你的老丈爷，那还不是只替你说话？"

铁锁道："咱就不找他！找杨三奎吧？那可是本地人！"

春喜道："那也不行！白狗是你的小舅，定的是杨三奎的闺女，那也有亲戚关系。"

铁锁道："这你难不住我！咱村的老年人多啦！"随手指老宋道："老宋也五六十岁了，跟我没有什么亲戚关系吧？"

小毛拦道："老宋他是个穷看庙的，他知道什么？你叫他说说他敢当证人不敢？老宋！你知道不知道？"

老宋自然记得，可是他若说句公道话，这个庙就住不成了，因此他只好推开："咱从小是个穷人，一天只顾弄着吃，什么闲事也不留心。"

李如珍道：“有契就凭契！契上写一个不能要人家两个，还要找什么证人？村里老年人虽然多，人家谁也不是给你管家务的！”

小毛道：“是这样吧！我看咱们还是背场谈谈吧！这样子结不住口。”

大家似乎同意，有些人就漫散开来交换意见。小毛跟村长跟春喜互相捏弄了一会手码，王安福也跟闾邻长们谈了一谈事情的真相。后来小毛走到王安福跟前道：“这样吧！他们的意思，叫铁锁包赔出这么个钱来！”说着把袖口对住王安福的袖口一捏，接着道：“你看怎么样？”

王安福悄悄道：“说真理，他们卖给人家就是这个茅厕呀！人家用的那一个，真是他爹老张木匠在世时候打的。我想这你也该记得！”

小毛道：“那不论记得不记得，那样顶真，得罪的人就多了。你想：村长、春喜，意思都是叫他包赔几个钱。还有小喜，不说铁锁，我也惹不起人家呀！”

王安福没有答话，只是摇头。闾邻长们也不敢做什么主张，都是看看王安福，看看村长，看看小毛，直到天黑也没说个结果，就都回家吃饭去了。

晚上，老宋又到各家叫人，福顺昌掌柜王安福说是病了，没有去。其余的人，也有去的，也有不去的。大家在庙里闷了一会，村长下了断语：茅厕是春喜的，铁锁砍了桑树包出二百块现洋来，吃烙饼和开会的费用都由铁锁担任，叫铁锁讨保出庙。

二

陈修福老汉当保人，保证铁锁一月以后还钱，才算放铁锁出了庙。铁锁气得抬不起头来，修福老汉拉着胳膊把他送到家。他一回去，一头睡在床上放声大哭，二妞问他，他也说不出话来，修福老汉也劝不住。一会，邻家们也都听见了，都跑来问询，铁锁仍哭得说不出话来，修福老汉才把村公所处理的结果一件件告诉大家说：“茅厕说成人家的了，还叫包人家二百块钱，再担任开会的花费。”铁锁听老汉又提起来，哭得更喘不过气来，邻家们人人摇头，二妞听了道：“他们说得倒体面！”咕咚一声把孩子放在铁锁跟前道：“给你孩子，这事你不用管！钱给他出不成！茅厕也给他丢不成！事情是我闯的，就是他，就是我！滚到哪里算哪里，反正是不得好活！”一边说，一边跳下床就往外跑，邻家们七八个人才算把她拖住。小孩在床上直着嗓子号，修福老汉赶紧抱起来。

大家分头解劝，劝的二妞暂息了怒，铁锁也止住了哭。杨三奎向修福老汉道：“太欺人！不只你们外路人，就是本地人也活不了。你看村里一年出多少事，哪一场事不是由着人家捏弄啦？实在没法！”

内中有个叫冷元的小伙子跳起来叫道：“铁锁！到那个崖头路边等住他，你不敢一镢头把他捣下沟里？”

杨三奎道：“你们年轻人真不识火色（即不识时机的意思）！人家正在气头上啦，说那些冒失话抵什么事？”说得冷元又蹲下去了。年轻人们指着冷元笑道：“冷家伙，冷家伙！”

闷了一小会，修福老汉道：“我看可以上告他！就是到县里把官司打输了，也要比这样子了场合算。”

杨三奎道：“那倒可以！到县里他总不能只说一面理，至少也要问一问证人。

冷元道：“这事真气死人！可惜我年纪小记不得，要不我情愿给你当证人！”

杨三奎道：“你年纪小，有大的！”有几个三四十岁的人七嘴八舌接着说：“铁锁他爹打茅厕这才几天呀？三十以上的人差不多都记得！”“你状上写谁算谁，谁也可以给你证明。”“多写上几个！哪怕咱都去啦！”

二妞向铁锁道：“胖孩爹！咱就到县里再跟他滚一场！任凭把家当花完也不能叫便宜了他们爷们！”又向修福老汉道：“爷爷！你不是常说咱们来的时候都是一筐一担来的吗？败兴到底咱也不过一筐一担担着走，还落个够大！怕什么？”

正说话间，二妞的十来岁的小弟弟白狗，跑进来叫道：“姐姐！妈来了！”二妞正起来去接，她妈已经进来了。她妈悄悄说：“你们正说什么？”冷元抢着大声道：“说告状！”二妞她妈摆手道：“人家春喜媳妇在窗外听啦！”大家都向窗上看。二妞道：“听她听罢，他能堵住我告状？”

大家听说有人听，也就不多说了，都向二妞她妈说：“你好好劝劝她吧。”说着也就慢慢散去。

李如珍叔侄们回去，另是一番气象：春喜、小喜、小毛，都集中在李如珍的大院里，把黑漆大门关起来庆祝胜利。晌午吃过烙饼，肚子都很不饿，因此春喜也就不再备饭，只破费了十块现洋买了一排金丹棒子（一排金丹棒子有五十个）作为礼物。

李如珍的太谷烟灯和宜兴磁烟斗，除了小毛打发他过了瘾以后可以吸口烟灰，别人是不能借用的，因此春喜也把他自己的烟家伙拿来。李如珍住的屋子分为里外间，里间的一盏灯下，是小毛给李如珍打泡，外间的一盏灯下，睡的是春喜和小喜弟兄两个。里间不热闹，因为李如珍觉着小毛只配烧烟，小毛也不敢把自己身份估得太高，也还有些拘束，因此就谈不起话来。小毛把金丹棒子往斗上黏一个，李如珍吸一个，一连吸了七八个以后，小毛把斗里烟灰挖出，重新再往上黏。又吸了七八个，小毛又把灰挖出来，把两次的灰合并起来烧着，李如珍便睡着了。等到小毛打好了泡，上在斗上，把烟枪杆向他口边一靠，他才如梦初醒，衔住枪杆吸起来。

外间的一盏灯下虽然也只有小喜和春喜两个人，可是比里间热闹得多。他们谈话的材料很多：起先谈的是三爷怎样阔气，怎样厉害；后来又谈到谁家闺女漂亮，哪个媳妇可以；最后才谈到本天的胜利。他们谈起二妞，春喜说："你今天那几棍打得真得劲！我正想不出办法来对付她，你一进去就把事情解决了。"小喜道："什么病要吃什么药！咱们连个草灰媳妇也斗不了，以后还怎么往前闯啦？老哥！你真干不了！我看你也只能教一辈子书。"春喜道："虽说是个草灰媳妇，倒是个有本领的。很精干！"小喜摇头道："嘘……我说你怎么应付不了她，原来是你看到眼里了呀？"说着用烟签指着春喜鼻子道："叫老嫂听见怕不得跪半夜啦？没出息没出息！没有见过东西！一个小母草灰就把你迷住了！"春喜急得要分辩，也找不着一句适当的话。小喜把头挺在枕头后边哈哈大笑起来，春喜没法，也只好跟着他笑成一团。就在这时，李如珍在里间喊道："悄悄！听听是谁打门啦！"他两个人听说，都停住了笑，果然又听得门环啪啪地连响了几声。

小毛跑出院里问道："谁？"外边一个女人声音答道："我！开开吧！"小喜听出是春喜媳妇的声音，又笑向春喜道："真是老嫂找来了！"小毛开了门，春喜媳妇进来了。春喜问："什么事？"春喜媳妇道："你去听听人家二妞在家说什么啦？"一提二妞，小喜又指着春喜大笑起来，春喜也跟着笑。春喜媳妇摸不着头脑，忙问："笑什么？"小喜道："这里有个谜儿，你且不用问。你先说说你听见二妞说什么来？"春喜媳妇坐在小喜背后，两肘按着小喜的腰，面对着春喜，把冷元怎样说冒失话，二妞怎样说要破全部家当到县里告状，详详细细谈了一遍。春喜还未答话，小喜用手一推道："回去吧回去吧！没有事！她告到县里咬得了谁半截？到崖头上等，问问他哪个是有种的？"春喜也叫他媳妇回去，媳妇走了。小毛又去把大门关住，小喜仍然吹他的大话。

李如珍在里间拉长了声音轻轻叫道："喜——！来——！"小喜进去了。小毛一见小喜，赶紧起来让开铺子叫他躺，自己坐到床边一个凳子上，听他们谈什么事。李如珍看了小毛一眼，随手拈起三四个金丹棒子递给他道："你且到外边躺一会。"小毛见人家不叫他听，也只好接住棒子往外间来吸。

小毛吸了第一遍，正烧着灰，小喜就出来了。他一见小喜出来，自然又不得不起来再让小喜躺下。小喜向春喜道："老哥！叔叔说那东西真要想去告状还不能不理。"小毛站在一边接话道："那咱也得想个办法呀！"小喜见小毛还在旁边，后悔自己不该说了句软话，就赶紧摆足架子答道："那自然有办法！"春喜道："扯淡！一个小土包子，到县里有他的便宜呀？"小喜看了小毛一眼道："你还到里边去吧！"小毛又只得拿上他的金丹灰回里间去。小喜等他去后，低声向春喜道："自然不是怕官司上吃了他的亏！叔叔说不可叫他开这个端。不论他告得准告不准，旁人说起来，一个林县草灰告过咱一状，那总是一件丢脸的事。"春喜道："那咱也不能托人去留他呀？"小喜道："什么东西？还值得跟他那样客气？想个法叫他告不成就完了！"春喜道："想个什么法？"小喜道："不怕！有三爷！明天一早我就找三爷去。"

这天晚上，也不知他们吸到什么时候才散。

第二天早上小喜去找三爷去；铁锁忙着借钱准备告状。阴历四月庄稼人一来很忙，二来手头都没有钱，铁锁跑来跑去，直跑到晌午，东一块，西五毛，好容易才凑了四五块钱。二妞在家也忙着磨面蒸窝窝，给铁锁准备进城的干粮。

晌午，铁锁和二妞正在家吃饭，小喜领了一个人进来，拿着绳，把铁锁的碗夺了，捆起来。二妞道："做什么！他又犯下什么罪了？"

小喜道："不用问！也跑不了你！"说着把二妞的孩子夺过来丢在地上，把二妞也捆起来。村里人正坐在十字街口吃饭，见小喜和一个陌生的人拿着绳子往铁锁院里去，知道没有好事。杨三奎、修福老汉、冷元……这几个铁锁的近邻，就跟着去看动静。他们看见已经把铁锁两口捆起来，小孩子趴在地上哭，正预备问问为什么，只见小喜又用小棍子指着冷元道："也有他！捆上捆上！"那个陌生人就也把冷元捆住。

两个人牵着三个人往外走，修福老汉抱起小孩和大家都跟了出来。街上的人，有几个胆小的怕连累自己，都走开了；其余的人跟在后面，也都想不出挽救的办法。二妞的爹娘和兄弟、冷元的爹娘也半路追上来跟着走。大家见小喜和他引来那个人满脸凶气，都搭不上碴，只有修福老汉和冷元的爹绕着小喜，一边走，一边苦苦哀求。

小喜把人带到庙里，向老宋道："请村长去！"老宋奉命去了。

修福老汉央告小喜道："继唐！咱们都是个邻居，我想也没有什么过不去的事。他们年轻人有什么言差语错，还得请你高高手，担待着些。"

小喜道："这事你也清楚！他们一伙人定计，要到崖头路边谋害村长。村长知道了，打发我去找三爷。我跟三爷一说，三爷说：'这是响马举动，先把他们捆来再说！'听说人还多，到那里一审你怕不知道还有谁啦？"

二妞听了道："我捉了一回贼就捉出事来了，连我自己也成了响马了！看我杀了谁了，抢了谁了？"

小喜道："你听！硬响马！我看你硬到几时？"

修福老汉道："这闺女！少说上句吧！"

李如珍来了，小毛也跟在后边。小喜向李如珍道："三爷说叫先把人捆去再说。你先拨几个保卫团丁送他们走。"

修福老汉看见事情急了，把孩子递给他孙孙白狗，拉了小毛一把道："我跟你说句话！"小毛跟他走到大门外，他向小毛道："麻烦你去跟村长跟小喜商量一下，看这事情还能在村里了一了不能？”小毛素日也摸得着小喜的脾气，知道他有钱万事休，再者如能来村里再说一场，不论能到底不能到底，自己也落不了空，至少总能吃些东西，就满口应承道：“可以！我去给你探探口气！自然我也跟大家一样，只愿咱村里没事。”说着就跑到小喜面前道：“继唐！来我跟你说句话！”小喜道：“说吧！”小毛又点头道：“来！这里！”小喜故意装成很不愿意的样子，跟着小毛走进龙王殿去。

白狗抱着小胖孩站在二妞旁边，小胖孩伸着两只小手向二妞扑。二妞预备去摸他，一动手才想起手被人家反绑着，随着就瞪了瞪眼道：“摔死他！要死死个干净！”口里虽是这么说着，眼里却滚下泪来。二妞她娘看见很伤心，一边哭一边给二妞揩泪。

小喜从龙王殿出来道：“我看说不成！他们这些野草灰不见丧不掉泪，非弄到他们那地方不行！”小毛在后边跟着道：“不要紧，咱慢慢说！山不转路转，没有说不倒的事！村长！走吧，咱们跟继唐到你那里谈一谈！”小喜吩咐他带来的那个人道：“你看着他们，说不好还要带他们走！”说罢同村长先走了。

小毛悄悄向修福老汉道：“得先买两排棒子！”修福老汉道：“我不知道哪里有卖的。”小毛道：“拿二十块现洋就行，我替你买去！”修福老汉和冷元他爹齐声道：“可以，托你吧！”小毛随着村长和小喜去了。

小喜说三爷那里每人得花一百五十元现洋，三个人共是四百五十元。一边讨价一边还价，小毛也做巫婆也做鬼，里边跑跑外边走走，直到晚饭时候才结了口——三爷那边，三个人共出一百五十元。给小喜和引来那个人五十元小费。铁锁和冷元两家摆酒席请客赔罪，具保状永保村长的安全。前案不动，还照昨天村公所处理的那样子了结。

定死了数目，小毛说一个不能再少了。修福老汉到庙里去跟铁锁商量，铁锁自己知道翻不过了，也只好自认霉气。二妞起先不服，后来也想不出什么办法，只好不再做主张。冷元也只是为了铁锁的事说了句淡话，钱还得铁锁出，因此也没有什么意见。修福老汉见他们应允了，才去找杨三奎和自己两个人作保，把他们三个人保出。

这一次保出来和上一次不同，春喜的钱能迟一个月，小喜却非带现钱不可。铁锁托修福老汉和杨三奎到福顺昌借钱，王安福老汉说柜上要收茧，没有钱出放，零的可以，上一百元就不行。杨三奎向修福老汉道："福顺昌不行，村里再没有道路，那就只好再找小毛，叫他去跟小喜商量，就借六太爷那钱吧！"修福老汉道："使上二百块那个钱，可就把铁锁那一点家当挑拆了呀！"杨三奎道："那再没办法，反正这一关总得过。"修福老汉又去跟铁锁商量去。

原来这六太爷是三爷的堂叔。他这放债与别家不同：利钱是月三分，三个月期满，本利全归。这种高利，在从前也是平常事，特别与人不同的是他的使钱和还钱的手续；领着他的钱在外边出放的经手人，就是小喜这一类人，叫作"承还保人"。使别人的钱，到期没钱，不过是照着文书下房下，他这文书上写的是"到期本利不齐者，由承还保人做主将所质之产业变卖归还"，因此他虽没有下过人的地，可是谁也短不下他的钱。小喜这类人往外放钱的时候是八当十，文书上写一百元，实际上只能使八十元，他们从中抽使二十元。"八当十，三分利，三个月一期，到期本利还清，想再使又是八当十，还不了钱由承还保人变卖产业"，这就是六太爷放债的规矩。这种钱除了停尸在地或命在旦夕非钱不行时候，差不多没人敢使，铁锁这会就遇了这样个非使不行。

修福老汉跟铁锁一商量，铁锁也再想不出别的办法，只好托小毛去央告小喜，把他爷他爹受了两辈子买下的十五亩地写在文书上，使了六太爷二百五十块钱（实二百块），才算把三爷跟小喜这一头顾住。

两次吃的面、酒席钱、金丹棒子钱，一共三十元，是在福顺昌借的。

第三天，请过了客，才算把这场事情结束了。

铁锁欠春喜二百元，欠六太爷二百五十元，欠福顺昌三十元，总共是四百八十元外债。

小喜在八当十里抽了五十元，又得了五十元小费。他引来那个捆人的人，是两块钱雇的，除开了那两块，实际上得了九十八元。

李如珍也不落空：小喜说三爷那里少不了一百五十元，实际上只缴三爷一百元，其余五十元归了李如珍。

小毛只跟着吃了两天好饭，过了两天足瘾。

一月之后，蚕也老了，麦也熟了，铁锁包春喜的二百元钱也到期了，欠福顺昌的三十元也该还了，使六太爷的二百五十元铁锁也觉着后怕了。他想："背利不如早变产，再迟半年，就把产业全卖了也不够六太爷一户的。"主意一定，咬一咬牙关，先把茧给了福顺昌，又粜了两石麦子把福顺昌的三十元找清；又把地卖给李如珍十亩，还了六太爷的二百五十元八当十；把自己住的一院房子给了春喜，又贴了春喜三石麦抵住二百元钱，自己搬到院门外碾道边一座喂过牲口的房子里去住：这样一来，只剩下五亩地和一座喂过牲口的房子。春喜因为弟兄们多，分到的房子不宽绰，如今得了铁锁这座院子，自是满心欢喜，便雇匠人补檐头、扎仰尘、粉墙壁、添门面，不几天把个院子修理得十分雅致。修理好了便和自己的老婆搬到里边去住。铁锁啦？搬到那座喂过牲口的房子里，光锄头犁耙、缸盆瓦罐、锅匙碗筷、箩头筐子……就把三间房子占去了两间，其余一间，中间一个驴槽，槽前修锅台，槽上搭床铺，挤得连水缸也放不下。

铁锁就住在这种房子里，每天起来看看对面的新漆大门和金字牌匾，如何能不气？不几天他便得了病，一病几个月，吃药也无效。俗语说："心病还须心药治。"后来三爷上了太原，小喜、春喜都跟着去了。有人说："县里有一百多户联名告了一状，省城把他们捉去了。"有人说："三爷的哥哥是阎锡山的秘书长，是一人之下万人之上的官，听说他在家闹得不像话，把他叫到省城关起来了。"不论怎么说，都说与三爷不利。铁锁听了这消息，心里觉着痛快了一下，病也就慢慢好起来了。

三

铁锁自从变了产害过病以后，日子过得一天不如一天，幸而他自幼跟着他父亲学过木匠和泥水匠，虽然没有领过工，可是给别人做个帮手，也还是个把式，因此他就只好背了家具到外边和别的匠人碰个伙，顾个零花销。

到了民国十九年夏天，阎锡山部下有个李师长，在太原修公馆，包工的是跟铁锁在一块搭过伙的，打发人来叫铁锁到太原去。铁锁一来听说太原工价大，二来又想打听一下三爷究竟落了个什么下场，三来小胖孩已经不吃奶了，家里五亩地有二妞满可以种得过来，因此也就答应了。不几天，铁锁便准备下干粮盘缠衣服鞋袜，和几个同行相跟着到太原去。

这时正是阎锡山自称国民革命军第三方面军出兵倒蒋打到北平的时候，因为军事上的胜利，李师长准备将来把公馆建设在北平，因此打电报给太原的管事的说叫把太原的工暂时停了。人家暂时停工，铁锁他们就暂时没事做，只得暂时在会馆找了一间房子住下。会馆的房子可以不出房钱，不凑巧的是住了四五天就不能再住了，来了个人在门外钉了“四十八师留守处”一个牌子，通知他们当天找房子搬家。人家要住，他们也只得另在外边赁了一座房子搬出去。

过了几天，下了一场雨，铁锁想起会馆的床下还丢着自己一对旧鞋，就又跑到那里去找。他一进屋门，看见屋子里完全变了样子：地扫得很光，桌椅摆得很齐整，桌上放着半尺长的大墨盒、印色盒和好多很精致的文具，床铺也很干净，上边躺着个穿着细布军服的人在那里抽鸦片烟。那个人一抬头看他，他才看见就是小喜。他又和碰上蛇一样，打了个退步，以为又要出什么事，不知该怎样才好，只见小喜不慌不忙向他微微一笑道：“铁锁？我当是谁？你几时到这里？进来吧！”铁锁见他对自己这样客气还是第一次，虽然不知他真意如何，看样子是马上不发脾气的，况且按过去在村里处的关系，他既然叫进去，不进去又怕出什么事，因此也就只好走近他的床边站下。小喜又用嘴指着烟盘旁边放的纸烟道：“吸烟吧！”铁锁觉着跟这种人打交道，不出事就够好，哪里还有心吸烟，便推辞道：“我才吸过！”只见小喜取起一根递给他道：“吸吧！”这样一来，他觉着不吸又不好，就在烟灯上点着，靠床沿站着吸起来。他一边吸烟，一边考虑小喜为什么对他这样客气，但是也想不出个原因来。小喜虽然还是用上等人对一般人的口气，可也好像是亲亲热热地问长问短——问他跟谁来的，现在做什么，住在哪里，有无盘费，……问完以后，知道他现在没有工作，便向他道：“你们这些受苦人，闲住也住不起。论情理，咱们是个乡亲，你遇上了困难我也该照顾你一下，可是又不清楚谁家修工。要不你就来这里给我当个勤务吧？”铁锁觉着自己反正是靠劳力吃饭，做什么都一样，只是见他穿着军人衣服，怕跟上他当了兵，就问道：“当勤务是不是当兵？”小喜见他这样问，已经猜透他的心事，便答道：“兵与兵不同：

这个兵一不打仗，二不调动，只是住在这里收拾收拾屋子，有客来倒个茶，跑个街道；论赚钱，一月正饷八块，有个客人打打牌，每次又能弄几块零花钱；这还不是抢也抢不到手的事吗？我这里早有好几个人来运动过，我都还没有答应。叫你来就是因为你没有事，想照顾你一下，你要不愿来也就算了。”

正说着，听见院里自行车扎扎扎皮鞋脱脱脱，车一停下，又进来一个穿军服的，小喜赶快起身让座，铁锁也从床边退到窗下。那人也不谦让，走到床边便与小喜对面躺下。小喜指着铁锁向那人道：“参谋长，我给咱们留守处收了个勤务！我村子里人，很忠厚，很老实！”那人懒洋洋地道：“也好吧！”小喜又向铁锁道：“铁锁！你回去斟酌一下，要来今天晚上就来，要不来也交代我一声，我好用别人！”铁锁一时虽决定不了该干不该干，可也觉着这是去的时候了，就忙答道：“可以，那我就走了！”小喜并不起身相送，只向他道：“好，去吧！”他便走出来了。

参谋长道：“这孩子倒还精干，只是好像没有胆，见人不敢说响话。”小喜道：“那倒也不见得，不过见了我他不敢怎样放肆，因为过去处的关系不同。”参谋长道：“你怎么想起要用个勤务来？”小喜道：“我正预备报告你！”说着先取出一包料面递给参谋长，并且又取一根纸烟，一边往上缠吸料子用的纸条，一边向他报告道：“前不大一会，有正大饭店（是省里省外的高级官员等阔人们来了才住的）一个伙计在街上找四十八师留守处，说是河南一个客人叫他找，最后问这里警察派出所，才找到这里来。我问明了缘由，才推他说今天这里没有负责人，叫他明天来。我正预备吸口烟到你公馆报告去，我村那个人就进来了；还没有说几句话，你就进来了。”

按他两个人的等级来说，小喜是上尉副官，而参谋长是少将。等级相差既然这么远，有什么事小喜应该马上报告，说话也应该更尊敬一些，为什么小喜还能慢腾腾地和他躺在一处，说话也那样随便呢？

原来这四十八师是阎锡山准备新成立的队伍，起初只委了一个师长，参谋长还是师长介绍的，并没有一个兵，全靠师长的手段来发展。师长姓霍，当初与豫北一带的土匪们有些交道，他就凭这个资本领了师长的委任。他说："只要有名义，兵是不成问题的。"小喜也懂这一道。参谋长虽然是日本帝国大学毕业，可是隔行如隔山，和土匪们取联络便不如小喜，况且小喜又是与秘书长那个系统有关系的，因此参谋长便得让他几分。

小喜说明了没有即刻报告他的理由，见他没有说什么，就把手里黏好纸条子的纸烟递给他让他吸料子，然后向他道："我想这个客人，一定是老霍去了联络好了以后，才来和咱们正式取联系的。他既然来了就住在正大饭店，派头一定很不小，我们也得把我们这留守处弄得像个派头，才不至于被他轻看，因此我才计划找个勤务。"小喜这番话，参谋长听来头头是道，就称赞道："对！这个是十分必要的。我看不只得个勤务，门上也得有个守卫的。我那里还有几个找事的人，等我回去给你派两个来。下午你就可以训练他们一下，把咱们领来的服装每人给他发一套。"计划已定，参谋长又吸了一会料子，谈了些别的闲话，就回公馆去了。

铁锁从会馆出来，觉着奇怪。他想："小喜为什么变得那样和气？对自己为什么忽然好起来？说是阴谋吗？看样子也看不出来，况且自己现在是个穷匠人，他谋自己的什么？说是真要顾盼乡亲吗？小喜从来不落无宝之地，与他没有利的事就没有见他干过一件。"最后他想着有两种可能：第一是小喜要用人，一时找不到个可靠的人，就找到自己头上；第二是小喜觉着过去对不起自己，一时良心发现，来照顾自己一下，以补他良心上的亏空。他想要是第一种原因，他用人我赚钱，也是一种公平的交易——虽然是给他当差，可是咱这种草木之人就是伺候人的；要是第二种原因那更好，今生的冤仇今生解了，省得来生冤冤相报——因为铁锁还相信来生报应。他想不论是第一种还是第二种，都与自己无害，可以干一干。他完全以为小喜已经是变好了。回到住的地方跟几个同事一说，同事以为像小喜这种人是一千年也不会变好的，不过现在的事却同意他去干，也就是同意他说的第一种理由。

事情就这样决定了，铁锁便收拾行李搬到会馆去。

铁锁到了会馆，参谋长打发来的两个人也到了，小喜便在院里分别训练：教那两个人怎样站岗，见了官长怎样敬礼，见了老百姓怎样吆喝，见了哪等客人哪等话应酬，怎样传递名片；又教铁锁打水、倒茶、点烟等种种动作。他好像教戏一样，一会算客人，一会算差人……直领着三个人练习了一下午，然后发了服装和臂章，准备第二天应客。

第二天早上，参谋长没有吃饭就来了。他进来先问准备得如何，然后就在留守处吃饭。吃过饭，他仍和小喜躺在床上，一边吸料子一边准备应酬这位不识面的绿林豪侠。小喜向他说对付这些人，要几分派头、几分客气，几分豪爽、几分自己，参谋长也十分称赞。他们的计议已经一致，就另谈些闲话，等着站岗的送名片来。

外边两个站岗的，因为没有当过兵，新穿起军服扛起枪来，自己都觉着有点新鲜，因此就免不了打打闹闹——起先两个人各自练习敬礼，后来轮流着一个算参谋长往里走，另一个敬礼。有一次，一个敬了礼，当参谋长的那一个没有还礼，两个人便闹起来，当参谋长那个说：“我是参谋长，还礼不还礼自然是由我啦！”另一个说：“连个礼都不知道还，算你妈的什么参谋长？”

就在这时候，一辆洋车拉了个客人，到会馆门外停住，客人跳下车来。两个站岗的见有人来了，赶紧停止了闹，仍然站到岗位上，正待要问客人，只见那客人先问道："里边有负责人吗？"一个答道："有！参谋长在！"还没有来得及问客人是哪里来的，那客人也不劳传达也不递名片，挺起胸膛呱嗒呱嗒就走进去了。

小喜正装了一口料子，用洋火点着去吸，听得外边进来了人，还以为是站岗的，没有理，仍然吸下去。烟正进到喉咙，客人也正揭起帘子。小喜见进来的人，穿着纺绸大衫，留着八字胡，知道有些来历，赶紧顺手连纸烟带料子往烟盘里一扔，心里暗暗埋怨站岗的。参谋长也欠身坐起。客人进着门道："你们哪一位负责？"小喜见他来得高傲，赶紧指着参谋长用大官衔压他道："这就是师部参谋长！"哪知那客人丝毫不失威风，用嘴指了一下参谋长问道："你就是参谋长？"参谋长道："是的，有事吗？"那客人不等让座就把桌旁的椅子扭转，面向着参谋长坐了道："兄弟是从河南来的。老霍跟我们当家的接洽好了，写信派兄弟来领东西！"说着从皮包中取出尺把长一封信来，递给小喜。小喜把信递给参谋长，一边又吩咐铁锁倒茶。

参谋长接住信一看，信是老霍写的，说是已经拉好了一个团，要留守处备文向军需处请领全团官兵服装、臂章、枪械、给养等物，并开一张全团各级军官名单，要留守处填写委状。参谋长看了道："你老哥就是团长吗？"客人道："不！团长是我们这一把子一个当家的，兄弟只是跟着我们当家混饭吃的。"参谋长拿着名单问他道："哪一位是……"客人起身走近参谋长，指着名单上的名字道："这是我们当家的，这一个就是兄弟我，暂且抵个参谋！"参谋长道："你贵姓王？"客人道："是的！兄弟姓王！"参谋长道："来了住在哪里？"客人道："住在正大饭店。"参谋长道："回头搬到这里来住吧！"又向小喜道："李副官！回头给王参谋准备一间房子！"客人道："这个不必，兄弟初到太原，想到处观光一番，住在外边随便一点。”参谋长道：“那也好！用着什么东西，尽管到这里来找李副官！”小喜也接着道：“好！用着什么可以跟我要！”客人道：“谢谢你们关心。别的不用什么，只是你们山西的老海很难买。”转向小喜道：“方才见你老兄吸这个，请你帮忙给我买一点！”说着从皮包中取出五百元钞票递给小喜。

小喜接住票子道：“好！这我可以帮忙！”说着就从床上起来让他道：“这里还有一些，你先吸几口！”说了就把烟盘下压着的一个小纸包取出来放在外边。客人倒也很自己，随便谦让了一下，就躺下去吸起来。

小喜接住钱却费了点思索。他想：打发人去买不出来；自己去跑街，又不够派头，怕客人小看。想了一会，最后决定写封信打发铁锁去。他坐在桌上写完了信，出到屋门口叫道：“张铁锁！到五爷公馆去一趟！”铁锁问道：“在什么地方？”小喜道：“天地坛门牌十号！”说着把信和钱递给他道：“买料子！”买料子当日在太原，名义上说是杀头罪，铁锁说：“我不敢带！”小喜低声道：“傻瓜！你带着四十八师的臂章，在五爷公馆买料子，难道还有人敢问？”铁锁见他这样说没有危险，也就接住了信和钱。小喜又吩咐道：“你到他小南房里，把信交给张先生，叫他找姨太太的娘，他就知道。”铁锁答应着去了。

铁锁找到天地坛十号，推了推门，里边关着；打了两下门环，里边走出一个人来道：“谁！”随着门开了一道缝，挤出一颗头来问道：“找谁？”铁锁道：“找张先生！”说了就把手里的信递给他。那人道：“你等一等！”把头一缩，返身回去了。铁锁等了不大工夫，那人又出来喊道：“进来吧！”铁锁就跟了进去。

果然被他引到小南房。铁锁见里边有好多人，就问道：“哪位是张先生？”西北墙角桌边坐着一个四十来岁的瘦老汉道：“我！你稍等一等吧！海子老婆（海子是这个老婆家的村名）到火车站上去了。”人既不在，铁锁也只得等，他便坐到门后一个小凳子上，闲看这屋里的人。

靠屋的西南角，有一张床，床中间放着一盏灯。床上躺着两个人，一个是小个子，尖嘴猴；一个是塌眼窝。床边坐着一个人，伸着脖子好像个鸭子，一个肘靠着尖嘴猴的腿，眼睛望着塌眼窝。塌眼窝手里拿着一张纸烟盒里的金箔，还拿着个用硬纸卷成的、指头粗的小纸筒。他把料子挑到金箔上一点，爬起来放在灯头上熏，嘴里衔着小纸筒对住熏的那地方吸。他们三个人，这个吸了传递给那个。房子不大，床往东放着一张茶几两个小凳子，就排到东墙根了。茶几上有个铜盘，盘里放着颗切开了的西瓜。靠东的凳子上，坐着个四方脸大胖子，披着件白大衫，衬衣也不扣扣子，露着一颗大肚。靠西的凳子上，坐着个留着分头的年轻人，穿了件阴丹士林布大衫，把腰束得细细地，坐得直挺挺地，像一根柱子。他两个面对面吃西瓜：胖子吃是大块子，呼啦呼啦连吃带吸，连下颌带鼻子都钻在西瓜皮里，西瓜子不住从胸前流下去；柱子不是那样吃法，他把大块切成些小月牙子，拿起来弯着脖子从这一角吃到那一角，看去好像老鼠吃落花生。

不论床上的，不论茶几旁边的，他们谈得都很热闹，不过铁锁听起来有许多话听不懂。他们不知什么时候就谈起来了。铁锁坐下以后，第一句便听着那柱子向胖子道：“最要紧的是归班，我直到现在还没得归了班。”胖子道：“也不在乎，只要出身正，有腿，也快。要说归班，我倒归轮委班二年了，直到如今不是还没有出去吗？按次序轮起来，民国五十多年才能轮到我，那抵什么事？”床上那个塌眼窝向鸭脖子道：“你听！人家都说归班啦！咱们啦？”鸭脖子道：“咱们这些不是学生出身的人，不去找那些麻烦！”大家都笑了。胖子向床上人道：“索性像你们可也快，只要到秘书长那里多挂几次号就行了。”尖嘴猴道：

"你们虽说慢一点，可是一出去就是县长科长；我们啦，不是这个税局，就是那个监工。"塌眼窝道："不论那些，只要钱多！"鸭脖子道："只要秘书长肯照顾，什么都不在乎！五爷没有上过学校，不是民政厅的科长？三爷也是'家庭大学'出身（即没有上过学校的意思），不在怀仁县当县长啦？"

铁锁无意中打听着三爷的下落，还恐不是，便问道："哪个三爷？"鸭脖子看了他一眼，鼻子里一哼道："哪个三爷？咱县有几个三爷？"铁锁便不再问了。

那柱子的话又说回来了，他还说是归班要紧。胖子向他道："你老弟有点过迂，现在已经打下了河北，正是用人时候。你还是听上我，咱明天搭车往北平去。到那里只要找上秘书长，个把县长一点都不成问题……"那柱子抢着道:"我不信不归班怎么能得正缺？"胖子道:"你归班是归山西的班,到河北有什么用处？况且你归班也只能归个择委班，有什么用处？不找门路还不是照样出不去吗？"

他们正争吵，外边门又开了，乱七八糟进来许多人。当头是一个戴着眼镜的络腮胡大汉，一进门便向茶几上的两个人打招呼。他看见茶几上还有未吃完的西瓜，抓起来一边吃一边又让同来的人。他吃着西瓜问道："你两位辩论什么？"胖子便把柱子要归班的话说了一遍，那戴眼镜的没有听完，截住便道："屁！这会正是用人时候，只要找着秘书长，就是扫帚把子戴上顶帽，也照样当县长！什么择委班轮委班，现在咱们先给他凑个抢委班！"一说抢委班，新旧客人同声大笑，都说："咱们也归了班了！抢委班！"

铁锁虽懂不得什么班，却懂得他们是找事的了，正看他们张牙舞爪大笑，忽然有人在他背后一推道："这是不是铁锁？"铁锁回头一看，原来是春喜，也是跟着那个戴眼镜的一伙进来的。他一看果然是铁锁，就问道:“你也当了兵?”铁锁正去答话,见他挤到别的人里去,也就算了。春喜挤到床边,向那个鸭脖子道:“让我也坐坐飞机(在金箔上吸料子就叫坐飞机)!”说了从小草帽中取出一个小纸包,挤到床上去。

那戴眼镜的向张先生道:“你去看看五爷给军需处王科长写那封信写成了没有。”张先生去了。那柱子问道:“把你们介绍到军需处了?”戴眼镜的道:“不!秘书长打电报叫我们到北平去,因为客车不好买票,准备明天借军需处往北平的专车坐一坐。”胖子道:“是不是能多坐一两个人?”戴眼镜的道:“怕不行!光我们就二三十个人啦!光添你也还马虎得过,再多了就不行了。”说着张先生已经拿出信来,戴眼镜的接住了信,就和同来的那伙人一道又走了,春喜也包起料子赶出去。胖子赶到门边喊道:“一定借光!”外边答道:“可以!只能一两个人!”

他们去了,张先生问铁锁道:“你怎么认得他?”铁锁道:“他跟我是一个村人。”张先生道:“那人很能干,在大同统税局很能弄个钱。秘书长很看得起,这次打电报要的几十个人也有他,昨天他才坐火车从大同赶回来。”正说着,姨太太的娘从火车站上回来了,铁锁便买上料子回去交了差。

打发河南的客人去了,参谋长立刻备了呈文送往总司令部,又叫小喜代理秘书,填写委状,赶印臂章。

四

不几天,街上传说在山东打了败仗,南京的飞机又来太原下过弹,人心惶惶,山西票子也跌价了。又过几天,总司令部给四十八师留守处下了命令,说是叫暂缓发展,请领的东西自然一件也没有发给。参谋长接到了命令,回复了河南来的客人,又打发小喜下豫北去找老霍回来。从这时起,留守处厨房也撤销了，站岗的也打发了，参谋长也不到那里去了，小喜也走了，叫铁锁每天到参谋长那里领一毛五分钱伙食费，住在留守处看门。起先一毛五分钱还够吃，后来山西票一直往下狂跌，一毛五分钱只能买一斤软米糕，去寻参谋长要求增加，参谋长说："你找你的事去吧！那里的门也不用看了！"这个留守处就这样结束了。

铁锁当了一个月勤务，没有领过一个钱，小喜走了，参谋长不管，只落了一身单军服，穿不敢穿，卖不敢卖，只好脱下包起来。他想：做别的事自然不能穿军服，包起来暂且放着，以后有人追问衣服，自然可以要他发钱；要是没人追问，军衣也可改造便衣。衣服包好，他仍旧去找同来的匠人们。那些人近来找着了事：自从南京飞机到太原下弹后，各要人公馆抢着打地洞，一天就给一块山西票。铁锁找着他们，也跟着他们到一家周公馆打地洞，晚上仍住在会馆。

一天晚上他下工后走出街上来，见街上的人挤不动，也有军队也有便衣，特别有些太原不常见的衣服和语音，街上也加了岗，好像出了什么事。回到会馆，会馆的人也挤满了，留守处的门也开了，春喜和前几天同去北平的那一伙都住在里边，床上地下都是人，把他的行李给他堆在一个角落上。春喜一见铁锁，便向他道："你住在这里？今天你再找个地方住吧，我们人太多！"铁锁看那情形，又说不得理，只好去搬自己的行李。春喜又问他道："继唐住在哪个屋里？"铁锁道："他下河南去了。"铁锁也想知道他为什么回来，就接着顺便问道："你们怎么都回来了？"春喜道："都回来了！阎总司令也回来了！"铁锁听了，仍然不懂他们为什么回来，但也无心再问，就搬了行李仍然去找他的同行。

他的同行人很多，除了和他同来的，和他们新认识的还有几十个，都住在太原新南门外叫作"满洲坟"的一道街。这一带的房子都是些小方块，远处看去和箱子一样，里边又都是土地，下雨漏得湿湿的；

有的有炕，有的是就地铺草。房租不贵，论人不论间，每人每月五毛钱。铁锁搬去的这地方，是一个长条院子，一排四座房，靠东的一座是一间，住着两个学生，其余的三座都是三间，住的就是他们这伙匠人。他搬去的时候，正碰上这些匠人们吃饭。这些人，每人端着一碗小米干饭，围着一个青年学生听话。这个学生，大约有二十上下年纪，穿着个红背心，外边披着件蓝制服，粗粗两条红胳膊，厚墩墩的头发，两只眼睛好像打闪，有时朝这边有时朝那边。围着他的人不断向他发问，他一一答复着。从他的话中，知道山西军败了，阎锡山和汪精卫都跑回太原来了。有人问："他两家争天下，南京的飞机为什么到太原炸死了拉洋车的和卖烧土的？"有的问："咱们辛辛苦苦赚得些山西票子，如今票不值钱了，咱们该找谁去？"学生说："所以这种战争，不论谁胜谁败，咱们都要反对，因为不论他们哪方面都是不顾老百姓利益的……"

铁锁听了一会，虽然不全懂，却觉着这个人说话很公平。他把行李安插下，到外边买着吃了一点东西，回来躺在铺上问一个同行道："吃饭时候讲话的那个人是哪里来的？"这个同行道："他也是咱这院子里的房客，在三晋高中上学，姓常，也不知道叫什么。他的同学叫他小常，大家也跟着叫小常先生，他也不计较。这人可好啦！跟咱们这些人很亲热，架子一点也不大，认理很真，说出理来跟别的先生们不一样。"铁锁近来有好多事情不明白，早想找个知书识字的先生问问，可是这些糊涂事情又都偏出在那些知书识字的人们身上，因此只好闷着，现在见他说这位小常先生是这样个好人，倒有心向他领个教，便向这个同行道："要是咱们一个人去问他个什么，他搭理不搭理？"这个同行道："行！这人很好谈话，只要你不瞌睡，谈到半夜都行！"铁锁道："那倒可以，只是我跟人家不熟惯。"这个同行道："这没关系，他倒不讲究这些，你要去，我可以领你去！"铁锁说："可以！咱们这会就去。"说罢两个人便往小东房里去见小常。

他们进了小东房，见小常已经点上了灯在桌边坐着，他还有一个同学睡在炕上。这个匠人便向小常介绍道："小常先生！我这个老乡有些事情想问问你，可以不可以？"小常的眼光向他两人一扫，随后看着铁锁道："可以！坐下！"铁锁便坐在他的对面。铁锁见小常十分漂亮精干，反觉着自己不配跟人家谈话，一时不知该从哪里谈起。小常见他很拘束，便向他道："咱们住在一处，就跟一家人一样，有什么话随便谈！"铁锁道："我有些事情不清楚，想领领教，可是，'从小离娘，到大话长'，说起来就得一大会。"小常道："不要紧！咱们住在一块，今天说不完还有明天！不用拘什么时候，谈到哪里算哪里。"铁锁想了一会道："还是从头说吧！"他便先介绍自己是哪里人，在家怎样破了产，怎样来到太原，到太原又经过些什么，见到些什么……一直说到当天晚上搬出会馆。他把自己的遭遇说完了，然后问小常道："我有这么些事不明白：李如珍怎么能永远不倒？三爷那样胡行怎么除不办罪还能做官？小喜、春喜那些人怎么永远吃得开？别人卖料子要杀头，五爷公馆怎么没关系？土匪头子来了怎么也没人捉还要当上等客人看待？师长怎么能去拉土匪？……"他还没有问完，小常笑嘻嘻走到他身边，在他肩上一拍道："朋友！你真把他们看透了！如今的世界就是这样，一点也不奇怪！"铁锁道："难道上边人也不说理吗？"小常道："对对对！要没有上边人给他们做主，他们怎么敢那样不说理？"铁锁道："世界要就是这样，像我们这些正经老受苦人活着还有什么盼头？"小常道："自然不能一直让它是这样，总得把这伙仗势力不说理的家伙们一齐打倒，由我们正正派派的老百姓们出来当家，世界才能有真理。"铁锁道："谁能打倒人家？"小常道："只要大家齐心，他们这伙不说理人还是少数。"铁锁道："大家怎么就齐心了？"小常道："有个办法。今天太晚了，明天我细细给你讲。”一说天晚了，铁锁听了一听，一院里都睡得静静的了，跟他同来的那个同行不知几时也回去睡了，他便辞了小常也回房睡去。

这晚铁锁回去虽然躺下了，却睡得很晚。他觉着小常是个奇怪人。凡他见过的念过书的人，对自己这种草木之人，总是跟掌柜对伙计一样，一说话就是教训，好的方面是夸奖，坏的方面是责备，从没有见过人家把自己也算成朋友。小常算是第一个把自己当成朋友的人。至于小常说的道理，他也完全懂得，他也觉着不把这些不说理人一同打倒另换一批说理的人，总不成世界，只是怎样能打倒他还想不通，只好等第二天再问小常。这天晚上是他近几年来最满意的一天，他觉着世界上有小常这样一个人，总还算像个世界。

第二天，他一边做着工，一边想着小常，好容易熬到天黑，他从地洞里放下家伙钻出来，在街上也顾不得停站，一鼓劲跑回满洲坟来，没有到自己房子里，就先到小东房找小常去。他一进去，不见小常，只见箱笼书籍乱七八糟扔下一地，小常的同学在屋里整叠他自己的行李。他进去便问道："小常先生还没有回来？"小常那个同学道："小常叫人家警备司令部捉去了。"他听了，大瞪眼莫名其妙，怔了一会又问道："因为什么？"小常那个同学抬头看了看他，含糊答道："谁知道是什么事？"说着他把他自己的行李搬出去。铁锁也不便再问，跟到外边，见他叫了个洋车拉起来走了。这时候，铁锁的同行也都陆续从街上回来，一听铁锁报告了这个消息，都抢着到小东房去看，静静的桌凳仍立在那里，地上有几片碎纸，一个人也没有。

大家都不知道为什么，都觉着奇怪。有个常在太原的老木匠道："恐怕是共产党。这几年可多捉了共产党了，杀了的也不少！真可惜呀！都是二十来岁精精干干的小伙子。"铁锁问道："共产党是什么人？"那老木匠道："咱也不清楚，听说总是跟如今的官家不对，不赞成那些大头儿们！"

另外有几个人乱说“恐怕就是”，“小常跟他们说是两股理”，“小常是说真理的”……大家研究了半天，最后都说：“唉！可惜小常那个人了！”好多人都替小常忧心，仍和昨天下米一样多，做下的干饭就剩下了半锅。

铁锁吃了半碗饭，再也吃不下去。他才觉着世界上只小常是第一个好人，可是只认识了一天就又不在了。他听老木匠说还有什么共产党，又听说这些人被杀了的很多，他想：既然被杀了的很多，可见这种人不只小常一个；又想：既然被杀了的很多，没有被杀的是不是也很多？又想：既然被杀了的很多，小常是不是也会被杀了呢？要是那样年轻、能干、说真理的好人，昨天晚上还高高兴兴说着话，今天就被人家活生生捉住杀了，呵呀！……他想着想着，眼里流下泪来。这天晚上，他一整夜没有睡着，又去问老木匠，老木匠也不知道更多的事情。

从这天晚上起，他觉着活在这种世界上实在没意思，每天虽然还给人家打地洞，可是做什么也没有劲了，有时想到应该回家去，有时又想着回去还不是一样的。

五

就这样拖延着，一个秋天过去了。飞机不断来，打地洞的家也很多，可是山西票子越来越不值钱，铁锁他们一伙人做得也没有劲，慢慢都走了。后来阎锡山下了野往大连去了。徐永昌当了警备司令来维持秩序，南京的飞机也不来了，各大公馆的地洞也都停了工。人家一停工，铁锁和两三个还没有走了的同行也没有事了，便不得不作回家的计划。

这天铁锁和两个同来的同行，商议回家之事。听说路上很不好行动，庞炳勋部驻沁县，孙殿英部驻晋城，到处有些散兵，说是查路，可是查出钱来就拿走了。他们每人都赚下一百多元山西票，虽说一元只能顶五毛，可是就算五十元钱，在一个当匠人的看起来，也是很大一笔款，自然舍不得丢了。好在他们都是木匠，想出个很好的藏钱办法，就是把合缝用的长刨子挖成空的，把票子塞进去再把枣木底板钉上。他们准备第二天起程，这天就先把票子这样藏了。第二天一早，三个人打好行李，就上了路。走到新南门口，铁锁又想起他那双鞋仍然丢在会馆，鞋还有个半新，丢了也很可惜，就和两个同行商议，请他等一等，自己跑回去取。

这两位同行，给他看着行李，等了差不多一点钟，也不见他来。一辆汽车开出来了，他两人把行李替他往一边搬了一搬。又等了一会儿，他和另一个人相跟着来了，一边走，一边向他两人道："等急了吧？真倒霉！鞋也没有找见，又听了一回差！"两个人问他出了什么事，他说："春喜去大同取行李回来了，和好多人趁秘书长送亲戚的汽车回去，叫我给人家往车上搬箱子！"有个同行也认得春喜，问他道："他在大同做什么来？有什么箱子？"铁锁道："听说在什么统税局。这些人会发财，三四口箱子都很重。"那个同事向他开玩笑道："你跟他是一村人，还不能叫他的汽车捎上你？"铁锁道："一百年也轮不着捎咱呀！"随手指着同来的那个人道："像这位先生，成天在他们公馆里跑，都挤不上啦！"他两个同事看同他来的那个人，长脖子，穿着件黑袍，上面罩着件灰大衫，戴着礼帽，提着个绿绒手提箱。这人就是当日在五爷公馆里的那个鸭脖子，他见铁锁说他挤不上，以为不光荣，便解释道："挤不上，他们人太多了！到路上要个差也一样，不过走慢一点。"他特别说明他可以要差，来保持他的身份。铁锁在太原住了几个月，也学得点世故，便向鸭脖子道："先生，我们也想沾沾你的光！听说路上不好走，一路跟你相跟上许就不要紧了吧？"鸭脖子道："山西的机关部队都有熟人，碰上他们自然可以；要碰上外省的客军，就难说话了，我恐怕只能顾住我。"说着强笑了一笑。

他们就这样相跟着上了路。走了不多远，有个差徭局，鸭脖子要了一头毛驴骑着，他们三个人挑着行李跟在后边。

鸭脖子要的是短差，十里八里就要换一次，走了四五天才到分水岭。一路上虽然是遇到几个查路的，见了鸭脖子果然客气一点，随便看看护照就放过去了。他们三个说是跟鸭脖子一行，也没有怎么被检查。过了分水岭，有一次又遇到两个查路兵，虽然也是山西的，情形和前几次有些不同，把他们三个人的行李抖开，每一件衣服都捏揣过一遍，幸而他们的票子藏得好，没有被寻出来。检查到了铁锁那身军服，铁锁吃了一惊，可是人家也没有追究。后来把鸭脖子的手提箱打开，把二十块现洋给检查走了。

这一次以后，他们发现鸭脖子并不抵事，跟他一道走徒磨工夫；有心前边走，又不好意思，只好仍跟他走在一起。快到一个叫“崔店”的村子，又碰上查路的，远远用手枪指着喊道：“站住！”四个人又吓了一跳。站住一看，那个喊“站住”的正是小喜，还有两个穿军服的离得比较远一点。小喜一看鸭脖子，笑道：“是你呀！”又向铁锁道：“你也回去？”铁锁答应着，只见小喜回头向那两个穿军服的道：“自己人自己人！”又向鸭脖子道：“天也黑了，咱们住一块吧！”鸭脖子道：“住哪里？”小喜道：“咱们就住崔店！”又向那两个穿军服的道：“路上也没人了，拿咱们的行李，咱们也走吧！”说了他便和那两个人跑到一块大石头后边，每人背出一个大包袱来。七个人相跟着来到崔店，天已大黑了。小喜走在前面，找到一家店门口，叫开门，向掌柜下命令道：“找个干净房子！”掌柜看了看他，惹不起；又看了看铁锁他们三个道：“你们都是一事吗？”铁锁道：“我们三个是当匠人的！”掌柜便点着灯把小喜他们四人引到正房，又把铁锁他们三个另引到一个房子里。

他们四个人，高喊低叫，要吃这个要吃那个，崔店是个小地方，掌柜一时应酬不来，挨了许多骂，最后找了几个鸡蛋，给他们做的是炒鸡蛋拉面。打发他们吃过以后，才给铁锁他们三个坐上锅做米饭。赶他们三个吃罢饭，天已经半夜了。

他们三个人住的房子，和正房相隔不远，睡了之后，可以听到正房屋里谈话。他们听得鸭脖子诉说他今天怎样丢了二十块现洋，小喜说："不要紧，明天可以随便拿些花。"鸭脖子说："不算话，带多少也不行！听说沁县到晋城一带都查得很紧！"小喜说："我也要回去。明天跟我相跟上，就没有人查了。"铁锁一个同行听到这里，悄悄向铁锁道："你听！小喜明天也回去。咱明天跟他相跟上，也许比那个鸭脖子强，因为他穿的军衣，况且又是做那一行的。"铁锁也悄悄道："跟他相跟上，应酬查路的那一伙子倒是有办法，可是他们那些人我实在不想看见！"那个同行道："咱和他相跟啦吧，又不是和他结亲啦！"铁锁一想，又有点世故气出来了。他想：今天和鸭脖子相跟还不是一样的不舒服，可是到底还相跟了，就随和些也好。况且自己又曾给小喜当过一个月勤务，就以这点关系，说出来他也不至于不应允。这样一想，他也就觉着无可无不可了。

第二天早晨，铁锁他们三个起了一个早，先坐锅做饭，吃着饭，正房里那四个才起来洗脸。一会，听着他们吵起来。小喜说："有福大家享，你们也不能净得现洋，把山西票一齐推给我！"另一个河南口音的道："这也没有叫你吃了亏。我不过觉着你是山西人，拿上山西票子总还能成个钱，叫我带回河南去有个鸡巴啥用处？把这些衣服都归了你，还不值几百元吗？"小喜道："咱们也相处了个把月，也走了几百里路，咱姓李的没有对不起朋友的地方吧？如今你们拿上两千多现货，几十个金戒指，拿一堆破山西票跟几包破衣裳来抵我，你们自己看像话不像话？有福大家享，有事大家当，难道我姓李的不是跟你们一样冒着性命呀？”另一个河南口音道：“老李！不要讲了！咱们上场来都是朋友，好合不如好散！这戒指你随便拿上些！山西票要你被屈接住！来！再拿上二百现的！”正说着，掌柜把炒蒸馍端上去，几个人便不吵了，吃起饭来。吃完了饭，那两个穿军服的扛着沉沉两包东西，很客气地辞了小喜和鸭脖子走了。他两个也不远送，就在正房门口一点头，然后回去收拾他们的行李。

就在这时候，铁锁的两个同行催着铁锁，叫去跟小喜交涉相跟的事，铁锁便去了。他一进到正房，见炕上堆着一大堆山西票子，两包现洋，一大把金戒指，两三大包衣服。小喜正在那里折衣服，见他进去了，便向他道：“你还没有走？”鸭脖子也那样问，铁锁一一答应罢了，便向他道：“听说路上很不好走，想跟你相跟上沾个光，可以不可以？”小喜正在兴头上，笑嘻嘻答道：“行！相跟着吧！没有一点事！”铁锁见他答应了，也没有更多的话跟他说，站在那里看他折衣服。他见铁锁闲着，便指着那些衣服道：“你给我整理一下吧！整理妥包好！”铁锁悔不该不马上出去，只好给他整理。鸭脖子问小喜道:“你从前认得他？”小喜道:“这是我的勤务兵！跟我是一个村子里人。”他已经把衣服推给铁锁整理，自己便去整理炕上的银钱。他把票子整成一叠一叠的，拿起一叠来，大概有一二百元，递给鸭脖子道：“你昨天不是把钱丢了吗？花吧！”鸭脖子还谦让着，小喜道：“给你！这些乱年头，抓到手大家花了就算了。”说着把票子往鸭脖子的怀里一塞，鸭脖子也就接受下了。小喜回头又向铁锁道:你那身军服还在不在？”铁锁只当他是向自己要那身衣服，便答道:“在！一会我给你去取！不过参谋长却没有给我发过饷。”小喜道：“不是跟你要。你还把它穿上，还算我的勤务兵，这样子到路上更好行动。行李也不用你挑，到差徭局要得差来可以给你捎上。”铁锁说：“我还相跟着两个人啦！”小喜道：“不要紧！就说都是我带的人！”

一会，行李都打好了，铁锁出来和两个同行说明，又把那身单军服套在棉衣外边，铁锁给小喜挑着包袱，五个人相跟着出了店，往差徭局来。小喜南腔北调向办差的道："拨两个牲口三个民夫！"办差的隔窗向外一看道："怎么木匠也要差？"小喜道："真他妈的土包子！军队就不带木匠？"铁锁的两个同行在窗外道："我们自己挑着吧！"小喜向窗外看了他们一眼道："你们就自己挑着！"又向办差的道："那就两个牲口一个民夫吧！"办差的拨了差，小喜和鸭脖子上了驴，赶驴的和铁锁两个人跟着，民夫把铁锁的行李和小喜的包袱捆在一处担着，铁锁的两个同行自己担着行李跟着，一大串七个人两个牲口便又从崔店出发了。

小喜的包袱很重，民夫一路直发喘。铁锁本来不想把自己的行李给民夫加上，可是既然算小喜的勤务，又没法不听小喜的指挥。后来上了个坡，铁锁见民夫喘得很厉害，便赶到他身边道："担累了？我给你担一会！"民夫道："好老总！可不敢叫你担！"铁锁道："这怕啥？我能担！"说着就去接担子。民夫连说不敢，赶驴的抢着跑过来道："不敢不敢！我给他担一会！"说着便接住担在自己肩上。民夫叹了口气道："唉！好老总！像你老总这样好的人可真少！"赶驴的也说："真少！可有那些人，给你担！不打就够好！"

正说话间，前边又有了查路的——一个兵正搜查两个生意人的包袱，见小喜他们走近了，向那两个生意人说了声"包起吧"，便溜开了。小喜在驴上看得清楚，就故意喝道："站住！哪一部分？"吓得那个兵，加快了脚步，头也不回便跑了。民夫问那两个生意人道："没有拿走什么吧？"生意人说："没有"，并且又向小喜点头道："谢谢老总！不是碰上你就坏了！"小喜在驴上摇头道："没有什么。他妈的，好大胆，青天白日就截路抢人啦！"那个赶驴的只当小喜不知道这种情形，便担着担子抢了几步向他道："好老总，这不算稀罕！这条路一天还不知道出几回这种事啦！”铁锁在他背后光想笑也不敢笑出来，暗暗想道：“你还要给他讲？你给他担的那些包袱，还不是那样查路查来的！”

铁锁自从又穿上军服，觉着又倒了霉：一路上端水端饭问路换差……又都成了自己的事，小喜和鸭脖子骑着牲口专管指挥。他虽然觉着后悔，却也想不出摆脱办法，又只好这样相跟着走。

过了沁县，路平了，毛驴换成了骡车，走起来比以前痛快了好多。过屯留城的那一天，下了一次雪，有泥水的地方，车不好走。有一次，要过一个土沟，骡子拉不过去，站住了。赶车的请他们下车，小喜和鸭脖子看见下去就要踏着泥走，不愿意，硬叫他赶。他打了骡子两鞭，骡子纵了一下，可是车轮陷得很深，仍拉不动。小喜道："你们这些支差的干的是什么？连个牲口也赶不了！"赶车的央告道："老总，实在赶不过去呀！"小喜喝道："你捣蛋，我揍你！”又向铁锁下命令道："给我揍他！”铁锁从来没有打过人，况且见赶车的并非捣蛋，除没有揍他，反来帮他推车，可是也推不动。赶车的仍然央告他两人下车，小喜夺出鞭子照耳门打了他一鞭杆。赶车的用手去摸耳朵，第二下又打在他手上。手也破了，耳朵也破了，眼泪直往下流，用手擦擦泪，又抹了一脸血。铁锁和他两个同行看见这种情形，十分伤心，可是也没法挽救。人也打了，仍是赶不动，结果还是赶车的背着鸭脖子，铁锁背着小喜送过去，然后才回来赶空车。

这天晚上住在鲍店镇，铁锁向他两个同行悄悄说：“明天咱们不跟他相跟吧！咱真看不惯那些事！”他两个同行也十分赞成，都说：“哪怕土匪把咱抢了，咱也不跟他相跟了。”吃过饭以后，铁锁向小喜说他们三个人要走山路回去，小喜向鸭脖子道：“要是那样，你明天就也穿军衣吧！”又向铁锁道：“那也可以，你就把军衣脱下来给他！”铁锁这时只求得能分手就好，因此便把一个月工夫换来的一身单军服脱下交给他们，第二天彼此就分手了。

春喜是一路汽车坐到家了。小喜是一路官差送到家了。铁锁啦？几天山路也跑到家了，虽然还碰到过一次查路的，不过票子藏得好，没有失了。

山西票子越来越跌价，只能顶两毛钱了。小喜存的山西票，跑到晋城军队上贩成土；铁锁不会干这一套，看着票子往下跌，干急没办法。又迟了多长时间，听说阎锡山又回太原当绥靖主任去了，票子又回涨到两毛五。这时正是阴历年关，福顺昌掌柜王安福以为老阎既然又回太原，票子一定还要上涨，因此就放手接票——讨账也是山西票，卖货也是山西票。这时候，铁锁的一百来元山西票本来很容易推出手，不过他见王安福放手接票子，也以为票子还要涨，舍不得往外推，只拿出十几元来在福顺昌买了一点过年用的零碎东西。不料过了年，公事下来了，山西票子二十元抵一元，王安福自然是大霉气，铁锁更是哭笑不得，半年的气力白费了。

后来铁锁的票子，出了一次粮秣借款就出完了。这粮秣借款是在这以前没有过的摊派：不打仗了，外省的军队驻在山西不走，饭总要吃，阎锡山每隔两个月便给他们收一次粮秣借款，每次每一两粮银收七元五。铁锁是外来户，外来户买下的地当然粮银很重，虽然只剩下五亩沙板地，却纳的是上地粮，银数是五钱七分六，每次粮秣借款该出现洋四元三毛二，合成山西票就得出八十六元四。

自从派出粮秣借款以后，不止铁锁出不起，除了李如珍、春喜等几家财主以外，差不多都出不起。小毛是闾长，因为过了期收不起款来，偷跑了。不断有散兵到村找闾长，谁也不想当，本地户一捏弄，就把铁锁选成了闾长。铁锁自戴上这顶愁帽子之后，地也顾不得上，匠人也顾不得当，连明带夜忙着给人家收款。在这时，阎锡山发下官土（官土，又叫“戒烟药饼”，不过那只是官家那样叫，老百姓都叫“官土”）来，在乡下也由闾长卖。像李如珍那些吸家，可以在小喜那里成总买私土；只有破了产的光杆烟鬼，每次只买一分半分，小喜不愿支应，才找闾长买官土。按当时习惯，买官土要用现钱，不过这在别的闾里可以，铁锁这些外来户，不赊给谁怕得罪谁，赊出去账又难讨，因此除了收粮秣借款以外还要讨官土账。借款也不易收，土账也不易讨，自己要出的款也没来路；上边借款要得紧了，就把卖官土钱缴了借款；官土要得紧了，又把收起来的借款顶了官土钱；两样钱都不现成，上边不论要着哪一样，就到福顺昌先借几块钱缴上。这样子差不多有年把工夫，客军走了，地方上又稍稍平静了一点，小毛看见闾长又可以当了，和李如珍商量了一下，把铁锁的闾长换了，仍旧换成小毛。铁锁把闾长一交代，净欠下福顺昌四十多元借款，算起来有些在自己身上，有些在烟鬼们身上，数目也还能碰个差不多，只是没有一个现钱，结果又托着杨三奎和修福老汉去跟福顺昌掌柜王安福商量了一下，给人家写了一张文书。

六

铁锁自从当了一次闾长以后，日子过得更不如从前了，三四年工夫，竟落得家无隔宿之粮，衣服也都是千补万衲，穿着单衣过冬。他虽然是个匠人，可是用得起匠人的家，都怕他这穷人占小便宜，不愿用他，因此成天找不到事，只好这里求三合，那里借半升，弄一顿吃一顿。

到了民国二十四年这一年，在家里实在活不下去了，叫才长到八岁的小胖孩给人家放牛去，自己又和几个同行往离家远一点的地方去活动——不过这次却因为没有盘缠，不能再去太原，就跟着几个同行到县城里去。在城里找到一家东家，就是当年在五爷公馆吃着西瓜谈“归班”的那个胖子。这人姓卫，这几年在阎锡山的“禁烟考核处（卖官土的总机关)”当购料员，在绥远买土发了财，成了县里数一数二的大绅士，要在城里修造府第，因此就要用匠人。铁锁和同去的几个人，和包工头讲了工价，便上了工。

这一年的上半年，铁锁的家里好过一点，下半年秋收以后，虽然除给福顺昌纳了利钱以后不余几颗粮食，可是铁锁和小胖孩都不在家，光二妞一个人在家也不吃什么。

可惜不几天就发生了意外的事：上边公事下来了，说共产党的军队从陕西过河来了，叫各地加紧防共，宁错杀一千个老百姓，也不叫放走一个共产党。县长接着这公事，跟疯了一样，撒出防共保卫团和警察到处捉人——凡是身上有一两个铜圆、一两条线、小镜子或其他不常见的物件，都说成共产党的暗号，逃荒的、卖姜的、货郎担子……一切外来的生人，一天说不定要捉多少、杀多少，有一天就杀了一百五六十个。警察们每夜都打着手电筒到匠人们住的地方查好几遍，因为搜着身上有铜圆还杀了两个匠人。这时候，匠人们固然人人怕捉，胖子东家是听说共产党来了要杀他们这些仗势欺过人的人，因此也怀着鬼胎无心修造了;况且天气也冷了些，泥水也快冻了。这样几头赶趁，工也停住了，铁锁和许多匠人们便都解散回家。回到村，村公所里也忙着办防共，春喜当了公道团（公道团原来也是阎锡山组织起来的防共团体）村团长，小喜当了防共保卫团村团长，所有壮丁一律都得当团丁，由小喜训练。铁锁回去马上就得去受训。

这年冬天，山西军队调动得很忙，中央军也来山西帮忙防共，地方上常有军队来往。老百姓因为经过民国十九年那次混乱，一见过兵自然人人担忧。

杨三奎的闺女巧巧，原来许给二妞的弟弟白狗，这是杨三奎最小的一个闺女，这时已经十八岁了，因为兵荒马乱，杨三奎放心不下，便追着修福老汉给白狗娶亲。修福老汉一来觉着孙孙白狗已十九岁，也是娶亲的时候了，二来自己家业不大，趁这荒乱年间，一切可以简单些，也就马上答应，就在这年阴历腊月三十日给白狗娶亲。修福老汉虽然日子过得不怎样好，又是外来户，可是因他为人正直，朋友也还不少。大家也知道他破费不起，自己也都是些对付能过的小户人家，就凑成份子买了些现成的龙凤喜联给他送一送礼；这地方的风俗，凡是送这种对联的，酬客时候都是有酒无饭，一酒待百客。事过之后，修福老汉备了些酒，在刚过了阴历年的正月初三日酬客。

这天晚上，铁锁也在修福老汉家替他招呼客人。热闹过一番之后，一般的客人都散了，只剩下像冷元他们那些比较亲近一点的邻居们和林县的乡亲们，大家因为才过了年没有什么事，就仍然围着酒桌，喝着剩下来的一壶酒谈闲话。他们谈来谈去，谈到防共的事情上，冷元向铁锁道："小喜成天给咱们讲，说共产党杀人如割草，可是谁也没有真正见过。你是登过大码头走过太原的，你是不是见过啦？"

这一问，勾起铁锁的话来了；铁锁自那年从太原回来之后，直到现在，因为一个"忙"一个"穷"，从没有跟别人谈过心。他并不是没有心病话，只是没有谈过。他自从碰上小常，四五年来一天也没有忘记，永远以为小常是天下第一个好人；每遇上看不过眼的事，就想起小常向他说的话："总得把这伙仗势力不说理的家伙们一齐打倒，由我们正正派派的老百姓们出来当家，世界才能有真理。"当年他听老木匠说小常是共产党，又听说自从民国十六年阎锡山就杀起共产党来了，他就以为共产党是小常这类人，可惜以后再不听有人说起，直到五六年后的现在，才又听说起这个名字来。他在城里初听说共产党过了河，他非常高兴，以为这一下就可以把那些仗势欺人的坏家伙们一齐打倒了；后来见县里杀人杀得那么多，军队调动得那么忙，他又以为打倒这些坏家伙们也不是一件容易的事，因为坏家伙们有权，有官府的势力给撑腰。不过他这时候的想法和五六年前不同了：在五六年前他还以为像小常这种人数目总不多，成不了事；这时候他听说共产党能打过黄河来占好几个县，又见那些坏家伙们十分惊慌，他想这势力长得也不小了，纵然一时胜不过官府势力，再长几年一定还会更大，因为他还记得小常说："只要大家齐心，这些坏家伙们还是少数"。他记得小常还说过"有办法能叫大家齐心"，可惜他还没有把这办法告自己说，就叫人家把他捉走了。他想现在打过河来这些人一定是懂得这个办法的，等打到咱这地方,一定会把这办法也告大家说。他既然有这样一套想法，因此在这年冬天，虽然还过的是穷日子，心里却特别高兴，不论听小喜、春喜那些人说共产党怎样坏，他听得只是暗笑，心里暗暗道："共产党来了就要杀你们这些家伙们呀！看你还能逞几天霸？"这些都只是铁锁心上的话，并不曾向人家说过。这天晚上冷元问起他来，他正憋着一肚子话没处说，又是才过了年，又都是些自己人，刚才又多喝了几盅酒，因此说话的兴头就上来了。他说："我见过一个，不过说起来话长，你们都听不听？"大家叫小喜、春喜训了几个月，也没有见过一个共产党，自然都很愿意听，都说："说吧！反正明天又没有什么事，迟睡一会有什么要紧？"铁锁一纵身蹲在椅子上，又自己斟得喝了一盅酒，把腰一挺头一扬，说起他在太原时代的事情来。铁锁活了二十七岁，从来也没有这天晚上高兴，说的话也干脆有趣，听的人虽然也听过好多先生们演说，都以为谁也不如铁锁，他把他在太原见的那些文武官员，如参谋长、小喜、河南客、尖嘴猴、鸭脖子、塌眼窝、胖子、柱子等那些人物、故事，跟说评书一样，枝枝叶叶说了个详细；说到满洲坟遇小常，把小常这个人和他讲的话说得更细致，叫听的人听了就跟见了小常一样;说到小常被人家捉去，他自己掉下泪来，听的人也个个掉泪。最后他才说出"听一个老木匠说小常是共产党"。

他的话讲完了，听的人都十分满意。大家成天听小喜说共产党见人就杀，见房就烧，早就有些不大信，以为太不近情理，以为世界上哪有这专图杀人的人，现在听铁锁这样一说，才更证明了小喜他们是在那里造谣。冷元又问道：“这么说来，共产党是办好事的呀！为什么还要防共啦？”没有等铁锁开口，就有人替他答道：“你就不看办防共的都是些什么人？像铁锁说的那些参谋长啦，三爷五爷啦，五爷公馆那一伙啦；又像放八当十的六太爷啦，咱村的村长啦，小喜、春喜啦……他们自然要防共，因为共产党不来是他们的世界，来了他们就再不得逞威风了，他们怎么能不反对啦？”冷元道：“这么说起来，咱们当防共保卫团，是给人家当了看门狗了吧？”大家齐笑道：“那当然是了！”话谈到这里，夜已深了，大家也就散了。

这几个听了铁锁谈话的人，都以为共产党是好人，虽然人家防范得过严，谁也不敢公开说共产党的好处，可是谁没有个亲近的朋友，一传十，十传百，不几天，村里的好人都知道小喜、春喜他们那一套训练是骗人的了。幸而没人跟小喜、春喜那些人说，因此他们不知道这些话，只不过觉着防共团的团丁们越来越松罢了。

“共产党专打小喜他们那一类坏家伙，不杀老百姓。”这个消息越传越普遍，传得久了，小喜、春喜他们多少听到些风，着实问起来，谁也听的是流言，都不知道是从那里传来的。可惜后来仍然不免惹出事来，这话又是冷元那个冒失鬼说漏了的。

原来杨三奎的小闺女巧巧长得十分清秀，出嫁以后当了新媳妇，穿得更整齐一点，更觉可爱，都说是一村里头一个好媳妇。小喜是个酒色之徒，自己也不讲个大小，见哪家有好媳妇，就有一搭没一搭到人家家里闲坐；自从巧巧出嫁了，他就常到白狗那里去。白狗这小孩子家，对他也没有办法，修福老汉也惹不起他，他来了，大家也只好一言不发各做各的活，等他坐得没意思了自己走。一天冷元在白狗家，白狗和他谈起小喜怎么轻贱，冷元说：“共产党怎么直到如今还不来？你姐夫不是说来了就要杀小喜他们那些坏家伙吗？”这时候小喜刚刚走到院里，听见这话，就蹑着脚步返回走了。

小喜回去把这话向春喜说了，春喜这几天正因为防共没有成绩受了区团长的批评，就马上把这事写成一张报告呈给区团长，算作自己一功。区团报县团，县团转县府，县府便派警察捉去了铁锁。

要是早半年的话，铁锁就没有命了，这时已是民国二十五年的夏天，一来共产党又退回陕西，山西防共的那股疯狂劲已经过去；再者这位县长太爷在上一年冬天杀人最凶的时候，共产党在他住的房子门上贴过张传单，吓得他几夜睡不着觉，以后对共产党也稍稍客气了一点，因此对铁锁这个案件也放宽了一点。他问过铁锁一堂之后，觉着虽然也与共产党有过点关系，可是关系也实在太小，也杀不得也放不得。因为公道团向各村要防共成绩，各村差不多都有胡乱报告的，像铁锁这样案情的人就有一大群，后来县长请示了一下，给他们开了个训导班，叫他们在里边一面做苦工一面受训——训练的课程，仍是铁锁听小喜、春喜说过几千遍的那一套。

办这个训导班的人，见这些受训人都是些老老实实的受苦汉，就把他们当成自己的不出钱伙计，叫他们做了一年多的苦工。直到“七七”事变以后，省城早经过好多人要求把政治犯（就是和官府主张不同被扣起来的人）都释放了，他们仍连一个也舍不得放出来。后来还是牺盟会（牺牲救国同盟会的简称）来了要动员群众抗日，才向县府交涉，把这批人放出去。

七

山西的爱国人士组织的牺牲救国同盟会(简称“牺盟会”),在“七七”事变后，派人到县里来发动群众抗日。这时候，八路军已经开到山西打了好多大仗，在平型关消灭了日本的坂垣师团。防共保卫团也已经解散了，铁锁住的这个训导班再没有理由不结束。结束的时候，牺盟会派了个人去给他们讲了一次话，话讲的很简单明白，无非是“国共已经合作了，这种反共训导班早应结束了，以后谁再反共谁就是死顽固”,“大家回去要热心参加抗日工作”……这一类抗战初期动员群众的话，可是听话的人差不多都是因为说闲话提了提共产党，就被人家圈起来做了一年多苦工,在这一年多工夫中,连个“共”字也不敢提了,这时听了这话，自然大大松了一口气，觉着世界变了样子。

铁锁自己，听话还是其次，他注意的是说话的人。当这人初走上讲台，他看见有点像小常——厚墩墩的头发，眼睛好像打闪，虽然隔了六七年，面貌也没有很改变；说话的神情语调，也和他初搬到满洲坟在院子里听他第一次讲话时一样。在这人讲话时候，他没有顾上听他说的是什么，他只是研究人家怎样开口，怎样抬手，怎样转身……越看越像，越听越像。这场讲话，差不多一点钟工夫就结束了，大家都各自回房收拾行李准备回家，铁锁也顾不得回房里去，挤开众人向这讲话的人赶来。

他赶上来，本来想问一声是不是小常，走到跟前，看见人家穿得一身新军服，自己滚得满身灰土，衣裳上边又满是窟窿，觉着丢人。“倘或不是小常，又该说些什么？”他这样想着，怎么也不好意思开口。可是他又觉着，如果真是小常，也不可当面错过，因此也舍不得放松，就跟着走出街上来。一年多不见街上的景致，他也顾不得细看，只是跟着人家走。跟了一段，他想，不问一下总不得知道，就鼓着勇气抢了几步问道：“嗳！你是不是小常先生？”那人立刻站住，回过头来用那闪电一样的眼睛向他一闪，愣了一愣返回来握住他的手道：“这么面熟，怎么想不起来？”铁锁道：“在太原满洲坟……”那人笑道：“对对对！就是后来才搬去的那一位吧？晚上提了许多问题，是不是？”铁锁道：“就是！”那人的手握得更紧了，一边又道：“好我的老朋友！走，到我那里坐坐去！”他换了左手拉着铁锁的右手跟他并走着，问铁锁的姓名住址，家庭情形。铁锁自然也问了他些被捕以后的事。

铁锁因为酒后说了几句闲话，被人家关起来做了一年多苦工，这时不止自己出了笼，又听说真正的共产党也不许捉了，又碰上自己认为的天下第一个好人，你想他该是怎样高兴呢？他连连点头暗道：“这就又像个世界了！”他虽跟小常拉着手并肩走着，却时时扭转头看小常，好像怕他跑了一样。街上的热闹，像京广杂货、饭馆酒店、粮食集市、菜摊肉铺……人挤人、人碰人，在他看来毫不在意，好像什么也没有看见，只看见身边有个小常。

不大一会，走到牺盟会，小常请他喝了盅茶以后，就问起他近几年村里的情形来。铁锁自从打太原回来以后，六七年来又满满闷了一肚子气，恨不得找小常这样一个人谈谈，这时见了原人，如何肯不谈？他恐怕事情过长，小常不耐烦听，只从简短处说；小常反要他说得详细一点，听不明的地方还要拦住问个底细，说到人名地名还问他是哪几个字。他一边谈，小常一边用笔记。谈了一会，天晌午了，小常就留他在会里吃饭，吃饭时候又把他介绍给五六个驻会工作的同志们认识。吃过饭，仍然接着谈，把村里谁是村长、谁是公道团长、谁是防共保卫团长，每天起来干些什么勾当；自己因什么被关起来做了一年多苦工……详详细细谈了一遍。谈完以后，小常向他道：“我们这里派人到你村去过一次，不过像你说的这些情形，去的人还没有了解。现在你村里也有一点小变动！”说着他又翻出派去的人寄来的报告信看着道：“村长换成外村人了，听说是在太原受过训的。李如珍成了村副。防共保卫团改成抗日自卫队了，不过队长还是小喜，公道团长还是春喜。”

铁锁听了这种变动，叹了一口气道：“难道李如珍、小喜、春喜这些人的势力是铁钉钉住了吗？为什么换来换去总是他们？你不是说过‘非把这些坏家伙们打倒，世界不能有真理’吗？你不是说过‘有个办法能叫大家齐心’吗？可惜那时候你没有告我说这个办法就叫人家把你捉走了。如今我可要领领这个教！”小常哈哈大笑道：“好我的老朋友！你真是个热心热肠的人！这个办法我今天可以告给你了：这个办法并不奇怪，就是‘要把大家组织起来’。这么说也很笼统，以后我们慢慢谈吧！我们牺盟会就是专门来干这事的，不只要对付这些家伙们，最重要的还是抵抗日本帝国主义。不过不对付这些家伙们，大多数的好老百姓被他们压得抬不起头来，如何还有心抗日？这些事马上说不明白，一两天我就要到你们那一区的各村里去，也可以先到你们村子里看看，到那时候咱们再详细谈吧！你一年多了还没有回去啦，可以先回去看一下，等几天我就去了。”铁锁又道：“你是不是能先告我说怎样把大家组织起来，我回去先跟几个自己人谈谈。”小常见他这样热心，连声答道：“可以可以！你就先参加我们牺盟会吧！”说着就给他拿出一份牺盟会组织章程和入会志愿书，给他讲解了一下，然后问他会写字不会。他说写不好，小常便一项一项问着替他往上填写，写完又递给他看了一下，问他写得对不对。他看完了完全同意，又递给小常收起来。小常又告他说：“就照这样收会员，以后有什么要做的事，大家开会决定了大家来做，这就叫组织起来了。”又给他拿了几份组织章程道：“你回去见了你自己以为真正的好人，就可以问他愿意入会不；他要愿意，你就可以算他的介绍人，介绍他入会。我们派出去那个同志姓王，还在你们那一带工作，谁想入会，可以找他填志愿书，我可以给他写个信。”说着他便写了个信交给铁锁。

太阳快落的时候，铁锁才辞了小常回自己住了一年多的那个圈子里收拾行李。他回去见人已经走完了，灶也停了，只剩自己一条破被几件破衣服，堆在七零八落的铺草堆里。他把这些东西捆好以后，天已黑了，没钱住店，只好仍到牺盟会找着小常住了一夜。第二天早上，小常又留他吃过早饭，他便回家去了。

他在回家的路上，一肚子高兴憋得他要说话，可是只有他一个人，想说也没处说，有时唱几句戏，有时仰天大叫道：“这就又像个世界了！”八十里小跑步，一直跑回村子里去。这时正是收罢秋的时候，村里好多人在打谷场上铡草，太阳虽然落了却还可以做一阵活，见他回来了，就都马上停了工，围着他来问询。孩子们报告了二妞，二妞也到场上来看他。

他第一个消息自然是报告“小常来了”。这个消息刚一出口，一圈子眼睛一下子都睁大了许多，一齐同声问道：“真的？”“在哪里啦？”他便把在县里遇小常的一段事情说了一遍。原来这村里知道小常的，也不过只是上年正月初三在修福老汉家听铁锁谈话的那几个人，可是自铁锁被捕以后，知道的人就越来越多了，因为铁锁一被捕，谁也想打听是为什么来，结果就从冷元口中把铁锁那天晚上谈的话原封传出去，后来春喜知道了，又把冷元弄到庙里，叫他当众说了一遍，在春喜是想借冷元的话证明铁锁真与共产党有过关系，以便加重他的罪，可是说了之后，反叫全村人都知道世界上有小常这样一个好人了。大家这会见铁锁说小常不几天要来，都说：“来了可要看看是怎么样一个人啦。”

这天晚上，铁锁又到修福老汉那里问他近来村里办公人的变动，修福老汉说的和小常接到王同志的报告差不多，只是又说这位新来的村长，是春喜一个同学，说是受过训，也不过是嘴上会说几句抗日救国的空话，办起事来还跟李如珍是一股劲，实际上还跟李如珍是村长一样。又谈到牺盟会派来的王同志，修福老汉道：“是一个十六七岁的小孩子，说话很伶俐，字写得也很好，可惜人太年轻，不通世故。他来那几天，正是收秋时候，大家忙得喘不过气来，他偏要在这时候召集大家开会。老宋打了几遍锣，可是人都在地里，只召集了七八个老汉跟几个六七岁的小孩子，他不知道是因为人忙，还说大家不热心。”铁锁又说到小常叫他回来组织牺盟会，修福老汉道：“已经组织起来了，我看那也没有什么用处。”铁锁觉着奇怪，忙问道：“几时组织的？谁来组织的？”修福老汉道：“还是姓王的那个孩子来的时候，叫村长给他找个能热心为大家办事的人，忙时候，正经人都没工夫，村长给他找了个小毛陪他坐了半天。他走后，小毛跟村里人说人家托他组织牺盟会，前天才挨户造名册，可不知道报上去了没有。”铁锁听罢摇着头道：“想不到这些家伙们这样透脱，哪一个缝子也不误钻！”

他虽然白天跑了八十里路，晚上又谈了一会话，回去仍然没有睡着。自他被捕以后，二妞到城里去探过他三次：第一次人家说还没有判决，不让见面；第二次第三次，虽然见了，又只是隔着门说了不几句话，人家就撵她走了，因此也没有看清自己的丈夫累成了什么样子，只是盼望他能早些出来就是了。这时，人是回来了，可是身上糟蹋得变了样子：头发像贴在头上的毡片子，脸像个黄梨，袖子破得像两把破蒲扇，满身脏得像涂过了漆，两肘、两膝、肩膀、屁股都露着皮，大小虱子从衣服的窟窿里爬进去爬出来。二妞见人家把自己的男人糟蹋成这个样子，自然十分伤心，便问起他在县里是怎么过，听铁锁说到怎样喝六十年的老仓米米汤，怎样睡在草堆里，抬多么重的抬杆，挨多么粗的鞭子……惹得她抱住铁锁哭起来。铁锁从小就心软，这几年虽说磨炼得硬了一点，可是一年多没有见一个亲人了，这会见有人这样怜惜自己，如何能不心恸，因此也忍不住与她对哭。两口子哭了一会，二妞又说了说近一年来家里的困难，最后铁锁又告她说世界变了，不久就要想法打倒那些坏家伙，说着天就明了。

八

二妞虽然过的是穷日子，却不叫累了身面，虽是补补衲衲的，也要洗得干净一点。铁锁这一身，她以为再也见不得人，马上便要给他洗补。窟窿又多，又没有补丁布，只好盖上被子等。

二妞到河里去洗衣服，家里再没有别人，邻居们来看他，他只好躺着讲话；邻居们走了，他就想他自己的事。他想："小常说组织起来就是办法，也说的是组织好人，像小毛这些东西，本来就是那些坏家伙的尾巴，组织进去一定不能有什么好处。"小常给他写的信他还带着，在路上还打算一到家就先去找王同志，到这会看起来这王同志也不行，因此就决定暂且不去找他。小毛既然也在村里组织牺盟会，自己就且不去组织，免得跟他混在一起，还是再到县里去一趟，先把这些情形告给小常知道。晌午吃饭时候，冷元们一伙人又端着碗来跟他闲谈，说到组织牺盟会，大家也说："要想法子不跟小毛这些人碰伙，免得外人认不清咱们是干什么的。"这样一说，越发帮助他打定了先到县里见小常的主意，他便想等这天补好衣裳，第二天就去。

天气冷了，洗出来的衣服不快干，直等到半后晌才干了，二妞便收回来给他补。衣服太破，直补到快吃晚饭，才补完了个上身。就在这时候，看庙的老宋来了，说庙里来了个牺盟会的特派员要找他。他问老宋道："是不是二十五六岁一个人，头发厚墩墩的，眼睛像打闪，穿着一身灰军服？"老宋道："就是！"他一下从被子里坐起来向二妞道："小常来了！快给我衣裳！"老宋问道："那就是小常？"他说："是！"老宋见他还没有穿衣裳，便向他道："你后边来吧！我先回去招呼人家。"说了便先走了。二妞把补好了的夹袄给他，又拿起裤来看着上面的窟窿道："这太见不得人了，你等一等我给你去借白狗一条裤子去！"说着她便跑出去了。修福老汉住的院子，虽说离不多远，走起来也得一小会，要找白狗的裤，巧巧自然也得翻一会箱，铁锁去见小常的心切，等了一下等得不耐烦了，就仍然穿起自己的窟窿裤来往庙里去，等到二妞借裤回来，铁锁已经走到庙里了。

裤子虽没有趁上用，"小常来了"的消息却传出去了——巧巧传白狗，白狗传冷元。什么事情只要叫冷元知道了，传起来比电话还快，不大一会就传遍全村，在月光下只听得满街男女都互相问询："来了？""来了？"

铁锁到了庙里，见村公所已经点上灯，早有村长、春喜、小毛他们招呼着小常吃过饭，倒上茶。铁锁一进去见他们这些人坐在一块，还跟往日一样，站在门边。村长他们三个人自然没有动，小常却站起来让座，铁锁很拘束地凑到小毛坐着的板凳尖上，小毛向铁锁道："这是牺盟会的县特派员，见了面也不知道行个礼？"小常微笑着道："我们是老朋友！"说着和铁锁握了一下手，让他坐下。铁锁在这种场面上，谈不出话来，村长他们见桌面上插进铁锁这么个味气全不相投的老土，自然也没有什么要谈的话，全场静了一会，只听得窗外有好多人哼哼唧唧，村长向着窗喊道："干什么？"窗外的人们哗啦啦啦都跑出庙门外去了。

小常看见这里不是老百姓活动的地方，就站起来向铁锁道："我上你家里看看去！"铁锁正觉着坐在这里没意思，自是十分愿意，便领着小常走出来。到了庙门口，被村长喊跑了的那伙人还在庙门口围着，见他两人出来了，就让出一条路来，等他两人走过去，跟正月天看红火一样，便一拥跟上来。到了铁锁门口，铁锁让小常往家里去，小常见人很多，便道："就在外边坐吧！"说着就坐在门口的碾盘上。看的人挤了一碾道，妇女、小孩、老汉、老婆……什么人都有，有个孩子挤到碾盘上，悄悄在小常背后摸了摸他的皮带。冷元看见小毛也挤在人缝里，便故意向大家喊道："都来吧！这里的衙门浅！"大家都轰的一声笑起来，小常听了，暗暗佩服这个人的说话本领。铁锁悄悄向小常道："这说话的就是冷元，就是我跟你说的那个好说冒失话的。"又见大家推着冷元低声道："去吧去吧！"大家一手接一手把他推到碾盘边，冷元向铁锁道："大家从前听你说，这位常先生很能讲话，都想叫你请常先生给我们讲讲话！"铁锁顺便向小常道："这就是冷元。"小常便向冷元握手相认。冷元又直接向小常道："常先生给我们讲讲话吧？"小常看见有这么多的人，也是个讲话的机会，只是他估量这些人都还没有吃过晚饭，若叫他们吃了饭再来，又怕打断他们听话的兴头，因此就决定只向他们讲一刻钟。主意已定，便回答冷元道："可以！咱们就谈一谈！"他看见旁边有个簸米台，便算成讲台站上去。听话的人还没有鼓掌的习惯，见他站上去，彼此都小声说："悄悄！不要乱！听！"马上人都静下来，只听他讲道："老乡们！我到这里来是第一次，只认得这位铁锁，我们是前六七年的老朋友。不过我到这里，可也不觉得很生，咱们见一面就都是朋友——比方我跟铁锁，不是见了一面就成朋友了吗？朋友们既然要我讲话，我得先说明我是来做什么的。我是本县牺盟会的特派员，来这里组织牺盟会。这个会叫‘牺牲救国同盟会’，因为嫌这么叫起麻烦，才叫成‘牺盟会’。大家知道不知道为什么要救国啦？”

有些说：“知道！因为日本打进来了。”

小常接着道：“好几个月了，我想大家也该知道一点，这里我就不多说了。这‘打日本救中国’是我们大家的事，应该大家一齐动起来，有钱的出钱，大家出力。从前是有钱的不肯拿出钱来，只在没钱人的骨头里榨油，这个不对，因为救国是大家的事，日本人来了有钱人受的损失更大，不应该叫大家管看门，有钱人光管睡觉——力是大家出，可是有钱人一定得拿出钱来。”

有人悄悄道：“人家认这个理就是对！”

小常接着道：“至于大家出力，要组织起来才有力量。这个‘组织起来’很不容易。要听空名吧，山西早就组织起来了：总动员委员会、自卫队、运输队、救护队、妇女缝纫队、少年除奸团、老人祈祷会，村村都有，名册能装几汽车，可是我问大家，这些组织究竟干过一点实事没有？”

大家都笑了，因为他们早就觉着这些都没有抵什么事。

小常仍接着一气说下去：“这种空头组织一点也没有用处，总得叫大家都干起实事来，才能算有力量的组织。为什么大家都不干实事啦？这有两个原因，就是大多数人，没有钱，没有权。没有钱，吃穿还顾不住，哪里还能救国？像铁锁吧：你们看他那裤子上的窟窿！抗日要紧，可是也不能说穿裤就不要紧，想动员他去抗日，总得先想法叫他有裤穿。没有权，看见国家大事不是自己的事，哪里还有心思救国？我对别人不熟悉，还说铁锁吧：他因为说了几句闲话，公家就关起他来做了一年多苦工。这个国家对他是这样，怎么能叫他爱这个国家呢？本来一个国家，跟合伙开店一样，人人都是主人，要是有几个人把这座店把持了，不承认大家是主人，大家还有什么心思爱护这座店啦？没钱的人，不是因为懒，他们一年到头不得闲，可是辛辛苦苦一年，弄下的钱都给人家进了贡——完粮、出款、缴租、纳利、被人讹诈，项目很多，剩下的就不够穿裤了；没权的人，不是因为没出息，是因为被那些专权的人打、罚、杀、捉、圈起来做苦工，压得大家都抬不起头来了。想要动员大家抗日，就得叫大家都有钱，都有权。想叫大家都有钱，就要减租减息，执行合理负担，清理旧债，改善群众生活；想叫大家都有权，就要取消少数人的特别权力，保障人民自由，实行民主：这些就是我们牺盟会的主张，我们组织牺盟会就是要做这些事。至于怎样组织，怎样行动，马上也谈不到底，好在我明天还不走，只要大家愿意听，咱们明天还可以细谈。”

十五分钟的讲话结束了，大家特别听得清楚的就是有了裤子才能抗日，有了权才愿救国，至于怎样减租减息，执行合理负担，实行民主……还只好等第二天再听。不过就听了这一点大家也很满意，散了以后，彼此都说“人家认理就是很真”，“就是跟从前衙门派出那些人来说话不同”。

二妞只顾听话，一小锅菜汤滚得只剩下半锅。铁锁见小常讲完了话，就把他招呼到自己家里，一边吃饭，一边向他谈近来村里的情形。白狗、冷元们几个特别热心时事的人，不回去吃饭就先凑到铁锁家里来问长问短。当铁锁把王同志来了以后，小毛在村里组织牺盟会的事说出来，小常道：“王同志一来人年轻，二来不了解村里的情形，因此错把小毛当成好人，这我可以给他写个信，提醒他一下。以后他来了，你们也可以再把村里的情形向他细谈一下。小毛造的那个名册，我们不承认它，我们这牺盟会的组织章程，是要叫入会的人，先了解我们的主张，然后每个人自愿的找上介绍人填上志愿书，才能算我们的会员。”铁锁道：“他造的名册我们可以不承认；可是他自己入会是王同志介绍的，怎么才能把他去了呢？”小常笑道：“这个我想可以不用吧！他从前为人虽说不好，现在只要他不反对我们的主张，我们能不叫人家救国吗？”冷元抢着道：“不行不行！他跟我们是两股劲，怎么能不反对我们的主张？像你说那‘有钱的出钱’，我先知道他就不会实行。他虽是个有钱的，可是进得出不得，跟着李如珍讹人可以！”小常道：“这也不怕他；只要他入了会，就得叫他实行会里的主张；什么时候不实行我们的主张，我们大家就开除他出会。”冷元笑向铁锁道：“这也可以！以后有了出钱的事，就叫他出钱；他不出钱，就撵他出会。”白狗跟另外几个青年都向冷元笑道：“对！这么着管保开除得了他！”小常笑问他们道：“不许人家变好了？”冷元道：“还变什么啦？骨头已经僵硬了！”小常道：“不过咱们既然收下他，还是盼他变好；实在变不过来，那也只好不再要他。”要不要小毛的问题，就谈到这里算了，冷元他们几个人又问了些别的事，也都回家吃饭去。小常写了一封信，交给铁锁，叫他第二天早晨到区上去叫王同志，铁锁便送他回庙里睡去。

当小常在铁锁门口讲话的时候，小毛也在那里听；后来小常讲完了话到铁锁家里去了，小毛赶紧跑到庙里向村长春喜他们报告，说小常说了些什么什么。春喜说：“这样看来，他们跟我们是反对的。不过这牺盟会现在的势力很大，要好好抓住这机会，把它抓到咱们手里。你既然跟那个姓王的孩子接过头，又造了名册，你自然是这村里第一个会员了，那你今天晚上就向这特派员报告工作。要跟他表示亲近一点！”小毛又跟他计划了一会对付小常的话，春喜就回去了。他一见小常，就站起来低声下气道：“回来了，特派员？我正说去接你啦！老宋！倒茶！”老宋倒上茶来，小毛又接着道：“累了吧，特派员？你讲的话真好，真对！非大家组织起来不能救国！我自从听说日本打进咱中国来，早就急得不行了，可惜有力也使不上，不知道该怎样才能救国。那天咱会里的王工作员来了，要找个能热心给大家办事的人，村长就找到我名下。我也办不了什么事，只是好为大家的事跑个腿帮帮忙，村长既然找到我名下，我就来了。一见了王工作员，我们两人就说对了，王工作员就托我在村里组织牺盟会。如今也组织好了，昨天晚上才造好名册，正预备往上报，特派员就来了。”他说到这里，就到村长的桌上取过他新造的名册来递给小常道：“特派员，你看，人还不少！”小常听见他一个“特派员”两个“特派员”，话也说得顺溜溜的，想道：“怨不得王同志上他的当，这家伙嘴上还有两下子！”后来他取出名册，小常接住没有翻开就放在桌上道：“明天再看吧，今天实在累了！”他见小常不愿意再谈下去，也就顺着小常道：“对，特派员跑了路了，就早点歇吧！老宋！给特派员打铺！”说着他便走出来了。

那一边，冷元们从铁锁家里回去吃了饭，又聚到修福老汉家里去谈组织起来的事。他们一致都觉着铁锁说得对，小常就是他们见过的人里边第一个好人。白狗说：“这回可不要错过，赶紧请人家组织咱们一下！”只有小常说的不能不叫小毛入会，他们不赞成。有一个说：“到组织的时候，只要小毛说话，咱们就碰他。冷元哥！你会说扔砖头话，多多给咱碰小毛几家伙！”又有个说：“是平常时候不敢说吧，会说扔砖头话的人多啦！白狗还不是冷元的大徒弟？”还有几个青年说：“我是二徒弟！”“我是三徒弟！”……修福老汉说：“要看势，也不要太过火了！”冷元说：“不怕！你不听小常说以后大家都要有权啦吗？只要说到理上，他能把咱们怎么样？我看这世界已经变了些了，要不小常这些人怎么能大摇大摆来组织咱们？”有的说：“对，胆子放大些吧！”七嘴八舌吵了一会，都主张痛痛快快碰小毛一顿。

第二天早晨，铁锁到区上叫王工作员去了，小常在庙里等着。他坐着没事，就在庙里来回游玩。这庙院，上半院仍是神像占着，下半院东西两座大房子，一边是公道团，一边是村公所，正南戏台下边是厨房，东南是大门，西南角房是自卫队队部；左看右看，也没有一个房子能叫牺盟会占。他见大门内还有坐东朝西一间小屋子，开门一看老宋住在里边。老宋问他要什么，他说：“没有事，我是闲玩。”说着随手又给他把门闭住。这时候，大门忽然开了个缝，一个很精干的青年伸进一颗头来。这个青年看见有人，正把脖子往回一缩，忽然认得是小常，便笑道：“我当是村长来！”他又把门缝开大了一点进来了，原来是白狗。小常虽然不知道他的名字，却见过他——头天晚上在碾道讲完了话，他也到铁锁家里去，还问长问短。小常笑向他道：“是村长你就不敢进来了？”白狗嘻嘻地笑了。小常问他道:“你找谁？”白狗道:“就找你！”小常道：“找我做什么！”白狗道：“问问你几时还给我们讲话啦。”小常道：“大家这几天还忙不忙？”白狗道：“不很忙了，都杀地啦。大家都想听你讲话。只要你说定几时讲，谈一晌也不要紧！”小常道：“晌午再决定吧！决定了我通知你们。”白狗答应着去了，小常就仍回公所的房子里来。

他叫村长给牺盟会找个办事的地方，村长说庙里没有房子了，村里还有一座公房，从前是打更的住的地方，这会空着，可以用。村长不愿意叫牺盟会到庙里来，怕他们来了以后，自己跟李如珍、春喜、小喜这些人谈起什么来不方便；小常觉着庙里既然有村公所、公道团，平常的老百姓就不愿意进来，这种成见马上还打不破，况且谈起村里的坏家伙们来也不方便，因此也不愿意把地点弄到庙里来。这样两方的心事一凑合，就决定用庙外的地方了。

早饭时候，铁锁也回来了，王工作员也来了，大家先去看过那座更坊，决定就在这里。铁锁马上去叫了十几个人来，扫地的扫地，糊窗的糊窗，垒火炉，借桌凳……不多一会就把个房子收拾得像个样子。小毛虽然也在里边手忙脚乱卖弄他的热心，可是大家都不搭理他，又故意笑笑闹闹叫他看。

小常跟王工作员谈了一会村情，又叫他以后对哪些人哪些事不明白时候多问铁锁。他们又决定就在当天午饭以后，再开一个群众大会，重新给大家谈一谈牺盟会的行动纲领和组织纲领，然后叫大家自动入会。

晌午白狗又来问小常几时讲话，小常就顺便告他说吃过午饭要开个群众会。他问过以后，端着碗满村跑，一会全村就都知道了。小常吃过饭，向村长说要在下午召开个群众会，村长答应着，正吩咐老宋去打锣，白狗就跑进来向小常道："特派员，请你到更坊门口去讲话啦！"小常道："知道了，正说着去打锣集合啦！"白狗道："不用打了，人都到齐了！"说着小毛也跑进来请小常去讲话，并且又把那个名册从桌上拿起来道："拿上咱的名册点点名！"小常正准备处理这个名册的事，见他拿上了，也不禁止。

到了更坊门口，男男女女早已坐下一大群，跟坐在戏台下等开戏一样。不知道是哪几个人懂得鼓掌，当小常走近的时候，有两三个人拍起手来，有些孩子们跟着拍，慢慢全场上也就跟着拍起来了。早有人在更坊阶台上放了一张桌，大家都面朝着那里，小常知道那就是讲台，便走上去，王工作员跟上去，小毛也跟上去把名册恭恭敬敬递给小常。

鼓掌声停了，人都静下来，小常翻开名册。这时小毛看见用起他的名册来了，十分得意，冷元铁锁他们几个人却都摇头，暗想道：“昨天晚上不是说不承认他那个名册吗？为什么还要用它！”只见小常看着最后一个名字叫道：“崔黑小！”一个三十来岁的人站起来答道：“在！”这人是河南滑县来的一个逃荒的，穿的衣裳，粗看好像挂了几片破布。他好像不敢见人，站起来答了一声就又把头低下。小常问他道：“你因为什么入会？”崔黑小用他那豫北话答道：“咱不知道！”小常又问道：“谁介绍你？”他抬起头来反问道：“啥呀？”小常又说了一遍，他仍用他那豫北话道：“咱不懂！”冷元他们那些扔砖头话早就预备好了，这个说“谁也不懂”，那个说“只有小毛一个人懂得”，小毛急了，便向崔黑小发话道：“不是我介绍的你？”崔黑小道：“你问我多大岁数，写了我个名，我也不知道是弄啥啦呀？”扔砖头话跟着又都出来了：“查户口啦！”“挑壮丁啦！”“练习字啦！”……小常便正正经经向小毛道：“同志！这样子发展会员是不对的！你想他们连会里的行动纲领、组织纲领都不懂，哪里会有作用啦？”小毛分辩道：“他是个外路人，不懂话。我不过把他浮记在后边，本来就没有算他。”小常道：“噢，原是这样，那就再问问本地人吧！”小常又翻开名册，从头一名李如珍问起。李如珍答了几句笼统话，也说不出具体要做些什么来。小常挨着一个一个往下问，有的老老实实说“不知道”，有的故意说些风凉话——比方说“为了敬老爷”“为了娶老婆”……小常问了两张以后，便停住了问，又正正经经向小毛道：“不行！咱们事前的宣传工作不够！”又向大家道：“我也不用再往下问了，看样子是谁也不了解。我们这个会，特别要讲究自愿，总得宣传的人先把会的纲领讲明白，谁赞成我们的纲领，自己找两个会员来介绍，再经过当地的分会组织委员准许，然后填了志愿书，才能算本会会员。现在这个名册作为无效，咱们再重新宣传重新组织。”冷元他们几个人齐喊道：“对！”冷元道：“又可惜把好几张纸糟蹋了！”

小常接着道："现在我先把牺盟会的行动纲领给大家谈谈。"接着就本着牺盟会行动纲领的精神，用老百姓的话演绎了一番，说得全村男男女女都知道牺盟会是干甚的了。

他讲完了行动纲领以后，又说道："现在大家既然知道牺盟会是干什么的了，谁想干这些，就可以自动报名。这个名册上的人，都没有按入会的章程入会，按章程入会的，在你们村子里只有两个人：一个是铁锁同志，我介绍的；一个是小毛同志，王同志介绍的……"才提出小毛的名字，大家轰隆轰隆嚷嚷起来："不要小毛！""不要狗尾巴！"……白狗故意挤到前边大声道："为什么不要？特派员说过'有钱的出钱'，人家很有钱，有了人家，会里花钱不困难！"又有人说："会里不用什么钱！不要他！"又有人说："怎么不用钱？花钱路多啦？打日本能不用枪？教人家老叔给咱买几条枪！"又有人说："你怕他不给你买啦？跟着龙王吃贺雨可以，叫他出钱呀？"冷元说："那可不能由他！你不听特派员说'会员得照着纲领办事'吗？'有钱的出钱'是'纲领'，只要他是个会员！"小毛听到要他出钱，已经有点后悔，却也不好推辞，正在踌躇，又听有个人说"出钱也不要他"，他便就着这句话道："大家实在跟我过不去，我不算好了！"又向小常道："特派员，入了会还能退出不能？"小常道："在咱们的组织章程上看，出入都是自由的，不过能不退出还是不退出好，多一个人多一分力量。"小毛低声道："不！大家跟我心思不投，不要因为我一个人弄得会里不和气！"他满以为小常不知道他的为人，才找了几句大公无私的话来卖弄，好像真能为大家牺牲自己。小常早已猜着他是被大家叫他出钱的话吓住了才要退出，可是也不揭破他的底，也很和气地低声笑道："那你看吧！完全由你！"他见准他退出，除不以为耻，反而赶紧向大家声明道："大家不用说了，我已经请准特派员退出了！"全场鼓掌大笑。

小常怕小毛面上不好看，本不想在当场宣布，这会见他自己宣布了，也就宣布道："小毛同志既然一再要退出，我们以后也只好请他在会外帮忙吧！这么一来，你们村子里现在只剩铁锁一个人是会员了。自今天晚上起，我跟王同志就都住在这新房子里，谁想入会就可以到这里报名。我，王同志，还有铁锁，我们三个都可以当介绍人。我还要到别的村里走走，王同志可以多住几天，帮你们成立村分会。"谈到这里，会就结束了。

当晚，冷元、白狗等六七个热心的人，到村里一转，报名的就有三十多个，小常见事情这样顺利，次日也没有走，当下就开了成立大会，选出负责人——铁锁是秘书，杨三奎老汉是组织委员，冷元是宣传委员。负责人选出后，小常和王工作员又指导着他们分了小组，选了小组长，定下会议制度，这个会就算成立了。

九

下午开过了村牺盟分会的成立大会，晚上，小常、王工作员，正跟铁锁他们几个热心的青年人们谈话，忽然来了个穿长衣服的中年人，拿着个名片递给小常，说道："特派员！我爹叫我来请你跟王同志到我们铺里坐一坐！"小常接住片子一看，上边有个名字是"王安福"，便问铁锁道："这是哪一位？怎么没有听你提过？"冷元在旁抢着道："是村里福顺昌的老掌柜，年轻时候走过天津，是个很开通的老人家。自从听说日本打进来，他每逢县里区里有人来了，总要打听一下仗打得怎么样。"别的人也都说："去吧！你给老汉说些打胜仗的消息，老汉可高兴啦，逢人就往外传！"小常说了声"好吧"，便同王工作员，跟着王安福的儿子到福顺昌来。

他们走近铺门，一个苍白胡须的高鼻梁老汉迎出来，规规矩矩摘了他的老花眼镜向他们点过头，又把眼镜戴上，然后把他们让到柜房。柜房的桌子上早摆好了茶盘——一壶酒，几碟子菜——虽不过是些鸡子豆腐常用之物，却也弄得鲜明干净。小常一见这样子，好像是有甚要求——前些时候，城里有几个士绅，因为想逃避合理负担，就弄过几次这种场面——可是既然来了，也只好坐下。他想如果他提出什么不合理的要求，根据在城里的经验，就是吃了酒饭，仍旧可以推开。

小常这一回可没有猜对。王安福跟那些人不一样，完全没有那个意思。他对别的从县里区里来的人，也没有这样铺张过，这时对小常，完全是诚心诚意的另眼看待。“七七”事变后，两三个月工夫日本就打进山西的雁门关来，这完全出他意料之外。他每听到一次日本前进的消息，都要焦急地搔着他的苍白头发说：“这这这中国的军队都到哪里去了？”他不明白这仗究竟是怎样打的，问受过训的村长，村长也说不出道理来。问县里区里来的人，那些人有的只能告诉他些失败的消息，有的连这消息也没有他自己知道的多，道理更说不上；虽然也有人来组织这个“团”那个“会”，又都是小喜、春喜一类人主持的，也不过只造些名册，看样子屁也不抵；他正不知照这样下去将来要弄成个什么局面，忽然听说小常来了，他觉着这一下就可以问个底细了。小常这人，他也是从铁锁被捕以后才听到的。当时是反共时期，他不敢公开赞成，只是暗暗称赞，因为他也早觉着“非把那些仗势欺人的坏家伙一齐打倒，世界不会有公理”，只是听说小常是共产党，这点他不满意。春喜他们说共产党杀人放火他是不信的，他对于共产党，只是从字面上解释，以为共产党一来，产业就不分你的我的，一齐成了大家的。他自己在脑子里制造了这么个共产党影子，他就根据这个想道：“要是那样，大家都想坐着吃，谁还来生产！”他听人说过小常这个人以后，他常想："那样一个好人，可惜是个共产党！"这次小常来了，他也跟大家一样，黑天半夜拄着棍子到铁锁门口听小常谈话，第二天晌午在更坊门口开群众大会，他也是早早就到，一直瞪着眼睛听到底。听过这两次话以后，他更觉着小常这个人果然名不虚传，认理真、见识远、看得深、说得透。他还特别留心想听听关于共产党的事，可是小常两次都没有提。这次他请小常，除了想问问抗战将来要弄个什么结果，还想问问小常究竟是不是共产党。

他陪着小常和王工作员吃过酒,伙计端上饭来。他们原是吃过饭的，又随便少吃了一点就算了。酒饭过后，王安福老汉便问起抗战的局面来。小常见他问的是这个，觉着这老汉果是热心国事的人，就先把近几个月来敌人的军事部署和各战场的作战情形，很有系统地报告了一番，又把中共毛主席答记者问时说的持久战的道理讲了一下——那时《论持久战》一书还没有出版。王安福老汉是走过大码头的，很愿意知道全面的事，可惜别的从区里县里来的人，只能谈些零星消息，弄得他越听越发急，这会听着小常的话，觉着眉目清醒，也用不着插嘴问长问短。他每听到一个段落，都像醒了一场梦，都要把脖子一弯，用头绕一个圈子道："唔——是！"他对于打仗，也想得很简单，以为敌人来了最好是挡住，挡不住就退，半路得了手再返回来攻，得不了手就守住现有的原地，现有的原地守不住就还得退；退到个角上再要守不住,那恐怕就算完了。这时他见小常说像自己住的这块地方也可能丢，但就是丢了以后，四面八方都成了日本人，也还能在这圈里圈外抗战，而且中间还不定要跟敌人反复争夺多少次，一直要熬到了相当的时候，才能最后把敌人熬败。这种局面他真没有想到过。他听小常说完，觉着还可能过这种苦日子，实在有些心不甘。他待了一大会没有说什么，最后皱着眉头道："照这样看来，熬头长啦呀？"小常见他这样说，就反问他道："你不信吗？"王安福道："信信信！你说得有凭有据，事实也是这样，我怎能不信？我不过觉着这真是件苦事，可是不熬又有什么办法呢？好在最后还能熬败日本，虽吃点苦总还值得。"他又捏着他的苍白胡须道："我已经六十了，熬得出熬不出也就算了，可是只要后代人落不到鬼子手也好呀！自从日本进攻以来，我一直闷了几个月，这一下子我才算蹬着底了。"

接着他又道："常先生，我老汉再跟你领个教：牺盟会是不是共产党啦？"小常觉着他问得有点奇怪，但既然是这样问，也只好照着问题回答道："这当然不是了！牺盟会是抗日救国的团体；共产党是政党，原来是两回事。"王安福道："常听说先生你就是共产党，怎么现在又成了牺盟会特派员呢？"小常道："这也没有什么奇怪，因为只要愿意牺牲救国,不论是什么党不是什么党都可以参加牺盟会。"王安福道:"这我也清楚了，不过我对你先生有个劝告，不知道敢说不敢说？"小常还当是他发现了自己的什么错处，马上便很虚心地问他道："这自然很好，我们是很欢迎人批评的。"安福老汉道："恕我直爽：像你先生这样的大才大德，为什么参加了共产党呢？我觉着这真是点美中不足。"小常觉着更奇怪,便笑道:"王掌柜一定没有见过共产党人吧？"王安福道:"没有！不过我觉着共产党总是不好的，都吃起现成来谁生产啦？"小常见他对共产党是这样了解，觉着非给他解释不行，便给他讲了一会什么是社会主义，什么是共产主义，最后告他说共产也不是共现在这几亩地几间房子，非到了一切生产都使用机器的时候不能实行共产主义。告他说共产主义是共产党最后才要建设的社会制度。又把社会主义苏联的情形讲了一些。说了好久，才算打破他自己脑子里制造的那个共产党影子。他想了一会，自言自语道："我常想，像你先生这样一个人，该不至于还有糊涂的地方啦呀？看来还是我糊涂，我只当把产业打乱了不分你我就是共产。照你说像在苏联那社会上当个工人，比我老汉当这个掌柜要舒服得多。”他又想了一下道：“不过建设那样个社会不是件容易事，我老汉见不上了，咱们且谈眼前的吧，眼看鬼子就打到这里来了，第一要紧的自然是救国。我老汉也是个中国人，自然也该尽一份力。不过我老汉是主张干实事的，前些时候也见些宣传救国的人，不论他说得怎么漂亮，我一看人不对，就不愿去理他，知道他不过说说算了。你先生一来，我觉着跟他们不同；听了你的话，觉着没有一句不是干实事的话。要是不嫌我老汉老病无能，我也想加入你们的牺盟会尽一点力量，虽然不济大事，总也许比没有强一点，可不知道行不行？”小常和王工作员齐声道：“这自然欢迎！”小常道：“像你老先生这样热心的人实在难得！”王安福见他两人对自己忽然更亲热了，振了振精神站起来道：“我老汉主张干实事，虽说不是个十分有钱的户，可是不像那些财主们一听说出钱就吓跑了。会里人真要有用钱的地方，尽我老汉的力量能捐多少捐多少！就破上我这个小铺叫捐款！日本鬼子眼看就快来抄家来了，哪还说这点东西？眼睛珠都快丢了，那还说这几根眼睫毛啦？”小常和王工作员，听了他这几句话，更非常佩服他的真诚，连连称赞。后来小常又说捐款还不十分必要，当前第一要紧的事是减租减息动员群众抗日，能动员得大多数人有了抗日的心情，再组织起来，和敌人进行持久战。问他有没有出租放债的事，是不是可以先给大家做个模范，他说：“这更容易！不过咱是生意人家，没有出租的地；放债也不多，总共以现洋算不过放有四五千元，恐怕也起不了多大模范作用！”小常说：“做模范也不在数目多少，况且四五千元现洋已经不是个小数目，至少也可以影响一个区！”王安福答应道：“这我可以马上就做，回头我叫柜上整理一下，到腊月齐账时候就实行！不说照法令减去五分之一，有些收过几年利的连本都可以让了！”

两下里话已投机，一直谈到半夜。临去时小常握着王安福的手道：“老同志！以后我们成自己人了，早晚到城就住到咱们会里！”王安福也说：“你们走到附近，也一定到这里来！”这样便分手了。

六十岁的王安福参加牺盟会自动减息这件事，小常回到县里把它登在县里动员委员会的小报上，村里有铁锁他们在牺盟会宣传，王安福老汉自己见了人也说，不几天村里村外，租人地的，欠人钱的，都知道减租减息成了政府的法令，并且已经有人执行了，也就有好多向自己的地主债主提出要求，本村的牺盟会又从中帮助，很快就成了一种风气。

李如珍是靠收租收利过活的；小喜、春喜自从民国十九年发财回来，这几年也成了小放债户；小毛也鬼鬼捣捣放得些零债。他们见到处都是办减租减息，本村的王安福不止自动减了息，还常常劝别人也那样做。他们自己的佃户债户们大多数又都参加了牺盟会，成天在更坊开会，要团结起来向自己提出要求。他们觉着这事不妙，赶紧得想法抵挡。李如珍叫春喜到县里去找县公道团长。春喜去到县里住了一天，第二天回来就去向李如珍报告。

这天晚上，李如珍叫来了小喜、小毛，集合在他自己的烟灯下听春喜的报告。夜静了，大门关上了，春喜取出一个纪要的纸片子来报告道：“这一次我到县团部，把叔叔提出的问题给县团长看了，县团长特别高兴，觉着我们这里特别关心大局，因此不嫌麻烦把这些问题一项一项都详细回答了一下。他说最要紧的是防共问题。他说咱这公道团原来就是为防共才成立的，现在根本还不变，只是做法要更巧妙一点。他说防共与容共并不冲突。他说阎司令长官说过：‘我只要孝子不要忠臣！’就是说谁能给阎司令长官办事，阎司令长官才用谁。对共产党自然也是这样，要能利用了共产党又不被共产党利用。既然容纳了共产党，又留着我们公道团，就是一方面利用他们办事，一方面叫我们来监视他们，看他们是不是真心为阎司令长官办事，见哪个共产党员做起事来仍然为的是共产党，并不是为阎司令长官，我们就可以去密电报告，阎司令长官就可以撤他的职。第二个问题：‘牺盟会是不是共产党？’他说牺盟会有许多负责人是共产党员，因为他们能团结住许多青年，阎司令长官就利用他们给自己团结青年。他们自然也有些人想利用牺盟会来发展共产党，可是阎司令长官不怕，阎司令长官自任牺盟总会长，谁要那样做，就可以用总会长的身份惩办他。”

李如珍插嘴问道：“他就没有说叫我们怎样对付牺盟会？”

春喜道：“说来！他说最好是能把村里的牺盟会领导权抓到我们自己人手里，要是抓不到，就从各方面想法破坏它的威信，务必要弄得它起不了什么作用。”

李如珍翻了小毛一眼道：“我说什么来？已经好好抓在手了，人家说了个‘出钱’就把你吓退了！其实抓在你手出钱不出钱是由你啦，你一放手，人家抓住了，不是越要叫你出钱吗？现在人家不是就要逼咱执行减租减息法令吗？”说到这里他回头问春喜道：“阎司令长官为什么把减租减息定成法令啦？”

春喜道：“接下来就该谈到这个。县团长说：这‘减租减息’原来是共产党人提出来的。他们要求阎司令长官定为法令，阎司令长官因为想叫他们相信自己是革命的，就接受了。不过这是句空话，全看怎样做啦：权在我们手里，我们拣那些已经讨不起来的欠租欠利舍去一部分，开出一张单子来公布一下，名也有了，实际上也不受损失；权弄到人家手里，人家组织起佃户债户来跟我们清算，实际上受了损失，还落个被迫不得不减的顽固名字。”

李如珍又看了小毛一眼，小毛后悔道：“究竟人家的眼圈子大，可惜我那时没有想到这一点。”小喜笑道：“一说出钱就毛了，还顾得想这个！”说得大家齐声大笑。

春喜接着道：“这几个问题问完了，我就把小常到村成立牺盟会的经过情形向他报告了一下。他说别的地方也差不多都有这样报告，好像小常是借着牺盟会的名字发展共产党。他说他正通知各地搜集这种材料，搜集得有点线索，就到司令长官那里告他，只要有材料，不愁撤换不了他。这次去见县团长，就谈了谈这些。”

小喜道：“报告听完了，我们就根据这些想我们的办法吧！马上有两件事要办：一件是怎样抵抗减租减息，一件是怎样教铁锁他们这牺盟会不起作用。”

小毛抢着道：“抵抗减租减息，我想县团长说的那个就好，我们就把那些讨不起来的东西舍了它。”

李如珍道：“我觉得不妥当：县团长既然这样说，可见这法子有人用过了。空城计只可一两次，你也空城计我也空城计，一定要叫人家识破。我想咱村虽然有铁锁他们那个牺盟会，可是大权还在我们手：村长是我们的人，公道团是春喜，开起总动员委员会来，虽然是三股头——公道团、牺盟会、村政权——有两股头是我们的，怎么也好办事。”

春喜抢着道：“你这么一说我想起办法来了：我们可以想法子跟他们拖。总动委会开会时候，我们就先把这问题提出来——先跟村长商量一下，就说我们要组织个租息调查委员会，来调查一下全村的租息关系，准备全村一律减租减息。铁锁他们都拿不起笔来，我们就故意弄上很详细整齐的表册慢慢来填，填完了就说还要往上报——这样磨来磨去，半年就过去了。”

小毛插嘴道："过了半年不是还得减吗？"

小喜抢着道："我看用不了两个月日本就打来了，你怕什么？况且这只是个说法，不过是叫挡一挡牺盟会的嘴，只要能想法把牺盟会弄得不起作用，这事搁起来也没人追了。"

李如珍道："对！只要把牺盟挑散了就没人管这些闲事了。我看还是先想想怎样挑散牺盟会吧！"

小喜道："这我可有好办法。咱李继唐是个成事不足坏事有余的人，还坏不了这点小事？"

春喜道："你且不要吹！你说说你的做法我看行不行！现在多少跟从前有点不同，不完全是咱的世界了——自那姓常的来了，似乎把铁锁他们那伙土包子们怂恿起来了，你从前那满脑一把抓的办法恐怕不能用了。"

小喜道："这也要看风使船啦吧，我该认不得这个啦？一把抓也不要紧，只要抓得妙就抓住了！"

春喜道："这不还是吹啦吗？说实在的，怎么办？"

小喜道："办法现成！说出来管保你也觉着妙！铁锁他们那伙子，不都是青壮年吗？我不是自卫队长吗？我就说现在情况紧急，上边有公事叫加紧训练队员。早上叫他们出操，晚上叫他们集中起来睡觉，随时准备行动，弄得他们日夜不安根本没有开会的时间，他们就都不生事了，上边知道了又觉着我是很负责的，谁也驳不住我！"

还没等春喜开口，李如珍哈哈大笑道："小喜这孩子果然有两下子！"春喜小毛也跟着称赞。

事情计划得十全十美，四个人都很满意。李如珍因为特别高兴，破例叫他们用自己的宜兴磁烟斗和太谷烟灯过了一顿好瘾。

铁锁他们果然没有识破人家的诡计，叫人家捉弄了——村总动委会开会，通过了调查租息与训练自卫队。自从自卫队开训以后，果然把村里的青壮年弄得日夜不安，再没有工夫弄别的。王工作员虽然也来过几次，可惜人年轻，识不透人家葫芦里卖的是什么药，见人家表格细致，训练忙碌，反以为人家工作认真，大大称赞。

只有王安福老汉不赞成这两件事。他倒不是识破人家的计划，他是主张干实事的，见他们那样做抵不了什么事，因此就反对。一日他又进城去，小常问起他村里的工作，他连连摇头告诉小常道："不论什么好事，只要有小喜、春喜那一伙子搅在里边，一千年也不会弄出好结果来。像减租减息，照我那样自己来宣布一下就减了，人家偏不干实事，偏要提到总动委会上慢慢造调查表，我看不等他们把表造成，日本人就打得来了。自你走后，牺盟会一次会也没有开成，人家小喜要训练自卫队，领得一伙人，白天在地里跑圈子，拔慢步，晚上集合在庙里睡觉，把全村的年轻人弄得连觉也不得睡，再没有工夫干别的事。我看那连屁也不抵！不论圈子跑得多么圆，慢步拔得多么稳，有什么用处？"

小常是多经过事的人，自听王安福这么一说就觉着里边有鬼；问了一下县自卫队长，队长说："谁叫他这样训？"后来队长又派了个人去替小喜当队长，调小喜到县受训去。

这样一来，小喜他们的计划被打破了。恰巧那时阎锡山觉着决死队学了八路军的作风，恐怕他掌握不住，又到处派些旧军官另成立队伍。这些队伍也名"游击队"，在本县派的是个姓田的旧连长来当队长，叫田支队。小喜被调之后，也无心入城受训，就参加到这田支队去。

一〇

新从县里派来的自卫队长也是牺盟会会员，来到村里，除不妨碍牺盟会开会，自己又参加在里边，每天晚上要跟大家在一处谈谈——有别的事，就谈别的事；没别的事，就谈打游击，既不误会里的事，对训练自卫队也有帮助。牺盟会的工作更顺利了。王安福实行减息以后，大家要求李如珍跟王安福看齐，不要只造表不干实事，弄得李如珍无话可说，只盼望敌人早些来把这事耽搁一下。

果然不几天消息更吃紧了，平汉正太两路已被敌人打通，牺盟会只顾动员大家“空室清野”，把减租减息的事暂且搁起来。租虽说暂且可以不减，李如珍也没有沾了光，从平汉正太两路退下来的五十三军、九十一师、骑四师、孙殿英的冀察游击队、张仁杰的什么天下第一军……数不清有多少番号的部队都退到山西上党一带的乡间来。这些部队，不知道是谁跟谁学的，差不多都是一进村就打枪，把老百姓惊跑了他们抢东西，碰上人就要东西，没有就打。受过“孝子”训的村长偷跑了，区长也偷跑了，李如珍平素的厉害对这些老总们一点也用不上，结果被孙殿英的侯大队绑了票。

把李如珍绑走了，家里情愿花钱去赎，可是找不上个说票的人——村里的好人只恨他死不了，谁还管他这些闲事；坏人又找不上个胆大的，春喜不敢去，小毛更是怕死鬼，别的烟鬼赌棍，平常虽好跟来跟去吸口烟灰，遇上这事，谁也躲得不见面了。家里人跟春喜小毛商量了半天，都说非小喜不行，才打发人到田支队把小喜找回来。小喜巴不得碰上这些事，便满口应承去找侯大队。他去了三天没有回来，家里人正在发急，也找不上个探信的。第四天，小毛春喜仍到李如珍家计划觅人探信，到了晌午李如珍跟小喜都回来了。大家问起怎样回来的，小喜洋洋得意道："我一去了，他们打发了个参谋跟我打官腔，说：'部队里生活困难，请你叔父来没有别的意思，只是想请他捐几个"救国捐款"'。我说：'这个容易，我管保能想出办法来给部队里补充些东西。我叔父虽有几顷地，可是没有现钱，这些年头卖地又没人要，不要在他身上打主意。'这个参谋见我是个内行人，就排开烟灯让我过瘾，两个人在灯下说了一会实底话。他说先叫我帮他们弄些东西来再放人，我也答应了。破了两三天工夫，黑夜也下了点劲，花布油酒，帮着他们弄了几十驮子，他们高兴了，请我跟叔叔吃了几顿酒饭，就打发我们回来了。"李如珍家里人听说没有花一个钱，自然十分高兴，春喜小毛听了,也都佩服了小喜的本领。小毛还要问在哪里弄的那几十驮东西，小喜说："这你不用问！'黄河岸上打平和，几时不是吃鳖啦？'"

阴历年节到了，因为时候不对，谁也无心过年，差不多都连个馍也没有蒸。亲戚们也不送节了，见了面不说拜年，先问"你村住的是什么队伍""抢得要紧不要紧"。将就过了正月十五，日本飞机到县里下过了弹，不几天敌人就通通噔噔从长治打过来了。这村子离汽车路虽然只有十来里，敌人的大部队却没有来，只有护路的骑兵，三三五五隔几天来绕一趟。凡是有个头目的队伍，抢人时候虽然很凶，这时一听炮响，却都钻了大山，只剩下三五成群的无头散兵比从前抢得更凶些。

村里的自卫队一来没有打过仗，二来没有家伙，只有一条步枪两个手榴弹，不能打，只能在村外放个哨，见有敌人来了土匪来了跟村里送个信叫大家躲一躲。

李如珍是输过胆的，听说有个什么动静就往地洞里钻。春喜因为家里没有地洞，成天在李如珍家借他的地洞藏身。一天，太阳快落的时候，小毛跑来跟李如珍、春喜说："那个王工作员又来了，听说他当了咱这一区的区长。"李如珍道："区长不区长那抵什么事？多少军队还跑得没影子啦！"才说了几句话，外边有人说来了十来个溃兵，吓得李如珍、春喜、小毛把大门关起来躲进地洞里。停了一会没动静，李如珍打发小毛到楼上的窗窟窿去瞭望。小毛才上去，就见有一个兵朝着大门走来。吓了他一跳，正预备去报告李如珍，忽然又看见是小喜，便轻轻喊道："继唐！"小喜听出是小毛的声音，便答道："是你呀？快开门！"小毛道："听说有十来个散兵？"小喜道："没有事！你放心开开吧！"小毛开了门放他进来，又到地洞里去把李如珍、春喜都叫出来。

李如珍问小喜道："喜！你跟哪里来的？田支队驻在哪里？"

小喜道："我在侯大队住了几天，日军就来了，田支队也不知道到什么地方去了。侯大队开到陵川大山里去了，我就留在附近，后来碰到个熟人，是豫北人，姓王，从前在太原会过面。"又望着春喜道："这人你也许知道：民国十九年，老阎要成立四十八师，他们手下有一把子人想投老阎，那时候他在太原住过几天，我在四十八师留守处当副官，和他谈过几次，后来老阎失败了，没有弄成。这次他们跟着孙殿英的冀察游击队到咱们这边来。近几天孙军往东山去了，他拉出几十个人来住在白龙庙，又收了些散兵，自称王司令，我在他那里算参谋长，就在附近活动。"李如珍道："我这几天闷在家里哪里也不敢去，究竟咱们这地方是个什么局势？你可以给我谈谈！"小喜道："大势是这样：汽车路和县城是日军占了。城里有了维持会，会长姓卫。"又望着春喜道："这人你也许知道：是个大胖子，在太原时候常好到五爷公馆去，后来在禁烟考核处当过购料员。"春喜道："认得。"小喜接着道："城里秩序就靠他来维持。一出城，汽车路上每隔十里八里就有个日军的哨棚，多则一两班人，少则三五个人，巡逻的骑兵常常来往不断，有时候也到附近各村去走一走。汽车路旁的村子也都有了维持会，日军过来也招呼一下。”李如珍道：“你们跟日军跟维持会取什么关系？”小喜道：“还没有关系，白龙庙在山上，离汽车路二三十里，我们不到汽车路上去，他们也不到山上去，见不了面！”李如珍道：“家里实在不好住呀！光散兵一天不知道就要来几次……”小喜道：“散兵没关系！别的部队都走了，附近三二十里，凡是三个五个十个八个零兵，都是我们的人，见了他们，只要一说你认得我，管保没事。”李如珍道：“虽是那样说，心里总不安，城里要是有个秩序，还不如搬到城里去住。你能不能给那姓卫的写个信介绍一下？”春喜抢着道：“要是他，我认得，我可以替叔叔去打听一下，要合适的话，我跟叔叔同去，说不定还能找点事干！”

正说着，听见外边好多人乱吵吵的，小毛跑到门边去听了一下，回来说：“街上人说捉住十个逃兵，缴了六条枪。”小喜跳起来问道：“谁捉的？”小毛道“听说是自卫队捉住的。”小喜道：“糟了！我走了！”说着就往外走，又摸了一下腰里的手枪。小毛追着问道：“什么事？”小喜头也不回，只把手伸回背后来摆了一摆，开开门跑出去了。李如珍看春喜，春喜看李如珍，小毛跑回来问他们两个人，谁也弄不清是什么事。大家闷了一小会，听见好多脚步声咕咚咕咚越来越近，小毛赶紧去关门，已经来不及了；李如珍跟春喜只当是土匪，赶紧钻地洞。进来的不是土匪，原来王工作员跟自卫队长带着一二十个自卫队员——队员们背着新缴到的步枪，觉着很神气。冷元背着一条枪领着头，一进门就一把抓住小毛问道：“小喜来这里没有？”小毛吓得说不出话来，结结巴巴说：“没没没有来！”后边有好多村里人也挤进来，有人说：“来了！我还碰见来！”冷元端起枪来逼住小毛道：“说实话！来了没有？”小毛缩成一团道：“来是来过，又走了。”王工作员道：“搜一搜！不要叫漏了！”大家就在李如珍家搜起来。搜到地洞里，搜出李如珍和春喜，只是没有小喜，问了他们两个人一下，都跟小毛说得一样，知道已经跑了，也就算了。

自卫队长、王工作员、自卫队员和村里的人们一大伙人从李如珍家里出来回到更坊门口。这更坊门口，早已有两个队员拿着枪站岗，把捉住的十个散兵关在更坊里。冷元指着更坊门问王工作员道：“这十个人怎么处理？”王工作员道：“我看趁这会人多，还不如先开会，这十个人留在会后处理。你们可以再分头到各家去召集一下人，最好是全村人都来。”这时敌人离得不很远，开会也不便再打锣，冷元铁锁们一大伙热心的人就跑到各家叫人去，好在这时候捉住了散兵，谁也想来看看，因此人来得反比平常时候更多。人齐了，村长早半月就跑了，李如珍和春喜，一个是村副一个是公道团长，又因为有小喜的事没有敢来。铁锁见村公所没有一个人来，想起自己是牺盟会村秘书，应该来主持会场，就走到更坊的阶台上向大家道：“王同志现在成了咱区的区长了,今天来咱村里工作,先跟大家开个会。现在就先请王同志讲话。”

王工作员走上去讲道：“老乡们！同志们！现在敌人已经到我们这里来了，我们的县城和交通大道已经被敌人占领了，正像常特派员上次和你们谈的，我们这里已经成了敌后抗战的形势了。敌人虽然占领了我们的城市和交通要道，可是广大的乡村还在我们手里。我们以后就要凭着这广大的乡村来和敌人长期斗争，熬着打，打着熬，最后把敌人熬得没了劲，才能收复失地。大家不要因为看见许许多多中国军队都走开了，就灰心丧气。现在我给大家报告些好消息：大家都知道大战平型关的八路军吧？现在别的军队往南撤退，这八路军反向北开，收复了宁武、广灵、灵邱、唐县、繁峙、左云、右玉、宁晋、朔县。这些地方，现在都成了敌人的后方，八路军就要在这些地方建立抗日根据地来长期抵抗敌人。现在这军队已经从洪洞赵县到咱们这里来，要和咱们老乡们共同建立抗日根据地，抵抗敌人。可惜旧日的行政人员不争气，平常时候跟老百姓逞威风倒可以，遇上这非常时期就没了本事了。前半个月，消息一吃紧，各路军队一往这里退，县长吓病了，各区区长、各村村长吓跑了，扔下各地的老百姓，任敌人欺负，任溃兵糟蹋，没人管。打电给阎司令长官，阎司令长官才从临汾退出来，连自己也顾不住，他手下的'孝子'们都紧紧跟着他只怕掉了队，派谁谁不敢来，后来才由咱们牺盟会举荐了个县长。这新县长上任才三天，敌人就打来了。县政府转移出来以后，地方上毫无秩序，区村长没有一个，没办法才由咱们的常特派员举荐了几个牺盟会的工作员当区长，咱这一区就派的是我。咱这一区也和别的区一样，受过训的'孝子'村长们，跑到一个也没有了。我这次到各村来，先要做这两件事：第一是补选抗日干部，第二是布置眼前工作。这村里，各种救国会还没有成立起来，只好以后再说。现在最重要的村干部，先得有村长，大家可以马上补选一个，现在就选！"大家有的提王安福，有的提杨三奎，冷元跳起来道："我有个意见：我觉着这会是兵荒马乱的世界，当村长不只要热心为大家办事，还要年轻少壮能踢能跳才行！我提张铁锁！"大家不等主席说表决，都一致喊道："赞成！"后来王区长又叫举了一下手，仍然是全体通过铁锁当村长。村副虽然不缺，可是大家都说李如珍包庇小喜，不叫他再当村副，非改选不行，结果改选了王安福。提到自卫队长，大家一致都说队长好，可不敢调换了。干部选定以后，就布置工作，不过这里离敌人太近，除叫大家宣誓不当汉奸以外，其余的抗日戒严等工作，只能留在干部会上讲。王区长把他的事情宣布完了以后，大家要求报告一下怎么捉住那十个逃兵，并且要求区长处理，区长就让自卫队长先报告经过。

自卫队长报告道："今天才吃过午饭的时候，王区长来了。王区长召集牺盟会的同志们在福顺昌开会，村外有自卫队站岗。到了半后晌，一个队员来报告，说村西头山上的小路上来了十来个散兵，到村西头的土窑里刨福顺昌埋的东西，我就集合了几个队员去看。我和队员们在远处看见只有一个站岗的，冷元说这土窑只有一个门，只要把站岗的捉住，就能把其余的人困在窑里。他说他可以去试试看捉得住哨兵捉不住。他慢慢走到哨兵背后的地堰上，猛一下跳下去拦腰把那哨兵抱住就推着跑，别的队员上去把哨兵的枪夺了。那哨兵虽然喊了一声，窑里的人可没有听见。那时我带着队里的两颗手榴弹上在窑顶上，先扔下一颗，响了，里边出来一个头，身子还没出来就叫我喝回去了。我捏着手榴弹上的火线说：'回去！谁动炸死谁！'他们不动了，我又喊：'把枪架到门口！不缴枪我把土窑炸塌了，把你们一齐埋在里边！'他们不说话了，一会，一个人出来把五支枪架在门外。我当他们还有，我说：'为什么不缴完？'他们一个人说：'我们只有六条枪，放哨的拿走一条。'在村外站岗的一个队员说他们就只是六条枪，也就算了。冷元下去把枪收了，才叫他们出来。我问他们是哪一部分，他们说原来不是一部分，后来叫侯大队一个王连长收编了，驻在白龙庙，这村的李继唐——就是小喜——就是他们的参谋长。这次来刨窑洞，就是小喜领他们来的。小喜怕本地人认得他，把窑洞指给他们就躲开了。完了……这十个人就是这样捉住的。”自卫队牺盟会的人早就都知道了，后来的人不知道，听了队长的报告，都问小喜躲在哪里去了，知道的人告他们说躲在李如珍家，后来又跑了。

大家又讨论了一会怎样处理这十个人，最后都同意把这十个人缴给区长发落，可是以后捉住了小喜，非当着村里人的面枪毙不可。后来这十个人由区长把他们带回县政府，经过了教育又补充了队伍。

小喜领得十个人出来抢东西，把人也丢了枪也丢了，不好回白龙庙去见姓王的，就跑到城里找着了卫胖子，在维持会当黑狗去了。他自从当了黑狗，领着巡路的日本骑兵回村子里去扰了好几次，把村里人撵得满山跑，把福顺昌的房子也烧了，把春喜叫到城里去给敌人办事，又在村里组织起维持会，叫李如珍当会长，小毛当跑腿的。从这时起，村里的自卫队不能在家里住，年轻妇女不能在家里住，每月要给城里的敌人送猪送羊送白面，敌人汉奸来到村里，饭要点着名吃，女人要点着名要。

一一

王安福年纪大了，不能跟着大家在野地里跑，就躲到二十多里外一个山庄上的亲戚家里。这山庄叫“岭后”，敌人还没有去过，汽车路附近抗日的人们被敌人搜得太紧了，也好到这里躲一半天。一天，铁锁冷元们来了，王安福问起村里的情形，冷元说：“不要提了！村里又成了人家李如珍和小毛的世界了！有些自卫队员们，家里已经出了维持款，他们的老人们把他们叫回家里去住，只有咱牺盟会有十几个硬骨头死不维持，背着自卫队的七条枪满天飞。如今是谷雨时候，这里的秋苗都种上了，咱们那里除了几块麦地，剩下还是满地玉茭茬——敌人三天两头来，牲口叫敌人杀吃完了，不只我们不能种地，出过维持款的，也是三天两头给敌人当民夫送东西，哪里还轮得着干自己的活？……”

王安福听他这样一说，觉着很灰心。他想这种局面到几时才能算了呢？他虽听小常和王区长都说过要慢慢熬，可是只看见敌人猖狂，看不见自己有什么动作，能熬出个什么头尾来呢？他问铁锁近来小常和王区长来过没有，铁锁说："王区长来过一次，他说咱们过去的动员工作没有做好，现在势力单薄，能保住这几条枪这几个人，慢慢跟敌人汉奸斗争着，就从这斗争中间慢慢发展自己的力量。"

他们走了以后，王安福独自寻思了一夜。他不论怎么想，总以为没有什么发展的希望，总以为这种局面将来得不到什么好结局。他是急性子人，想起什么来就放不下，第二天早晨起来，他便决定去找小常。

小常和他们牺盟县分会的几个同志们，跟县政府住在一个村子里，离岭后还有四五十里。王安福一来路很生，二来究竟是六十岁的老汉了，四五十里路直走了一天。太阳快落了，他走到一个小山庄上，看见前边几个村子都冒着很大的烟，看来好像是烧着了房子，问了问庄上的人，说是来了队伍，是队伍烧火做饭，他们庄上人才去送柴回来。问他们是什么队伍，他们也不知道，只说是很多，好几村都驻满了，县政府叫附近的山庄上都去送柴。王安福问了一会也问不清楚，他想既是县政府叫送柴，一定是中国兵，又问了一下县政府住的村子，经庄上人指给他，他就往前去了。

走到村里，天就黑了，只见各家各院都有住的兵，好容易才找着牺盟会住的院子，找见了小常。这时小常正和几个队伍上的人谈民夫担架问题，黑影里也没有看见他是谁。他也不便打断小常跟人家的谈话，就坐在院里等着。一会小常把那些人都送出去了，回头来看见院里还有个人，向他走来，走近了看见胡须眼镜和手杖，才发现是他，不由得很惊奇地握住他的手道："呀！老同志！你怎么也能走到这里来？"才说了一句话，又有队伍上的人来找，他便叫别的同志招呼王安福到房子里洗脸吃饭，自己又和这新来的人谈起别的事来。这些人没有打发走，县政府又请他去开会，别的同志又都各忙各的工作，王安福吃过饭以后，只好躺在床上等小常。差不多快半夜了小常才回来，王安福听见他一开门，就从床上坐起来道：“回来了？真忙呀！”小常道：“你还没有睡，老同志？不累吗？”王安福一边答应着，便从床上下来坐在桌边。小常把灯拨亮了，也坐下来问道：“找我有事吗？村里近来怎么样？”王安福道：“就是为这事情：村里成了维持会的世界了，李如珍是会长，小毛是狗腿……”小常道：“这个我知道，下边有报告。新近还有什么变化吗？”王安福道：“变化倒没有什么变化，可是就这个，村里就难过呀！眼看就是四月天了，地里连一颗籽也没有下……”小常道：“不要愁，老同志！我告你一个好消息：敌人的第一百零八师团九路围攻晋东南想彻底消灭我们抗日力量，被八路军打得落花流水。今天来的这些八路军，就是来收复咱们这地方来了，现在已经有一路要到你们那地方去打仗，你们那一带马上就要收复……”王安福听到这里忽然大声问道：“真的？”小常道：“可不是真的嘛！明天一早我也要去，去帮他们动员民夫抬担架。”王安福道：“那？那我也跟你相跟回村里招呼去！”小常道：“老同志，你不要急！你老了，跑一天路，明天不用回去，等一两天那里打罢了仗，把敌人打走了你再回去。村里的事，有铁锁他们在家可以招呼了。”劝了他一会，他仍坚决要回去，小常也只好由他。

这天晚上，小常睡得倒很好，王安福高兴得睡不着。他想把日本一打跑了，第二步一定是捉汉奸——城里一定要捉小喜、春喜，村里也一定要捉李如珍和小毛。他想到得意处，连连暗道：“李如珍！我看你叔侄们还威风不威风？看你们结个什么茧？”越想越睡不着，越睡不着越想得细——想到战场上怎样打、日本人怎样跑、李如珍被捉住以后是个什么可怜相、小毛怎样磕头祷告、村里人怎样骂他们……想了一遍又一遍，直到鸡叫才睡着了。当他睡着了的时候，正是军队吃饭的时候。小常就在这时，起来吃过饭，天不明就随军队出发了。王安福起来，太阳就快出来了，别的同志跟他说小常同志随军出发了，叫他住一两天再回去。他心里急得很，暗暗埋怨小常不叫他，马上就要随后赶去。别的同志告他说赶不上了，就是要走也得吃过饭，路上没有吃饭的地方。说话间已经是吃早饭的时候了，他胡乱吃了点饭，仍是非赶回去不行，就辞了会里的同志们，也不再往岭后去，一直往回家的路上赶来。六七十里山路，年轻人也得走一天，这老汉总算有点强劲儿，走到晌午就赶上了部队，不过部队的行列太长了，再往前赶还是，再往前赶还是，也没有找见小常在哪里。快到家了，方圆三五里几个村庄都住下兵；摸了十几里黑赶到了家，庙里也是兵，更坊也是兵，自己的房子被敌人烧得只剩一座，老婆、孩子、儿媳、孙孙全家都挤在里间，外间里也住的是兵。他先不找自己的去处，先到铁锁那里去。这一下找对了：铁锁的三间喂过牲口的房子，也没有被敌人烧了，也没有住着 兵，地下还铺着草，小常住在里边，王区长也来了，也住在里边。小常见他回来了，很佩服他的热情，就先让他在铺上休息。他问敌情，铁锁告他说："听说城里敌人退出来了，今天晚上前边汽车路上的两三个村子也住满了，恐怕天不明就会有战事，村里的担架也准备好了。"王安福道："敌人不知道咱的军队来了吗？"铁锁道："不知道！大队还没有到的时候，半后晌就有几十个人先来把前边的路封了，不论什么人都不准走过去。"谈了一会，王安福的儿子就来叫王安福吃饭，王安福道："你把饭端来吧！我还想问询问询别的事！"饭端来了，铁锁说:"要不你就叫老掌柜在这里睡吧，你家也住得满满的了！"王安福的儿子说："也可以！"回去又送来一条被子来。

大家忙乱了一会，正说要睡，听见外边跑来几个人，有个人问道："村长在这里吗？"铁锁道："在！"那人道："你来看这是不是个好人，半夜三更绕着路往前边跑！"铁锁出去一看是小毛，便向那个兵道："汉奸！汉奸！维持会的狗腿！"那个兵道："那就送旅部吧！"小毛急着哀求道："铁锁铁锁！我我我是躲出去的！我……" 那个兵说："走吧走吧！"就拉着他走了。王安福听见是小毛说话，正要出来看，听见已经送走了，就自言自语道："小毛！你跑得欢呀？我看你还跑不跑了！"小常、王区长也都已经知道这小毛是什么人，都知道不是冤枉他，也就不问这事，都去睡了。王安福见把小毛捉住了，顺便想起李如珍来，问了问铁锁，说是已经看守起来了，也就放心睡去。

王安福一连跑了两天路，一连两夜又都没有睡好，这天晚上，他连衣服也没有脱，一躺下去便呼呼地睡着了，直到第二天五更打第一颗炮弹才把他惊醒。他醒来，天还不明，屋里早已点着灯。小常、王区长、铁锁都不知几时就走了；才过谷雨，五更头还觉凉一点，他们把草铺上不知谁的被子又给他盖了一条。二妞不知什么时候就起来了，坐在床上。小胖孩睡在他边前也被炮弹惊醒了。二妞向王安福道："睡不着了，王掌柜？你听！炮已经响开了，他们打仗去了。"小胖孩问道："娘！你说谁？打什么？"二妞道："就是说晚上住的那些兵，到汽车路上打日本鬼子去了！"接着又听见两声炮，王安福站起来道："到外边听听去！"说着就走出去了。小胖孩向二妞道："娘，咱们也到外边听听！"说着便穿起衣裳，跟二妞走出来。青壮年抬担架的抬担架，引路的引路，早就和军队相跟着走了，街上虽有些妇女儿童老汉们出来听炮声，可也还安静。炮声越来越密，王安福和几个好事的人跑到村外的山头上去看，因为隔着山，看不见发火的地方，只能看见天空一亮一亮的，机枪步枪的声音也能听见。起先只听见在南边一个地方响，后来好像越响地面越宽，从正南展到西南。天明的时候，越响越热闹了，枪声炮声连成一片。不大一会，正西也响开了，和西南正南的响声都连起来，差不多有二三十里长。这时候天已大明，村里的人，凡是没有跟队伍到前边去的，都到村边的各个山头上去听，直到快吃早饭的时候响声才慢慢停下来。这时候，有的回去做饭,有的仍留在山头上胡猜测。忽然西南的山沟里进来一股兵,也弄不清是敌人还是自己人,大家一时慌了,各找各的藏身地方。回去做饭的人听了这消息又都跑出来了,旅部留守的同志们告他们说是自己的队伍回来了,才把大家都叫回去。

队伍、民夫、自卫队都陆续回来了。敌人全退了,打死好几百,还打坏四个汽车。胜利品很多:洋马、钢盔、枪械、军服、汽车上的轮子、铁柱子……彩号没有下担架,吃过饭就转送到别处去,其余的队伍就住在这一带各村休息。

旅部把李如珍和小毛交给王区长处理,村里人一致要求枪毙,吓得他俩的家属磕头如捣蒜。后来大家又主张不杀也可以,要叫他们把全村维持敌人的损失一同包赔起来。他们两个的意见是只要不枪毙,扫地出门都可以。政府方面的意见是除赔偿损失以外,还得彻底反省,保证以后永远不再当汉奸,大家一致拥护。这样决定了以后,仍由王区长派人送到县政府处理。

县城收复了,县政府又回了城。把李如珍和小毛解到县政府以后,小毛因为怕死,反省得很彻底,把他十几年来在村里和李如珍、小喜、春喜一类人鬼鬼捣捣做的那些亏心事,拣大的都说出来了。

可惜敌人从城里退出来的时候,小喜、春喜两个人跟着卫胖子一伙人,从城里跑出来就躲到田支队去;县政府派人去要,田支队不放人,回了个公函庇护他们说,这些人是他们派到城里维持会里做内线工作的。县政府这边,早有小毛把小喜领着土匪回村刨窑洞,又领着敌人到村烧房子、捉人、组织维持会,把春喜叫到城里当汉奸……根根底底说得明明白白的了,可是田支队死不放,交涉了几次都空回来了。田支队凭着枪杆不让步,县政府凭着真凭实据不让步。后来各做各的——田支队包庇了这些人,县政府没收了他们的家产。

李如珍和小毛在县里反省了两个月，承认了赔偿群众损失，县政府派了个科长同王区长把他两人押解回村同群众清算。按李如珍在县里算的，共给敌人送过四口猪、十头牛，不足一千斤白面，只要跟小毛两家折变一些活物就够了，还不至于大变产业，可是一回来情形就变了。县府派来的科长同王区长，叫他两个人照着在县里反省的记录再在群众大会上向群众反省一遍，小毛就仍从十几年前说起，把他们从前打伙讹人的事一同都说出来了，内中像春喜讹铁锁一样，因为一点小事弄得人家倾家败产的事就有十几件，借着村长的招牌多收多派的空头钱更不知用过多少。一提起这些旧事，更引起群众的火来，大家握着拳头瞪着眼睛非跟李如珍算老账不行。李如珍怕打，也只好应承。结果算得李如珍扫地出门还不够，还是科长替他向群众求情，才给他留了一座房子。小毛平常只是跟着他们吃吃喝喝，没有使过多少钱，并且反省得也很彻底，大家议决罚他几石小米叫自卫队受训吃。小喜、春喜的家产一律查封，等要回原人来再处理。

一二

敌人走了，李如珍倒了，春喜小喜走了，小毛吃过亏再也不敢多事了，村里的工作就轰轰烈烈搞起来——成立了工农妇青各救国会、民众夜校、剧团，自卫队又重新受过训，新买了些子弹、手榴弹……

大家也敢说话了。小喜、春喜的产业有许多是霸占人家的，自被查封以后一个多月了也没有处理，有些人就要求把霸占的那一部分先发还原主，其余的候政府处理。铁锁是村长，他把大家的意见转报给王区长，区长报到县政府。

一天，王区长又到县里追这事，县长说："这事情弄糟了：人家不知道什么时候在阎司令长官那里告上状，说县政府借故没收了他们的产业，阎司令长官来电申斥了我一顿，还叫把人家两个人的产业如数发还。”说着就取出电报来叫他看。王区长看了电报道：“这两个人在村里的行为谁都知道，并且有小毛反省的供词完全可以证明，他们怎么能抵赖得过？我看可以把那些材料一齐送上司令部去，看他们还有什么话说？”县长道：“我也想到这个，不过他们都是阎锡山的孝子，阎锡山是偏向他们那一面的，送上去恐怕也抵不了事。虽是这么说，还是送上去对，县政府不能跟着他们包庇汉奸，把已经有真凭实据的汉奸案翻过来。”

王区长回来把这事告给铁锁，铁锁回到村里一说，全村大乱，都嚷着说不行，也没有人召集，更坊门口的人越挤越多就开起会来。在这个会上通过由工农青妇各干部领导，到县政府请愿。第二天，果然组织起二百多人的请愿队带着干粮盘缠到县政府去。县长本来是知道实情的，见他们大家把县政府围得水泄不通，一边向他们解释，一边给阎锡山发电报。隔了两天，阎锡山回电说叫等候派员调查。

大家回来以后把材料准备现成，只等调查的人来，可是等来等去没有消息。一个多月又过去了，倒也派来一个人，这人就是本县的卖土委员（那时候每县住着一个卖官土的，官衔是“经济委员”，老百姓都叫他是“卖土委员”）。这位委员来到村公所，大家也知道他是个干什么的，知道跟他说了也跟不说一样，就没心跟他去打麻烦，可是他偏要做做这个假过场，要叫村长给他召集群众谈谈话，铁锁便给他召集了个大会。会开了，他先讲话。他给小喜、春喜两个人扯谎，说大家不懂军事上的内线工作，说这两个人是田支队派他们到敌人窝里调查敌人情形的。他才说到这里，白狗说：“经济委员！我可知道这回事！”经济委员只当他知道什么是内线工作，也想借他的话证明自己的话是对的，就向他道："你也知道？"又向大家道："你们叫他说说！"白狗道："人家小喜做内线工作是老行家！"委员插嘴道："对嘛！"有些人只怕他不明白委员是替小喜他们扯谎再顺着委员说下去，暗暗埋怨他多嘴，只见他接着道："真是老行家！起先在白龙山土匪里做内线工作，领着十个人回咱村来刨窑洞，一下就把福顺昌的窑洞找着了；后来到城里敌人那做内线工作，领着敌人到咱村烧房子，一下就把福顺昌烧了个黑胡同。不是老行家，谁能做这么干净利落？"他的话没有说完，大家都笑成一片，都说："说得真对！"委员本来早想拦住他的话，可是自己叫人家说话，马上也找不到个适当的理由再不叫说，想着想着就叫他说了那么多。白狗的话才落音，冷元就插嘴道："那你才说了现在，还没有说从前啦，从前人家小喜……"委员道："慢着慢着！听话！我的话还没有讲完啦！"别的人乱抢着说："你没有说完白狗怎么就说起来了？""你是来调查来了呀，是来训话来了？""说卖土你比我知道得多，说小喜、春喜你没有我清楚！""你比我们还清楚，还调查什么？"……后来不知道是谁喊道："咱们都走吧，叫他一个人训吧！"这样一喊，大家轰隆隆就散了。铁锁见委员太下不了台，就走到台前喊道："委员的话还没说完啦，大家都不要走！"台下的人喊道："没说完叫他慢慢说吧！我们没有工夫听！"喊着喊着就走远了。只有十来个人远远站住，还想看看委员怎样收场，铁锁叫他们站近一点再来听话，委员看见已经不像个样子了，便道："算了算了！这地方的工作真是一塌糊涂，老百姓连个开会的规矩都不懂！"铁锁本来是怕他下不了台，不想他反说是村里的工作不好，铁锁就捎带着回敬他道："山野地方的老百姓，说话都是这直来直去的，只会说个老直理，委员还得包涵着些！"

委员一肚子闷气没处使，吃过晚饭便到李如珍家里去。李如珍虽然没有地了，大烟却还没有断，知道委员也有瘾，就点起烟来让委员吸烟。委员问起小喜、春喜的事是谁向县里报告的，并且说："县政府凭的是小毛的口供，这小毛究竟是怎样一个人？"李如珍说："小毛原来也是咱手下的人。"接着就把小毛的来历谈了一谈。委员叫他打发人去叫小毛，他便打发自己的儿子去叫。

小毛觉着因为自己在县里说的话太多了才弄得李如珍倾家荡产，本来早就想到李如珍那里赔个情，可是又怕村里人说他去跟李如珍捣什么鬼，因此没有敢去。白天开会的时候，他听出委员是照顾小喜、春喜的，也有心去跟委员谈谈，可是一来觉着自己的身份低，不敢高攀委员，再则村里人当面还敢给委员玩丢人，自己当然更惹不起，因此也没有敢展翅。这时委员忽然打发人来叫他，他觉着这正是个一举两得的机会，一来能给李如珍赔个人情，二来能高攀一下委员，自然十分高兴，跟屁股底下上着弹簧一样，蹦起来就跟着来人去了。

他一进到李如珍家，见委员跟李如珍躺在一个铺上过瘾，知道是自己人了，胆子就更大了一点，李如珍向委员道："这就是小毛！"委员看了他一眼道："你就是小毛？坐下！"说着把腿往回一缩，给他让了一块炕沿，小毛凑到跟前就坐下了。委员道："小毛！李先生说你很会办事，可是为什么一出了门就顾不住自己了呢？"小毛懂不得委员的意思，看了看委员道："我好长时候了就没有出门呀？"委员笑道："不是说近几天，是说你在县里。你在县里，给人家瞎说了些什么？"小毛见是说这个，便诉起苦来。他说："好我的委员！那是什么时候？过命啦呀！不说由咱啦？"委员道："你也太没有骨头了，那边过命这边不过命？牺盟会人都是共产党，县长区长都是牺盟会，自然也都是共产党。他们吃着司令长官的饭不给司令长官办事，司令长官将来要收拾他们。李继唐李耀唐连这里的李先生都是司令长官的人。你听上共产党的话来害司令长官的人，将来司令长官收拾共产党的时候，不连你捎带了？"

小毛来时本来很高兴，这会听委员这么一说，又有点怕起来，便哀求道：“委员在明处啦，我们老百姓在黑处啦！反正已经错了，那就得求委员照顾照顾啦！不是我愿跟他们跑呀，真是被他们逼得没办法！”说着就流出泪来。委员道：“你不怕！错了就依错处来！我看你可以写个申明状，我给你带回去转送到司令长官那里，将来就没有你的事了。不只连累不了你，只要你跟李先生、继唐、耀唐都真正一心，将来他们得了势，还愁给你找点事干？”小毛道：“委员这样照顾我，我自然感谢不尽，不过这申明状怎么写，我是个粗人，不懂这个，还得请委员指点一下。”委员道：“这个很容易：你就说他们是共产党，要实行共产，借故没收老财们的家产，才硬逼着你在人家捏造现成的口供上画了字。只要写上这么一张申明状，对你也好，对继唐他们也好。”又向李如珍道：“虚堂（李如珍的字）！我看这张申明状你给他写一写吧！”李如珍道：“可以！”小毛道：“这我真该摆酒席谢谢！委员明天不要走，让我尽尽我的孝心！”委员道：“这可不必！你们村里共产党的耳目甚多，不要让他们说闲话。以后咱们遇事的时候多啦，这不算什么！”

这次调查就这样收场了，李如珍替小毛写的申明状，委员第二天带回去就转到阎锡山那里。村里人也知道这卖土委员回去不会给自己添什么好话，可是既然有这么一回事，也就得再等等上边的公事。

委员回去又做了一封调查报告，连李如珍替小毛写的申明状一同呈到阎锡山那里去。调查报告的大意说：这个案件完全是共产党造成的，因为小喜、春喜都是从前反共时候的干部——小喜是防共保卫团团长，春喜是公道团团长，因此村里县里的“共党分子”借着政权和群众团体的力量给他们造成汉奸的罪名，把他们的产共了。

这时候正是八路军在山西到处打败日军收复失地建立抗日根据地的时候，阎锡山的晋绥军退到晋西南黄河边一个角落上，不敢到敌后方来，阎锡山着了急，生怕他自己派出来的干部真正跟八路军合作。决死队学八路军的游击战术和政治领导，他以为是共产化了。在阎锡山看来，山西是他自己的天下，谁来了都应该当他的“孝子”，眼看好多地方，孝子们没有守住，被日本人夺去；孝子们又不会收复，又被八路军收复了，他如何不着急？偏在这个时候，各地都有些受了处分的汉奸们，像春喜们那一类人，不说自己当了汉奸，硬说是人家要共他的产；被敌人吓跑了的行政人员公道团长们，不说自己怕死，硬说牺盟会勾结八路军夺取了他们的权力，都到阎那里告状。阎锡山接到这一批状子之后，觉着这些人跟共产党是生死对头，就拣那些能干一点的，打电报叫去了一批，准备训练一下作为他的新孝子，小喜、春喜两个人也在内。又打发田树梅到晋东南来把田支队这一类队伍编成独八旅，作为以后反对八路军的本钱。

小喜、春喜两家的家产被查封以后，因为没有处理，地也荒了。村里人问了县政府几回，县政府说已经又给上边去公事要小喜、春喜归案。等来等去，夏天过了，上边除没有叫他两人归案，又打电报把他两个要走了。又等来等去，敌人二次又来了，大家忙着参加战争，又把这事搁起了。不过这次李如珍、小毛那些人没有敢出头组织维持会，敌人的巡逻部队来过几次，被自卫队的冷枪打死两个人，没有走到村里就返回去了：村里没有受什么损失。后来八路军三四四旅又把敌人打跑了，村里又提起处理小喜、春喜财产的事，又到县政府去问，县政府说上边来了公事，说这两个人都是忠实干部，说小毛的口供是屈打成招，并且把小毛的申明状也附钞在公文里转回来了。

这一下更引起村里人的脾气来，马上召开了个大会，把小毛捆在会场上，有几个青年把镢头举在小毛的头上道：“仍是我们落了屈打成招的名，这会咱就屈打成招吧！你说吧！你从前的口供上哪一行是假的？”

小毛只看见镢头也不敢看人，吓得半句话也说不出来。全会场的人都喊道："叫他说！"小毛怕不说更要挨打，就磕着头道："都都都是真的！"有个人问道："谁叫你写申明状？"小毛道："委委委员！"又一个人道："谁替你写的？"小毛不敢说，有个青年在他的屁股上触了一镢把，他叫了一声。大家逼住道："快说！谁给你写的？"小毛见不说马上就活不成了，就战战兢兢道："李李李……"头上的镢头又动了一下，他才说出李如珍来。冷元道："委员怎么叫写申明状？他是怎么跟你说的？为什么你就愿意写？"小毛道："不写不行！委员说那边也要过命啦！"接着就把那天晚上见委员的事又说了一遍。冷元跳上台去喊道："都听见了吧：口供上都是真的，委员叫他写申明状，老汉奸李如珍管给他写！这里边都是些什么鬼把戏？依我说，咱们自己把小喜、春喜的两份产业处理了，原来是讹人家谁的各归原主，其余的作为村里的公产！不论他什么政府，什么委员，什么长官，谁来咱们跟他谁讲理，天王爷来了也不怕他！除非他一分理也不说，派兵把咱这村子洗了！"大家一致举起拳头喊叫赞成。铁锁道："这样处理，在咱村上看来是十二分公平的了，可是怎么往上级报啦？县里自然也知道这件事的真情，可惜一个卖土委员的调查，一个小毛的申明，把事情弄得黑白不分了，又教县里怎样往上报啦？"杨三奎老汉道："卖土委员来了开了个会也没有叫村里人说话，在李如珍那里住了一夜，跟小毛他们鬼捣了个申明状就走了，他调查了个什么？依我说，他当委员的既然能胡捣鬼，咱们老百姓也敢告他，就说他调查得不实，叫上边再派人来重查，非把实情弄明白了不可。"大家也都赞成。白狗道："我有个意见：小毛能给委员写假申明，就能给我们写真申明，就叫他把他那天晚上见委员那事实实在在给咱们写出来。咱们也能给阎司令长官呈上去。呈上去看他们还有什么话说？"大家拍手道："对！马上叫他写！"大家问小毛，小毛说他自己不会写，叫找一个人替他写。大家就举王安福。王安福这时也觉着气不平，便向大家道：“要是平常时候，写个字谁不能啦？可是这会我偏不写！一来我是村副不便写，二来他们太欺人了！办那些鬼鬼祟祟的事，有人出主意，也有人写，能写那个就不能写这个？”这句话把白狗又提醒了。白狗道：“对！咱们把李如珍抓出来叫他再替他写！叫小毛说一句他写一句，他不写咱就把他送县政府，问问他跟委员跟小毛捣些什么鬼？问问他这汉奸反省了些什么？为什么还替汉奸捏状诬赖好人？”大家又是一番赞成，年轻人已跑去把李如珍抓来了。李如珍见是叫写委员住在他家那天晚上的事，明明是自己写状告自己，哪里肯写？结果被大家拖倒打了一顿，连小毛一同送县政府去了。至于怎样处理那两家的产业，铁锁说：“完全不等上边的公事也不好，不如先把他讹人家的地先退给原主种，其余的东西仍然封存起来，等把官司打到底再处理吧！”年轻人们仍主张马上处理，修福老汉道：“先把地退回原主，其余就再等一次公事吧，看这官司三次两次是到不了底的。”后来大家也都同意，就这样处理了。

以后一直等到过了年公事还没有来，仔细一打听，才有人说阎锡山逃过了黄河到陕西去了，后来就再没有消息。

一三

春天种地的时候，村里等不来上边的公事，李如珍、小喜、春喜他们讹人家的既然经村公所发还各原主，各原主也就种上了。这一年，秋景还不很坏，被李如珍叔侄们讹得破了产的户口，又都收了一季好秋，吃的穿的也都像个人样了。铁锁也打了二十多石粮食，小胖孩也不给人放牛了，回村里来上了学。

大家不放心的就是上边仍然没有公事，李如珍押在县里也不长不短，催了儿次案，县里说："就照你们村里那样处理吧。大概也没有什么不妥当。"最后那一次是铁锁去的，小常告铁锁说："阎锡山最近正在秋林召集反动势力开会，准备反对咱们牺盟会和决死队这些进步势力，恐怕对你们村里小喜叔侄们要庇护到底。县里对这事不便做主，由你们村里处理了，县里不追究也就算了。"

到了阴历十一月，忽然有些中央军来村号房子，向村公所要柴要草，弄得铁锁应酬不了。第二天，队伍开来了，又是叫垫街道，又是叫修马路，全村人忙得一塌糊涂。晚上又进来一批人：头一伙里有春喜，和当日在五爷公馆那些尖嘴猴鸭脖子一类人是一伙，说是什么"精建委员（即阎锡山的一个特务团体——'精神建设委员会'的委员）"；第二伙里就又看见有小喜，领着一把子带手枪的人，又叫什么"突击队（阎锡山的另外一个武装特务团队）"。冷元铁锁他们一看见这伙子人，知道要出事了，背地跟牺盟会几个常出头的人商量对付他们的办法。王安福老汉说："我看你们大家一面派人到县里问一问，一面还是先躲开不见他们，把公所的差事暂且交给我来应酬。我这么大个老汉，跟他们装聋作哑，他们也不能把我怎么样。"大家说："明知他们来意不善，要躲大家都躲开，你何必去吃他们的亏啦？"王安福不赞成，他说："他们真要跟我不过，死就死了吧，我还能活多大啦？"他执意不走，大家也只好由他。铁锁冷元他们十来个前头些的人，带着自卫队的枪械都躲开了，只有白狗因为秋天敌人来了，配合军队打仗带了彩，无法走开，只好在家听势。

走出去的人，逃到了王安福当日住过的岭后，打发冷元到县里问主意。冷元去了半天就回来报告道："大事坏了！小常同志叫人家活埋了！"说着就哭起来。大家一听这句话，比响了一颗炸弹还惊人，忙问是怎么一回事。冷元哭了一会止住泪道："前天晚上，中央军跟突击队把县政府牺盟会都包围了。里边的人，冲出去一部分，打死了一部分，叫人家捉住杀了一部分，现在还正捉啦。县长生死不明，小常同志叫人家活埋了！”说得大家也都跟着哭起来。问他是谁说的，他说是牺盟会逃出来的一个交通员说的。得到了这个消息，都知道家是回不得了，附近各村，也都有了中央军、精建会、突击队，大家带的干粮盘缠又不多，只好在山里转来转去。山里人问他们是哪部分，他们只说是游击队。

他们转了四五天，转到一个山庄上，碰着二妞领着十一岁的小胖孩在那里讨饭，他们便把她叫到向阳坡上问起村里的情形。二妞摆摆手道："不讲了！没世界了！捉了一百多人，说都是共产党，剁手的剁手，剜眼的剜眼，要钱的要钱……龙王庙院里满地血，走路也在血里走。"随着就把被杀了的人数了一遍。大家听了只是摇头。冷元道："咱们只说除咱们这十几个人别的人就不相干了，谁想像崔黑小那些连句话也不会说的人，也都叫人家害了。真是活阎王呀！"

铁锁见二妞念的那些名字里边没有王安福，就问起王安福的下落。二妞道："他们把人家老汉捉到庙里，硬叫人家老汉说自己办过些什么坏事。老汉说：'你们既然会杀，干脆把我杀了就算了！我办过什么坏事？我不该救济穷人！我不该不当汉奸！别的我想不起来！你们说有什么罪就算有什么罪吧！'李如珍又回来当了村长，小毛成了村副，依他们的意思是非杀不行，后来还是他们李家户下几个老长辈跪在他们面前说：'求你们少作些孽吧！人家是六十多岁的人了！'后来叫人家花五百块现洋，才算留了个活命。"

大家又问起白狗，二妞哭了。她说："把白狗刻薄得不像人了，还不知活得了活不了啦！就是捉人那一天，小喜亲自去捉白狗。他叫白狗走，白狗的腿叫日兵打的伤还没有好，动也不能动，他就又在人家那条好腿上穿了两刺刀，裤上、袜上、床上、地上，哪里都成血涂出来的了。后来他打发两个人，把白狗血淋淋抬到庙里，把我爷爷、我爹，都捆起来。第二天，人家小喜一面杀别人，一面打发人跟巧巧说，只要她能陪人家睡一月，就可以饶他们一家人的性命。巧巧藏不住，到底被人家抢走了。他烧灰骨强跟人家孩睡了一夜，后来幸亏他老婆出来跟他闹了一场——他老婆不是李如珍老婆娘家的侄女吗？他惹不起，才算不再到巧巧那里去。”

铁锁又问："你娘儿们为什么也逃出来？是不是人家也要杀你们？把咱家闹成什么样了？”二妞道："再不用说什么家了！咱那里还有家啦？人家说你是咱村的共产头，队伍围着村子搜了你一天，没有搜着你，人家把我娘儿们撵出来，就把咱们的门封了。衣裳、粮食，不论什么东西一点也没有拿出来。我说：‘你们叫我娘儿们往哪里去啊？’人家小喜说:‘谁管你？想死就不用走，想活啦滚得远远的！’我爷爷、我爹、我娘跟村里人背地都劝我说：‘领上孩子出去逃个活命吧！不要在村里住了！他们是敢杀人的！’后来我娘儿们就跑出来了。”铁锁听了，咬了咬牙说："也算！这倒也干净！”

别的人各人问各人家里的情形，二妞都给他们说了说：有查封了家产的，有捉去了人的；有些已经花钱了事，有些直到她出来时候还没有了结。

正说着，山头上有人喊道:“喂！你们是哪一部分？”大家抬头一看，上面站着许多兵，心里都暗惊道："这回可糟了！”人家既问，也不得不答话，冷元便答道："游击队！”上面又喊道："上来一个人！”离得很近，躲又躲不开，冷元什么事也好在前头，便道："我去！”说了把枪递给另一个人，自己就上去了。大家在下边等着，听见说话，却听不清说的是什么。停了一会，只听冷元喊道："都上来吧！是八路军！”大家听说是八路军，都高兴得跳起来，一拥就上去了，二妞跟小胖孩也随后跟上去。这部分队伍，是八路军一个游击支队，不过二三百人，从前也在李家庄一带住过，也还有认得的人。铁锁向他们的队长说明来历后，要求加入他们的队伍，他们自然很欢迎，从此这伙人就参了军。

铁锁又要求队长把二妞跟小胖孩带到个安全地方，队长道："白晋路以西、临屯路以南这一带，现在没有咱们的队伍，只有我们这几百人，还是奉命开往路东平顺县一带去的。晋城一带驻的是中央军，专门想找着消灭我们这些小部分，因此我们还不能从晋城走，还得从高平北部日军的封锁线上打过去，女人小孩恐怕不好过。"二妞向铁锁道："你顾你吧，不用管我！我就跟我胖孩在这一带瞎混吧！胖孩到过年还可以给人家放牛，我也慢慢找着给人家做点活，饿不死！中央军跟李如珍叔侄们又不是铁钉钉住，不动了！一旦世界再有点变动我还要回去！"

队伍休息了一会就开动了，铁锁和二妞母子们就这样分了手——二妞跟小胖孩一直看着队伍下了山。

一四

过了年，二妞到一个一家庄上去讨饭，就找到了个落脚处：这家的主人，老两口子都有五十多岁，只有十二岁个小孩，种着顷把地，雇了两个长工，养三个牛两头驴子。二妞见人家的牲口多，问人家雇放牛孩子不雇，老汉就问起她的来历。二妞不敢以实说，只说是家里被敌人抄了，丈夫也死了，没法子才逃出来。这老汉家里也没有人做杂活，就把小胖孩留下放牲口，把二妞留下做做饭，照顾一下碾磨。

山野地方，只要敌人不来，也不打听什么时局变化，二妞母子们就这样住下来。住了一年半，到了来年夏天，因为时局变化太大了，这庄上也出了事：一天，来了一股土匪，抢了个一塌糊涂——东西就不用说，把老汉也打死了，把牲口也赶走了。出了这么大事，二妞母子们自然跟这里住不下去，就不得不另找去处。她领着小胖孩仍旧去讨饭，走到别的村子上一打听，打听着中条山的中央军七个军，完全被敌人打散了，自己的家乡又成了维持敌人的村子，敌人在离村五里的地方修下炮楼：附近一百里以内的山地，哪里也是散兵，到处抢东西绑票，哪里也没有一块平静的地方。

这时候二妞就另打下主意：她想既然哪里也是一样危险，就不如回家去看看。回去一来可以看看娘家的人，二来没有中央军了，家里或者还有些破烂家具也可以卖一卖。这样一想，她就领着小胖孩往家里走。走到离家十几里的地方，看见山路上有两个人——一男一女。小胖孩眼明，早早看清是白狗和巧巧，便向二妞道：“娘！那不是我舅舅来？”二妞仔细一看，也有些像；冒叫了一声，真是白狗跟巧巧，两个人便走过来了。白狗先问二妞近一年多在哪里，怎样过，二妞同他说了一说，并把铁锁跟冷元他们十来个人参加了八路军的消息也告他说了。白狗说：“人家这些人这回倒跑对了，我们在家的人这一年多可真苦死了！”二妞看见他穿了一对白鞋，便先问道：“你给谁穿孝？”白狗道：“说那些做甚啦？这一年多，村里人还有命啦？要差、要款、要粮、要草、要柴、要壮丁……没有一天不要！一时迟慢些就说你是暗八路，故意抵抗！去年冬天派下款来，爹弄不上钱，挨了一顿打，限两天缴齐，逼得爹跳了崖……”二妞听到这里，忍不住就哭起来。白狗说着也哭起来。姐弟们哭了一会，白狗接着说：“爹死了，爷爷气得病倒了，我怕人家抓壮丁，成天装腿疼，拐着走。去年打几石粮食不够人家要，一家四口人过着年就没有吃的，吃树叶把爷爷的脸都吃肿了！”二妞又问道：“你两人这会往哪里去啦？”白狗道：“唉！事情多着啦！小喜这东西，成个长生不老精了：你走时候人家不是阎锡山的突击队长吗？后来县里区里都成了中央军派来的人了，他们看见阎锡山的招牌不行了，春喜他们那一伙又跑回阎锡山那里去；小喜就入了中央军的不知道什么工作团，每天领着些无赖混鬼们捉暗八路，到处讹钱——谁有钱谁就是暗八路，花上钱就又不是了。这次中央军叫日军打散了，人家小喜又变了——又成了日军什么报导社的人了，仍然领着人家那一伙人，到处捉暗八路、讹钱，回到村里仍要到家去麻烦。爷爷说：'你给她找个地方躲一躲吧！实在跟这些东西败兴也败不到底！'福顺昌老掌柜还在岭后住，我请他给找个地方，他说：'你送来吧！'我就是去送她去！"二妞又问道："李如珍老烧灰骨还没有死吗？"白狗道："那也成了长生不老精了！你走时候他就又当了村长，如今又是维持会长！"二妞又问起村里没了中央军以后，自己家里是不是还留着些零星东西，白狗道："什么都没有了！连你住的那座房子都叫人家春喜喂上骡子了！"二妞听罢道："这我还回去做什么啦？不过既然走到这里了，我回去看看娘和爷爷！"又向小胖孩道："胖孩，你跟你舅舅到岭后等我吧！我回去看一下就出来领你。反正家也没有了，省得叫日本人碰见了跑起来不方便！"小胖孩答应着跟白狗和巧巧去了，二妞一个人回村里去。

她一路走着，看见跟山里的情形不同了：一块一块平展展的好地，没有种着庄稼，青蒿长得一人多高；大路上也碰不上一个人走，满长的是草；远处只有几个女人小孩提着篮子拔野菜。到了村里，街上也长满了草，各家的房子塌的塌，倒的倒，门窗差不多都没有了。回到自己住过的家，说春喜喂过骡子也是以前的事，这时槽后的粪也成干的了，地上已经有人刨过几遍。残灰、烂草、砖头、石块满地都是。走到娘家，院里也长满了青蒿乱草，只有人在草上走得灰灰的一股小道，娘在院里烧着火煮了一锅槐叶，一见二妞，一句话也没说出来就哭起来。哭了一会，母女们回到家里见了修福老汉，彼此都哭诉了一回一年多的苦处，天就黑了。家里再没有别的，关起门来吃了一顿槐叶。

槐叶吃罢了碗还没有洗，就听见外边有人凶狠狠地叫道："开门！"二妞她娘吓了一跳道："小喜小喜！"又推了二妞一把道："快钻床底！"二妞也只好钻起来。小喜在外边催道："怎么还不开？"二妞她娘道："就去了！我睡了才又起来。"说着给他开了门。小喜进来捏着个手电棒一晃一晃，直闯闯就往巧巧住的房子里走，二妞她娘道："他们今天晚上不在家，往她姑姑那里去了！"小喜用电棒向门上一照，见门锁着，便怒气冲冲发话道："不在？哄谁呀？"他拾起一块砖头砸开锁子进去搜了一下，然后就转过修福老汉这边来。他仍然用电棒满屋里照，一下照到床底，看见二妞，以为是巧巧，便嬉皮笑脸道："出来吧出来吧！给你拿得好衣裳来了！"说着伸手把二妞拉出来。他一见是二妞，便道："好！这可抓住暗八路了！管你是七路八路，既然是个女的，巧巧不在你就抵她这一角吧！你也是俺春喜哥看起来的美人，可惜老了一点！洗洗脸换上个衣裳我看怎么样？"说着把他带来的一个小包袱向二妞一扔。

就在这时候，外面远远地响了一声枪，接着机枪就响起来。小喜一听到机枪，就跑到门外来听。起先是一挺，后来越响越多，又添上手榴弹响，小喜撑不住气便跑出去。二妞趁他出去的机会，赶紧跑出院里来藏到蒿里。停了一会，小喜也没有回来，机枪手榴弹仍然响着，二妞慢慢从蒿里站起来，望着远处山上看，见敌人的炮楼上一闪一闪的火光，到后来机枪、手榴弹停了，炮楼上着起一片大火。这时二妞悄悄跑回去叫她娘出来看，她们猜着总是八路又来了。看罢了火，娘儿们又悄悄关起大门回去跟修福老汉悄悄议论着，谁也没有敢瞌睡，只怕再出什么事。

天快明了，二妞她娘向二妞道："快趁这时候悄悄走吧！不要叫天明了小喜那东西再来找你麻烦！"二妞也怕这个，在锅里握了一把冷槐叶算干粮，悄悄开了门溜出来跑了。她出了村，天还不明，听着后边有几个人赶来，吓得她又躲进路旁的蒿地里去。她听见三个人说说话话走过来，清清楚楚可以听出是李如珍、小喜和小毛。小毛问："有多少？"小喜说："老八路！人很多，好几村都住满了！"李如珍道："咱怎么不打？"小喜道："城里的日军不上二百人，警备队不抵事……"说着就走远了，听不清楚了。二妞得了底，知道晚上猜得还不差，她恨不得把他们三个捉住缴给八路军，可惜自己是一个人，也只好让他们走开。他们走过之后，二妞且不往岭后，先回到村里去传这个消息。炮楼着火是大家都看见的事，见二妞传来这个消息，有些人到小毛和李如珍家里去看，果然见这两个人不在家了，就证明是真的。这时候，青年人们又都活动起来了：有的到炮楼上去打探，有的去邻近村子里找八路，不到早饭时候就都打听清楚了！"——炮楼平了，里边的日军死的死了跑的跑了，八路军把汽车路边的几个村子都住满了。村里人又都松了一口气，常关着的大门又都开了，久不见太阳的青年女人和孩子们又都到街上来了，街上长的乱草又都快被人们踏平了。

二妞吃过了槐叶，仍旧要到岭后去叫小胖孩，就起程往岭后去。路上的人也多起来了，见面都传着敌人被打跑了的消息。八路军出差的事务人员，也三三两两在路上来往。二妞走到半路，就碰上白狗、巧巧、小胖孩和王安福老汉都回来了——他们已经得到了消息。二妞也跟着返回来，白狗跑得最快，把他们三个都掉在后面。路上碰上熟人，都问白狗的腿怎么忽然不拐了，白狗说八路来了自然就不拐了。

赶二妞他们三人进到村里，白狗返回来迎住他们笑道："来了两个熟八路！你们来看是谁？"说着已快走到更坊背后，早听着更坊门口的人乱嘈嘈的，小胖孩先跑到拐角一看，回头喊道："娘！我爹跟冷元叔叔都回来了！"二妞跟王安福老汉听说，也都加快了脚步绕过墙角。大家见他们来了，全场大笑道：“二妞也回来了！王掌柜也回来了！”青年人们叫的叫跳的跳，跟装足了气的皮球一样，一动就蹦起来；老年人彼此都说：“像这样，就是光吃树叶也心轻一点。”

大家让开路，二妞、小胖孩、王安福和白狗四个人从人群中穿过，挤到冷元跟铁锁旁边。他两人都握了握王安福的手，拍了拍白狗的肩膀，摸了摸小胖孩的头。铁锁和二妞见了面，因为这地方还没有夫妻们对着外人握手的习惯，只好彼此笑了笑，互相道：“你也回来了？”冷元又补了一句道：“你跟铁锁哥商量过到今天一齐回来啦？”这句话逗了个全场大笑。

王安福和白狗先问跟他两人同时出去的十几个人，别的人怎么没有回来，那十来个的家属也有些人凑来问，铁锁道：“我们参加的那一部分没有来。他们在那边都很好，有好几个都成了干部，回头我到他们各人家里去细细谈一谈。我们两个人是上级从部队里调出来回来做地方工作的——上级说我们了解这地方的情况，做起来容易一点。我们两个就分配在咱们本区工作。”王安福道：“这就好了，就又可以活两天了。”有几个青年，要求他们两个讲讲话，铁锁道：“可以！你们去召集人吧！”杨三奎老汉道：“还召集什么人啦？村里就剩这几个人了！”他两个看了一下男女老少不过百把人，连从前的一半也不够，冷元问道：“就这几个人了吗？”杨三奎道：“可不是嘛！跟你们走了一伙，中央军跟阎锡山那队伍杀了一伙，中央军又捉走一伙，日军杀了一伙，抓走一伙。逃出去多少？被人家逼死了多少？你想还能有多少？”铁锁叹了一口气道：“留下多少算多少吧！咱们就谈谈吧：前年十二月政变，国民政府给八路军下命令，叫八路军退出中条山，退出晋东南，他们派中央军把这地方接收了。他们在这地方杀了许多抗日的人，庇护了许多汉奸，逼死了许多老百姓，后来自己又保护不了自己，被日本人打垮了，把这地方又丢给日本人来糟蹋了个不成样子。现在八路军又来了。八路军这次来跟上一次不同——不走了！要在这地方着根！就是要把这地方变成抗日根据地。我两人出去原来参加的是部队，如今被上级调到这里来做地方工作，过来以后，就分配到咱们这一区——叫我当区长，叫冷元组织农会。眼前要紧的工作是恢复政权、组织民众、解决眼前的实际问题。这些事自然不是说句话能做好了的，咱们现在先提出些实际问题吧！"

有个青年站起来道："我先问一句话：你说那什么国民政府再有一道命令来了，八路军还走不走了？"

铁锁道："再有一千道命令也不走了！我们不能把自己的人再缴给他们去杀！"

那青年道："那我们就敢提问题了：李如珍他们那些汉奸可该着处理了吧？可不用再等阎锡山的公事了吧？"好多人都叫道："对！数这个问题要紧！"自这个问题提出来，大家都注意起这事来。有的说："他们已经跑了还怎么处理？"有的说："跑了和尚跑不了寺院。"也有些老汉们说："稳一稳看吧，还不知道以后怎么样啦？"有些明白人就反驳他们道："不怕他！怕抵什么事？从前谁不怕人家，人家不是一样杀吗？"铁锁道："这算一个问题了，还有些什么问题？"虽然也还有人提出些灾荒问题、牲口问题、土匪问题，可是似乎都没有人十分注意，好像一个处理汉奸问题把别的问题都压了。铁锁冷元看这情况，觉着就从这件事上做起，也可以动员起人来，便向大家宣布道："大家既然说处理汉奸要紧，咱们明天就先处理汉奸。今天天也不早了，大家就散了吧！"

宣布了散会，铁锁向冷元道："你也该回家去看看了！"又向二妞道："咱们也回去看看吧！"二妞半哭半笑道："咱们还回哪里去？"王安福道："可不是！铁锁连个家也没有了！不过如今村里的闲房子很多，有些院子连一个人也没有，随便借住他谁一座都可以！”有个青年道：“依我说，把春喜媳妇撵回她的老院里，铁锁叔就可以回他自己的院里去住！”铁锁道：“这还得等把他们的案件处理了以后再说！”又向二妞道：“我看今天晚上咱们就住在龙王庙吧！那里很宽大，一定没有人住。”别的人也说那是个好地方，里边只有老宋一个人。说到吃饭问题，王安福道：“到我那里吃吧！我孩子们吃的是树叶，可还给我老汉留着些米。”冷元铁锁都指着自己身上的干粮袋道：“我们带着米。”大家道：“那你们就算财主了！我们都吃是树叶！”二妞道：“我连树叶也没有！”大家让了一会就走开了。

夜里，好多人都到庙里找铁锁道：“李如珍叔侄们家里，小毛家里，今天都埋藏东西，要是没收他们的财产，就要赶紧动手，迟了他们就藏完了。”铁锁道“只要他们不倒出去，埋了还不是一样没收？”他们说：“可也是！那咱们就得下点工夫看着他们，不要让他们往外面倒。”冷元说：“那你们就组织组织吧！”他们马上组织起二三十个人来轮班站岗，一家门上给他们站了两个守卫的。

这一晚上，二妞只顾向铁锁谈她这一年多的经过，直到半夜才睡。才睡了一小会，就听得外面有人打门，起来一看，站岗的把小毛捉住了。前半夜才组织起来的二三十个人，差不多全来了，都主张先吊起来打一顿。铁锁向小毛道：“你实说吧！你们跑到什么地方去了？你半夜三更回来做什么？说了省得他们打你！”小毛看见人多势众，料想不说不行，就说道：“我们出去一直跑到天黑，没有跟日军连上，走到李如珍一个熟朋友家，李如珍住下了，叫小喜去找日军，叫我回来打听这边的情形。我摸了半夜才跑到村，到门口连门也没有赶上叫，就叫他两个人把我捉住了！”铁锁道：“李如珍确实在那里住着吗？”小毛道：“在！”别的人说：“叫他领咱们去找，找不着跟他要！”有的说：“叫他领去不妥当！

有人看见捉住了他，要给李如珍透了信，不就惊跑了吗？不如叫他把地方说清楚，派个路熟的人领着咱们自己去找。先把他扣起来，找不着李如珍就在他一个人身上算账！”大家都赞成这个办法。铁锁道：“依我说这些事可以请军队帮个忙。那地方还没有工作，光去几个老百姓怕捉不回人来！”大家说：“那样更稳当些！”这事就这样决定了，铁锁跟军队一交涉，军队上给拨了一班人。村里人一听说去捉李如珍，自然是人人起劲，第二天早上王安福老汉捐出一斗米来给去的人吃了一顿饱饭，等军队上的人来了，就一同起程，不到半夜，果然把李如珍捉回来了。

一五

捉回李如珍来，事情就大了；村里人要求的是枪毙，铁锁是个区长，不便做主。县长也是随军来的，还住在部队里。县政府区公所都还没有成立起来，送也没处送，押也没处押。铁锁和村里人商量，叫把李如珍和小毛暂且由村里人看守，他去找县长。到部队上见了县长，说明捉住这两个汉奸以后群众对政府的要求。县长觉着才来到这里，先处理一个案件也好，能叫群众知道又有抗日政权了。这样一想，他便答应就到村里去对着全村老百姓公审这两个人。

龙王庙的拜亭上设起公堂，县长坐了正位，村里公举了十个代表陪审。公举了白狗和王安福老汉代表全村作控告人，村里的全体民众站在庙院里旁听。李如珍一看这个形势，也知道没有什么便宜，便撑住气来装好汉。县长叫控告人发言，诉说李如珍的罪行，群众中有个人向白狗叫道：“白狗！不用说他以前那些讹人的事，就从中央军来了那时候算起，算到如今，看他杀了多少人，打过多少人，逼死过多少人，讹穷了多少人，逼走了多少人……”白狗道：“可以，先数杀的人吧！”接着就指名数了一遍，别人又把说漏了的补充了一些，一共是四十二个。县长问李如珍，李如珍说：“这些人杀是杀了，有的是中央军杀的，有的是突击队杀的，有的是日本人杀的，我没有亲手杀过一个。”王安福道：“你开名单，你出主意，说叫谁死谁就不得活，如今还能推到谁账上去？”有个青年喊道：“照你那么说，县政府要枪毙你，还非县长亲自动手不行？”又有人说：“怕他嘴巧啦？咱村里会说话的人都是他的证人。”李如珍料也推不过，就装好汉道：“就说成杀了你们两个人，我一条命来抵也不赔本！杀了你们四十二个，利不小了！说别的吧！这些人都是我杀的！不差！”他既然痛快承认，以下的事情就不麻烦了，控告人说一宗，他承认一宗，一会也就说完了。审罢李如珍又审小毛。小毛打的人最多，控告人一时给他数不清，就向群众道：“打跑了的且不说，现在在场的，谁挨过小毛的打都站过东边，没有挨过的留在西边！”这样一过，西边只留下几个小孩子和年轻媳妇们，差不多完全都到了东边了，数了一下，共六十八人，陪审的十个代表、当控告代表的白狗还不在数。白狗道：“连陪审的人带我自己一共七十九个！叫他本人看看有冒数没有？”小毛也不细看，他说：“我知道打得不少。反正是错了，也不用细数他吧！不过我可连一个人也没有害死过，叫我去捉人都是他们的主意！他们讹人家的东西我也没有分过赃，只是跟着他们吃过些东西吸过些大烟！”群众里有人喊：“跟着龙王吃贺雨就是帮凶！”“光喝一口泔水（洗碗水）还那么威风啦，能分上东西来，你还认得你是谁啦？”

审完以后，全村人要求马上枪毙，可是这位县长不想那么办。县长是在老根据地做政权工作的。老根据地对付坏人是只要能改过就不杀。他按这个道理向大家道：“按他们的罪行，早够枪毙的资格了……”群众中有人喊道:“够了就毙,再没有别的话说!”县长道:“不过只要他能悔过……”群众乱喊起来:“可不要再说那个!他悔过也不止一次了!”“再不毙他我就不活了!”“马上毙!”“立刻毙!”县长道:“那也不能那样急呀?马上就连个枪也没有!”又有人喊:“就用县长腰里那支手枪!”县长说没有子弹,又有人喊:“只要说他该死不该,该死没有枪还弄不死他?”县长道:“该死吧是早就该着了……”还没有等县长往下说,又有人喊:“该死拖下来打不死他?”大家喊:“拖下来!”说着一轰上去把李如珍拖下当院里来。县长和堂上的人见这情形都离了座到拜亭前边来看,只见已把李如珍拖倒,人挤成一团,也看不清怎么处理,听有的说“拉住那条腿”,有的说“脚蹬住胸口”。县长、铁锁、冷元,都说“这样不好这样不好”,说着挤到当院里拦住众人,看了看地上已经把李如珍一条胳膊连衣服袖子撕下来,把脸扭得朝了脊背后,腿虽没有撕掉,裤裆子已撕破了。县长道:“这弄得叫个啥?这样子真不好!”有人说:“好不好吧,反正他不得活了!”冷元道:“唉!咱们为什么不听县长的话?”有人说:“怎么不听?县长说他早就该死了!”县长道:“算了!这些人死了也没有什么可惜,不过这样不好,把个院子弄得血淋淋的!”白狗说:“这还算血淋淋的?人家杀我们那时候,庙里的血都跟水道流出去了!”县长又返到拜亭上,还没有坐下,又听见有人说:“小毛啦?”大家看了看,不见小毛,连县长也不知道他往哪里去了。有人进龙王殿去找,小毛见藏不住了,跟殿里跑出来抱住县长的腿死不放。他说:“县长县长!你叫我上吊好不好?”青年人们说不行,有个愣小伙子故意把李如珍那条胳膊拿过来伸到小毛脸上道:“你看这是什么?”小毛看了一眼,浑身哆嗦,连连磕头道:“县长!我我我上吊!我跳崖!”冷元看见他也实在有点可怜,便向他道:“你光难为县长有什么用呀?你就没有看看大家的脸色？”小毛听说，丢开县长的腿回头向大家磕头道：“大家爷们呀！你们不要动手！我死！我死！”大家看见他这种样子，也都没心再打他了，只说：“你知道你该死还算明白！”县长道：“大家都还下去！”又向陪审的人道：“咱们都还坐好！”庙里又像才开审时候那个样子了。县长道：“你们再不要亲自动手了！本来这两个人都够判死罪了，你们许他们悔过，才能叫他们悔；实在要要求枪毙，我也只好执行，大家千万不要亲自动手。现在的法律，再大的罪也只是个枪决；那样活活打死，就太，太不文明了。”王安福道：“县长！他们当日在庙里杀人时候，比这残忍得多——有剜眼的，有剁手的，有剥皮的……我都差一点叫人家这样杀了！”县长道：“那是他们，我们不学他们那样子！好了，现在还有个小毛，据他说的，他虽然也很凶，可是没有杀过人，大家允许他悔过不允许？”大家正喊叫“不行”，白狗站起来喊道：“让我提个意见，我觉着留下他，他也起不了什么反！只要他能包赔咱们些损失，好好向大家赔罪，咱们就留他悔过也可以！”还没有等大家说赞成不赞成，小毛脸向外爬下一边磕头一边说：“只要大家能容我不死，叫我做什么也行！实在不能容我，也请容我寻个自尽。俗话常说‘死不记仇’，只求大家叫我落个囫囵尸首，我就感恩不尽了！”说罢呜呜地哭起来。县长道：“这样吧：李如珍就算死了，小毛还让我把他带走，等成立起县政府来再处理他吧！大家看这样好不好？”青年人们似乎还不十分满意，可也没有再说什么。白狗说：“就叫县长把他带走吧！只要他还有一点改过的心，咱们何必要多杀他这一个人啦？他要没有真心改过，咱的江山咱的世界，几时还杀不了个他？”这样一说，大家也就没有什么不同意了。审判又继续下去，控告人又诉说了小喜、春喜的罪行，要求通缉；又要求没收他们四家的财产，除了赔偿群众损失，救济灾难民外，其余归公。县长在堂上立刻宣布接受大家的意见。审讯以后，写了判决书，贴出布告，这案件就算完结。

村里由冷元铁锁帮忙，组织起处理逆产委员会来处理这些汉奸财产——除把小毛的财产暂且查封等定了案再斟酌处理外，李如珍叔侄们的财产，马上就动手没收处理。他们讹人家的不动产，前二年已经处理过一次，这次仍照上次的决定各归原主。动产也都作了价，按各家损失的轻重作为赔偿费。最大的一宗，是李如珍家里存着三百来石谷子和一百二十石麦子。把这一批粮食拿出来救济了村里的赤贫户，全村人马上就都不吃槐叶了。

不几天，县政府、区公所都成立了；各地的土匪也被解决了；各村里当过汉奸的，听说打死李如珍的事，怕群众找他们算账，都赶紧跑到县政府自首了。

在李家庄，被李如珍他们逼得逃出去的人，被中央军和日本人抓走的人，都慢慢回来了；街上的草被大家踏平了；地里的蒿也被大家拔了种成晚庄稼了。修福老汉的病也好了。二妞跟小胖孩又回到十余年前被春喜讹去的院子里去住。村政权、各救会、武委会也都成立起来，不过跟冷元铁锁他们年纪差不多的中年人损失得太多了，村干部除了二妞是妇救会主席、白狗是武委会主任外，其余都是些青年。没收的汉奸财产余了一部分钱作为村公产，开了个合作社，大家请王安福老汉当经理。民兵帮着正规军打了几次土匪，分到了十来支枪。龙王庙有五亩地拨给了老宋。这时候的李家庄，虽然比不上老根据地，可也像个根据地的样子了。

小毛这次悔了过，果然比前一次好得多：自动请村干部领着他到他欺负过的人们家里去赔情，自动把他做过的可是别人不知道的坏事也都讲出来。说到处理他的财产，他只要求少给他除出一点来，饿不死就好。

只有小喜、春喜两个人归不了案：春喜跟着孙楚回阎锡山那里去了就再没有回来；小喜跟着日军跑到长治去了。

一六

李家庄自从这次成了根据地，再没有垮了：敌人“扫荡”了好几次，李家庄有了好民兵，“空室清野”也做得好，没有垮了。三年大旱，李家庄互助大队开渠浇地，没有垮了。蝗虫来了，李家庄组织起剿蝗队，和区里县里配合着剿灭了蝗虫，又没有垮了。不只没有垮了，家家产粮都超过原来计划，出了许多劳动模范；合作社发展得京广杂货俱全，日用东西不用出村买；又成立了小学，成立了民众夜校，成立了剧团，龙王庙和更坊门口，每天晚上都很热闹。

日本宣布投降的消息传到李家庄之后，李家庄全村人高兴得跟疯了一样——青年人比平常跳得高多少就不用说，像王安福、陈修福、老宋、杨三奎那么大的老汉们，也都拈着自己的白胡须说：“哈哈！咱们还没有死，就把鬼子熬败了！”

垒小了的大门又都拆开了；埋藏着的东西也都刨出来了。砖瓦窑又动了工，被敌人烧坏了的门楼屋顶都动手修理着。各家又都挂起中堂字画，摆上方桌、太师椅、箱笼、橱、柜、蜡台、镜屏……当媳妇的也都穿起才从地窖里刨出来的衣服到娘家去走走。

村里人准备趁旧历八月十五，开个庆祝胜利大会。这个会布置得很热闹，请了一台大戏，本村的剧团也要配合着演。满街悬灯结彩，展览抗战以来本村得到的胜利品。预定的程序：是十四日白天的节目是民兵技术表演——打靶、投弹、刺枪、劈刀、自由表演。十五日正式开庆祝会。十六日公祭抗战以来全村死难人员。三个晚上都演戏、看戏。

十四这天早上，胜利品就陈列起来了，十七条日本三八式步枪、三支手枪、几十个手榴弹、一把战刀、八顶钢盔、十来件大衣；还有些皮靴、皮带、皮包、钢笔、望远镜、画片、地图……七铜八铁摆了几桌子。

早饭后，步枪打靶开始，每人打三发。打完后，算了一下成绩，全体平均是二十三环；有两个神枪手，三枪都打着红心，其中一个就是武委会主任白狗。第二项是投弹，也不错，平均二十米远；小胖孩从小放牛时候扔石头练下功夫，扔了三十二米远，占了第一名，都夸他是“老子英雄儿好汉”。其余劈刀、刺枪、自由表演，也都各有英雄。表演完了，大家都欢天喜地受奖散会。

下午戏也来了，晚上街上庙里都点起了灯，当啷当啷开了戏。年轻人们都说：“自从记事以来还数今年这八月十五过得热闹。”王安福老汉说：“你们都记不得：我在十二岁时候——就是光绪二十七年，咱村补修龙王庙，八月十五唱了一回开光（就是给神像开眼睛）戏，那时候也是满街挂灯，不过还没有这次过得痛快，因为那时候是李如珍他爹掌权，大家进到庙里都连句响话也不敢说。”

第二天是十五日，是正式开庆祝会的一天。早上，大家一边布置会场，一边派人到区上请铁锁冷元回来参加。早饭以后，一切都准备好了，只是铁锁跟冷元没有来。大家又等了一会，只有冷元来了。冷元说：“铁锁哥到县里去了，今天赶晌午才能回来，我给他留下了个信，叫他回来就来。”村长说：“那咱们就先开吧！”

会开了，第一个讲话的就是村长。他报告了开会意义之后，接着就讲道："我现在先笼统谈一谈抗战以来咱们村里的工作成绩。要说把八年来村里的工作从头至尾叙说一下，恐怕多得很，三朝五日也说不完，现在咱们只用把村里的情形笼统跟以前比一比，就可以看出咱们的总成绩来了。先说政权吧：抗战以前，老百姓谁敢问一问村公所的事？大小事，哪一件不是人家李如珍说怎样就怎样？谁进得龙王庙不捏一把冷汗？如今啦？哪件事不经过大家同意？哪个人到龙王庙来不是欢天喜地的？再说村里人的生活吧：从前全村有八十多户没饭吃的赤贫户，如今一户也没有了；从前每年腊月，小户人家都是债主围门，东挪西借过不了年，如今每年腊月，都能安心到冬学里上课，到剧团里排戏，哪还有一家过不了年的？平常过日子，从前吃是甚穿是甚，如今比从前好了多少？咱们也不用自己夸，各人心里都有个数。再说坏人的转变吧：从前村里有多少烟鬼？多少赌棍？多少二流子、懒汉、小偷、破鞋？咱们也不是自己夸，这一类人，现在谁还能在咱们李家庄找出一个来？从前东家丢了东西了，西家捉住孤老了，如今啦？在地里做活，锹镢犁耙也不想往回拿，晚上睡觉，连大门也不想关，也没有奸情，也没有盗案。大家都是这样过惯了，也不觉得这算个什么事，不过你冒细细一想，在抗战以前这样子行不行？说到全村人的进步，大家都是过来人，更不用多讲：论文，不论男女都认得自己个名字；论武，不论长幼都会打几颗子弹。这些在现在看来也都是些平常事，可是在抗战以前也不行呀！我想现在单单把李如珍叔侄们那些人弄得几个来放到咱们村里，他们就活不了：讹人讹不了，哄人哄不了，打人打不了，放债没人使，卖土没人吸，放赌没人赌，串门没人要，说话没人理，他们怎么能活下去？打总说一句：这里的世界不是他们的世界了！这里的世界完全成了我们的了！可惜近几年来敌人每年还要来扰乱咱们几回，如今敌人一投降我们更是彻底胜利了！我们八年来，把那样一个李家庄变成了这样一个李家庄，这就是我们的总成绩！”

村长讲罢了总成绩之后，武委会主任、合作社经理、各救会主席、义校教员，也都各把本部门的成绩讲了一番，冷元又讲了一讲，以下便是自由讲话。自由讲话这一项最热闹，因为谁也是被一肚子胜利憋得吃不住，会说不会说，总要上去叫几声，一直到晌午以后还没有讲完。

就在这时候，铁锁来了，大家就让他先上台去讲。他开头第一句就说道：“我来的任务，是报告大家个坏消息！”台下大部分人都觉着奇怪了，暗想胜利了为什么还有坏消息。铁锁接着道：“日本已经投降了，为什么还有坏消息呢？”人们低声说“你可说呀？”铁锁仍接着道：“因为日本虽然宣布了投降，蒋介石却下命令不叫日本人把枪缴给我们，又下命令叫中央军渡过黄河来打八路军。阎锡山跟驻在山西的日军成了一气，又回到太原，把小喜他们那些伪军又编成他自己的军队，叫他们换一换臂章，仍驻在原地来消灭八路军。八路军第二次来的时候，不是跟大家说过永远不走了吗？可是现在人家中央军要来，阎锡山军也要来，又不叫日军缴枪，你看这……”台下的人乱叫起来了：“说得他妈的倒排场！前几年他们钻在哪里来？”有人问：“上边准备怎么办？”铁锁道：“怎么办？日军的枪还要缴！谁敢来进攻咱们，咱们只有一句话：‘跟他拼’！”白狗跳上台去向铁锁道：“你不用往下讲了！要是他们想来占这地方，我管保咱村的人都是他们的死对头！”台下大喊道：“对！有他没咱，有咱没他！”白狗已经把铁锁挤到一边，自己站在正台上道：“他们来吧！咱们这几年又攒了几颗粮食了，他们再来抢来吧！这里的人还没有杀绝啦，他们再来杀吧！叫他们来做什么？叫他们给李如珍撑腰吗？叫春喜再回来讹人吗？叫小喜再到我家胡闹吗？他们来了，三爷还可以回来捆人押人打人，六太爷还可以放他的八当十，你怕他们不愿意来啦？他们来了，又得血涂龙王庙，咱们还能缩着脖子叫他们杀呀？他们也算瞎了眼了！他们只当咱们还是前几年那个样子，只会缩着脖子挨刀。不同了！老实说：咱们也不那么好惹了！反了几年‘扫荡’，跟着八路军也攻过些城镇码头，哪个人也会放几枪了，三八式步枪也有几支了，日本手榴弹也有几颗了，咱们就再跟上八路军跑几趟，再去缴几支日本枪，再去会一会这些攻我们的中央军，再去请一请小喜，看这些孙子们有什么三头六臂！”台下又喊：“谁愿意去先报起名来！”又有个青年喊：“不用报名了！我看不如咱们站起队来教武委会主任挑，把不能用的挑出去，余下咱们一通去！”白狗道：“还是报一下！大家同意马上报，咱们就报起来！”

院里、台上、拜亭上，分三组写名单。写完了，三组集合起来，报名的共是五十三个。白狗看了一下，也有四十岁以上的，也有十五六岁的，也有女的——二妞、巧巧都在数。铁锁道：“这样不好领导，还得有个限制。”挑了一挑，把老的小的女的除去，还有三十七个，村干部差不多都在数。铁锁把这结果一宣布，二妞、巧巧，还有几个女的都说了话，她们说她们一定要到潞安府捉小喜。铁锁告她们说没法编制，她们说可以当看护。麻烦了一大会，大家劝她们在家领导生产照顾参战人们的家庭。

村干部都参了战，马上都补选起来了——二妞代理村长，妇救会主席换成巧巧。王安福老汉说：“这么多的参战的，应该有个人负总责来照顾他们的家庭。我除了办合作社，可以代办这件事。”

大家在这天晚上，戏也无心看了，参战的人准备行李，不参战的人帮着他们准备。

第二天，公祭死难人员的大会，还照原来的计划举行，可是又增加了个欢送参战人员大会。

就庙里的拜亭算灵棚，灵棚下设起三个灵牌：村里人时时忘不了小常同志，因此虽是公祭本村死难的人，却把小常同志供在中间。左边一个是反“扫荡”时候牺牲了的三个民兵。右边一个是被反动家伙们杀了的逼死的那几十个人。前面排了一排桌子，摆着各色祭礼。两旁挂起好多挽联。

开祭的时候，奏过了哀乐，巧巧领着两个妇女献上花圈，然后是死者家属致祭，区干部致祭，村干部领导全村民众致祭，最后是参战人员致祭。

欢送参战人员的大会会场就布置在戏台下，那边祭毕，马上一个向后转，就开起这个会来。在这个会上，自然大家都又讲了许多话，差不多都是说“现在的李家庄是拿血肉换来的，不能再被别人糟蹋了”，“我们纵不为死人报仇，也要替活人保命”。讲完了话，参战人员把胜利品里边的枪械、子弹、手榴弹都背挂起来，向拜亭上的灵牌敬礼作别，然后就走出龙王庙来。

村里一大群人，锣鼓喧天把他们这一小群人送到三里以外。临别的时候，各人对自己的亲属朋友都有送的话。王安福向他的子侄们说：“务必把那些坏蛋们打回去，不要叫人家来了剐了我这个干老汉！”二妞向小胖孩说：“胖孩！老子英雄儿好汉，不要丢了你爹的人！见了那些坏东西们多扔几颗手榴弹！”巧巧向白狗说：“要是见了小喜，一定替我多多戳他几刺刀！”白狗说：“那忘不了，看见我腿上的伤疤，就想起他来了！”

催粮差

抗战以前，还没有咱们解放区这统一累进税制度，征收田赋，还是用清朝的粮银制，俗话叫“完粮”，也叫“点粮”。每年两次，夏秋各一半。

每次开了征以后不几天，县政府就把未来完粮的户口，随便挑一些，写成一张单子，并且出一张拘人的票，把单子粘在后边，派个差人出来走一趟，俗话叫催粮。要从票上看起来，有些很厉害的话，什么“……拖延不缴，殊属玩忽，着即拘究……”好像是犯了什么了不起的大罪，不过除了一年只进两回城的乡下人，谁也知道这不过是个样子，有势头的先生们根本不理；大村大镇的人们要是没有多走过衙门的，面生一点也不过管一顿饭或者送一顿饭钱，只有荒僻山庄，才能有一点油水。可是这种名单上写的都是前几辈子的死人名字，又查不出有没有山庄上的户口（在县政府的粮册上改个名字，要写推收帖子，还要花些小费，因此除了买卖田地外，上世人死了也不去改名字）。

县政府的司法警察，不欢迎这催粮的差使，因为比起人命、盗窃、烟赌……刑事案件来，弄钱又不多，跑路又太多。别的票子发下来，你争我夺抢不到手；这催粮票子发了来，写到谁名下谁也推不出。

崔九孩当了一辈差（司法警察），在那年虽是五十多了可还能说能跑。有一次南乡的催粮差使派到他头上，他不想去——虽然能说能跑，可总得有点油水跑得才有劲——差使多了跑不过来，本来可以临时雇人；他虽不是跑不过来，可是不想去，好在有这雇人的例子，就雇个人吧！

他雇了煎饼铺里一个伙计。这人是从镇上来的，才到城里没有几天，虽说没有催过粮，可是见过别的差人到他家去催粮。他觉着这事也没有什么不好办——按单找户口、吃饭、要盘费。这有什么难办？他答应了，九孩就把票子、铁绳、锁子和自己的藤条手杖都交给他。

走路比卖煎饼还轻快，不慌不忙走了十五里，取出票来看看，眼前村子里有一户叫张天锡。他走进了村，到村公所一打听，村警说："催粮啦？张天锡是张局长的老爷爷，早就不在了。"他又问村警说："他住在哪一院？"村警说："在南头槐树底那黑漆大门里。去不去吧……"

听这口气，好像说"去也扯淡"。他又问："他家没有人？"村警说："二先生在家啦！"他听说有人，也就不再往下问。他想：不管几先生吧，票上有他的名字，他还能叫我空着走？主意一定，出了村公所，往二先生家里来。

到了村南头，找着了槐树，又找着黑漆大门，一进去就有个大白花狗叫起来。有个人正担着水在院里浇花，见他进去，便挡住狗问他是哪里来的。他说从城里来。那人又问："送信吗？"他说："不是！有个事啦！"

二先生在家里听见了，隔着窗问："什么事？"说着就到门边，揭开竹帘用手一点说："过来，我问问你！"他便走到门边。二先生问："说吧！什么事？是不是财政局打发你来的？"他说："不是！我是催粮的！"二先生问："催粮的？给我捎着信啦？"他说："没有！"二先生说："那你来做什么？"他说："票上有你的名字。"二先生看了看他，又问："你是新来的吧？"他说："是！"二先生摇了一下头，似乎笑了一笑说："去吧！我已经打发人点粮去了！”

他觉得奇怪了。他想：这先生怎么这样不讲面子？不给钱吧也不管顿饭？不管饭吧连屋子里也不叫进去坐坐？他还没有想完，二先生追他道：“走吧！”说了就放下帘子把头缩回去。他生了气，就向着门里喊道：“这是拘票啊！”二先生也生了气，隔着门叹气道：哪这么不通窍的差人来！”又揭开帘道：“你叫什么名？”他更气极了：“我拿着票找你找错了？”浇花那个人也赶上阶台，推了他一把道：“你这人真不识高低！跟二先生说话还敢那么喊叫？”白花狗也夹掺在中间叫起来。

二先生这会可真生了气：“我没有见过票，拿出来我看！”他在这局面下，一时拿不定主意，也不知是拿票好还是不拿好。浇花的劝他赶紧走开算了，可是二先生认真要他取出票来，他也只好取出来。

二先生不是没有见过票，他是要看看这差人叫什么名字。二先生一看见崔九孩这个名字便问道：“你就是崔九孩？”他拿着票，也只好顶住这个名，便答道：“是！”才说出个“是”字来，就挨了二先生一耳光。二先生说：“回去吧！叫崔九孩亲自来拿票来！”

看样子是不便再商量了，只好返回城里去。来回跑了三十里，吃了一个耳光，满肚冤枉向崔九孩去诉苦。崔九孩问明了原因，便叹气道：“谁叫你到他那里去？算了算了！这是我的路途债，非自己去跑一趟不行！你挨了打还不算到底，我还得给人家说好话赔情去，要不，连票也拿不出来了！”

他满以为回来见了崔九孩可以给自己拿个主意，谁知崔九孩也这么稀松？他便问道：“这家有多大势头？”崔九孩道：“势头也不大，只是咱惹不起：他哥哥就是现在咱县财政局的张局长，咱得伺候人家；他从前不记得在哪县当过秘书，这几年在地方上当士绅，给别人包揽官司，常到城里来，来了住在财政局，咱还不是伺候人家？算了！你回去歇歇吧！还是得我去！”他听了这番话，也只好忍气回去卖他的煎饼，把铁绳、锁子、手杖等原物交还。崔九孩吃了午饭，仍然取上他出门的那一套便来找二先生赔情要票。

二先生家是他常去的——送信、捎东西，虽不是法警分内的事，可是局长说出来就得去——路是熟的，不用打听，一直跑到二先生院子里。

爬到玻璃窗子上一看，二先生跟他老婆躺在烟灯旁边摇扇子。他嬉皮笑脸揭开帘子道：“二爷！我来给你老人家赔情来了！”说了就嘻嘻笑着，走进来蹲到窗下。二先生看见是他，冷冷道：“九孩！我当你的腿折了！”九孩道：“可不敢叫折了！折了还怎么给你老人家赔情来啦！嘻嘻……”二先生老婆也瞥着笑了，只有二先生没有笑。二先生似乎要说什么，可是没有开口，先提起瓷壶倒了半杯冷茶喝了。

“二爷，我给你冲去！”崔九孩一躬身站起来，提起瓷壶到厨房冲了壶茶。

当他冲茶回来，看见二先生跟他老婆都笑着，他觉着事情已经解决了。他知道二先生也不把这事情当成一回事跟自己生气，只要一高兴就不跟他们这些人计较了。他恭恭敬敬给二先生夫妇一人倒了一杯茶，然后仍蹲到自己的原地方看风色。

二先生老婆笑着说：“老九孩！你怎么弄了那么个替死鬼？差一点把你二爷拴上走！”

九孩说：“不用说他了，太太！都只怨我！我不该偷懒！二爷知道，催粮是苦差！我老了，不想多跑，才雇了那么一个人。”

二先生也开了口：“雇人也看是什么人啦！像那样一个土包子，一点礼体也没有，要对上个外面来的客人，那像个什么样子？”崔九孩自然是一溜“是”字答应下去。答应完了，又道：“二爷！不要计较他！

都是我的过！你骂我两句好了！”他停了一下，见二先生没有说什么，就请求道：“我走吧二爷？”二先生道：“走吧！票在桌上那书夹子里！”

他从书夹子里翻出票来看一看问道：“二爷！这村里有一户叫孙二则的住在哪里？”二先生道：“那是个种山地的，住在红沙岭！你到外边打听路吧！那可能给你赶个盘费！你们这些人还不是一进了山，就为了王了？”九孩笑道：“对对对！二爷是明白人！——二爷！再把你老人家的烟灰给我寻些喝吧？”二爷说：“迟早讨要不够！”说着拆开个大纸包给他抓了一把。

崔九孩辞了二先生，在村里问过了过红沙岭的路，喝一点烟灰，便望着红沙岭走。快到上山的地方，他拿出一副红玻璃眼镜戴上。这眼镜戴上不如不戴，玻璃也不平，颜色又红得刺眼，直直一棵树能看成一条曲曲弯弯的红蛇，齐齐一座房能看成一堵高高的红墙。他到大村镇不敢戴，戴上怕人说笑话；一进了山一定要戴，戴上了能吓住人。一根藤手杖，再配上这副眼镜，他觉着够味了。五六里山路他一点也不觉着累——一来喝上了大烟灰，二来有钱可取——越走越有劲，太阳不落就赶到红沙岭。

红沙岭这个山庄，只有七家人——三家姓孙的，四家姓刘的，都是前两辈子从河南来的开荒地的。老邻长六十多了，姓刘，念过《百家姓》和《四言杂字》，其余的人除了写借约时候画个十字，就再不动笔。

他一到庄上，有三只狗一齐向他扑来，他用一条手杖四面招架，差一点吃了亏。孩子们出来给他挡住狗，他便问一个十二三岁的女孩道：“邻长住在哪里？”女孩说：“在这里，我领你去！”他就跟着这女孩找着了邻长。

他问：“你就是邻长？”刘老汉点点头，问他是从哪里来的。

他说：“从城里来的。你这庄上有个孙二则？”

“早就去世了！”

“他没有后代？”

“有！有个孙孙名叫甲午。”

“在哪里住？”

“上地了！”又向那个小女道：“黑女！去叫你爹！”黑女答应了一声跑出去。

刘老汉把崔九孩让到家里喝水，问是什么事。九孩喝了一碗水，冷冷答道：“有点闲事！”刘老汉也无法再问，崔九孩也撑住气不说，只是吸烟喝水。

一会儿，黑女跑来，领着一个人，赤着脊背，肩上背着件破小布衫，手里提着一顶草帽，一进门就问刘老汉道：“大伯！有人找我？”

九孩问刘老汉道：“这就是孙甲午？”

刘老汉答道：“就是！”

九孩再不往下问，掏出小铁绳来套在甲午的脖子上，用小铁锁嘣的一声锁住。甲午和刘老汉都吃了一惊。黑女看了几眼，虽说不认得是什么事，可也觉着不对，扭头跑了。

刘老汉问道：“老头！究竟是什么事？”

九孩道：“不忙！有票！”说着用脚踩住铁绳头，掏出票来，哗啦哗啦念道：“查本年度下忙粮银业已开征多日，乃有单列各户，迁延不缴，殊属顽忽之至，着即拘案讯究，以儆效尤。切切此票。”又从单上指出孙二则的名字道：“这是你爷爷的名字吧？”甲午不识字，刘老汉看了半天道：“是倒是！……”

才念了票，甲午老婆和黑女都哭着跑来。甲午老婆看了看甲午，向刘老汉哭道：“大伯！这这叫怎么过呀！黑女她爹闯下什么祸了？”刘老汉道：“没有什么祸，粮缴得迟了。”甲午老婆也不懂粮缴得迟了犯什么罪，只歪着头看甲午脖子上那把铁锁。

九孩把票折好包起来，就牵住铁绳向刘老汉道：“老邻长，你在吧！我把他带走了！”又把绳一拉向甲午道：“走吧！”说着就向门外走。

甲午老婆和黑女都急了，哇一声一齐哭出来。

刘老汉总还算有点经验，便抢了几步到门外拦住道：“老头不要急！天也黑了！就住这里吧！人我保住，要说到一点什么小意思啦，也不要紧，总要打发你喜喜欢欢地起身啦！”又向甲午老婆道：“不要哭了！回去给人家老头做些饭！”九孩道：“倒不是说那个！今年不比往年，粮太紧！”虽是这么说，却又返回去坐下了。甲午老婆见暂且不走了，就向刘老汉道：“大伯！这事可全凭你啦呀！我回去做饭去。”说了就拉着黑女回去了。

刘老汉又向九孩道：“老头！我保住，你暂且把他放开吧？他是一手人，借个钱跑个路都得他亲自去。”

九孩见这老汉还能说几句，要是叫他保住，他随便给弄个块儿八毛钱，又把原人弄个不见面，难道真能把他这保人带走？他想这人放不得，便道：“人是不能放呀！住一夜倒可以。”刘老汉道：“不放也不要紧。你也累了，到炕上来随便歇歇，咱们慢慢商量！”九孩便把甲午拴到桌腿上，躺到炕上去休息。刘老汉见他躺下了便向他道：“你且躺一下，我给你看饭去！”

刘老汉到了甲午家，天也黑了，庄上人也都回来了，都挤在甲午家里话弄这件事。刘老汉一进去，大家都围着来问情形。

刘老汉说：“不怕！他不过想吃几个钱，祭送祭送就没事了。”甲午老婆问：“不知道得几个钱？”刘老汉道：“要在村里给一顿饭钱就能打发走；到咱这山庄上还不是尽力撑啦吗？你们不要多到他跟前哭闹，只要三两个人来回跑跑路，里外商量商量，要叫他看见咱不十分着急，才能省个钱。”大家又选了两个会说话的人跟刘老汉一同去，都向刘老汉说：“大伯的见识高，这会全凭你啦！”

饭成了，做了一大锅，准备请大家都吃一些，可是有好多人不吃，都说：“小家人吃不住这样破费。”

九孩吃过饭，刘老汉他们背地咬着甲午的耳朵给他出了些主意。又问了他一个数目。有个青年去借了一块现洋递给刘老汉。刘老汉拿着钱向九孩道：“本来想给老头多借几个盘费，不过甲午这小家人，手头实在不宽裕，送老头这一块茶钱吧！”

一块钱那时候可以买二斗米，数目也不算小，可是住衙门的这些人，到了山庄上，就看不起这个来了。他说：“小家人叫他省个钱吧！不用！我也不在乎这块儿八毛。带他到县里也没有多大要紧，不过多住几天。”

庄稼人最怕叫他在忙时候误几天工，不说甲午，别人也替他着急了。那个青年又跟甲午咬着耳朵说了一会话，又去借了两块钱，九孩还不愿意。一直熬到半夜多，钱已经借来五块了，九孩仍不接。甲午看见五块钱摆在桌上，有点眼红了，便说：“大伯！你们大家也不要作难了，借人家那么些钱我指什么还人家啦？我的事还是只苦我吧！不要叫大家跟着我受罪。把钱都还了人家吧！明天我去就算了！”

九孩接着道：“对！人家甲午有种！不怕事！你们大家管人家做甚？”说了又躺下自言自语道：“怕你小伙子硬笨啦？罪也是难受着啦！一进去还不是先揍一顿板子？”

甲午道：“那有什么法？没钱人还不是由人家摆弄啦？”

刘老汉也趁势推道：“实在不行也只好有你们的事在！”把桌上的几块钱一收拾，捏在自己手里向那个借钱的青年一伸。青年伸手去接，刘老汉可没有立刻递给他，顺便扭头轻轻问九孩道：“老头！真不行吗？”

九孩看见再要不答应，五块现银洋当啷一声就掉在那个青年手里跑了，就赶紧改口道："要不是看在你老邻长面子上的话，可真是不行！"刘老汉见他改了口，又把钱转递到他手里道："要你被屈！"九孩接住钱又笑回道："这我可爱财了！"

九孩把手往衣袋里一塞，装进了大洋，掏出钥匙来，开了锁，解了铁绳，把甲午放出。

第二天早上，崔九孩又到别处催粮，孙甲午到集上去粜米。

灵泉洞

没有入过大山的人，听起山里的故事来，往往弄不清楚故事产生的地理情况。例如我说起太行山里的故事来，有的人就问我：“一座太行山究竟坐落在什么地方？你说的太行山为什么有时候朝东、有时候朝南？”提出这问题的人，就没有入过大山。凡是有名的大山，都指的是一大群连在一片的山，不是一座山。就以太行山说吧：从河南省的济源县起，经过山西的晋城、陵川、壶关、平顺、襄垣、武乡、辽县、和顺、昔阳和河南的辉县、林县，河北武安、涉县、磁县、沙河、邢台一直到井陉大大小小重重叠叠的无数山头都叫太行山，可是每一个山头又都不叫太行山。你要是想横穿过太行山去，不论在哪一段上，从山的一边到另一边，都有那么两三百里厚，其中也有上、也有下、也有河流、也有平地，有时候你不觉着在山上走，可是那些地方已经比你进山和出山的地方高出几百公尺以上了。

闲话少说。我现在要说的故事，又是这太行山里的故事，这事出在太行山南端。这地方有一条山沟叫灵泉沟。为什么叫这么个名字呢？因为沟的最后边有核桃粗细一股泉水从一堆乱石下面钻出来，往前流了十几步远，又从丈把高的岩石节上落下去，落到一个岩石窝窝里，聚成了二亩来大的一池清水，从前讲迷信的时候，每逢天旱，附近几十里的人们常到这里求雨，所以把这泉叫作灵泉。灵泉沟的名字就是这样来的。这地方有七八十户人家，分散着住在沟的两岸，总名叫作灵泉沟村。三五户人家的各个小庄，又都各有小名——有叫石窑上的，有叫白土嘴的，有叫田家湾的，有叫刘家坪的……不必一一细数。

田家湾有个佃户叫田永盛。老夫妻两个佃种着刘家坪刘承业家十几亩山地，因为人口不多，日子倒也过得去，只是一连生了五六个孩子，一个也没有活，直到四十岁以后才落住了两个男孩，大的叫金虎，二的叫银虎。金虎在小的时候，是个粗胳膊大腿的胖娃娃，性情有点调皮，爱和别的孩子打闹，常把人家打哭了，惹得人家的妈妈找上门来。他们家门口不远就是沟岸，岸上离沟底有三丈上下高。金虎在五岁的时候，有一次一不小心从岸上溜下去，好在岸是夹沙土的，经过多年雨水冲刷，好像有点坡度，所以平平安安溜到底，没有把他跌伤。从这以后他不只不怕，还好像是发明了一种玩法，在没有人见的时候，就坐到岸边往下溜；他妈妈每给他补一次裤，隔不了一两天就又被他溜土岸磨破了。有一次他正溜在半坡上，被他们院子里东屋邻家的小女孩小兰看见了。小兰告诉了他妈妈，他妈妈三天不准他出去；他一边向他妈妈说再也不溜了，一边恨小兰——好几天不跟小兰说话。银虎只比金虎小两岁，体格比金虎差一点，性情也比金虎软一点。田永盛两口常说金虎是武的，银虎是文的。

田永盛一辈子不识字，因此想叫孩子们识几个字，就把两个孩子前后都送在本村初级小学念书。果然和田永盛估计的一样，在念书方面金虎不如银虎，可是在别的事情上银虎就不像金虎那样刚强。刘家坪地主刘承业的孩子乳名叫接旺，大名叫刘步云。那孩子就不让同学叫他的乳名，谁要失口叫他接旺，他就揍谁。他和银虎同年级。有一天放学回来，银虎在路上一不小心叫了他一声接旺，他揍了银虎两拳头。金虎马上还了接旺两拳头。接旺哭了，马上返回学校告诉了老师。老师向金虎说："大同学不该欺负小同学。"金虎说："接旺为什么可以欺负银虎？"这位老师是刘承业举荐的，因此惹不起接旺，只以大小来评理，他说："他小你大！大了就应该讲理！"金虎横转脖颈翻了他一眼说："你那么大了为什么比我还不讲理？""野蛮东西！教不了你开除得了你！""你不讲理，叫我念我也不念了！"从这天起，金虎回去扭住劲死也不再上学，就帮着老永盛在地里做活。银虎上完四年初级小学，按老永盛的意见，也就是庄稼人识得个姓名就算了，偏遇了个爱管闲事的张兆瑞劝他供给银虎上一上高级小学。张兆瑞劝他也有个原因。张兆瑞住在刘家坪。刘家坪刘承业要送自己的孩子接旺上高小，而自己村里没有高小，须得往三十里以外的镇上送。刘承业也常在小说上看到古来什么什么员外家的孩子上学要用个书童，自己也想给自己的孩子买一个，只是一来自己这个地主还没有那些员外们那样势派，二来当时的学校也已经没有用书童那个例子，要是真买起来也怕惹人笑话；不过要把十来岁一个孩子送到三十里以外，不找一个照顾他的人，在刘承业看来也实在不放心。他想来想去，想出一个怪主意来。他想田永盛是自己的佃户，田永盛的孩子银虎要能跟接旺一块去上学，自然就是个书童了——"他爹种的是我的地，他给接旺挑一挑行李、打扫打扫屋子，还不是分内应该的事吗？"有一天，张兆瑞到他家闲坐，他便把他的心事向张兆瑞说了，不过说的时候没有说出要让银虎给接旺当书童，只说接旺想到镇上去上学，没有个做伴的，要是田永盛的孩子也能去的话，那就是个好伴了。张兆瑞最爱管刘承业家一点闲事，不论当中人、做保人、娶媳妇、办出殡好像都离不了他。他听刘承业那么一说，第二天便把田永盛说通了，因此银虎和接旺便成了同学。后来虽然银虎没有成了接旺的书童，不过大体上还不出刘承业所料——因为银虎家种的是他家的地，银虎对接旺果然要照顾许多。只有一件叫接旺父子们不满意，那就是银虎的学习成绩每学期都要比接旺好得多。两年的高小上完了，银虎和接旺都毕了业。接旺要到县里上中学，刘承业虽然没有再差张兆瑞来劝银虎去做伴，可是刘家湾的佃户们却替张兆瑞做了这件事。佃户们中间有人和田永盛说："银虎有这点才能，你再鼓一鼓劲，供他上几年中学，也给咱们这些种山地的培养个人。"前边说过，田永盛家里因为人口少，日子还过得去，现在金虎又长到十六岁，又算给家里加了半个劳力，生活更丰裕一点，所以便同意了。

田永盛这一着失算得很：他不知道供一个中学生到城里念书，比供一个小学生到镇上念书费钱要多好几倍。只是半年工夫便把他几年来的积蓄差不多用光了，有心停下来吧，前边用过的钱算白扔了，要是供下去呢，以后的生活就成了问题。田家湾的朋友们都劝他不要松劲，并且答应大家尽力帮忙。来年春天，大家拼凑了几个钱，总算又对付了半年，可是大家都是佃户，经济力量也很有限；到了下半年，仍然还是田永盛的事。在从前，佃户借债是不灵的，因为他们的田地不属于自己，债主们怕他们还不起了抓不住把柄，所以都不肯借给，不过支用卖粮钱倒可以——当庄稼长起来的时候，先向囤粮户支了粮价，打了粮食来就给人家送。老永盛到了银虎上中学的第二年下半年，就用这种办法应付，一年工夫就把自己的日子弄得过不下去了。

银虎刚刚上到中学三年级，恰巧碰上了七七事变，来年（一九三八年）春天，日军打进了太行山，中学就停办了。银虎只差一个学期没有毕业。

又隔了不几天，日军占领了县城，县里、区里的旧官员不知都逃到什么地方去了，满山遍野都是溃兵土匪。老百姓在这兵荒马乱的时候，也只得东藏西躲，各自顾命。就在这时候，有一个八路军领导的游击队开到灵泉沟一带来，维持住地方治安，动员群众就在山里组织起抗日政权，才算把这一带山区治理得有个秩序。田银虎就在这时候参加了抗日区公所的工作。

一九三九年，日军在太行山来过一次大扫荡，游击队配合八路军作战去了，地方上的抗日工作留给了地方党政领导群众来做。这时候，金虎在村里当民兵，银虎在区指挥部当联络员。村里人经过一年多的组织、锻炼，和一年以前大不相同——从前是出了租、纳了税不问世事，这时候，有的已经当了干部，有的已经当了民兵，其余工农妇青各有组织，都能够有领导地集体进退，刘家坪那些地主们虽然因为不得专横，对新政权有一千条不满，只是看见大风倒了，也只好跟着大势走。

反“扫荡”过后，那支游击队参加了八路军，没有再回到灵泉沟一带来。到了冬天，听说邻近各县有山西阎锡山的军队和国民党的军队到处打抗日政府、捉共产党，银虎他们区上接到上级的通知，叫他们随时提高警惕，防备蒋阎军突然袭击，可是警惕了好长时候也不见动静。到了来年夏天，突然有个消息说，国民党军队，大批开到这里来了。

我要说的故事从这里才算开始。以上只算是故事前边的交代。

一

一九四〇年初夏的一个中午，银虎他们区上接到县里的紧急通知，说国民党军队在今天拂晓包围解决了抗日县政府和县委会，好在同志们早有准备，半夜就转移了，损失不大，要他们赶紧分头到各村去通知公开了的党员们撤出来由县委带到北边去。大家问明了集合的地点和时间，就分头往各村去了。

银虎负责到灵泉沟一带几个村通知。他接受了任务，安排了一下次序，先通知了离三水镇比较近的两个支部，然后到灵泉沟，打算赶天黑和灵泉沟支书王正明、村长张得福一同相跟着溜出来往集合地点去。

可是他没有想到他的同学刘接旺坏了他的事。刘承业自从听到蒋阎军在邻近各县打共产党的消息，就派他的儿子刘接旺到外边去找国民党。这一天，接旺已经随军到了三水镇。军队解决了县政府之后，马上分兵到各个区上去。一个排长带着两班人，由接旺带路，到了银虎他们那个区公所扑了个空，接旺预料区上的人可能转移到灵泉沟，所以向排长建议到灵泉沟来。

银虎跑到灵泉沟田家湾自己的院子里，顾不上回家，先到东屋里向王正明传达了上级的通知。王正明听完了说："铁拴和得福到洞里处理文件去了，快打发金虎去叫他们回来商议一下！"他说着揭开帘子叫来了金虎交代明白，临出门又吩咐他说："傻孩子！千万不要向别人提起！"

金虎刚一出院门，正碰上刘接旺引着三四个兵远远走来。头一个兵用手枪指着金虎说："不要走动！回去！"金虎不知是什么事，跑回来向王正明说："接旺引着几个兵来了！不叫我出去！"王正明和银虎一齐说："坏了！"王正明说："谁能给铁拴他们送个信，叫他们赶紧走开才好！"银虎说："可是这信怎么还能送出去呢？"银虎的话才落音，接旺和那几个兵已经进了院子。接旺指了指东屋，那些兵就进了东屋。接旺一见银虎说："你也在？"指着银虎回头向那些兵说："这是他们区上的干部！"又指着王正明说："这是村里的共产党负责人！"那些兵们就拿出绳子来捆他们两个。金虎一把拉住要捆银虎的那个兵说："我们犯了什么罪？"另外两个兵拖住金虎问："你是什么人？"接旺说："那是个傻瓜！

叫他滚！”那两个兵把金虎拖到门跟前，其中一个一脚把金虎蹬出来说：“滚！”王正明老婆和他们的女儿小兰见这情况都哭起来。南屋里田永盛老夫妇两个，北屋里李铁拴媳妇听见东屋里乱乱哄哄，也都跑出来看，只是一个兵挡着门不让他们进去。

金虎被那个兵一脚蹬出门来以后，只向他爹妈说了一句话：“咱银虎叫人家捆起来了！”田永盛说：“为什么？”金虎说：“不知道！正明叔也叫人家捆起来了！还不知道要……”他正要说“还不知道要捉谁”，猛然想起王正明说要给铁拴他们送信的事来。人们都说金虎傻，其实只是直爽一点，另外一方面也还有他的聪明。他说了半句话，咽了个下半截，就跑出大门去。他顺着村西头往石洞上那条路上跑，刚跑到村口，被一个端着大枪的兵拦住说：“不许出村！”他又找了一条路跑，又被一个兵堵回来。他想：“不用问！别的路也叫人家堵起来了。”他返回来又打自己的门口经过，看见自己小时候常往下溜的土岸，马上想出主意来，往岸头上一坐，“取律律律”溜下去，顺着河床往石洞上报信去了。

张得福和李铁拴是怎样两个人？到什么石洞里去取什么文件？金虎把信给他们送到了没有？他们都走开了没有？这里要交代明白。

前边提过，灵泉沟出泉水的地方，不是有一大堆石头吗？这个堆可大得很——东西有里把长，南北有五六十步宽，都是不知多少年来的山洪从上游推下来的，塞在一段山谷里。石头也大小不一，大的有像骆驼的有像大象的，虽然堆积着好像一撞就会翻，其实互相挤压得很紧，一个人能推得动一动的都很少。大大小小的石头窟窿里，长着些青青绿绿的藤蔓，把这堆大石头遮蔽得像一些卧在草丛里的牲口。这一段山谷很窄，两岸都是十几丈高的石岸，靠北边的岩下凹进去一个大石坎，又被乱石堆把前面挡住，只留着屋门大小的一个口可以出入，里边却能窝藏几百个人。上年夏天敌人搜山那几个月，灵泉沟村的人，除了民兵差不多都在这洞里住了几个月，村公所和党的村支部也都在洞里工作，直到日军退出山区以后，大家才搬回村住，好多家的箱笼家具还没有搬回去，村公所和党的文件箱也存在洞里一个秘密地方，箱里边还有一些公开的文件。张得福和李铁拴都是党的村支部负责人，不过当时的党除了支书以外都还没有公开。张得福在行政方面的职务是村长，李铁拴没有担任什么公开的职务。早几天地主们谣传说国民党军队要来，村支部决定把所有的文件都埋了以防万一，所以他两个人去处理文件，可是当他们才离家一小会，家里就出了事。

金虎从土岸上溜下来，绕着河沟跑到洞里，见张得福和李铁拴还在一块大石头上点着油灯整理文件，就没头没脑报告他们说："村里来了些不知道什么兵，把银虎和正明叔捆起来了！正明叔说叫你们两个人快逃走哩！"张得福一听，预料情况有些不妙，便把挑出来的文件卷了一下，又塞进箱里，推进原来存箱子的乱石头窟窿里，把原来塞口的一块石头依旧转过来堵住窟窿，把灯吹熄了，塞进原来放灯的石缝里。他一边做着，一边和铁拴估计情况；金虎在一旁催着他们快点走。金虎领着头，铁拴和得福随在后边，三个人都从洞里钻出来。不妙的是金虎来的时候，在村里找出路误了点事，顺着河沟走多绕了二里多路又耽搁了些时间，等到他们从洞里出来，接旺引着两个兵也赶到了。好在这一段山谷又窄又深，傍晚天黑得早，里边看外边清楚，外边看里边有点模糊。金虎一看见他们来了，扭回头拦住铁拴和得福两个人说："返回去往沟后面跑！他们来了！"三个人都知道沟的上游石岩很高没有出路，只是见接旺他们越来越近，也只得返回去，都想等他们进了洞然后趁那机会跑了，没想到接旺和一个兵进了洞，留了一个兵端着枪站在洞口上。铁拴他们三个人蹲在远处的几块靠岩根的石头上，借着一丛野葡萄藤挡着身子向着洞口瞭望。铁拴说："怎么办呢？"金虎说："我看这个地方，抓住岩上吊下来那几条野葡萄藤可以上去！"金虎是个想到什么就做到什么的人，一边说着，一边动了一步跳起去抓那葡萄藤，不料一把没抓得住，两脚一落地，把几块大石头中间的一块比洗脸盆大一点的石头踏得陷下去，把他也掉进这个窟窿里边。铁拴和得福被他吓了一跳。铁拴把手伸到窟窿里低低地叫了他一声，他伸起手来拉了铁拴一下手说："下来吧！里边地方很大！"铁拴和得福也都跳进去。得福临下去时候，顺手把刚才遮身的那丛野葡萄藤拉过一部分来堵住口。金虎又向岩根这边摸了摸，没有摸到边；又走了两步踏着了水，水可以淹住脚面。他向左右两边摸，都摸着了岩石，只是靠岩根的正面还是什么也摸不着。他就是这样挪着步往前摸着，仍是什么也没有。铁拴站在金虎踏下去那块石头上向外探了探头，踮起脚尖一伸脖子，也只能把头伸得跟外边的石头平，什么也看不见。停了一会，他听见前边有人讲话，虽然听不见说的是什么，可听得出他们越走越远了。他蹲下去说："我听得他们是走了！咱们该怎么办呢？"得福说："咱们就在这里不要动，先让金虎回头探一探！金虎！金虎！咦！金虎哩？"铁拴也叫了几声不见答应。两个人都在自己的周围乱摸。铁拴摸住了一只手，叫了一声"金虎"，得福说："还是我！""金虎哩？""不知道！""擦一根洋火看看吧！""不敢！不要让外边看着光！"他们两个也和金虎一样，也是往岩根摸了两步下了水，又往前挪了几步摸不着边。铁拴说："这会可以擦洋火了！"得福擦了一根洋火，金虎在里面看见火光，远远地大声喊："快来吧！这里边大着哩！"得福说："这傻瓜！喊什么？快出来吧！"金虎说："再擦一根洋火吧！我已经摸不着口了！"得福一边给金虎擦着洋火，一边也觉着惊奇，便向铁拴说："想不到这里又有这样的大石洞！"他一连擦了五根洋火，金虎才来到他们跟前。铁拴说："金虎！洞上那几个家伙已经走了。我们两个还在这里等一会，你先回村里给咱们探一探情况看他们走了没有，看捉去咱们几个人。”金虎答应着，摸到窟窿口边就往上爬。铁拴又向他说：“你先到白土嘴这一边瞭望一下，要是村边还有他们的岗哨就不要进去！”金虎说：“知道！”说着就爬上来走了。

铁拴和得福两个人估计情况交换意见。他们虽然不知道上级的新决定，可是都说家里恐怕待不下去，不如到北边山里去参加八路军。意见一致之后，金虎还没有来，两人闷坐着很着急。铁拴说：“看样子咱们出去，一年半载也不见得就能再回这里来，不如把文件箱搬过来藏到这个新洞里吧！”得福同意这么做，两个人趁着等金虎这个空子，就去把文件箱和油灯都拿过这个新洞里来。他们先把箱子放在跳下去的地方，擦了根火点着灯，望着靠岩根那边一看，先看见的是明晃晃一道水和一片坡形的石头地面，看远处和顶上都黑幽幽地看不见什么，看了看进口的侧面，是囫囵囵的岩石，好像窑洞的墙壁一样，弯弯地包上顶去，上边有几根尖东西，好像柱子一样垂下来；地下也有那么几根尖东西，摸了摸是石头的；上下对起来，好像狗牙——不过没有这么大的狗——是钟乳石，他们点着灯，沿着这墙根从右往左走着，脚踩着的，手扶着的，全是连在一块的石头。在头顶上边，又看见过好几根像锥一样垂下来的柱子。墙根是曲曲弯弯的，地势是忽高忽低的。他们走着走着，发现墙根又有个小窟窿能钻进人去。铁拴让得福等着，自己端着灯钻进去一看，里边像一间套间，比自己院里那三间北房还大，不知道什么地方透风，吹得他直打寒战，还没有赶上细看，手里的灯就被风吹灭了。他赶快摸出来向得福要了洋火又点着灯，才向得福说明情况。他们依旧依着墙向左走，走到进口对过偏左一点的地方，看见半墙上好像蹲着个人，吓得张得福叫了一声“谁！”那人没有动。

他们仔细看过去，才知道仍是墙隆起来的石头，像一只大猴子，恰好在那好像叉开的两腿之间，有一股水顺着有点坡度的墙流下来，好像猴儿在那里尿尿。墙根下积了一大潭清水，又向边上一条石壕流出去。这股水也像洞外边乱石堆下流出的那泉水一样粗，一直流出洞口外漏下那乱石堆里。可见灵泉沟的泉就是从这里流出去的。这个洞和那个旧洞不同——那个旧洞有差不多一半墙壁是借着那堆乱石头堵起来的，所以里边的石头缝儿很多，可以随便找一个缝儿藏东西；这个洞上下前后左右是一块岩石，好像是岩石里边一个大泡儿，就算有一些小窟窿，也都是明明白白一眼就能看见的。他们转了大半个圈也没有找到个可以藏箱子的地方，赶走到那流水的地方，对着那像猴子的石壁出神，金虎就来了。

金虎来的时候天已经黑了。他背着些行李，凭着朦胧月光走到新发现的窟窿口，手扳着石头把腿往下一伸，一只脚踏在箱盖子上；吓得他愣了一愣正要再纵出来，可是手没有扳稳，已经溜下去了。他叫了声“铁拴哥”，没有人应声；伸手摸了摸箱子，和他前一会儿在旧洞上见的那个文件箱大小差不多，他估计到是他们两个人在自己走后去搬过来的，因此也想到他们两个人可能到摸不着边的大洞里去了。他翻身就上来，把他拿来的行李扔下去，然后自己又下去，向着岩根那边摸着走，走了十来步，才看见对过的灯光——因为洞里的地方太大，望过去只能看见红红的一个光圈。他叫了一声“铁拴哥”，铁拴在对过应了一声；一个往里走，两个往外走，走到中间才碰了头。得福说：“你快说情况怎么样！”金虎哭了。金虎说：“俺家银虎跟正明叔叫人家捆走了。俺爹跟东屋婶婶赶到村外边，也叫人家撵回来了。把民兵的枪都要去了。”“再没有抓别人吗？”“没有！”铁拴问：“都到谁家去过？”“除了俺家和正明叔家，还去过得福叔家，把箱柜里的东西倒下一地，什么都翻遍了！”铁拴又问：“到我家去过没有？”“没有！”得福问：“你到我家去来没有？”“去来！婶婶叫把夹被、夹袄都给你拿来了！还给你拿了些干粮！”“你没有说我在哪里吧？”“我悄悄对着婶婶的耳朵说你在洞上。小秀问：‘我爹在哪里？’婶婶说：‘小孩子家不要管！”’一提小秀，得福掉下了眼泪。小秀是他个独生女儿，才九岁。他最疼爱这孩子，每次上地回来都要抱一抱她。

铁拴向得福说：“看来他们没有发现我是党内的人，我可以停一停再看。你得走！”金虎向铁拴说：“连你的行李也拿来了！”铁拴说：“拿来也好，可以叫得福叔拣用着的多带一些，用不着的藏在这里，以后咱还能拿回去。”金虎说：“我给你们拿过来！”说着返到进口处把两个背搭一齐拿进来。他们把行李打包好，铁拴向得福说：“要走你最好现在就走。走它一夜就不会再碰上熟人了！”他们又计划了一会路线，然后就要出洞，可是一走到口边看见了文件箱，才想起这东西还没有处理。得福说：“洞里连个缝也没有，还不如搬回原来的地方。”铁拴也同意了。金虎说：“你们还说我傻瓜！就把它摆到洞的中间也可以！这么大个‘洞’还没人知道哩，要找那石头缝干什么？咱们出去搬一块石头把进来的窿窟一盖，不就是最保险的地方吗？”他们两个人猛一听都笑了。大家就按金虎说的，把箱搬回洞里，找了块水浸不到的石缝里放下，然后出了洞，盖了洞口，金虎和铁拴两个人打发得福上了路，又到旧洞里摸了两把夏天里“空室清野”寄存在外边的镢头，冒充从地里做活回去的样子就回去了。

这一天晚上，灵泉沟除了刘家坪常有人打着手电筒往来以外，其余各家门口都特别安静——小孩子也不在打麦场上打闹了，大人们也没有端着碗到门外乘凉的了。不过你可不要以为大家都早早关了门睡了觉。那种人也有，只是不多，更多的男人们都是三三五五在村边眼亮的地方看动静。金虎和铁拴一走到村边，就看见一排枣树下边有几个黑影往远处躲了一躲，他们便也往路旁另一边的枣树下躲了一躲，可是这一躲，正撞上这一边枣树下的另外两个人。这两个人正注意着刘家坪的电筒晃来晃去，冷不防背后来了人，吓了他们一跳，正要跑开，忽然发现是金虎和铁拴，才又都站住了。金虎和铁拴，自然也吃了一次虚惊，然后彼此就搭上了话。铁拴问："那些家伙们没有走呀？"有一个人说："走了！""那么刘家坪那边有什么事？""那又是一帮子。"铁拴他们碰见的两个人究竟是谁？刘家坪还有哪一帮子？下边再来交代。

二

铁拴和金虎在刚进田家湾的西头枣树下不是碰上了两个人吗？这两个人是父子俩，孩子叫李小胖，是个青年党员，和金虎在一块当过民兵。他们的家就住在村梢这一排枣树后边。金虎在政治上本来也很忠实可靠，只是脾气太直，有时候有点傻气，党内怕他不小心把不该讲的话"统"出去，所以没有吸收他，只是有些无关大要的事也不避忌他，所以他也知道党内一些无关大要的事。他在新洞里报告张得福说村里再没有别的人被捕、把民兵的枪收了等的消息，就是从小胖那里打听来的。他见小胖说刘家坪还有"另一帮子"，接着就问："又有一帮子什么人？"小胖说："听说是他们的一个什么旅部参谋和一些随从的人，住在刘石甫家。听说刘石甫和刘承业两家摆席请客，刘接旺也可能没有走。""坏东西们！又不知道搞他妈的什么鬼！""自然不会有好事！你们快回去吧！田大爷和王大婶都着了气，快回去劝一劝他们！我妈到你们那里去了！我们在这里盯着刘家坪那边！"又指着远处说："那边的枣树底下也有我们的人！有什么事我给你们送信！"铁拴和金虎别了小胖父子俩，就回家里来。

他们两个人走到大门外就听得东屋里王正明老婆和她的女儿小兰的哭声，一进大门更听得哭声劝声连成一片。来劝的尽是些妇女——男人们都怕再发生意外事，不便来，只打发妇女来了。金虎把镢头放在院里先来看他的爹妈，只见他爹少气无力地躺在床上，两眼半开半闭，也不哭，也不叫，也不说话。金虎叫了声“爹”，他爹只把一只眼睛睁大了一些看了看，也没有说什么。金虎娘坐在床边，一声也没有哭，两个眼睛定定地看着老永盛。她见金虎叫爹，便向金虎说：“把你爹气糊涂了，不用叫他！让他多歇一会！”在床的对面椅上坐着的小胖的娘，慢言慢语劝老永盛说：“事情已经出下了，不要再把你气着了！只要你能好好的，咱们就可以慢慢想法打点孩子的事，你要不清醒，老嫂只顾忽乱你的病，还顾得上照顾别的吗？”金虎娘说：“这老头就见不得事，小肠窄肚的！”又向老永盛说：“醒醒金虎爹！碰上晦气事谁能不生气？可是生气又抵什么用？咱的孩子又没有杀过人、放过火！没有罪！咱的孩子跟狼叼走了一样！你醒一醒，歇一歇，咱们想个法子到狼嘴里夺咱的孩子去！”老永盛听他老婆又提起孩子，又无精打采地长号了一声，眼泪横流下来，又流在已经湿了的枕头上。小胖的娘劝他说：“不要再哭了吧！你看老嫂还不哭哩！”金虎娘也说：“不要哭了！哭抵什么事？我一辈子就不会哭！数哭没有用哩！”金虎也说：“爹！不要哭了！我明天到镇上打听打听他们把人带到什么地方去了！”老永盛这才被逼出几句话来说：“算了！已经丢了一个了，你不要再去惹事了！我去！”他挣扎着要起来，可是身子不听话，抬动了一下就又摔回去了。大家劝他多歇歇，不要起来。

铁拴回来以后，先到东屋里劝了一会王正明老婆和她的女儿小兰，然后转到南屋里来。他见老永盛的嘴有点歪，一只眼睛睁不大，便问：“能起来吗老叔？”老永盛挣扎得又起了一下，仍然失败了。他转向金虎娘说：“南屋婶呀！老叔可是病了呀！我爹初病的时候也是这个样子。”“啊？”金虎娘可没有想到这个。铁拴他爹当年是半身不遂死的。金虎娘听说老永盛现在的情况和铁拴他爹初得病时候的情况一样，便又加了一番着急。她叫老永盛动一动手，果然右手动不了。她恨得在自己的腿上捣了一拳头说：“哼！真他妈的祸不单行！金虎！明天一早先到镇上给你爹请个医生去！”金虎说：“可是咱也没个钱呀！”“把你爹的袍子先卖了！人好了再说穿衣服的话！”小胖他娘说：“老嫂是个有主意的！先顾人要紧！”铁拴向老永盛说：“老叔！我看婶婶说得对：明天叫金虎到镇上去给你请医生，顺路听一听风声，打听一下银虎和正明叔的下落。”又低声说：“在这风头上，我不便到外边去跑；金虎去了没有人怀疑他。家里的事我可以替你做。”小胖他娘也说：“家里有什么事，也可以叫小胖来帮个忙。”

正说着小胖，小胖就进来了。铁拴问：“有什么动静？”小胖说：“别的没有，刚才刘家打发人把石窑上的杂毛狼叫去了，不知道鼓捣什么！”

杂毛狼也姓刘，祖上是老地主，到他父亲手就倒塌下来了。当刘家坪刘家大修宅院的时候，正是他父亲拆了房子卖木料的时候，所以刘家坪刘家房子上用的木料，大部分都是石窑上刘家的。杂毛狼叫刘光汉，三十来岁年纪，也上过两年初中，因为在学校里赌博被开除了。他父亲后半辈贩卖烟土，他是子承父业卖金丹棒子。在为人方面他也和他父亲在世一样，是个什么事都敢做、什么钱都敢花的人物。因为他头上有些白头发，又是那样的人品，所以人都叫他“杂毛狼”。抗日战争开始，这杂毛狼趁着兵荒马乱群众东奔西逃的时候，在村里大摇大摆收拾了人家好多没人看管的财物；抗日政府成立之后，县里关了他几个月禁闭，把追得出来的赃物都追还了原主，才又把他放回村里，交给村政权管制改造；放出他来才一年工夫，就又遇上了这次变化。

一听说杂毛狼又出了世，小胖他娘打了个寒战。她说："娘呀！又该人家吃人了！"金虎说："都怨县政府没主意！什么宽大？早杀了他不就没事了吗？"铁拴说："你把他说得太重要了！如今最大的毛病是咱们的势力还小，等咱们的势力长大了，把他们的老根刨了，他们就不厉害了！"金虎娘说："天塌了大家顶！事到了头上怕也不算！顶着吧！割了头不过碗大个疤！"小胖说："大娘说得对！斗吧！管他黑毛狼白毛狼！狼能吃人，人也能打狼！"

大家议论了一会，决定第二天打发金虎到镇上去，就都散了。铁拴、小胖和村里另外几个积极一点的同志们，这一夜轮流着在村边溜达，察探着刘家坪的动静。刘家坪这一边虽然没有什么大的动作，可也有好几次有人打着电筒往别的小庄上来往，不过没有到田家湾来。

第二天早晨，金虎他娘刚把金虎打发走，就听见刘家坪打着锣喊话，因为隔得远一点，听不清喊的是什么。打锣的人似乎走得很快，一会走到石窑上，一会又走到白土嘴，很快就来到田家湾。这一会田家湾的人可听出是谁来了——是杂毛狼。杂毛狼每打几声就喊一阵子，喊的是："都听着！今天谁也不准出村！吃了早饭，都到刘家坪去听讲！有重要的事情！"大家一听见杂毛狼的嗓门可就烦了，虽然没有人出来公然挡他的马头，可是谁也在暗暗地骂他——"快滚开！不想听你这狼号叫！""有你妈的什么重要事情？""重要的事情是防你们这一窝狼！"……

吃了早饭，也有些人慢慢往刘家坪走着，其中老头子老太太多，男女青壮年都很少。就是去的这些人，也没有是热心去听讲的，只是有的想去看一看风色摸一摸底，有的怕人家怀疑自己与头一天捉去的两个人有关系；青壮年们，男的都怕他们拉了民夫，女的往往吃过这些旧军队的亏，所以除了家里没有别人或者很容易被人家怀疑是反抗的以外，很少有人去。金虎他们院里，就只去了铁拴一个人。

也许因为去的人太少了，停了很大一会，杂毛狼又到田家湾来催人。杂毛狼走进田永盛家里，见老永盛躺着，金虎娘正用个小壶喂他喝水。杂毛狼说："走走走！为什么这时候了还不动身？"金虎娘这人刚强是刚强，可认得事。她知道现在和杂毛狼硬碰沾不了光，不如用好话把他推走了合算。她说："光汉！我不是不愿去！你看老头子已经起不来了。这种病说不定哪一会就会咽了那口气……""走吧走吧！这不是我不行，是上头不让！"老永盛闭着半个眼睛，歪着嘴，咯里咯得地说："你去你的吧！我死我活怨不着你！"杂毛狼这家伙有点迷信——怕鬼。他看见老永盛确实像个快要死的人，又听得话里有些怨气，就想到老永盛的鬼魂会来找他的麻烦，因此就连忙改口和金虎娘说："要不你就照顾病人吧！我回去和上头说说看！"说罢扭头就出了门。老永盛低声说："什么你妈的'上头、下头'的？"

杂毛狼从南屋出来又进了东屋，见正明老婆躺在床上，她的女儿小兰坐在床边守候着，和刚才那个场面差不多。杂毛狼这家伙什么毛病都有。他嬉皮笑脸怪声贱气地向小兰说："好姑娘！你怎么不去听讲去呀？"小兰翻了他一眼说："我妈病了，没有人伺候！"他又放低了声音说："不去也行！你得答应给我点什么好处！"小兰变了脸，站起来说："给你一刀！戳你个货郎鼓！"小兰她娘因为丈夫被捕的事哭了一夜，杂毛狼来的时候，她才阖上眼没有多大工夫，小兰才把被子给她蒙上，杂毛狼开头的话说得声音不高，没有把她惊醒，这阵小兰顶撞了杂毛狼，才惊醒了她。她把头上的被子掀起，还没有看清楚是杂毛狼，杂毛狼一扭头便出去了。杂毛狼临跨出门槛的时候说："真能逃出我手才算你有本事哩！"小兰娘问明了情由，很后悔地向小兰说："你不理他算了，顶撞他干什么哩？”

杂毛狼跑遍了大小各庄，才算又撵出五六个人来，连以前来了的一共不过二十来个人，稀稀拉拉，站在刘家坪刘家大院大门外的高阶台下。台阶上的大门楼下已经摆好了一张桌子和几把椅子。杂毛狼上了阶台，站在桌子前面向下边看了一眼走进门里去了。不大一会，接旺又出来看了一下又进去了。又停了一会，杂毛狼和几个村里的流氓走出来下了阶台站在下边，接着走出一个兵来站在一旁，刘承业陪着一个着武装带的军官走出来，接旺和爱管刘家闲事的张兆瑞也跟了出来。刘承业躬着腰让座，那军官一点也不客气，挺着肚子坐下来；刘承业和接旺、张兆瑞等人也各找位子跟着坐下。最后走出来的是刘石甫。他没有坐，直接走到桌子后面先开口讲话了。

这刘石甫是刘承业的堂兄。这个人来历可不浅：当他在三十来岁的时候，有他在高级小学时期一个同学做了省建设厅一个秘书，便把他举荐到省里做官——头一任是补修办公室的监工，第二任是搬运石子的押送员，第三任升了官，升的是什么铁路筹备处材料处采运科验收股股长，不过直到他上任后的第三年，这条路也还没有正式测量过，后来又不知道因为什么把这筹备处取消了，才又把他调到一个“永恒煤矿筹备处”去——可是等到查明那个预定的地区根本没有煤以后，那个筹备处也解散了。他被调到“永恒”没有几天，建设厅厅长换了人，他那位秘书同学也跟着旧厅长走了，所以到了那个“永恒”的筹备处解散以后，他就回到灵泉沟来。他的派头要比他的堂弟刘承业大得多。他原名叫刘承基，在省城做“官”的时候，见人家那些做官的彼此都称呼“字”，他便也请人起了个“字”叫“石甫”——这个字在省城虽然连他那位秘书同学也没有称呼过他，可是回到灵泉沟以后用得呼呼响。比方说刘家大院这个大门楼里大门顶上的匾额，原是当年修房子时候就修在门框子里的，上边刻有“仁者寿”三个大字，刘石甫从省城回去那一年，觉着门楼上的油漆旧了，又觅人重新涂抹了一遍，把三个大字又贴了贴金，并且在后面又加了一行款志，刻的是“主人省营永恒煤矿公司监督石甫刘题”。灵泉沟的识字人们虽然没有到过省城，不知道有没有那么个公司，可是记得“仁者寿”三个字确实不是这位什么“监督”写的，还记得这位“监督”原来不叫什么“石甫”，而且这一进三院的刘家大院也不过有他六间房子，他也算不得个主要的‘主人’——真正主人还只是刘承业。从这时候起，灵泉沟的人们就已经知道他改名叫“石甫”了。刘石甫回家以后，一言一动都要想法表示出他是从省城做官回来的，常要把他的灵泉沟话加上几个省城的字音儿。例如灵泉沟人们的土话把门窗的“门”念成煤炭的“煤”，刘石甫不只要把“门”字改正过来，而且要把烧火的“煤”也说成“门”。他说省城里是那么说，别人没有到过省城，无法和他分辩，也只好让他烧“门”算了。他回家以后，包收过这个山区的牲畜税、屠宰税，杂毛狼给他当伙计。后山有些小孤庄，死个驴驹或者羊羔，他们主仆们知道了都要当漏税法办，往往因为一个羊羔就罚人家四五十块银圆。在抗日政府成立之后，后山里有些人告他的状，经政府查明，命令他退过一些款，所以国民党军队这次来了，把他作为个提拔的好对象。

现在在这个大门楼下阶台上边开口讲话的正是这个刘石甫。他穿着一件当年在省城穿回来的时兴大衫，拿着一把在省城带回来的折扇——这时候是初夏天气，又在这凉爽的山区，根本还用不着扇子，可是刘石甫觉着不拿这个不够气派。他这种打扮，初见面的人看起来会把他认成一位相面的先生。他说话好用最时髦的字眼，不论用的是不是地方，用上去说得通说不通，总是想起来就用。他端正地站在桌子后面，先学着当年他那位秘书同学的声气咳嗽了一声，便把嗓门放宽说："往前站，往前站！"先前跟着杂毛狼走下来那几个人往前凑了一凑，挺着腰站得笔直，其他群众好像也有几个人活动了一下，大部分没有动。刘石甫继续说："不要动了！听话！我们的'抗战'打了两年多日本了。我们的中央军'进行'到我们的'原籍'来了。他们的共产党都被捉住了。我们的国民党又都'秩序'了。我们的吴参谋来给你们训话。大家要'严重'地听！越'严重'吴参谋越喜欢。就是这个'问题'！"他说罢这几句话，就向那个军官打了个招呼，自己退到了一边。那个军官就是吴参谋。

吴参谋毫不推让，站起身来，踏了两个正步，走到桌子中间开口训话了。他一开口先说了个"汉菜"，他的勤务兵先来了个立正，别的人不懂什么叫"汉菜"，也不懂勤务兵为什么要立正，都只是愣愣地看着。吴参谋瞪着眼睛向台上台下扫了一圈，似乎很生气，然后向勤务兵喊："稍息！"接着他高一声低一声发了一大会脾气。可是在场的人，连刘承业父子在内，都没有听懂他说了些什么。他为什么发脾气，这里要做一点解释：这位参谋不是本地人；所说的话，除了他的勤务兵，在灵泉沟没有人能懂得。头天晚上，他住在刘家商量今天的事，要没有勤务兵给他们做翻译，根本就商量不成；可是他现在站在阶台上训话，勤务兵就没法代劳了。他说的"汉菜"就是"现在"。按他们那部队的规矩，官长一开口训话，不论先说出几个什么字，听话的人都得先来个立正，现在吴参谋已经说了"汉菜"，除了勤务员谁也不懂得立正，怎么能不惹他生气呢？他尖声怪气说的原是这样一些话："都是活死人！什么都不懂！国民都是这样的教育程度，日本怎么能够不打我们呢？"可是从他的口里说出来，就变成这么个调："斗西豪西林！麻子斗不登！贵迷斗西极让加入升斗，日本杂木冷狗不大吴蒙老？"吴参谋发过脾气之后，正式开始训他的话："汉菜，妖鬼宁蒙……"他的话就这么有板有眼训下来，直到大家站得腿酸了才算训完——训的是些什么，自然还只有他的勤务兵知道。

吴参谋训完了话，刘石甫就宣布第二个项目。他说:“现在有几个‘组织’叫步云给你们‘宣传宣传’!”

接旺站起来，从蓝制服口袋里取出他们头天晚上拟的计划念：“灵泉沟村正规化方案:一、取消不合法的村公所，成立正规化村公所。二、取消不合法的农会，成立正规化农会。三、取消不合法的民兵，成立正规化的国民兵团。四、分类制定门牌，以便清查户口……”他麻麻烦烦念了好大一会，总算把那一大张字念完了。

刘石甫又站起来说:“现在该选村长了!我‘提拔’个人要大家‘表示’!我提拔刘承业！”杂毛狼跟同他在一块的几个流氓举手说“赞成”，别的人没有说什么。刘石甫说：“好！村长提拔过了，该提拔村副了。我提拔张兆瑞！”还是杂毛狼那几个人举了举手就算通过了。这样正规化选举自然很容易通过，不必一一细说，结果：刘承业是村长，张兆瑞是村副，刘石甫是农会干事长，刘接旺是国民兵团指导员。不过按当日国民党“正规化”的习惯，农会干事长和国民兵团指导员这两个名义，就是村一级国民党和三青团的两个负责人。刘石甫和刘接旺充当的是这两个角色。他们把这几个头头安插好之后，村长刘承业又指派了五个村警察，让杂毛狼领导。国民兵团要按年龄开名单由村长审查批准，收到以后才办。接着刘承业宣布门牌分类的办法说：“门牌分三等：白牌红字的是头等。凡是国民军属、合‘法’的党政在职人员和村一级合‘法’的负责人，都定头等牌。白牌黑字的是二等。一般人家都定二等牌。蓝牌白字的是三等。凡是共党分子，不论已捕不论在逃和接近过共产党的嫌疑分子，一律定三等牌。门上定有头等牌的，军警要进去的时候先要喊‘报告’，等里边应了声才准进去；定有二等牌的，军警在查户时候不打招呼可以进去；定有三等牌——就是定有蓝牌的，军警可以不奉命令、不分昼夜，随时进去检查。”大家听了，都出了一身冷汗，生怕把蓝牌定到自己的门上。刘承业又接着说：“就是这些事！完了！”

刘承业正要退到一边让刘石甫宣布散会，吴参谋急得站起来指着他说：“噢！把贼妖精的歹狗忠良拉哈老！”刘承业见他这样着急，赶快躬着腰来注意他的话，只是一字不懂，急了一头汗，最后只得问勤务兵。勤务兵说：“参谋说你‘把最要紧的代购军粮忘了’！”刘承业连忙点头说：“是是是！我该死，我该死！怎么把这么要紧的事忘了？”他马上一转脸向大家说：“还有一件最要紧的事：中央有命令，叫敌后驻军就地购粮。咱们的国军是公公公公买公卖的……”他这样结结巴巴地说，倒不尽是被这位吴参谋吓糊涂了的，除了着急之外，还有一点别的原因。头天晚上，这位吴参谋和他提起这事来，说是“公买公卖”，可是一取出各种粮食的定价单来，他们几个人就觉得有点为难了。他们都知道要购灵泉沟的粮，固然能仗着他们的势力向群众多派一点，可是他们也知道群众在粮食方面是老鼠尾巴，没有多么大油水，真要供应军队，大头还是他们自己出。他们见粮价单上的各种粮价，差不多都只能抵住实价的一半，所以都有点暗暗摇头，向吴参谋提了提，吴参谋说不能动。今天这“公买公卖”要刘承业自往外说，自然说到口边舌头就有点软了。刘承业结结巴巴把代购军粮的话交代清楚，接着掏出粮价单来念了一遍，就看见阶台下面的人交头接耳议论起来。要在抗战以前，刘承业在灵泉沟讲话还有人敢议论，早就被他骂得狗血喷头了；今天也不是他有了什么宽宏度量，而是他故意想让人们议论给吴参谋听。吴参谋见这情况，忍不住站起来大骂一顿——不过大家仍不知道他骂了些什么话。他骂过之后，刘石甫就宣布散会。

散会以后，杂毛狼他们那几个流氓就忙起来。分类门牌是头天夜里赶做成的。他们领了刘承业的命，火速跑遍各个庄落，把门牌都钉上去。

金虎家一院三户都钉了蓝牌。杂毛狼到这里定牌的时候没有说一句话，拿着个斧头狠狠地在各家门框上钉，震得房顶上往下落灰土。钉完了就取起他剩下的一叠门牌往别家去了。

这个院子里去刘家坪参加会的只有铁拴一个人。东屋里小兰娘问铁拴钉牌是什么意思，铁拴给她解释着。金虎娘听见铁拴回来走进了东屋，也赶忙跑来看。金虎娘顾不上先问蓝牌的事，劈头一句就说："铁拴！你看金虎这时候了怎么还没有回来呀？""啊？"这地方离镇上不过十几里路，早晨走了到不了中午就该回来，可是这时候太阳已经大偏西了还没有回来。在平常时候，一个人出门去了早回来一阵迟回来一阵本来没有多大关系，只是这几天不比寻常，头一天村里才出了捉走王正明和银虎的事，所以大家都不放心。他们胡乱估计着情况，焦急地等着金虎，可就是等不来，一直等到晚饭以后，大家越着了急，铁拴、小胖趁着月光接到五里以外还是没有接着。

三

金虎上哪里去了呢？银虎被捕的第二天早晨，金虎不是到镇上去请医生去了吗？金虎一早起程，不到吃早饭时候已经到了镇上。这镇叫三水镇，是三条小河沟会合的地方，房子都修在河西边的岸上，看起来是长长的一条，一共不过百来家人。这地方，虽说人家不多，在这山区可也算个热闹地方。可是这一天特别：金虎在路上没有碰到一个人；远远看见镇西北的关公阁，阁下边的拱门里也没有人出入。金虎这人有时候还是有点傻——要是别人，碰上这种情况，总得考虑一下为什么没有人来往，自己是不是可以进去，可是金虎只急着要给他爹请大夫，一看到了关公阁，就一溜小跑步望着它跑，跑到跟前就往里闯。他一闯进了拱门,见拱门里站着个兵。他不知道为什么觉着不妙，愣了一愣，见那个兵看了他一眼没有说什么，也就过去了。他走在街上，很不容易碰到人——平常在街上摆的小摊一个也没有了，偶然见一个挑水的老头或者送灰渣的老太太，也都是匆匆忙忙直来直去，谁也不说一句话。他走到常往灵泉沟去的马大夫药铺，一推开门，见里边住着几个兵，柜台做了他们的床，药柜也做了他们的衣架。一个兵凶凶地问他："干吗？""找马大夫！""不在！""哪里去了？""不知道！"金虎见他们的话很"铳"，知道问不出个道理来，只得退出。金虎这时候得不着个主意，正想找人问问，恰好对面来了个熟人，是从前粮食集上的牙行老丁。"老丁！你见马大夫没有？"老丁虽说认人宽，可是只记得大概是什么地方的人，并不能叫出名字来。老丁看了金虎一眼说"灵泉沟客！你请大夫吗？""是！""不巧得很！今天还得借你点光！"，"什么事？""支一趟差去！""什么差？""给部队下河南换大米去！""这可不行！我爹的病很重！""反正也没有大夫！还是受一点屈吧！""老丁！我们哪一次来粜粮食也照顾你！你为什么跟我过不去呢？军队抓差不抓差碍你的什么事？""对不起！我参加了新县政府的差徭局！抓差是我的责任！不要说废话！快到县政府门外集合去！""你们的县政府在哪里？""还在共产党那个县政府住过的地方！不要乱说话！什么我们的县政府？我们的县政府不是你的县政府吗？咱们是老相识，我关照你！要是别人听见了，不当共产党办你才怪！真是山里人！快去吧！"金虎挨了老丁一顿训，觉得很晦气，等老丁走开之后，暗暗说："老子可没有那么老实！请不到大夫，老子回去！"他不往那个什么县政府走，一股劲又向关公阁走回来。他走到阁边，原来站的那个兵挡住他说：“不准出去！”“我有事！”“不管有没有事！”金虎看了看旁边，已经有两个被挡住的人，其中有一个很面熟，好像到自己家去过，只是想不起是谁。金虎想：“不用说，又跟昨天一样——北头不准出去，跑到南头一定也出不去。”他看了看临河的石岸，这岸可和田家湾那土岸不一样，一点坡也没有，不能往下溜。他想往别的地方找一找出路，正要往回返，可是才一动步，那个兵又说：“不要走，就在这里等着！”这时候，街上又走来两个兵，向那个站岗的兵喊：“那里有几个了？”“有三个了！”“有几个算几个吧！”说着已经走到金虎他们三个人面前，向他们说：“走走走！”就这样把他们带到他们那个县政府门口。

这个地方，已经集中了一百来个人，由十来个兵看守着，金虎他们是最后被抓去的。跟金虎他们来的这两个兵向另一个大概是班长的兵说：“报告！再找不到人了！”“就这样快走吧！再迟了就赶不住站口了！”这十几个兵，把这些人押送到一个存放粮秣的大院里。那里管粮的早已把口袋、扁担、绳子准备好——这些东西原是头天晚上在镇上挨户搜出来的——叫他们把小米装起来，挑到河南的博爱县换大米去。不多一会，大家把口袋装起来，每十五个人算一组，由两个兵押着，慢慢都从三水镇起程了。

金虎他们这一组在中间偏后一点，前面长得很，后面看来也还有三四组，想跑是很不容易的。走在金虎前面的，就是金虎看见很面熟的那个人。那个人身材也不小，担得也不重，可是走得很不稳，不像个常担挑的人。金虎一边走着一边端详着这个人，慢慢就想起是谁来——原来是共产党县委会宣传部的高部长，当日县委会没有公开，他以工作员的身份到灵泉沟去过，到过金虎家。金虎只知道他是高工作员，虽然他换了衣裳，金虎对他也还认得很准确。金虎要是真傻的话，随便叫他一声高工作员，还许坏了事，可是金虎在这些地方特别懂事——已经认出来是他，反而连端详也不再端详他，只装作不相识的样子，一前一后走着。高部长似乎也已经认出金虎是熟人，所以只是用破草帽掩着脸，连一次头也不回，生怕金虎叫他一声。他们这一组，除了最前边有几个三水镇的人互相说几句话以外，其余谁也不认识谁，都是一言不发，挑着担子咯吱咯吱往前走。

大约走了二十来里，要翻一座大山了，前边传过话来说："就地休息！"说话间，前边的人已经把担子放下，大家就在这山坡下休息下来。这时候，大部分都摘下草帽来当扇子扇着风，坐在金虎前边的高部长却没有摘帽子。

金虎又往前看，和他相隔五六个人，坐在本组前边那个押送兵跟前的，正是他要请的那位马大夫。他向马大夫招手说："先生！你也来了？我正要找你！"说着走了几步凑过去。那个押送兵说："不要动！就地休息！"金虎说："求求你！我们只说几句话！""要说快说！"金虎就蹲到马大夫身边，把他爹的病状向马大夫大略说了说，并且问马大夫"迟了是不是还能治"。马大夫说："这种病，要危险就在得病的前几天；要是能过个七天八天没有事，也就稳定下来了。这种病治起来见效也很慢——急也没有用！咱们回去再想法子吧！"马大夫接着又问了问说话的声音怎么样，哪条胳膊能动，清醒不清醒……前边就传过话来说："走了走了！"那个押送兵向金虎说："走了走了！"金虎便和马大夫作别，回到自己放担子的地方，挑起担子来跟着大家走了。

这一天，除晌午打了打尖以外没有误什么事，虽然早饭以后才起程，不到天黑还走了七十多里。这些差都是临时抓来的。抓的差不比派的差——派的差半路偷跑了可以找派出的地方，抓的差半路偷跑了找不着根。押送兵在这方面很有经验，所以一路上追得很紧，不到天黑就赶到了预定的程头。这天晚上住在一个也像个小镇的山村。村里有一座骡马大店，在这慌乱的时候，路上没有赶脚的牲口，他们就住在这店里——班长住在柜房，士兵住在客房，运粮的民夫就在拴骡子的敞棚下，把骡马粪上边铺了些草，睡在草上。大门上了锁，士兵们挨班换岗把守着。

吃过饭以后，押送兵还叫大家按白天走路的次序分组躺下。大家睡定以后，金虎推了推旁边的高部长，对着高部长的耳朵说："你不是高工作员吗？"高部长一把抓住金虎的手，扭回头来问他说："不要乱说！你是田银虎的哥哥吧？田银虎跑了没有？"金虎又扭过头去，简单告他说银虎和王正明被捕了，并且又问他说："你怎么不跑？"高部长说："在镇上跑不出去，人家把镇上封锁了。"金虎说："就在路上想法子跑吧！回去叫他们认出来不得了！"高部长说："知道！不要再说话了，防别人怀疑！"他们就这样睡了。

第二天早上，大家胡乱吃了点东西，就又挑起担子向南走了。这地方，越往南走山越低，天气也越热。这些人都是从高处来的，有的穿着两件布衫，有的还披着夹衣，走到这天半前晌，热得大家都把多余的衣服脱下来搭在粮袋上，还都是满头大汗。

在金虎这一组前边的那个押送兵，忽然闪在一边，和后边的那个押送兵说他肚子疼。后边的那个押送兵给他想了个办法——把他的枪栓去了，把枪让一个担粮的民夫捎上，又把他的行李包让另一个担粮的民夫捎上，让他空着手走。这样又走了一会，前边的那个押送兵又不行了，后边的那个押送兵，又把自己的行李包挂在金虎的扁担头上，他自己搀扶着前边的那个押送兵走。又走了一会，前边的那个押送兵的病似乎越来越重，哼哼得越来越响。就在这时候，已经走进一段有松林的地方，前边传来了话："就地休息！"被搀着的那个兵，没有等前边放下扁担，自己就先躺在一棵松树下边。他向搀他的那个兵说前边有个大夫。搀他的那个兵就向民夫说：“前边有个大夫吗？来给我们这个伙计治一治病！要是能治好了，今天夜里再抓个差，明天就放他回去！”马大夫听了有点不耐烦，心里想：“抓住大夫给你们担上小米换大米，已经够不讲理了，怎么给你们治好了病还要等到明天才能放我回去？反正药铺也叫你们占了，回去不回去都一样！我还是给你们挑担子吧！”想到这里，故意装作没有听明白，没有答话。躺着的那个挣扎着坐起来向前边看了一看，指着马大夫向搀着他的那一个说:“就是他。”那一个直接指着马大夫说：“来呀！”马大夫见推不过，只得走过来说：“半路上，也没有带针，也没有带药，使什么治病？”“你先给看一看好不好？”马大夫抓住躺着那个兵的手诊脉，大家也都围拢来看。马大夫诊过脉，又看了看指甲，摸了摸肚子说：“中暑了！”当大夫的差不多总都有个救人的心肠，一经过手就想给他治一治。他从衣袋里掏出个药包来说：“这是我自己带着用的防暑药，也不过够用两三次，现在给你用一些吧！要一杯新鲜凉水！”站着的那个兵问哪里有水，有人指着松林的右边说：“这岭背后的沟里不远就有水！”那个兵把自己腰里的茶杯拿下来递给金虎说：“取一杯水去！”金虎接过茶杯，觉着偷跑的机会来了，扭过头来正要走，迎面看见高部长，忽然又变了主意。他把茶杯往高部长的手里一塞，学那个兵命令自己的口气说：“取一杯水去！”他想自己跑不了不过吃点苦，高工作员跑不了有性命关系，不如把这机会让给高工作员，可是他对着好多人也不敢挤眉弄眼，只好直来直去说话。高部长自然懂得他的意思，心里非常感激，接住茶杯就去了。这时候，马大夫要站着的那个兵再找一个家具盛药，那个兵把躺着的那个兵的茶杯取下来递给马大夫，马大夫把一包“益元散”用一根树枝拨成了三份，把一份拨到那个茶杯里说：“等取来了水，冲一冲喝下去就会好些。”那个兵把药接到手里,坐下来等水。他刚一坐下来,忽然想到打发去取水的人,就是自己一路上押着怕跑了的民夫,有点不放心——刚才因为一时着急忘了这一点。他把茶杯里的药递给躺着的那个兵,自己背着枪闪过岭头上一看,沟里的水看得很明显,只是派去取水的人不见了。他自言自语说:“他妈的!人也跑了,把茶杯也取走了!”他返回来看见金虎,骂金虎说:“傻家伙!叫你去取水,你为什么叫别人去?”“谁去不一样?”“一样什么?他跑了朝你说话?”“跑不了!”“你妈的!跑不了是不见了!把茶杯也带走了!”说着又从躺着的那个兵手里接过那个有药的茶杯向金虎一塞说:“给我就用这个杯取水去!小心把药冲跑了!”金虎正来接杯,他又缩回手去说:“算了!还是我去吧!”说罢就拿着杯转过岭去。

那个兵刚过了岭,前边传过话来:“走了走了!”金虎他们也正各自去拾扁担,躺着的那个兵挣扎了一下坐起来说:“不要动!让他们先走吧!”后边一组的一个押送兵过来问情况,坐起来的这个兵说:“我肚子疼,他去取水去了!把这一组留到后边吧!”那个兵见他这么说,就带着后边的一组从他们这一组旁边走过,接着,其他组也都走过去,只把他们这一组留下了。

这个兵,因为刚才挣扎了一下,觉着肚里有一股气冲上胃口来,疼得他哎呀一声又躺下去,急急地叫:“大夫大夫!快快快!”马大夫和别的人又都跑过来看。他按着肚子向马大夫说:“快给我按住!加点劲!再加点劲!对对对!就这样!”马大夫按了一阵按得手酸了,刚一丢手,他说:“不行不行!不要放手!”马大夫跟金虎说:“你来给他按一会,我手酸了!”金虎接住手给他按着。

山上的路看着很近,走起来却得一阵子,直等到所有的挑担子的都走得看不见了,取水的那个兵还没有回来。这时候,有病的那个兵好像有点昏过去了，半闭着眼。金虎一边给他按着肚子，一边又想出怪主意来。他向在他身边的马大夫努一努嘴说：“快跑！回去给我爹看看病！”马大夫笑了笑，往大路的右边一条河沟溜了。别的人见马大夫拐了个弯不见了，都看了看金虎和躺着的兵。金虎扭着头向他们把嘴噘得尖尖地，并不出声地说：“跑跑跑！”胆大的先走，胆小的后走，一小会跑了个光。金虎见他们都跑了，丢开了给那个兵按着肚子的手，见那个兵也没睁眼也没有出声——大概是昏过去了。金虎暗暗地说：“你多躺一会吧！我这个大夫也要去了！”他站起身来一溜烟地跑进松林里去。

金虎在松林里大约走了两三个钟头，估计那个押送兵不会再来追他，这才离开松林从路上向家乡的方向走，却不料走了几里，又碰上了一个兵。那个兵说：“站一站！”金虎站住了，那个兵就递给他一个小包说：“给我送一送行李！”金虎说：“我不是本地人！”“不管是哪里人！哪里人能不支差？”金虎想：“这样要起差来哪有个完？”把包裹往手里一接，听见“哗啦”一声，原来不过是一百来颗核桃。

金虎在前，那个兵在后，又走了四五里路，要过一个村子。他们刚进了村，对面来了两个兵，其中一个的领章上多一朵花儿，跟着金虎的那个兵连忙闪在一旁敬了个礼。可是多一朵花的那个兵并不走过去，却喊住跟着金虎的那个兵说：“怎么拿个包裹也拉差？”“给我们营长拿些核桃！”“营长说过叫你拉个差吗？那么一点东西也拿不动吗？怪不得干正事也找不到个人，都叫你们这样把人力浪费了！自己拿上！”那个兵没有再回话，从金虎手里接过包裹来自己拿着走了。金虎说：“谢谢你！要不是你来我就走不了了！”说罢正回过头来要走，只见多一个花的那个兵说：“喊喊喊！你可不要走了！这里有正经事！”金虎说：“什么事也不能做了！我饿了一天还没有吃饭哩！”“没有吃饭不要紧！这里有饭，也有住处！”“不行！我出来好几天了！我爹还在家病着哩！”“不要说废话！过几天磨完了面就放你回去！”原来这里派收的（他们说是代购的）军粮是麦子，要在这里磨面。金虎又在这里磨起面来。

金虎就这样被他们东一拉西一拉，拉了一个多月也脱不得身，最后还是在黑夜里偷跑出来，钻了两天林才回到灵泉沟。

他这时候有了经验，每次要到一个村庄，总得先到比较高的地方看一看村里有没有兵，回到灵泉沟来也一样，先转到洞顶上的老羊坎下边向村里瞭望了一阵。这时候刚过中午，从老羊坎前边望灵泉沟每一个小庄子都是一目了然，跑过一只鸡来也看得见。他看见村子里不只没有兵，连本村人也很少活动，大概是睡午觉。顺着老羊坎西南方向，下一段坡，就是他家租种刘家的十来亩地——从田家湾人们种的地说来，这几块地要算最远的，要下到沟底，过了沟，再上一道大坡才能走到。他这一个月来，支差到过的地方，谷苗差不多都没有间开，有的已经长到一尺来高，看样子已经撕扯不开了，他就想到自己的谷苗一定也是那样，可是这阵子从远处看去好像已经都间过了。他想了一想，觉得不会——“爹的病死活还不知道，娘一个人怎么会顾上到地里来呢？”他想顺路到地里看看，就顺着岭往下走，大约有里把远就走到自己地里。到地里一看，苗是间开了，不过只是拔了拔，没有锄。他想：“拔开了也不误，一定是爹的病好了。”

他下了坡，过了沟，走过一段土岸下，见岸后寄埋人的一个空穿堂（可以容下一口棺材的小土洞）封上了口，预料是村里死了人，他的心颠了一下，想到自己的爹。他又绕了一个弯，听见土岸后的地里有人说话，吓得他打了个退步，仔细一听，听得有女人的声音，这才放了心。这块地是王正明的。他想看看是谁在地里，就爬了一层堰上到这块地里，只见有四个人在地里间苗，是他娘、铁拴、小胖和小兰。

他叫了一声娘，四个人一齐停住了手。

他们见金虎来了，自然都是又惊又喜，彼此间问长问短，哄乱了一阵之后，都到一棵核桃树下坐下来。金虎先问他娘说："我爹怎么样？""还是那样！""我看见穿堂里又埋了人，吓了我一跳！咱村谁又死了？""你东屋叔叔！"小兰见又提起她爹，就又流下泪来。金虎听了一怔说："怎么？他们把东屋叔叔害了？"铁拴说："唉！慢慢说吧！气人的事情多得很！你先跟大娘回去弄点什么吃一吃再说！"金虎娘说："饿了没有？出去也没有带吃的，这二十多天你怎么活过来的？我只说我两个孩子连一个也落不下了！"金虎娘向来不好哭，这会可掉了几点泪。金虎说："咱银虎怎么样？是不是也——""不知道，不知道！那天在三水镇那河沟里毙了几十个人，都叫人家打得、烫得不像人样了！我跟你东屋婶都去找过尸首，把他东屋叔叔的尸首找着了，怎么也找不见他，大半是死了！那一群狼怎么会让他逃出来哩？"铁拴劝他说："那也说不定！也许逃出去了！我觉得找不见比找见好——有个想头！"金虎娘说："我不想他！活着哩，他终究会回来；死了哩，想也不算！现在总算已经有一个回来了！"小胖说："大娘总算是个明白人！金虎哥！你快先跟大娘回去吧！还不知道在哪里吃了点饭，先回去吃上点再谈，话长得很！"金虎说："这么多天了谁还知道个饥饱？半前晌在岭西一个小庄上要吃了人家一团槐叶菜吃，直到这会也不知道饿！"金虎娘说："咱家里也是那种伙食！粮食差不多叫人家那些狼要光了！我且不回去！你先回去看看你爹！蒸笼里有给你爹蒸的两个黄蒸，还有几团槐叶菜，你自己吃上点，喝上点水，歇歇吧！我们今天后晌想给你东屋婶把这块谷赶完！"金虎说："可以！我吃点东西和你们一块来拔！"大家都说："不用了！你先回去歇歇吧！"铁拴说："你要来也不要声张！不要让杂毛狼他们知道咱们帮东屋婶的忙——连东屋叔叔的尸首还是我们偷着去搬回来的！"金虎答应了声"知道”，就回去了。剩下他们四个，仍旧做起活来。

四

原来当金虎出去以后的第十天，三水镇的军队和他们的县政府，对捕去的共产党已经经过拷打以后，一齐赶在河沟里用机枪扫射了。在灵泉沟捕去的两个人，王正明的尸首找见了，银虎是死不见尸活不见人；金虎说的是到镇上请医生去也一直没有见回来，大家估计他弟兄两个恐怕都是凶多吉少。铁拴、小胖他们几个党员们悄悄商议了一下，要对王正明、田永盛和张得福三户有困难的党员家属照顾一下，因此就分了分工，分成了两个组来帮他们先把谷苗间开。铁拴去和金虎娘一商量，金虎娘非常感激他们的好意，不过金虎娘是个要强的人，不愿多受别人的照顾，因此就和铁拴说："要照顾我和小兰家这一组，我和小兰都能做活，我们也参加到里头做，连你们地里做不出活来的时候，我们也可以去帮忙，大家在一块伙种这几十亩地算了！"她这种提议，经铁拴和党内的同志们商量了一下，大家都觉得是个好办法，只是说金虎爹病着还得个人伺候，让金虎娘有空儿就做一会，没空儿就不要勉强。以后大家就这样办起来了。这组织本来就是个互助组，还带有代耕队的意思，只是当时还没有那些名目，所以大家都不那么称呼它。金虎回来之后也参加了这个组织。

幸好有这个互助组，虽然大家差务都很重，四五个月来都是多在外少在家，可是地总算没有荒了，到了秋天还有七成收。小兰她们家有一块谷子长得特别好，二亩就割了四十多捆——要只说这一块地，在那时候就算十分收成。

一天中午，小兰和金虎、铁拴三个人在场上打谷——在灵泉沟是最早的一场谷——扬出来以后,大家估计有六担左右。铁拴因为避嫌疑,扬出来以后，就回去了。小兰娘拿着簸箕、口袋到场里来。他们三家只有两条口袋，先装起一口袋来让金虎扛着往回送，小兰娘和小兰又去装第二条口袋。就在这时候，接旺领着杂毛狼他们三四个人拿着口袋和斗来了。小兰娘看这来头好像是来讨租，可是往年都是收到家才按数给他送，今年他为什么亲自领着人来拿来哩？

原来这一年是和往年有点不同：军队每月要“代购”粮，村公所连他们的国民兵团有三十个人每天要吃粮，有好多户不能按月缴出，刘承业说他都给垫上了，说是垫一斗要还一斗半。在快收秋这前几天，他们父子们商量了一下须得就场收，因为他们算着全村的产粮数字，要是先还了他们的代垫军粮，租子就很难收起来了。刘承业和接旺说：“不要让粮食回了他们家，要当场收。要是佃户，先收他们的地租，剩下代垫粮，能还得起的就叫他们还，实在还不起的能还多少算多少，其余算是借给他们的，明年秋天一斗要他们还二斗——好在咱们又没有真正垫出够那么多，真要是没有，让他们落个永远欠户算了。”

接旺和杂毛狼他们就是奉了这道命令来的。小兰娘一看情况不妙，就赶紧说好话。她说:“步云,是要租吗？”“对！还要垫粮！”“我求求你！这两三个月了，家里一颗粮也没有，这一场谷也打得湿，等一通收完了干一干我给你送！你不凭信吗？多年来我哪一年欠过租？”“今年说今年！我家的粮食都给你们垫出去了，不收我们吃什么？”回头向杂毛狼说：“盘吧，盘吧！”又翻着账本向小兰娘说：“你们的租是两石，给你们垫过两石二斗军粮该还三石三斗,一共是五石三！”杂毛狼插嘴说:“还有新派的一石军粮！”接旺说：“那让他们自己送，咱们不管代收！”这时候，他们已经装满了一口袋靠辘轴框竖着，又去装第二口袋，金虎就已经送回去一口袋又拿着空口袋来了。金虎见他们拿着斗量着装谷子，小兰母女们眼泪汪汪站在一边看，知道他们是来收租，就直冲着接旺说："这谷是人家自己那二亩地里的，租种你们的地里种的是玉茭……""你管不着！收着你的，你且说话！"金虎见说也没有用，就去扛竖着那一口袋，接旺说："慢着！你就没有看见是谁的口袋？等我盘够了剩下你们再扛！"说着已经又装了一口袋，接旺就指着同来的两个狗腿子说："先扛着吧！"两个狗腿子扛着走了，接旺也溜过场边去，剩下另一个狗腿子和杂毛狼还继续盘着往口袋里装。金虎没法，只好丢下空口袋拿起扫帚来去扫游糠。杂毛狼一边撑着口袋，一边嬉皮笑脸扭过头来对小兰低声说："你只要答应我个事，我替你们求个情留下两口袋！"小兰瞪了他一眼，大声说："该饿死就饿死算了！饿死了只当是叫狼吃了！""好！有本事！我看你有多大本事！"小兰娘拉了小兰一把说："闺女家不要多嘴！回去吧！"金虎见杂毛狼的话来得不善，丢下扫帚双手叉住腰看他还要怎么样。杂毛狼怕金虎发了傻气和他干起来，也再没有敢说什么。小兰趁空溜走了。

他们把场上的谷扫尽了，一共装了五口袋。接旺问："还差多少？"那个狗腿说："差二斗多一点！"杂毛狼说："他们已经扛回去一口袋了！叫他们回去拿去！"接旺说:"下一场再补吧！"又一本正经地向小兰娘说:"下一场你再给二斗算了！"好像还留了点人情。

小兰先回去把场上发生的事件向铁拴说了，铁拴很吃惊。稍停了一阵,金虎和小兰娘都回去了。小兰娘一进院子就咄念着说:"听着死吧！这还怎么活哩！"金虎娘听得，就赶紧走到门边揭开竹帘子问："又怎么了？"还没等小兰娘说话，金虎就替她答应说："接旺把她们的谷就场上盘去了！"铁拴从北房里伸出头来低声说："东屋婶！这里来！"小兰娘答应着到北房里去，金虎娘和金虎也跟了去，大家见小兰早已在北房里。铁拴说："东房婶！你要留神！杂毛狼早就操了贼心！你以后一步也不要离开小兰！”金虎说：“他真要敢动手动脚，冒上个跑出去不回来，先把他揍死再说！”铁拴说：“真到了活不下去的时候，说不定那还是个办法。现在暂且这么跟他滚着过吧！”

村里人听说把小兰家的谷扛走了，差不多后晌都没有去地收秋去，割下来还没有担到场里的庄稼也都不再抢着往场里担，人们三三五五到处打攒攒，商量着对付这件事。铁拴也趁着人乱的时候，和小胖他们几个党员研究办法。金虎娘也去跟小胖他妈几个老太太们谈论这件事。

太阳快落的时候，杂毛狼拿着一叠给国民兵团才做好了的二十来件军衣，来找小兰缀扣子。这半年来，他们村公所里不论有什么活，都强派给定蓝牌的户口来做，所以小兰母女明知是对小兰的报复，也只得做。小兰娘说：“你放下吧！我们缀好了给你送！”杂毛狼说：“不！急得用！我等你们缀好了拿走！”小兰母女们没法，只得给人家做，两个人每人才缀了一件，天就有点黑了，小兰娘点上了灯。

杂毛狼一会儿又出了个鬼主意向小兰娘说：“到村公所给我取电筒去！”小兰娘见他不怀好意要把自己支使开，又无法抵抗，着了急，走出东屋门冒向南屋叫了声“南屋嫂”，恰好金虎在家。金虎揭起帘子说：“她出去了！我给你找她去吧？”“不用！你替婶婶到村公所跑一趟！”杂毛狼隔着门喊：“不要乱支派人！我派的是你，不是他！”这意思越发明白了，小兰娘更着急。金虎走出院里来说：“你去吧婶婶！我给你看门！”说罢就从屋里走出来蹲在南屋阶台上。小兰娘见有他在院里，就放心出去了，不过她没有从刘家坪去，先到小胖家去找金虎娘。

杂毛狼听得金虎在家，已经有几分不自在；又听金虎说管“看门”的意思，好像也已经猜着了他的心事。他暗暗埋怨说：“这傻瓜！你这会怎么也聪明起来？”他本来也想找个理由马上把金虎支使出去，可是他这会有点怕金虎。他想："我的心事他已经猜着了，再要一支使他，不更明显了吗？万一他的傻劲一发作马上跟我顶起来，院里又没有自己一个人，一定得吃眼前亏！"可是他又一想："要不把他弄走，眼看得要成的事不就耽搁了吗？"他又怕吃亏、又不甘心拉倒，马上得不着个主意,就搬了把椅子堵着门面朝里坐下,慢慢来想他的"两全之计"。

这院里的大门就开在东房的南边山墙下，和南屋的阶台在一个平线上。金虎蹲在阶台上待了一会，见小胖走到大门口用手点他，就走到门口和小胖说话。杂毛狼听见金虎走动，扭过头来一看，见金虎已经走出去，觉得十分幸运。他约莫着金虎已经出了门走出十来步之外，以为这机会再也不能错过了，马上站起身来准备去扑小兰。小兰见他一动也有点心慌，马上停住手里的活准备来对付他。就在这时候，金虎又故意咳嗽着返回来仍蹲在原处，杂毛狼也就坐回椅子上去。

静了一会，就听得外边有人哭，哭着哭着往南边岸上去了。又稍停了一会，听见村里乱喊叫，小胖大踏步跑进来朝着东屋里喊："小兰！快去看看你娘！你娘在岸上哭着哭气死了！"小兰听了这消息，好像挨了一炸弹，顾不得丢下手里做的活就站起身往外闯。杂毛狼站起来伸开两条胳膊拦住门说："你要往哪里跑？"小兰急了，左手拿着正缀着扣子那件军衣，右手捏紧了针，狠命地双手向杂毛狼胸口一推，连椅和人都推得摔出门外去，把个针戳进他的胁缝里，自己从他的腿上跳过去跑了。这时候，除了老永盛病得不能动以外，院里人全都走完了，剩下杂毛狼爬起来忍着痛把针拔出，狠狠地叫了一声："小兰，害不死你我不姓刘！"说了就随后追出去。这时候，天已黑了，虽然有点月光，在动乱中间也看不清谁是谁，只见人们都往南边岸上去，杂毛狼也就跟了去。这时候，小兰娘已经不出声，小胖媳妇、铁拴媳妇、金虎娘都抱着她、捂着她的嘴乱喊，别的人也围着乱喊。杂毛狼趁着月光在人丛中找来找去，只是找不着小兰，他以为小兰一定是因为螫了他一针，不敢再见他，躲开了。

原来小兰娘没有真的气死，不过是铁拴他们想出来的营救小兰之计。小兰娘跑到小胖家去找金虎娘，正碰上铁拴和几个党员们刚开罢会还没有回去。他们布置的是：先让小兰娘到岸边去哭，小胖媳妇和金虎娘去劝；叫小兰娘哭大阵就装气死，她们两个就假意抱住救，不要让别的人沾身以防露出假来；又打发小胖悄悄去跟金虎说，一会小兰要是闯不出来的时候，要他装作劝架把杂毛狼挡住让小兰跑，跑出来趁人乱的时候拉住小兰转个弯逃走；又叫小胖先在村里乱喊“救人”，接着跑进田家院叫小兰一声，然后自己跑出去。他们没有想到小兰会螫杂毛狼一针，很担心配合不好救不出小兰，后来小兰螫了杂毛狼又把他推倒地上，时间就比他们想到的从容得多了，所以当小兰一出屋门，金虎还没等杂毛狼爬起来就拉着小兰出了大门从另一条路跑了。

后来杂毛狼打定主意要对小兰报一针之仇，可是一天一天等下去，再也没有见小兰回来。

自从当场盘去小兰家的谷子，铁拴和几个党员们商量出个办法来是：好粮食尽可能不要上场，就在地里想法弄个地方分散保存起来，把草秸熏了肥料，只把秸多穗少的担回场里来应付应付，他们要盘就让他们盘去，拿地里存下来的对付着过日子。不过这时候党已经停止了活动，不敢号召大家做，只好借亲戚的串连，无形中传播这个办法；好在大家前两年都有过两次“空室清野”的经验，各家各户准备的小窑洞也不少，有些人没有等得有人去串连他们，也已经想到这样做了，所以这年的粮食上场的只是半数上下。后来连刘承业他们也觉着有人把粮倒走了，只是大家眼多，他们的眼少，等他们知道了已经做完了。这一年，大家就凭野地里存的这点粮食过了一冬一春。

五

一九四一年春天，灵泉沟人好像发起了个刨狁狝运动。“狁狝”应该说也是一种老鼠，和松鼠的个子差不多，没有松鼠的尾巴大，颜色也和松鼠不同——松鼠是深灰色，狁狝是黄色，还有几条黑花，看起来很好玩，可惜糟害庄稼。它会存粮过冬，刨着一个狁狝窝，有时候可以得到一二斗粮食。因为上年秋天只有七成秋景，收几颗粮食又差不多叫刘家借着代购军粮和收租子，当场就收拾光了，所以大家都缺粮——有的还在外边的一些窑窑洞洞里藏一点，有的就连那一点也没有。真没有粮的想到了刨狁狝，就是在外边存一点的，为了关照一下免得让人家当狁狝窝刨了，为了往家里取粮食时候有个公开的名义，也断不了去刨狁狝：无形中造成了个刨狁狝运动。

有一天，一个旅部军需到灵泉沟村公所来坐催代购粮。这个军需的来头有点厉害——他用两个卫兵先把村长刘承业监视起来，并且和刘承业说：“说什么也是白费！不见粮食不能算到底！”刘承业的仓库里自然有粮，只是一来不想拿自己的，二来要拿也不想叫部队摸着他的底——要漏了底，他们吃完了就还会来要。整整一天一夜，刘承业想不出应付的办法来。到了第二天，他的孩子接旺在他和军需两个人的面前说：“我看老百姓还不是真没有粮，只怨咱们情面还是有点软。”刘承业说：“有也是很有限的！全村产多少粮，去年秋天咱们……咱们……也知道他们收得不多！”本来他要说“咱们收了多少”,说到口边，见军需在场，就转了个弯，扯了那么个不太对头的尾巴。接旺说：“要没有,他们一冬一春吃的是什么？”“不是早就在野地刨狁狝窝吗？”“哄鬼可以！哪有那么多的狁狝窝？有好多户都把粮食存在野地就没有上场，吃的时候才一斗二斗往家取，碰上人哩就说他们是从狁狝窝里刨的。叫我说咱们明天也打发村警和国民兵团都去刨大狖狑窝，碰巧的话，一两天也许就把这次的代购粮刨够了！”没有等刘承业说话，军需官就竖起大拇指来夸奖他说：“好！你是个会办事的！青年有为！”

军需官一夸奖，接旺高兴得不知道他自己姓什么了。他马上召集村警和国民兵团两股人马，说明任务。杂毛狼说：“这事你交给我好了！我杂毛狼是吃野食长大的，找个门道还不外行！我看什么地方有，八九成落不了空！”他们这样一商量，马上决定出发，就分头向老百姓去借镢头。有人问他们借镢头做什么，他们都说：“我们也去刨狖狑窝！”有杂毛狼那个老行家指挥，很容易发现人们存粮的地方，一天工夫就刨了二十多口袋，拨着民夫送往三水镇，总算把个军需官打发得喜喜欢欢地去了。灵泉沟的人们等那一伙狼从野外回来之后，除了支差的以外，家家户户都到野外去检点自己的损失。

这次小小事变过后，灵泉沟的变化可不小：断粮户有好多到山上去剥树皮、剜草根充饥，有十来户担起筐子出外逃荒；军需官回到镇上向三青团的县团部保举接旺升为县团干事。杂毛狼在指挥刨粮食时候留着几处，到了晚上给自己刨。

金虎家的院里三家都没有受损失：小兰娘根本没有什么粮食了，铁拴家的粮食藏在自己房子里一个地窖里，金虎家的粮食藏在老羊坎附近，因为路远，杂毛狼他们没有到过。张得福家的粮被刨光了，铁拴和小胖家匀给他们母女们一点暂且支持着过活。不过他们几户也和其他贫农户一样，都是老鼠尾巴，没有多大油水，自然还都不免要采些树皮草根搅和着吃。

有一个晚上，金虎拿了点玉茭从地里回来，走到洞口那一段乱石头河沟里，忽然从他眼前的石头上站起个人来。这地方离新洞口只有十来步远，他以为是铁拴，正张口去叫，忽见那人把手电筒捏得亮了一下，吓得他赶紧一蹲。他知道铁拴没有电筒，一定是村公所或者部队上的人，仔细对着月光看去，看见杂毛狼一个侧面。这一下他可吃惊不小。他以为杂毛狼一定已经发现了新洞里的秘密——因为新洞里不只存着党的文件，小兰也躲在里边过了半年了——这秘密除了他们两家以外，还只有铁拴知道。杂毛狼又向新洞的方向前进了两步，打着电筒看了一阵，就放下电筒弯下腰去把一颗百来斤重的石头推得转了个身，露出个大一点的石头窟窿来。几颗大石头碰在一处，往往不能靠得太紧，中间的空隙往往是可以钻进人去的。杂毛狼把那颗推得动的石头推过去之后，又拿起手电筒，爬下去把头伸到那个空隙里去看，金虎更料定他是找新洞口，就再也不敢错过机会，丢下手里的粮食口袋，几个箭步赶过去，两只手抓住他的两条小腿，把他倒提起来像捣蒜一样往那个石头窟窿里插下去提起来，插下去提起来，没有等他来得及喊叫就咚咚地捣了三下把他撞死。人死了手电筒掉在里边没有顾上关，从空隙里照出了一条白光。金虎先把死了的杂毛狼提出来放在一边，伸手把手电筒拿起来关了，然后又把杂毛狼的尸体填进去，仍把那颗石头转动了一下盖上口，然后拾起了手电又返回走几步拿了自己的小粮食口袋，到新洞里去找小兰。

小兰自从上年秋天跑出来之后就藏在这新洞里。按铁拴、小胖他们原来的计划，不过是想设法把杂毛狼推走然后就让小兰回去的，可是没有想到小兰会螫杂毛狼那一针。当金虎把小兰引到庄外的枣树林里，小兰才跟他说明再不可回去的理由。金虎听她那么一说，也觉得她不可回去，才临时决定把她藏到新洞里。金虎把小兰送进洞去之后，跑回去和铁拴说明了情况，又和小兰娘商量了一下，就让金虎给小兰在洞里修下炉灶、送进去日用东西，把小兰安插在洞里住。他们三家原来已经有了互助关系，小兰入洞之后，三家有什么针线活，就让金虎在给小兰送东西时候带到洞里叫小兰做。在这洞里安个家真不容易——除了不用到外边取水以外，连修灶火用的土也是金虎从外边运来的。最费的是灯油和柴：不论白天黑夜，见做活就得点灯，一月就得五六斤大麻油，把三家种的大麻差不多让一个人用完了。因为洞口小，带梢的柴拿不进去，只好到老羊坎附近的林里拾干柴棒子往里送；柴又比不得灯油送起来那么方便，就是一天只烧三五斤，平均三五天就得送一次，想要有点积存，就更得勤往里送。这地方又不是大明白日可以来的，只能在一早一晚趁着月光悄悄地往来。金虎这半年来为了照顾小兰，常常是前半月的前半夜不得休息、后半月的后半夜不得休息。

小兰的家安在那个风很大的套间里。那里的风原是从另一个窟窿里吹进来的，后来金虎割来一担白草（类似茅草）把那个窟窿一塞，风就没有了。往日金虎在初进了洞口附近的墙上存着一些点火用的松柴，他自己身上也常带着洋火，一进了口就点着松柴往套间里走，这一天他得了杂毛狼的电筒，就没有用松柴火，捏着了电筒就望着套间门走去。他一到套间门口，就熄了电筒摸进去，转过了个弯，见没有灯光，知道小兰已经睡了。按往日的规矩，金虎每逢小兰睡了的时候，常是在快到看得见灯光的地方叫几声，等小兰应了声起来之后才进去，不料这次正碰上小兰因为赶做了点活，疲劳太过，一睡下去就睡得太熟，连叫了好几声也不见答应，金虎以为是出了什么事，就捏着了电筒走进套间去看动静。他用电光向套间里扫了一圈，刚扫到小兰脸上就把小兰惊醒。小兰一睁眼看见电光，顾不上细看就爬起来抓住个明闪闪的家伙向金虎戳过来。金虎赶紧熄了电筒躲在一边说："慢慢慢！是我是我！""金虎哥？""对！"金虎又捏着了电筒，小兰才回到铺上，丢下手里的家伙去穿衣服。这件家伙是个矛子枪头只安了三尺来长一段木把子，也是金虎当民兵时候用的。她进洞以后，要金虎给她找一个什么随身武器以防万一发生什么事故，金虎就把这东西给她找来——因为长把子拿不进洞里来，才把把子截短了。

金虎就在小兰拿着短矛子枪向他戳过来的时候，注意到小兰生得美。小兰有几个特“长”：个子长、辫子长、眉梢长、胳膊长、腿长，在灵泉沟数算起来，还没有比她再美的姑娘，要不杂毛狼也不会那样积极地在她身上打坏主意，不过金虎和她是一个院里的邻居，从小在一块长大，习惯了也不觉着有什么特别之处，这一次在那特别明亮的电光一闪中，见她只穿得个衬衣衬裤，露着两半截赤膊，直竖着两条长眉，拿着枪头向他刺过来，觉得活像当地一出戏中的一位打虎女英雄，真是世界少有的美人，可惜这个影子只闪了一闪就过去了，又无法让她再演一遍，金虎好像也觉得有点可惜。

小兰一边穿着衣服一边说："金虎哥！替我把灯点着！"金虎到灶前从柴灰里刨出个埋在里边的红木炭来，用两根小柴棒夹着，对在灯头上吹火。这样吹着火点灯，有点技术，会吹的一下就能吹着，不会吹的有时候永远吹不着。金虎吹了几下，因为技术低，没有吹着，就干脆扔了木炭掏出自己的洋火盒子来擦了根洋火点上。小兰说："你快给我留下些洋火吧！我的洋火只剩两根了。"金虎把自己的洋火盒子给她丢下说："我这盒里也不多了，家里也只剩两盒了。去年冬天可该多买些，今年连镇上也没有卖的了！以后还是省着点用！"小兰说："省着省着你不是又浪费了一根吗？"

灯着了，就可以看见套间里的全面情况。这里边没有个指南针，不能说东西南北，只能说前后左右。现在以小兰铺着白草睡觉的那个墙根为主位，左前方离这铺位丈把远的地方是小兰做饭的灶火，灶火旁边有连在墙上离地二尺来高的一块平面石头，是小兰做针线活的桌案；过了灶火再往前一点就是套间的进口；过了进口，再往前的地势就高起来，就地放着些水桶、水盆、锅、匙、碗、碟……最前方靠墙的地方是一大堆积存起来的干柴棒。再从铺位的右方看起洞壁是圆圆地抱向前去，前方和进口打对过，就是那个有大风的窟窿，这时虽说用白草塞住了，可是还有点微风——这点风还是洞里需要的，以前塞得太紧了就有点闷人，后来才松开了一点；过了窟窿再往前，洞壁凹进去一个大凹，两边石缝里钉了橛子，拉着一根绳子，上边搭的是小兰一些衣服；凹里边放了些带皮的大麻和干菜；再往前地势也高起来，洞壁也圆圆地抱回来和左边放柴那地方接上了。往上边看，中间的洞顶最高，盖一座两层楼房也碰不了顶，周围都是逐渐低下来，圆圆地抱到下边的地上。在烧火时候出烟很利落，预料上边有裂缝可以通到外边，不过始终也没有在外边看见有烟出去。

金虎早把那一小口袋玉茭放在进口的墙根，点着了灶前的灯，手拿着电筒，坐在小兰烧火时坐的草垫上。小兰穿好衣服走过来，从他手里把那个手电筒接过去看着说："你不是说过银虎的手电筒就没有拿回来吗？这会怎么又找着了？"金虎说："这可不是银虎那一个！""是谁的？""杂毛狼不知道从哪弄来的！""你怎么借他的东西？""哪里是借的？杂毛狼已经回了老家了！""几时死的？""刚才！""在哪里？""离这洞口不几步远！他来找这个洞口，我……我把他干了！"金虎本是个善良的小伙子，虽说弄死的是杂毛狼，究竟是打死了人，说起来有点紧张。接着金虎就把来送粮食遇上杂毛狼的事向小兰说了一遍。小兰听他说把杂毛狼的尸首填在洞口附近一个石头窟窿里，就跟他说："我的傻大哥！杂毛狼丢了，村公所不会不找。这以后天热了，过几天发了臭，人家到这洞口边来找出尸首，这洞也就保不住了。"金虎想了一想觉着小兰的话有道理，就又想了个办法说："让我再把他背出去扔到沟前边那个大水池子里好了！"

小兰同意了金虎的主张，金虎便把电筒交给小兰收存、使用，自己点了根松柴走到洞口，摸出洞来，摸到杂毛狼死的地方，搬开石头，把杂毛狼的尸首拉出来。他见杂毛狼腰里围着一条口袋，才知道杂毛狼还是为了刨粮食才到这里来的。原来是金虎上一次给小兰送粮，走到这里，口袋漏了，漏在那石头丛里一些玉茭，被杂毛狼在这一天白天发现了，以为下边有藏的粮食，所以夜里才到这里来。金虎就用他的口袋兜住他的腰，背到前边大水池的岸上，连口袋往下一扔，心里暗暗说："你到龙王宫里刨粮食去吧！"平常往水里扔个东西，不过是"扑通"一声响，可是这一次的响声特别，"轰"地一声震得地有点动，吓得金虎愣了一下，拔脚就跑，跑了不几步，又听得西南边"通""轰"先轻后重响了两响，才想到是大炮的声音，预料是日军又来扫荡来了。

六

金虎听见炮声，知道是日军出发了。自从国民党军队来到三水镇一带以后，日军还没有来过。他们的县政府和村公所，除了要东西要人以外，也从来没有说过日军来了老百姓该怎么办。金虎摸不着底，急于想回去看看铁拴他们准备怎样对付，就加快了脚步赶紧往回走。他走到庄外的枣树林边，早听得树林里有人低声谈论，知道庄上人也已经被炮声惊起来了，就不露声色地慢慢凑到离人近的地方。这时候的炮声仍然不紧不慢地继续响着，枣树林里的人也越来越多，金虎起先也和别人说了几句估计情况的话，见人们都没有注意到他是刚从洞上回来的，就搭讪着溜到一边慢慢回了家。等金虎到家的时候，他们院里三家人都起来了，小兰娘和金虎娘都在铁拴家里商量对付敌人扫荡的办法，金虎也凑到北房去。小兰娘一见金虎，先问小兰的情况，金虎告她说没有问题，不过没有把弄死杂毛狼的事说出来。

大家向铁拴问主意，铁拴说：“现在的情况还弄不清楚，不比咱们的军队在这里的时候——那时候早一点可以得到消息，现在炮响了还不知道敌人要从哪路来。我想等一会总会知道一点眉目。不论三水镇往南一带的军队怎样顽固，敌人打到他们头上，他们总不会连动也不动一下。如果敌人只是南边的一路，那不过是小出发，打一阵炮，到山边抢点东西就走了；要是分几路来围攻，那就有进山来的可能；万一要来的话，咱们还是过去的老办法，把妇女小孩隐蔽到洞里，男人们分散到山上隐蔽，只可惜他们把民兵的武器都搜走了，连个防身的家具也没有，群众也没有组织。我想就是敌人要到这里来，军队不转移，村公所那些坏蛋不走开，咱们还不能去组织群众，最好是等炮声再近一点，他们那些坏蛋只顾逃命的时候，咱们再想咱们的办法。”

正说着，小胖从外边跑进来低低地喊：“铁拴哥！快领上大家走！来了！”说着也跑进北房。铁拴说：“这消息靠不住！炮声还这么远，怎么就会来了？”“来了！大家都看见的！刘家坪、白土嘴都有了！很多！快走！”这么一说大家都着了急。金虎和小胖抬着金虎爹，其余的人都只拿了点紧要行李就跑出来。他们刚一出门，见几个穿军服的人拦住去路说：“不要跑！回去给我们收拾房子去！”其中一个人，打着电筒在大门上写部队番号，原来就是在三水镇驻扎的军队。小胖刚才说已经有敌人到了刘家坪和白土嘴，也是这些部队，因为事前没有打过招呼，黑影里只看见好多人，分不清是什么人。

不论多么顽固，既然还是中国的军队，老百姓看他们自然还和看日军不一样，见不是日军，金虎他们就松了一口气，都返回院里来。小胖和金虎仍然把金虎爹抬着往南房去，那个号房子的兵拦住说：“且不要把病人往这屋子里抬！这个屋子我们要住一个班！”金虎说：“那叫我们住哪里呢？”“你们合并合并！”铁拴说：“那就且抬到北房吧！”那个兵说：“那也不行！北房也要用！”铁拴说：“好老总！我们一院三家人，至少我们也得有两个房子，才好把男人合到一个房子里，女人合到一个房子里……”“这是‘非常时期’，说什么男女？不要啰唆！连一点‘战时教育’都没受过！”说着已经在南房的墙上用粉笔写完了番号，又转到北房门上去写。小兰娘说：“那就只好抬到我那里了！”金虎和小胖就把金虎爹抬到东房里去。

接着，踢踢踏踏进来了三四十个兵，枪支、行李扔下一院。铁拴、金虎见人来得多了，各自跑回家去照顾自己的东西。那些兵看了墙上写的字，各自找自己要住的地方。他们进了屋，把铁拴他们的东西，不分锅匙碗筷、盆瓮缸坛、衣服被褥、犁耙锄镰……一同扔到一块说：“快拿出去！”铁拴和金虎见这气派，知道没有什么道理可讲，只好都先拣打得破的东西往外搬。

另外有几个兵问那个号房子的兵说：“我们在哪里住？”那个兵说：“等一等！”他马上又跑到东房墙上号了字，就进到东房里说：“你们搬出去吧！这个房也得用！”金虎娘说：“你叫我们住哪里？”“你们住西房！”“哪里有西房？那只是个棚子，外边挡着些高粱秆，还喂着两个小驴，怎么住人哩？”“南间里喂着驴，北间里不能住人？”“北间里草塞得满满地，哪里还有空子？”“快搬！不要说废话！草一会就用完了！”金虎娘听说他们要用草，着急地说：“你可不能用我们的草！用了草我们的驴还怎么喂？”“废话！哪个当兵的还带着铺草？”他正和金虎娘争吵着，院里的兵已经动手往南北两个房子里搬草，该住东房的兵怕别人把草搬光了自己没有铺的，也各自去抢了一捆，放在院里坐在自己屁股底，还有两个见东房墙上号了字，就跑进东房撵人、扔东西来占自己的铺位。

铁拴见无法商量，就向东房里喊叫说：“都出来吧！咱们还是搬到洞上住去！”

这一阵，小胖已经走了，金虎和金虎娘抬着金虎爹，铁拴把他和金虎家的两个驴牵出来，搭上鞍，把紧用的东西挑出一些来，能使驴驮的使驴驮，不能使驴驮的放在筐子里用人拿，先把两个驴驮打并好，让他媳妇抱一个孩子、拉一个孩子捎带赶一个驴，让小兰娘提着一筐锅匙碗筷捎带赶一个驴；先把这两个人打发走了，然后把还得拿的东西装满了两筐准备挑着走，又把拿不走的盆瓮缸坛往原来放草的棚下边安置。

金虎他们往洞里的路上走的时候，路上断断续续也走着些人，进了旧洞，见旧洞里早已左一堆右一堆烧着火，有好多人正沿着墙根布置自己休息的地方，见金虎爹也被人抬来，近邻们都争着给这位老人让铺位。金虎娘和大家谦让了一会，就靠着小胖他爹的铺位把老头儿放下。金虎到沟外把驴身上驮的东西卸下来，先把驴拴到沟南岸一个草坡上，然后扛了一驮东西和铁拴媳妇、小兰娘相跟着走过那一段乱石沟，进了旧洞，让她们都安插着各自的位置，这才又去搬另一驮行李。

这时候，洞里的议论十分热闹：“你家也住满了？”“要不满我还会来？”“这些兵会不会放枪？”“不知道！一枪也没有听见放！”“会！记不得去年在镇上杀共产党？老正明是怎么死的？”“没事吃粮，有事占房！反正只有他们能活！”“占房也该和气一点占呀？那股凶劲我看也和日军差不多！好像咱们成了敌人了！”“八路在的时候是听见炮响往山外开，这些兵是听见炮响往山里开！”“说话小心点！不要‘七路’‘八路’地！”“不怕！现在来的人里边还没有一个狼！”……正议论着，杂毛狼老婆也掖着一卷铺盖、提着个篮子走进来。大家见她来了，就转了话题谈别的事。有个人故意问杂毛狼老婆说：“怎么？军队也住到‘你们’家去了？”杂毛狼老婆说：“什么他妈的军队？跟土匪一样，呼一喝二把人往外撵……”金虎这时候正把第二驮行李扛回来，听见杂毛狼老婆说这几句话，心里想：“活该！那是你们伺候的好掌柜！”其他人也这么想,不过谁也没有说出来。杂毛狼老婆继续着唠唠叨叨埋怨杂毛狼说：“还有我们那个该死的！村公所也找不着他，也不回来照顾一下自己的家，不知道上哪里死去了！”她这几句话，可投合了大家的心事，都觉着真是“该死的”。金虎想:“他‘上哪里死去了’，只有我和小兰知道。”

金虎他们把住的地方都安顿好了，只是还不见铁拴来。铁拴媳妇很着急,生怕再出什么事故。金虎说:“让我回去看一下。”说了就往回走。金虎以为在路上会碰上铁拴，可是没有碰上，一直到家，见院里住着的那些兵，留住铁拴叫给他们打扫屋子、烧开水。那些兵见金虎回去，就也把金虎留下和铁拴一块儿做活。金虎觉着该倒霉，不过也还有点好处，能把在洞里安顿三家人的情况趁空子告诉给铁拴知道。

金虎才进去一小会，一个村警领着一个兵来了。那个村警说：“可算找着两个人！”那个兵向金虎和铁拴说：“走走走！旅部要你们去担土修灶火！”院里的一个兵说:“我们这里还有活做！”旅部那个兵说:“你们自己干什么？一共两个民夫，先尽你们要呀，还是先尽旅部要？”又向铁拴和金虎说：“走走走！”铁拴和金虎也只得跟他走，院里那个兵也没有再说什么。铁拴和金虎跟着村警和旅部那个兵往刘家坪住的旅部去，差不多忙到天明才把旅部交代的活儿做完。村公所怕再有人要民夫，还不让他们两个人走，金虎说：“实在饿得不行了！等我们到洞里去弄点什么东西吃了再来好不好？”一个村警考虑了一下说：“可以！要你的时候你再来好了。”

铁拴和金虎为了避免麻烦，也不敢再回田家湾取筐子里的东西，一直跑到洞里来，天就快明了。铁拴把驴驮里装的山药蛋拿出几个来在柴火里烤着还没有烤熟，金虎忽然想起个事来，马上望着他娘的耳朵说："咱的洋火带来了没有？小兰没有火了！""带来了！""快给我！一会天明了，这里这么多的人，就不便再去开那个洞口了！"金虎娘找着了两盒洋火，握在手里悄悄塞到金虎手里，金虎便溜出旧洞往新洞里去。

金虎进到新洞的套间里，正碰上小兰烧火做饭。小兰吃饭，不按外边的规矩做。住在这洞里，分不出什么白天黑夜，常是饿了就吃，困了就睡。小兰常以金虎来一次算一天，所以有时候一天只吃几顿饭，有时候一天要吃几十顿饭。金虎见了小兰，先把一夜间发生的变化告诉小兰说了一遍。小兰说："这么说来，你一定是饿了吧？""直折腾了一夜怎么能不饿？刚把几个山药蛋烧在火里，就想到要给你来送火！""其实也不是那么用得急！你不是还留下几根吗？要是每次都把木炭埋好，也费不了几根火！你先把我的饭吃了吧！我一会再做！""我怕一会天明了不便出去！""不怕！只要有一点空子能爬上去就行！家里人都住在旧洞里，就不会有人乱猜你来得奇怪！你冒充个拾柴的，拾一些柴拿着回去不就对了吗？"金虎见她说得有理，就老老实实坐下来吃饭。

小兰自从送走了金虎，还不到一夜工夫，为什么就起来做饭来呢？原来小兰早已爱上了金虎，每次把金虎送走之后，总要有很久很久安不下心来，有时候吃过五六顿饭也睡不了觉；这一次更因为杂毛狼已死，就又考虑到自己是否可以出洞的问题，所以自金虎走后根本就没有睡，后来干脆也不睡了，又点着灯做了一阵活，就又来做饭。

金虎胡乱吃了点饭，就匆匆忙忙往外走，走到洞口听得人声嘈杂，不知道发生了什么事，往外一伸头，见天已大明，对过岸上的人三三五五走动着，要一出去彼此都能明明白白互相看见，只得又缩回头去等，可是等了好久人声也没有停下来，太阳已经照到野葡萄藤上了。

原来因为金虎在离开刘家坪的时候向一个村警说要回洞里吃饭，

就惹下了一场麻烦：那个村警向刘承业和刘石甫献计叫把村公所搬到洞里。他们都很赞成，就打发村警先到洞里把老百姓撵出去然后搬家。村警到了洞上去撵人，可是撵不动，大家都说到这些时候谁先占住谁就住，村公所来了也还放得下，有他们住的就有群众住的。村警回去报告了这种情况，刘石甫和刘承业因为找不着杂毛狼，就骂了这个村警一顿不会办事，然后带着几个村警自己出马往洞里来。刘石甫又用他自己的省城"官"话向群众说"战争时期要守秩序"，说大家搬出去了洞里就"秩序"了……可是他说了一阵，除了有些人笑他的"官"话以外，还是没有人肯搬。

就在这时候，另一批有势力的人来了——他们是县政府、国民党县党部、三青团县团部，公安局连他们的妻小家属浩浩荡荡将近一千人——因为有接旺在内，连领路的也不用找，到村里也没有停，一直往旧洞里来。这些人来了自然不用和群众商量，只用武装警察进去一赶，就连刘石甫和刘承业都赶出来了。刘承业暗暗嘱咐接旺到上边求个情把村公所也留在里边，可是这洞里住一千人本来就有点窄小，再加上那些头头们又都要占个加倍宽绰的地方，所以不只村公所住不进去，连公安局还有一部分人也得住在洞前边一段悬崖下边。

群众被赶出来之后，有的散到地里那些存过粮食的小窑洞里，有的上了大山，有的坐在乱石堆里想主意，有的被人家新占了洞的人又抓了差。被抓去担水的人，发现大池里漂着杂毛狼的尸首，打捞上来认出是杂毛狼，杂毛狼老婆就去哭丧。他们的县政府在这逃命的时候，也顾不上检验尸首，胡乱看了一下说是"失足坠崖撞死落水"就催着民夫们埋了。粮食受了损失的人们都想着："他要早死几天的话，粮食还损失不了！"这时候南边的炮声又响起来，他们的公安局赶紧撵散了沟里的群众，把沟前、沟后、岸上都布了岗哨。

有十来户人家上了大山，铁拴他们三户也在内。金虎娘悄悄告铁拴和小兰娘说金虎到新洞里给小兰送火没有出来，他们都很着急。

七

金虎在洞口听得人声嘈杂，正是那些警察把群众赶出洞来的时候，还没有等到警察赶散了群众布上岗，太阳就出来了，金虎见出不了洞，就又回到套间去和小兰说明情况。小兰说："既然出不去了，就等天黑了再说吧！"金虎说："可是一夜没有睡觉，瞌睡得要死！""瞌睡了那不是铺？""我怎么好在你的铺上睡觉呢？""我的傻大哥！再不要分那么清楚了！你就再分得清楚一点，将来也和别人解释不清楚！咱们两个人的关系已经算现成了！我看这样就很好！你还有没有别的意见？"这些话在小兰已经想过几百遍了，也有好几次想说没有说出来，这一次很没有费气力就说出来了。在金虎这方面说来，这还是个新问题。金虎也很爱小兰，只是自己背着个"傻"牌子，没有想到小兰会看得起他，现在听了小兰的话，自然是十二分赞成，不过马上想不起来该说什么好，愣了一阵之后，就笑了笑说："那我可说睡去了！"说了就站起来往铺上去。小兰叫住他说："你不要马马虎虎地，究竟你赞成不赞成？"金虎回头来低低地望着小兰的耳朵说："只要你不嫌我傻，我还会有什么说的？"小兰听了这句话，觉着算是了结了一宗很不易了结的心事。

因为金虎和小兰两个人都熬了眼，就把吃这一顿饭的工夫算做了一天，两个人一齐睡去，等到洞外太阳入山的时候，金虎先醒来推醒了小兰说："你去做饭，我到口上看看动静，吃了饭一等天黑了我就出去！"小兰起来去做饭，金虎起来到洞口去探动静。

金虎来到洞口，见野葡萄藤上已经没了太阳，知道天气离黑不久了；

又听了听洞外十分安静，手扳住石头把头伸出去隐在葡萄藤里张望了一下，也没有发现一个人，正想出去看一眼，忽听得对过岸上有人咳嗽，抬头一看，见一个穿着黑制服带着枪的人站着岗，吓得他赶紧缩回来。他想："这一定是他们的公安局来调查杂毛狼死了的事，要不警察怎么会到这里来站岗？"他把这事又告诉了小兰和小兰商量对付的办法。小兰说："依我看还是不出去好！他们要调查，也不过调查一下就走了，总不会在这里常住。咱们这里有吃的有烧的，就跟他们熬上半月也熬得起。难道他们能在这里住半月吗？再说还是日军扫荡时候，他们不会为一个杂毛狼一直熬在这里。"金虎说："走着看吧！反正现在不能出去，也只好看机会再说！"

他们两个又吃过一顿饭，天就黑了。金虎又赶着月光去看了一下那个岗，见还没有撤了，也只好打住下的主意。小兰告他说到洞里就要按洞里的规矩过日子，说："不管洞外现在是黑夜还是白天，按洞里的规矩，睡起觉来吃的第一顿饭，只能算早饭，吃了就该干活。"金虎要小兰给他找点活干，小兰叫他去磨面。洞里有个小手摇磨，原是铁拴家的一个磨煎饼汁用的磨，早已让金虎给小兰搬到洞里来用。这个小磨，摇起来倒很轻，可惜磨得太慢，一整天也难磨够十斤粮食。金虎摇得很着急，可是没有用，再有气力也用不上，摇得太快了就会把磨顶上的粮食轮得飞到地上去。小兰给铁拴纳了一段鞋底，又做成了一顿饭，金虎也不过磨了三斤玉茭。小兰说："傻大哥！又到吃饭的时候了！"

吃了饭就算下午，金虎又问小兰该做什么，小兰说："你休息一下吧！这里没有你的什么要紧活了！"金虎开头依着小兰的话休息了一阵，不过劳动的人，坐过一会来就觉着没意思了。他忽然想起个事来问小兰要手电筒。小兰问他做什么，他说："墙上那个窟窿究竟有多么深咱们不知道，也不知道里边有什么东西好像磨面一样呼碌呼碌响，从前因为风大点不着灯没有法子看，现在有了手电筒可以看一看了！”小兰说：“那个我也想看看！咱们一同看去！”小兰跑到铺上又取出那个半截矛头枪来。金虎问她取那个干甚，她说恐怕碰上什么厉害东西。金虎说：“要有什么厉害东西，不早把白草顶开进这里来了？”虽是这么说，小兰还是取了矛子枪来，又把电筒给了金虎。

揭开了白草，自然还是那么大的风，先把灶前的灯吹灭了。金虎开了电筒在前。小兰拿着矛子枪在后，两个人好像个小小的探险队。在塞白草的地方以外可以站着走，取了白草再往里就只能爬着走，爬了大约有十来步，里边就又可以站起来了。这时候听见的声音已经不像是磨面，简直是吼雷。金虎用电筒向左方的侧面一晃，怪叫了一声说：“大蛇！”小兰挤在后边没有看见，只把矛子枪塞在金虎的左手边说：“快快！给你枪！”等金虎接了矛枪，她便把头从金虎的腋下伸出去说：“哪里有什么大蛇？”金虎又一晃电筒，小兰见白亮白亮一段东西蠕蠕地从上往下走动，比自己做饭这小炉子还粗。灵泉沟这地方没有蛇，小兰没有见过，金虎在别处见过，可是也没有见过这样大的，猛一看愣住了。小兰远远看见那东西也没有个头尾，只有那么丈把长一段，一直走动也没有个完，就问金虎说：“怎么也没个头？”金虎把电光向右方移动了一下，见那东西钻下地去，对过又成了石头墙壁；又更往右移了一下电光，见黑咕隆咚连墙壁也没有了；又往上晃了一下，对过的墙壁是直立着的，好像很高；返回去又晃到左方那一段东西上去，见还是那么粗，还是那样走动。小兰说：“一个蛇有多么长？怎么再也走不完了？”金虎说：“再等一等看！”又等了很大一阵，那东西仍然是那么走着，一点也没有变化。小兰说：“就是有几里长也该跑完了。一个蛇有几里长吗？”金虎说：“不是蛇！不会有那么长的蛇！”“那么是什么？”“不知道！让我走近点看一看！”“你可小心着！”这两个年轻人，一个没有见过蛇，一个有点傻胆气，要是别人的话早缩回去了；要真是蛇的话，也早把他们伤了。金虎走到近前蹲下去一看，回头叫小兰说：“不是蛇！是水！”虽然只隔两三步远，因为水的吼声太大，小兰听不见金虎说什么，就走了几步凑到金虎跟前，等金虎又说了一遍，她才听见，和金虎一同蹲下去看。只见那水从一道斜坡形的夹道里流下来，表面上纵起些条纹，好像是鳞片；中间不是平面，好像有一道脊梁，也不往开散；顺着往下看去，坡更陡，更下边好像成了直的钻下底去；吼声就是从那下边发出来的。金虎见那水流得很紧，把电筒交给左手、矛子枪换到右手里来，用矛子枪往水里一探，还没有等他插下去，就好像有人把矛头拉住一样，猛一拉差一点把他拉进水里去；他一松手矛子枪就飞也似的下坡去了。小兰拉了他一把，两人都往后退了一步。金虎说：“这水好大劲儿！”金虎又用电筒扫到顶上，见离顶还有两三丈高。宽可只有丈把宽，是个扁长形的缝儿，左方高上去，右方低下来，再往右好像是入了地。地上的水还不够三尺宽，深浅还不知道。金虎又用一只脚跨过水去，两只脚蹬着两边的石头向小兰说：“咱们这样往上坡走一走看上边是什么样子吧？”小兰没有听清楚他的意思，只是以为在这里冒险没有什么意思，就喊他说：“咱们回去吧！这里太凉了！”金虎听她喊凉，也觉得有点凉，就和她一同又回到套间里来，仍用白草堵了窟窿。

在他们两个过的是下午，洞外边可还是后半夜。金虎又到洞口去看了一次，正是天黑得举手看不见拳手的时候，到那乱石堆里无法走动。金虎再想不出办法，这才又回套间去给小兰磨面。就这样过了三天，见洞口对过那个岗还没有撤，金虎真有点等急了。有一天，洞外的天刚有点亮，金虎把头伸在野葡萄藤里眼不转睛地看着那个站岗的警察。这时候，旧洞那边喊那个站岗的警察说：“喂！局长叫你到旅部去一趟哩！”“谁来换岗？”“不用换了！有两个岗就是了吧，要那么多的岗干什么？”听口气也可能是个什么小头头儿。那个警察听了他的话，撤走了。金虎等他走远了，以为机会来了，就拉开野葡萄藤爬上来，他刚一露面，沟后边有人喊：“站住！”他扭头一看，见离他四五十步远的乱石堆里还站着一个警察，已经把步枪端起来瞄他，吓得他一把拨开葡萄藤又跳进洞去。那个警察开了枪，不过没有打着金虎，子弹打在石崖上。

可是这一枪非同小可，连旧洞里的县长、县党部书记、公安局长……各个头头儿和他们的全部人马一齐惊出来了。那个开枪的警察指着新洞口那方向说明了那里有人，然后同其他几个警察跑到跟前，发现了新洞口。一个警察对着洞口喊：“快上来！要不我就开枪了！”没有人应声。他朝着洞口往下打了一发子弹，也没有什么动静。另一个人回旧洞里拿了个电筒向洞口里边看了一下，发现底下有水，旁边的崖石有凹进去的地方，就向局长报告了情况，他们这位局长没有敢近前去看，只把自己的盒子枪交给一个警察带着下去。那个警察下去先朝着崖石凹进去的地方用电筒一晃，一道银光直挺挺晃进洞里去，吓得他向着电光所到之处先打了一发子弹，洪大的回声似乎比日军的炮声还响亮得多，站在洞口的几个人都吓得退了两步。那个警察见是这样大一个洞，估不透里边埋伏着多少人马，赶紧跳上来向局长报告。局长命令全部警察一同下去搜索前进。这些人下去，一个个平端着上好刺刀的枪把身子缩得像老鼠一样，用十几个电筒四方八面晃着，沿着墙根慢慢一步一步探着往前走，好像都怕地下有陷阱把自己陷下去。往左方去的，走到水池边，发现墙上像猴子一样的石头，就有个人大喊：“找着了！找着了！”向右去的那些人听说找着了，就往这边凑，有个人一不小心，踏进一个石窝窝里——这是小兰用的厕所——踩了一小腿粪。左边那个人向那颗石头喊：“快下来！要不就开枪了！”石头自然没有动，一个手快的又开了一枪，只震起些灰尘来，好像起了雾，电光有点不亮了。当大家判明是石头以后，才又向别处搜索，搜到了套间口，又碰上了难题——谁也不敢进去。这以后，自然又是打枪、请命令那一套，不必细说。他们从早晨磨到了晌午，才有第一个人被命令所迫，顶着凉风钻进套间那个窟窿里。这个人一进去也把水看成大蛇。他连身也没有转过来，就尖声怪叫着倒爬出来。局长听了他的报告，就命令连续打枪，大家也就轮流着像打靶似的一股劲打，一直打了有半个钟头，把他们的子弹差不多打完了，局长才叫停止。局长说："就有一千条蛇也该都被打跑了！大家进去吧！"有几个一个接连一个往里爬，爬在前边的一个用电筒一瞧，正要喊叫，可是又看见有点不像蛇，又停了一下就判明是水。他装出英勇的口气说："都是他妈的怕死鬼！哪里有什么蛇？不过是一股水就吓得大家打了半天！"他说着先爬进去，后边的人好像也都变成英勇的人物跟了进去。前边的人向左方移动了几步，后边两个也都走到站得起人来的地方，因为地方不宽，再后边的就只好仍然爬在窟窿的低处。前边那个人好像还要卖弄他的镇静，就蹲身下去说："看这水多么清？"他左手打着电筒，右手拿枪托去水里一搅，被水猛一冲，没有等他撒手，就连他也拖进水去，只见电光一闪，明晃晃拉成一条，像空中的闪电一样，一晃就入了地了。这一下，吓得另外两个人要往后退，窟窿里的人还想往前钻，两边的当头一个的头碰了头，电筒碰了对方的枪。里边的人喊"快走"，外边的人就倒退，挤了个乱七八糟。退出去之后，里边的两个对局长报告了里边的情况，并说明前边那个人被水冲走得如何快，如何来不及拯救，局长也只好作罢。局长说："看来里边原来住的那个人，一定也是咱们追得紧了，躲到里边被水冲走了！"

这时候是敌人出发的第四天，炮声早两天就不响了，可是谁也弄不明前方的情况，县政府备文去问了旅部，旅部的复文说：“正在侦察中”。旧洞里这些人们，几天都嫌住得太挤，发现了新洞之后，一听说里边宽绰，又有水，大家抢着往新洞里搬，并且叫村公所给他们到野地里找民夫砍树、劈柴、割白草……在新洞里安家。

八

现在应该谈谈金虎和小兰的下落：

金虎见沟后边那个站岗的警察发现了自己并且打了一枪之后，跑回洞里和小兰说:“坏了！叫他们看着了！马上就会有人来搜咱们！”“啊？那怎么办？”小兰正洗着锅碗(他们刚吃过在洞里说来是晚饭的一顿饭)，一听这消息，马上停住了手。金虎说:“咱还是先躲一躲看看情况！”“躲到哪里去？”这时候，洞口打了一声枪。金虎说：“快拿出铁拴哥他们那一卷文件来！”小兰从木箱里抓出一卷东西来递给金虎说:“快烧了吧！”金虎说：“恐怕烧不完他们就会进来！咱们把它丢在窟窿里的水里边就冲走了！我们也且躲进窟窿里去,他们要不大搜,咱们就再出来;要大搜,咱就骑着那股水往窟窿后边钻！”“钻进去他们要不走我们怎么办？”“反正现在只有那一个躲处！咱们进去再商量吧！里边冷！你把你的衣服都拿上！可惜把咱的矛头枪丢了！拿上咱们的劈柴斧！追得咱们紧了干他一个算一个！”这时候，外边又响了第二次枪。这一声比前一声响亮得多，因为是朝着洞里打的。小兰说：“他们进来了！咱们快走！”说着先到铺后取过电筒，又到搭衣服的地方把绳子揪下来，把绳上的衣服一捆，背在背上，金虎也从柴堆里取出劈柴斧，把窟窿口上的白草一去了，放出那一股阴风，他们便顶着风钻进窟窿里。金虎先把文件往水里一扔(自然是一闪就下去了)，然后先骑着水蹬住两边的石头，回头向小兰说:“照我这样跟着来!脚千万不要踏到水里!”小兰一只脚刚过水去，外边就开第三枪打那个石猴子。小兰说:“快走吧!他们进来了!”金虎说:“不怕!那么大个洞，他们搜查一下也得一阵子!不要慌!一步一步踏稳了走!”他们一步一步慢慢走着，顺着斜坡往上上，转过一个弯去，坡更陡了点，好在这里边冷一点，没有霉苔，虽说坡陡了走着吃力，可不光滑，所以他们走得很有把握。这时候虽然又听到他们进套间时候打的那第四次枪声，不过有那水的吼声，又加上风往外顶，要不注意几乎就听不见了。这一段仍是又窄又高的石头缝，再往上，顶就低得只有一人多高，脚下的地势可又平了好多。他们又转了两个弯，水靠了右边的墙，左边已经露出丈把宽的平地来，金虎先靠了一边，用电筒晃着向小兰说:“靠这边来!”小兰靠过一边来向金虎说:“歇一歇吧!下边的坡太陡，腿没有劲了!”金虎听了她的话，就坐下来。小兰也坐下去。

这地方，风也小了，在窟窿口边听见那水的吼声也听不见了，眼前的水声不过像用水壶在水缸里打水的样子，“卢卢卢卢”地一点也不难听。小兰见水流得不那么紧，用手去试了一下，也不过像在河沟里洗衣服时候那水那么紧，就坐得更放心一点。金虎熄了电筒，小兰说:“我的傻大哥!你不是说到里边来再商量怎么办吗?现在咱们就商量商量吧!”金虎说:“咱们看看情况再……哈哈哈……你看我只顾走路就忘了正事!咱们尽管往里走，还能知道什么情况呢?不行!我还得返回去看情况!你就在这里等一下!要是没事了我就回来叫你;要是不能回去，我自然就又来了。”小兰说:“你不要愣往回走!要是和他们碰了头怎么办?”金虎说:“我自然不会马上再回到洞里去!不要怕!我和他们碰不了头!他们打了好几次枪还没有进到咱的套间，要是想往这个小胡同里来，恐怕走三步就得打枪!”小兰说:“要往回走咱们还相跟着走不好吗？”“不行！你已经走累了！还是我一个人去吧！”金虎打起电筒正要走，忽然想到自己拿走了电筒小兰没个照明的，便问小兰说：“你把洋火带来没有？”小兰说：“盒里只有三两根火了也忘了带！你不是说过你是到洞里给我送火来了吗？如今人也出不去了，怎么也没有见你送来的火？”金虎摸了摸衣服口袋说：“我真成了傻瓜了，整天整夜只顾想出洞的办法，就忘了把火交给你！”说着取出火来交给了小兰，自己打起电筒返回去了。

金虎转了两个弯，掉转头手托着地退下了陡坡，还不到再转弯处，就听得水的吼声中夹着匀匀整整的枪声一直继续响着。他也不知道人家几时就已经响起，一连又听了三十多声，还不见个完。他想：“这些家伙们好像非搜我们不行了！不过他们进得可真慢：我原来想他们是三步一枪，现在看来可能是一步三枪了！”其实金虎这次估计得还是太快，没有想到人家是站在窟窿前边打靶。金虎无意听他们尽管打枪，听了一阵就仍然返上陡坡，走到小兰等他的地方，熄了电筒和小兰说明情况，又说明他对情况发展的估计。小兰说：“这样看来，我们再不能出去了！真倒霉！这山顶上边也不会塌个窟窿！”金虎听了小兰末一句话，愣了一愣说:“那可也不一定！咱们现在走的是个上坡。我想一直往上走，总有个到顶的时候！”“走到上边要没有窟窿哩？”“没有窟窿也不过和这里一样吧？反正这里没有窟窿！”

小兰在等金虎的时候，已经把应该加的衣服都加穿到身，把剩下的仍用绳子捆起来吊在背上，金虎仍拿起他的劈柴斧，就都又往前进发。这一段路和金虎想的相反——越走越平，有时候已经平到看不见水流。他们走着走着，胡同越来越宽，就又走进一个大洞里。这个洞比原来那个新洞还不过大，样子和那个洞大不相同：周围没有圆圆地抱上顶去的墙壁，都是些小山一样的削壁，好多凹进去的地方又黑又宽，各自成洞；靠右边的地势高，地面不平，有好几个洞里往外流水，粗一股细一股地顺着地面上一些不规则的壕沟，汇成了较粗的几股子向右方流着；左边的地方大部分淹在水里，有好几个洞口根本被水淹着底部人不能过去，看来这几个洞才是水的主要出路，金虎他们进来的那条路上，不过才分了这水的一小部分。这个大洞里虽说有这么多的水，因为没有很大的坡，却没有冲击的声音，有点响声，也不过“滴滴铃铃”，听起来一点也不刺耳。

他们两人看了一阵，小兰说：“窟窿倒不少了，可不知道哪一个可以走出去！”金虎说：“咱们拣陡坡上——坡陡了自然上得高！”他们试着进了好几个口，发现有个没有水的洞，一进口就上坡。金虎说：“就上这个吧！你把你的行李给我！省得再把你背累了！”说着接过小兰背着的几件衣服，又把手里的劈柴斧，像小孩拴着树枝当枪背着一样，也拴在身上背起来，打着电筒上坡。果然像金虎希望的那样，越走坡越陡，不过越走路也越窄，走了不够一百步，路就变成了像井一样那么个直上直下的窟窿。小兰说：“你说坡越陡越好，这坡可够陡了吧？”“够陡了咱们就上！”“我的傻大哥！这还怎么上哩？”“再比这陡也能上！”“自然不会有再比这陡的了！可是怎么上哩？”金虎把电筒交给小兰，然后用手在两边撑着、脚在两边蹬着往上爬了几下向小兰说：“就是这样上法！”小兰正要跟着上，金虎说：“你且不要上！让我先上去探探！”小兰给他打着电筒，他便继续往上爬了，爬了大约有两丈高，就闪过一边说：“上来吧！这里好像又有坡了！”小兰伸手去撑墙，才发现电筒占着手，就向上喊：“电筒怎么拿上去呢？”金虎想了想，就把拴大斧的绳解下来说：“给你这绳，把电筒拴好，吊在胸前，就拿上来了！”小兰照着他说的办法，就吊着电筒爬上去了。

金虎从小兰手里接过电筒看了看上边的地形，不只成了坡了，而且路也宽大了。金虎说:“这是咱们的楼上!”小兰说:“连出路还没有哩,还要说玩话?”金虎说:“真要没有出路,发愁也没有用!纵然出不去,上上楼不是也很好吗?”小兰说:“这电筒好像没有以前亮了!”金虎一听马上把电筒熄了说:“真是的!这可不能开玩笑!要把电用完了,有出路也找不见了!”

这两个人就是这样一会急着找出路,一会又开着玩笑,一会饿了,小兰说:“该早预备些干粮”,一会渴了,金虎说:“该把下边的大水饱喝一肚”;岔路发现了几十条,走得没了路就返回来;楼儿上了十几层,哪一层走不通就再下来;最后找到一条坡度不大、高低宽窄都很均匀的路,可是走有大约十多里也没有变化,终于把个电筒用得连个红印儿都没有了。小兰请金虎想照明的办法,金虎这人可真想得出办法来——他扔了空电筒把小兰的剩余衣服挑出一件最旧的来撕成条条,向小兰要了洋火来燃着布条走。

他们燃了两件衣服,总算把这条路走到头,不过不是走出外边,而是走得没了路——就连个细窟窿也没有了。当他们走到尽头的地方,下了两三步坡,地势也宽了一点,可惜只有那么个半圆形窝窝,虽然觉着有点风,可就是找不出个窟窿来。金虎摸着了个圆石头,擦了一根火一看说:“这像是河滩的石头!”小兰说:“难道上了那么多的楼,又回到河滩去了?”金虎拿着最后剩下的一件半新的衣服说:“把这件也烧了吧!反正出不去也穿不成了!”说着就又撕成条条燃着火研究情况。他见有好多大大小小的圆石块夹着些沙土,上小下大,圆圆地堆了半间房大那么一堆,好像半个大坟堆,就说:“这上边一定是洞滩!这沙土和石头盖有多么厚不得知道,也许能刨透了!”小兰说:“也许还有窟窿!要不哪来这风吹得连火也不好点!”金虎主张刨刨看,小兰在这时候自然也不会不同意。他们都上到这半个坟堆顶上动手去搬石头。小兰摇起来一颗石头说："怎么沙还会把石头粘住了？"金虎说："这还粘得不算紧！我见过些粘得紧的，用锤也打不开！好在还不是那个，要是碰上那个的话，就是再浅也不用打算刨透了！"他们把上边能搬得动的放下来几颗，发现盖在头上的石块中间有个尖东西，金虎摇了一摇，摇折了，对住火头一看，是一段死了的树根。金虎一见就长了精神说："刨吧，快透了！"他下去拿上劈柴斧来，用斧刃把那靠着树根的石头又撬落了两块，又露出一段树根来可以用手握住。金虎握住树根又摇了几摇和小兰说："树根已经活动了！"不过他没有想到一摇动了树根，上边的沙土小石头就会往下落，只听得哗啦啦一声，上边塌出个露天窟窿来，一股带着灰尘的风，把小兰手里燃的布条火给震灭了。小兰喊："傻大哥！透天了！"可是没有听见金虎答话。她伸手摸了摸，见金虎的腿已经埋进沙土和石块里去，上半截虽说没有埋住，可是嘴里也吃满了土，急着唾也唾不出来。"啊呀！我的傻大哥！"小兰叫了一声，因为看不见情况，急得抱住金虎上下乱摸。金虎唾了几口，腾出嘴来说："快刨！""火哩？""在口袋里！"金虎的右手压在自己的身子下边，因为转不得身，伸不出来，剩了个左手去摸衣袋，衣袋也被埋住了。小兰摸不着火，只好摸着用手刨沙，金虎也用左手刨着，好在地势的坡度很大，刨了几下就把洋火刨出来。小兰又点着布条让金虎用左手拿住，她就先搬开碍事的石块赶紧刨，总算刨出来了。金虎试着往外拔了几次腿都没有用，直到刨完了，右腿还是动不得。他说："动不了了，我这条腿坏了！"小兰想了想说："这样吧，你抓住我的肩膀，我抱住你的腰，先试试站得起来站不起来！"金虎依着她的话试了试，可以站起来。金虎说："站起来有什么用？上边才有那么个小窟窿，还出不去人，也还不知道会不会再塌，坡又这么陡，怎么能出去呢？你还是先把我放下，咱们商量个办法再说！"小兰把他放下，又上下看了一会情况说：

“靠里这一边是连着山的石头顶，坡上这一边还是这碎石头和沙。我看再刨一刨就可以出去。现在我先把这下边的坡弄得好走一点，把你仍架到下边，等把这窟窿刨得大一点，再把你架出去。”金虎同意了她的做法，嘱咐她小心着刨，然后就让小兰把路弄好，把他架下去。小兰把金虎安放到一个石头滚下去砸不着的地方，然后刨出劈柴斧来，撬那小窟窿边的活石块，撬了几块，伸出头来一看，好像还在一个井底，不过这个井怪得很：最下层也有半亩地大，越往上越大，大约有两丈深；底上积了好多干树叶，好像还盖着一星半点没有消尽的雪，可是有些草芽偏会从这残雪里露出头来；周围的墙上也分不清是草是树，树枝子都向里伸着，有几枝长的从两边伸到中间碰了头，把仅仅能看到的一块天分成了几格子。小兰一见这样，觉着很有希望，扔了布条火，借着外边的光，用斧头把沙土石块往洞里扒，扒了不多几下，就平平地从洞口钻出来——井从底看来，洞口在一个侧面，和井底取个平。

小兰站起来，抓着墙上的树枝爬到井口边，看到外边很宽的天地，可惜她多日没有见过太阳，一见了太阳晃得她睁不开眼，只得又退下去。她回到洞里把这个胜利告诉了金虎，并且说她到外边睁不开眼不能活动。金虎说：“咱们是早起动身走的。现在的太阳怎么就还没有落？也许咱们已经走了一天一夜，太阳又出来了？你没有看见是后晌啊还是早晨？”“朝地下看了看就睁不开眼了，谁还敢朝天看？”金虎想了想说：“这也很容易弄清楚：要是一阵比一阵明，就是早晨；要是一阵比一阵黑，就是后晌，一会你再去看看！”小兰问了问他的腿怎么样，他说：“不动不太疼，一动就疼！现在且不说腿，肚里饿得要命，嘴里渴得要命。你不是说这井里也就有草芽吗？不论什么草，给咱们弄一点来吃吃！”小兰说：“对！我也正想弄点什么吃，就是想不起来什么能吃。”小兰出到井底，拔了一根很尖的草芽，带起一块东西来像姜，尝了一尝，有点甜味，也有点药味，看看那块子，有大拇指头大，正中间长着一根芽，有一边似乎是折了的，又向原来的地方一挖，挖出一串来，都是那么大的块子连在一起，前两块上都带着一根秆儿，上边有些干叶子，像竹叶；后边的几块，秆儿已经没有了，不过都还有长秆子的地方，是个圆点儿。她又找了几个同样的秆子，往下一挖都一样，不过最前边那块长芽的还没有出土。她又想抓一点雪来吃，只是那雪太少，用手一抓就没有了。她把这像姜的东西拿回洞去，和金虎嚼了几块，似乎也能解一点饥渴。稍停了一下，看见窟窿上的光有点暗，金虎说："这还是后晌！你瞧！天黑下来了！"小兰说："我再到外边看看去！"她拿了劈柴斧又爬出洞来，果然看见天黑下来。她爬上了井口，见太阳已经落下，靠天的一边一片红，还有点晃眼。她知道发红的这边一定是西，背过来朝东一看，见自己站的是个高处，眼前的斜坡下有几十亩地大一个水池，池边和前面的高处满长着树，除了松树是浓绿色以外，别的树似乎都才出芽，有的连芽也没有出。她先跑到池边喝了一肚子水，又想给金虎拿点水可是没有家具，就从一棵树上用斧砍断一块皮，剥下来卷成个尖底锥形的家具，用一只手捏着舀了些水拿回洞里去。金虎喝过了水，觉着好一点，就跟小兰说："这些草根，我想弄熟了总比生的好吃。你给咱们弄些柴来先烧着吃些好不好？"小兰说："这也不知道是个什么地方，天也黑了，咱们该住哪里呢？""我看今天夜里只好就住这里！""他们要是也追到这里来呢？""照他们那样走一步打三枪，再有一车子弹也打不到这里来！不怕！他们不会找得来！就是他们找得来，咱们听见打枪再动身还不晚！"小兰去弄了点柴，天就黑得看不见了。这两个人就住下来。

九

再说国民党县党部、三青团县团部、县政府……这些人初进了新洞，抓着老百姓给他们割草垫铺、砍树劈柴、挑土运石，埋锅安灶；那几个头头们又让把洞口拆大一些，让村公所摘下老百姓的门板给他们搭高铺，搬来老百姓的桌椅供他们打牌……看来都是要在这里住几辈子的，不过没有住够半个月，他们就自动搬出来了。他们所以搬出来，主要的原因有三：第一是日军的炮声不响了，第二是粮食吃完了，第三是几个头头们把带来的几包洋蜡点完了。他们向旅部借粮，旅部又向他们要粮，谁也没粮，就各自找老百姓要。灵泉沟老百姓，大部分早已吃的是树皮草根，哪有粮食供应他们？这些人比不得老百姓，有树皮草根他们也不会吃，饿了不几天就饿得各奔前程——有跑回家的，有投亲靠友的；和敌占区能联系的，就跑到敌占区当汉奸；有枪在手的，就散到山庄上抢人……剩下来的，连他们的头头也不过百把人，就搬到旧洞里来住——因为旧洞地势高一点、地方小一点，白天靠洞门外透进来的阳光，人们总还看得见活动。他们的给养，只能零零碎碎和旅部讨一点，讨一斗算一斗，讨一升算一升。

老百姓在野外住的地方，有好多连风雨也避不住，听说新洞腾出来了，有些老弱孤寡就搬到新洞里来住——年轻小伙子为了避免抓差，年轻妇女为了保护自己，在外边纵然顶着风雨，也不肯到这走不脱的地方来。有一天，铁拴为了打听金虎和小兰的下落，天快黑的时候，遛到新洞里来。他说老羊坎那地方不好住，来看看新洞里还有没有地方。住在新洞里的人们都好心好意地告他说地方倒有，只是年轻人来了有两种不方便，还没有谈到正经事上，村公所就来派差，说军队要到山外打游击，要民夫去抬担架，灵泉沟人都是被派差派怕了的，铁拴他们这些挂过蓝牌的户支的差更多，不过听说这些军队要去打日军还是个新鲜事。那个村警对他说："明天天明到田家湾集合，各自准备绳担！"铁拴说："可是没有吃的怎么办？""那我管不着！你自己想办法！还有个事要问你，跟你们搬到老羊坎的田永盛，他家的金虎到哪里去了？""我不知道！听他娘说，在搬到老羊坎的第二天，就被军队抓了差，直到现在没有回来！""尽是些套通了的鬼话！军队又不吃人，抓了差怎么会不回来？回去跟老永盛说：明天早上不打发金虎跟你们一齐去支差，就要当共产党办他！"铁拴说："话我能给你捎到，他能不能找着人，我可不能担保！""你们这些蓝牌户都是一路的神通！还有个找不着的？去吧！"铁拴没有打听着金虎和小兰，又受了一顿碰，摸着黑路回到老羊坎。他一到家，正碰上小胖去找他。小胖先问了问打听金虎和小兰的结果，然后告他说村公所来派差。铁拴说："我见着他们的人了。不过这回听见了个奇怪的事，说是军队要到山外去打游击。他们这些听见炮响就往山里跑的军队，怎么会去找着日本兵打仗呢？"小胖说："我想这一次还许是真要去打仗——山外的地方被他们丢光了，山里的粮食被他们抢光了，再要不向山外发展，他们吃什么呀？现在也许是饿醒了！""不论是什么原因吧，打日军总是好事！咱们和党失去联系虽然快一年了，可是还不会忘了党的话。党告咱们说应该支持他们抗日、反对他们反共。现在他们既然能主动去抗日了，我们就可以支持他们——也许他们打起日本来就能少花些时间来做坏事。"小胖说："要能那样自然是好事！我觉得希望不大，跟他们走着瞧吧！"这天夜里，他们就准备了第二天早上出发要吃的饭和拿的干粮。

前边说过，金虎家的粮就存在老羊坎附近，也没有被杂毛狼他们找到，只是搬到这里来的自己人很多，金虎娘又是个直心肠的人，差不多把自己的粮食公开了，还是铁拴、小胖、小兰娘、小秀娘（张得福老婆）这些人劝金虎娘留一点粮叫照顾金虎爹，才算留了一点。铁拴、小胖他们来的时候也带了一些山药蛋准备做种子用，所以每天虽说吃着树叶，还是把山药蛋留下了一点。这天夜里，因为要去支差，铁拴就把留作种子用的山药蛋煮了一锅，准备在出发之前每人吃一顿，把剩下的带上做干粮。金虎娘也把留着给金虎爹做病号饭的玉茭面送给他们半碗。叫他们做一顿糊糊汤喝。

第二天天不明，他们两个吃了饭就回到田家湾集合。要出发的部队，就是铁拴他们院里驻扎的一个排，这时候都正端着碗吃饭。他们吃的饭很奇怪，一半榆叶一半米，米没有碾细，总还有三分之一是谷子，大家都说伙夫不会做饭，顿顿吃生米，其实他们不懂得谷子要不碾成米，就是煮一天，吃起来也还是这样子。小胖看了看他们碗里吃的东西，向铁拴笑了笑，意思就是说："我猜对了吧！他们再不开到山外去，就连这饭也吃不了几顿了！"

铁拴想先把担架和自己的绳担捆在一起，可是在院子里找来找去，没有见担架在哪里，问了问别的去支差的人，别的人也没有找见。铁拴问一个兵，那个兵反问铁拴说："要担架干什么用？"奇怪！不要担架，要民夫干什么呀？铁拴见他们不把民夫当人看，也无心再问，只得和同来的十几个人蹲在一处听候分派。一会，那些兵吃完了饭，有一个兵指着东房阶台上一叠东西向民夫说："马上要出发了！大家都来领口袋！"原来那一叠东西是军用粮袋。铁拴低低地向小胖说："这哪里是打仗呀？"

不是打仗，而是"打给养"。"打给养"是他们驻在这一带的部队征发粮食时候通用的话，不过在各个时期、各种条件下的"打"法不同。例如他们初来的时候，每到一个村庄，先捉住一个人要东要西，故意把人家逼跑了然后追着打枪——也不真打住人，只是虚张一下声势，把全村庄的老百姓都惊跑了，然后挨户搜索，搜着什么拿什么。要是他们驻在哪个村，那又是一种打法，先让村公所查各户欠的代购粮，估计哪一户还有点油水，就到哪家去要；主人要说没有，他们就搜，不过搜着别的东西可以不拿，要搜着粮食，就是一升半升也不肯留下，并且搜着少的就说可以证明还有多的，每天继续搜查，直到这一户吃的饭里再不见粮食为止。到敌占区去打给养，还是近几天来他们“创造”的新办法，前两天没有带民夫，这一次已经是第三次，“带民夫”也可以说是这种“创造”的“发展”，至于怎样打，看他们“打”一次也就知道了。

他们天明出发，该吃早饭的时候通过三水镇。有个兵和三水镇驻着的一个兵认识。三水镇那个兵和他打着招呼说：“你们干什么去？”“有任务！”“都是一样‘任务’，你们走在我们后边了！”“你们到哪个村去了？”“我也不知道！”排长听见了这话，就叫过三水镇那个兵去问。那个兵向他敬过礼，恭恭敬敬地回答他，可是答的话还是“不知道”。他们各个部分打给养是互相保密的。排长问了几句，见问不出道理来，就丢开了他往前进发。到了中午，迎头来了一些军队，他们以为是遇上了日军，排长下命令抄小路快跑，跑了不几步，才想到可能是三水镇的部队打给养回来了，回头一看，果然见有些兵担着口袋，这才又命令大家站住。一会，那些兵走近了，打过招呼，才知道对方打给养的地方，正是他们预定的目标。这个地方，离山里最近，离日军新开的公路最远，土地很好，是个产粮的地方，现在被三水镇的军队走在前边，他们很以为可惜。最好的地方既然去不成了，大家就要排长找个次好的地方。排长说：“大家先休息一下，让我想想看！”

休息下了，有个民夫觉着有点饿，从小干粮袋里掰了一小块糠窝窝塞进嘴里。一个兵看见了说：“来！借给我一点吃。”说着就伸手去掏口袋。那个民夫按住口袋说："糠！"才说了个"糠"字，把吃进嘴里的又喷出来，接着说："糠窝窝！一点粮食也没有！""糠的也行！""不不不！就这一点点！""不怕！前边有饭吃！"不等那个民夫答应，那个兵就把口袋夺过来，又有两三个兵抢着要，把个小口袋也撕破了。其他的兵看出巧来，一轰把所有的民夫围上，来抢每一个人的干粮。铁拴把他和小胖两个人共同拿的山药蛋口袋死按住不放，一边向排长喊："官长！官长！他们要把我们的干粮吃了，我们一会可不能担担子呀！"排长看了看说："你就借给他们吃了吧！一会到前边也有你们的饭！"一个兵捏住铁拴的胳膊夺着说："对啊！前边有你们的饭！你这人可真不开眼！"铁拴见挡不住，先挣脱出手来，把口袋打开抢了两个，把一个递给小胖，把口袋一丢让他们去抢，自己拿着一个吃起来。小胖悄悄跟铁拴说："没有想到先把咱们的'给养''打'了！"排长见铁拴他们的'给养'最好，预料那些兵都是各人离各人的嘴近，不会有人让给他一个，他也不肯放过机会，主动跑过来抢了一个。

"打"过了民夫的"给养"之后，排长又想出个"次好"的地方来。这地方叫"交口"，土地也不坏，户数少一点，离日军的新公路近一点，离这休息的地方还有二十多里，估计回来的时候要摸黑路，只是近处再找不出好地方，也只好到交口去。一到交口，见一座大庙门外安着两口大锅，锅里泡着一些才吃过饭的碗筷，有两个人正在那里刷洗，灶下的柴灰还没有冷，烘得锅里的洗锅水还冒着热气。排长嘟囔着说："他妈的！这又是哪一部分先来过了！"那两个刷锅碗的只顾忙着做活，把碗弄得哗啦啦响，没有注意到来了人，等到听见很乱的脚步声压住了碗响的声音，抬头一看，所有的人都已经到了跟前，躲也没有法了，只得顶住脸打招呼。这两个刷锅碗的，一个是二十多岁的青年小伙子，另一个是五十来岁的小老头。铁拴见了这个小老头，觉得有点面熟，只是想不起来在哪里见过；小老头见了铁拴，好像要打招呼，可是忽然又变了主意，把脸扭向另一边去。排长向小老头说："喂！你是村里的什么人？""我是民夫！管做饭、洗锅碗的！""找你们村长！""村长不在家！""谁在村公所主事？""村公所早散了！""谁派你来做饭的？""村里人临时推出我们来支应军队的！""那么你们自然就是负责人了！""不是！村里人每天凑出一点粮食来，叫我们两个给过路的军队做饭！""你听我讲！我们是国军！是来看望你们的！看一看敌人来过之后你们有什么损失，村里有没有汉奸，秩序怎么样。""谢谢官长！我们就是支应国军的。""你们不要怕！还是找一找你们的负责人！"小老头想："前几天日军来了，你们这些国军不知道上哪里去了；这几天为什么又有这么多的国军？既然是国军，驻下来也算，我们也可以只供应一头，像现在这样子，一天到晚不知道要吃多少粮、拿多少粮！这怎么得了呀？"这话自然当面说不得，只好变个法子说："官长！这里实在没有负责人！今天收起来的粮食还有一点。官长们要吃饭，我马上烧着火来给官长们做！""哪里有粮食？"小老头指着庙门里竖着的半口袋米说："那口袋里就是米！水火都现成！马上烧开锅就是饭！"说着就赶快把洗剩的几个碗刷了一下往外捞。排长说："你且不要忙这个！让那个年轻人洗家具，你还是先去找负责人！"排长看见那半口袋粮食不能解决问题，才又催小老头去找负责人。这里的"负责人"实在无法再找；国民党军队反共以后安插的那一整套村组织，原封不动成了日军维持会的"负责人"，国民党军队来了，他们既不敢反对又不敢支应，头头们躲在县城里，让一些狗腿们在家给他们调查老百姓的行动。谁要向国民党军队说出他们是汉奸，城里的伪县政府接到报告，就会把谁捉去办罪。日军对这地方不像对县城附近那些老占领区那样注意，半月之前到这里来，原不过为的是抢一大批粮食和牲口，后来见国民党军队一退得那么远，这才又变了主意。这里有一座土煤窑，产的无烟煤比较好。抗日战争开始以前县城里烧的都是这里的煤；日军占了县城之后，这里有八路军游击队占着，后来又是国民党军队占着，城里才改用别处的煤。这一次，国民党军队又往山里退了五六十里，汉奸们都向日军献计叫修一条公路运煤。日军一来为了用好煤，二来为了向山区进军便当，就从了汉奸之计，修了一条运煤的公路。路虽然修好了，日军可没有剩余的兵力到这一带来驻扎，只是用两个押车的伪军押着一部大卡车每天到这里运两趟煤。因为是这样个情况，国民党军队才能到这里活动。这个洗锅碗的小老头，实际上就是老百姓选出来的一个应付混乱局面的负责人。他和铁拴在灵泉沟一样，是个没有公开职务的共产党员，国民党也曾在他的门上钉过蓝牌，因为他为人实在，不会浑水摸鱼，大家才选他干这份不太得劲的差使。那个青年也是个共产党员，是这小老头自选的帮手。排长一直催小老头去找负责人，小老头一边答应着，一边只是忙忙乱乱做活——把碗捞出来，把洗碗水舀了换上清水，取过柴来点着火，就又去擦碗。排长又催他说："叫你去找负责人，你为什么尽管磨时间？""好好好！我先给官长做成饭让官长吃着，我再想法子！"排长火了："想你妈的什么法子？你这家伙为什么故意和国军作对？你是不是汉奸？"排长这样一发威，那个洗锅碗的青年小伙子再也忍不住了。他抢了一步走过来说："官长！我们不是汉奸！当汉奸的正是你要找的那些负责人！""是谁？""谁？你们的村长！你们的国民党书记！他们当了维持会的正副会长……""你这小子！目无官长，侮辱党国，不是汉奸才怪！给我捆起来！"两个兵过来，从铁拴他们的扁担上取下两条大麻绳，给这个青年上了五花大绑。

每当过路军队来的时候，这两个人支应着，别的群众也有好多站在远处观风。这个青年的父亲，远远地看到军队把他的孩子捆起来，就拼命跑过来掩护，别的人，热心一点、胆大一点的也都凑过来做开解，小老头也帮着求情，都说“年轻人不会说话，得罪了官长，官长不要和他计较。”排长向青年的父亲说：“你是负责人吧？”“不是！你捆的这个后生是我的孩子，求官长放开他！官长要什么我去给官长找！”“要负责人！”“实在没有个负责人！”“没有负责人，这个摊子是谁支起来的？”“这是我们老百姓商量着支了两口锅，攒了一点米，叫支应军队的。官长说我是负责人我就算负责人。官长要什么，说出来我跟大家商量去。”排长觉得找着路道了。他说：“你们村里欠几万斤代购军粮没有送，我们来要！找得着负责人就找一个负责人来；找不着负责人缴出粮来也行！你们连个负责人也不给找，不是汉奸是什么？”那个被绑的青年说：“人也没有，粮也没有！当汉奸的尽是你们保举的人！我们不会当汉奸！”青年的父亲和大家七嘴八舌都说：“小孩子家不要多嘴！”“官长不要理他！要什么都有我们！”……青年的父亲向小老头说：“你快烧锅给官长做饭，我去和大家商量攒粮！”小老头又要求排长放那个青年，排长说：“待一会！现在还不能放！”自然不把粮拿到手，他们是不会放的。排长见事情有了希望，就和那些兵到庙门里的戏台下边乘凉。

小老头又去烧火，铁拴也装作帮忙的样子凑到灶前边和他交谈。铁拴低声说：“老叔！我好像在哪里见过你！”小老头没好气地扬着头说：“见过！你是灵泉沟的！”铁拴又低声说：“是！咱们在什么地方见过面呀？”“这我可记不得！你们现在算是抱住粗腿了！”又把声音放低了说：“好事不干了，至少也该少干点坏事！没想到你们会跟着他们出来干这个来！”铁拴说：“老叔你不要冤枉好人！我们十来个人都是被逼来当民夫的！我们带一点干粮也都被他们路上抢光了！”小老头又看了看十个民夫的神色，见大家都垂头丧气，不像是跟着土匪一样的队伍出来浑水摸鱼的人，气就稍微消了些，不过他还不敢和铁拴说实话——原来他是一九三八年在共产党召集的一次地方活动分子大会上听过铁拴的发言的，现成已经隔了三年，党的活动又早已停止，所以不敢贸然相认。老百姓攒粮食去了，军队休息去了，庙门口暂时安定下来。一会，远远地听见隆隆的马达声响。铁拴向小老头低声说:“听！哪里来的汽车响？是不是日军来了？”小老头这时候已经觉着铁拴不是坏人，就低声告诉他说：“不是！这是日军的运煤车！”铁拴把声音更放低些说：“你就说是日军来了，不把他们吓跑了吗？”小老头比他的声音更低了一点说：“借日本人的势力吓人也不光明了！”“这老叔，这些土匪队伍难道比日本好多少？把他们吓跑了谁还会去对日本人说借过他的势力？”“不！不能叫群众觉着日军更厉害些！”这时候，汽车来得更近了一点，有个兵说：“报告排长！有汽车响！”“知道了！”排长好像也听见了，说着就到庙门外来瞭望。小老头尽管不赞成借日军的势力吓人，群众中可也有人想到了这个办法，只听得有好几个人乱喊：“快跑！”“日军来了！”“这边这边！”“不要顾东西！人跑了就算！”……有几个人故意抱着小孩、挟着包袱从庙门口跑过。排长沉不住气了，下命令说：“快走！往北撤退！”有个兵端枪来对住那个被绑着的青年问排长说：“把这小子敲了吧？”“不准打枪！快走！”他们好像长了翅膀一样向北跑，民夫们死赶活赶也赶不上。小老头自然也得假意儿跑。铁拴拉了小胖一把，和小老头跑在一起。

小老头向东跑了几十步，刚刚跑出村外，见铁拴和小胖跟在后边。小老头有点怀疑，停住步，握紧了拳头说：“你们追我干什么？”铁拴见他是误会了自己的意思，就离他几步远站住和他解释说：“老叔你不要误会！我们不是追你！”“不是追我为什么不向北去？”“我们不愿和他们跑在一起！”小胖站在铁拴背后说：“我们只有两个人，难道敢留在你们交口村干坏事吗？都是好好的老百姓，谁和谁有仇了？”小老头说：“既然不是坏人，他们已经走了，你们随后回去吧！我还要先返回村里放人！”铁拴说：“我们也可以返回你们村里歇歇。一来可以帮你放人，二来也可以给交口村人解释一下灵泉沟人不是跟着土匪部队来抢粮的！”说罢，就和小胖两个人掉转头走在小老头之前往村里走。小老头见他们回村里去，也就放了心跟在他两个人后边又回到庙门口。这时候，被绑着的青年早被他父亲解开了，已经有几个人在一处打攒攒，一见铁拴和小胖两个人，有个青年说：“把这两个人捉住！他们是跟着部队来抢粮的！”他们这一说，好几个人都过来拖铁拴和小胖，还是小老头给他两个做开解说：“大家不要急！他们也是被抓了差来的！”铁拴趁势就把军队退入灵泉沟以后群众住在什么地方、吃什么东西、村公所怎样派差、打游击怎样不准备担架准备口袋，军队在半路上怎样抢吃民夫的干粮说了一遍，说得大家都替灵泉沟人落泪。他把情况叙述完了之后，接着说：“我们两个人留在后边，就是想给大家解释一下我们不是跟着军队来抢粮的。现在解释完了，我们就要走了！”小老头说：“等一等，你们一定都很饿了吧？等一下让我回去给你们找点什么吃的！”又问大家说：“做饭也太误事！谁家晌午要有剩的饭，请给他们两位端一点来吃！”铁拴说：“不打扰你们吧！这些年头，一天半天不吃东西是平常事！”小老头又向刚解开绑的那个青年说：“你陪他们两位坐一会，我去拿点东西去！”说罢就走了。这小老头本想把铁拴他们请到家吃顿饭，可是不了解铁拴这人近几年有没有变化，怕万一靠不住了让他摸着自己的住处发生什么事故；就那样让他饿着肚子走，作为一个同志来说，没有那个道理，想来想去，终于想出给他们拿出些饭来吃，既不让同志饿肚子，又不让他知道自己的底细。他回去把他准备叫躲避日军用的干粮——半斤重的黄蒸——拿了四个，又用小锅把晌午剩的汤拿了一锅，拿到庙门口来。先前喊叫让大家捉铁拴和小胖的那个青年也端来了一碗小米干饭，又有人送来了一碗两和面汤面。小老头把大灶火里的柴火抽出来，用三个砖支起锅来给他们热汤，看他们拿得饭来，就把汤倒出去一些，把两碗饭加进去煮在一起，并且把黄蒸交给铁拴说："你们把饭吃了，把黄蒸拿上到路上吃！"铁拴说："谢谢你！我们吃一顿就行了。"

这时候，别的人都已经散去，只有小老头和那个被绑过的青年陪着他们。小老头一边烧着火一边问铁拴说："你们回去还得住到那石坎里吗？"铁拴看了看小胖说："你怎么样？我是不回灵泉沟去了！"小胖说："咱们的家怎么办？""怎么办？回去不过是多两个支差的？帮不了家，也把咱们贴里边了！"小胖想了想说："我也不回去了！"小老头问他们说："你们不回家该到哪里去呢？"铁拴还没有想到适当的答话，小胖就马上回答说："我们有我们的去处！"铁拴翻了他一眼，埋怨他的嘴不该那样快。小老头把他们前后的话接起来一想，已经明白了他们的意思。这时候，小老头已经对他们一点也不怀疑了，就跟铁拴低声说："我认识你！你是李铁拴同志！到了那边，请上级赶紧对咱们这地方想办法！你就说，再迟了这地方的人就都不能活了！"铁拴说："一定！我要去也是这意思！请问老同志你是谁？"小老头说："我告诉你说也没有什么用处！等把这地方收复了咱们自然还见得着！"

他们的话就谈到这里。小老头又回去给他们装了一背搭干粮，等他们吃过饭，就打发他们上了路。

十

铁拴和小胖两个人钻了两天山，偷过了日军的封锁线，就到了有八路军的老解放区。

他们走近了封锁线以北的第一个村庄，也和金虎在那大黑洞里找着了窟窿一样，两颗好像悬在空中的心都落实了。这地方虽然也是山区，又比灵泉沟偏北，气候可比灵泉沟暖一点，村庄附近向阳的地方，还可以种几块麦子，不过麦期熟很晚——要到夏至以后才能收割。他们到这里的时候，正是小满初过，村外的麦子刚扬过花，麦穗儿随风翻着波浪；秋田里的谷子和春玉米，刚刚出土，早一点的可以看见顺垄青。铁拴和小胖说："你看人家这里的光景，秋是秋，夏是夏，哪像咱们那里直到现在人上不了地？"他们走到村边，早看见墙上写着的"拥护共产党、拥护八路军""快收、快打、快藏，不让敌人破坏生产"……一些鲜明的标语，村口上站着两个十三四岁的小孩向他们要条。铁拴说："我们是从南边来找八路军的，没有路条！"正在附近地里补苗的一个青年小伙子，听见他说是从南边来的，就拿着铁锨过来问话；正在打麦场上收拾场子的几个人也凑过来——这几个人都是民兵，负有帮助儿童团盘查行人的责任。铁拴和小胖见了他们，想到了前二年自己也都是这样子的人物，便老老实实和他们说南边待不下去，要到这里来参加八路军。盘查的人们见他们两个的神色气派都是老老实实的庄稼人，觉着不会有问题，不过他们既然没有什么证明，也不便告他说哪些地方都有八路军。那个补苗的人向他们说："你们跟我来吧！"他们两个跟着这人到了村公所，先让他们喝水，然后去把民兵指导员找来。指导员先盘查了他们的来历，接着便和他们说："凡是从南边来的人，都得先到武工队上把来历说明，让他们统一安排。现在我给你写个介绍信，派两个同志送你们到那里去！"说罢就给他们写了个介绍信。铁拴他们见信后边具的名字上边有民兵指导员的职务，知道他就是共产党的村支书，更觉放了心，就同着两个民兵到另外一个村子里找武工队去。

"武工队"的全名是"武装工作队"，属专区领导，常在老解放区的边缘上活动，任务是打击敌占区的汉奸势力，保护边缘区的抗日政权。

他们通常的工作是向敌人碉堡上的伪军喊话，惩办危害过抗日人员的汉奸，警告一般汉奸叫他们少做坏事。

铁拴他们来的这一天，正是武工队准备教训一批汉奸的时候。武工队近几天来，从敌占区捉来了三十多个维持会长和向敌人献过殷勤的小汉奸，准备在这天晌午开始给他们上第一课。那两个民兵，把铁拴和小胖送到，把介绍信给了一个武工队员，队员就去把队长找来。队长问明他们是从灵泉沟来的，就很客气地让他们坐下，然后向队员说："到招待室去请火光报社记者鲁丁同志！"那个队员去了。队长问："你们认识鲁丁同志吧？他也是你们灵泉沟人。"铁拴和小胖听了都一愣。小胖说："不认识！灵泉沟没有这么个人！"队长对他们有点怀疑了。"你们是灵泉沟的吗？""是！""为什么本村人不认识本村人？这是战争时期！说话可要老实！"铁拴说："我们前二年也是跟着八路军做过抗日工作的，自然不会哄自己人。不过你说那位'鲁'什么同志我们确实认不得！我们灵泉沟就没有姓'鲁'的！"队长见他们说话都非常自然，丝毫不像哄人的样子，想到可能另外有个灵泉沟，就打开随身带着的背包来查地图。

就在这时候，从门外走进一个青年人来，穿着一身很整齐的干部制服，蹬着一双缴获敌人的爬山用的皮鞋，挂着个缴获敌人的皮包，精神饱满地跨进门来。铁拴和小胖怎么也想不到会碰上这样一个熟人，一齐站起来喊："银虎？"银虎也奇怪地问："咦？你们怎么也来了？"队长向铁拴他们说："这不是熟人吗？怎么还想不起来？"小胖说："要说'银虎'不早就想起来了吗？"又向银虎说："到了咱们自己的地方，怎么还要改名换姓的？"银虎找不着什么改名的理由。队长笑着向银虎说："鲁丁同志！好改名换姓也是你们文化人一个毛病！我刚才没有想到，还以为另外有个灵泉沟哩！既然是熟人，你们先谈谈吧！我得先去布置开课的事！”说罢，便别了他们走出去。

银虎要铁拴他们谈谈家乡的情况，小胖说：“家乡的事，说来话长。你先给我们说一说你是怎样逃出来的好不好？”银虎说：“可以！不过这事情说起来也不短：他们把我捉到三水镇，和好多同志都被送到从前开过盐店的那个大院里，门外用两个兵站着岗。到了吃晚饭的时候，从门外走过他们一伙便衣队，每个人的胳膊上都缠了一条白布条子，有的拿着些绳子，有的拿着短枪，看样子又是到哪里去捉人。两个站岗的兵，见他们走过来了，都只顾面对着他们看，我就看出了一个紧急的空子来——我把我穿的学生制服里的白领子摘下来拴在我的胳膊上，从一个站岗兵的背后钻过去挤进这个便衣队里，随着他们匆匆忙忙往前跑。我觉着走得了就算走了，走不了被他们抓回去也不过还是走不了，总要比死等在那里听他们摆弄多一个逃走的机会。我这一撞撞对了。他们没有发现我是半路加进去的。跟着他们跑出了三水镇，向西北的山区进发，我才发现他们走的路，正是要到我们和县委书记约定的集合地点去的。这时候，我再不敢迟延，赶紧趁着一段有树林的地方避开他们往集合地点去报信。我一个人自然要比他们一伙人跑得快，跑到集合地点，回头还看不到他们的影子。我把这紧急情况告诉了县委书记，县委书记马上打发大家先走，自己留在那里等几个还没有赶到的同志。又停了一会，那几个还没有来——可能也是出了事——那个便衣队就快赶到了。县委书记怕自己撤走之后，那几个没有来的同志随后赶来不了解情况被人家捉住，不等便衣队走近就先打出一发子弹去，然后马上离开原地。对方对准了发火的地方还了好几枪。静静的夜里在静静的山里打枪，十几里以内都听得见。预料没有赶来的同志们听着枪声、看见火光就不会再往这里赶，县委书记才放心退出来赶上我们。那些便衣队来势很凶、其实很松，见我们这边也有枪，就不敢那样大胆前进；我们可就大胆赶路了。我就是这样冒碰了一下碰出来的。”银虎把他的逃跑经过简单说了一遍之后，就向铁拴打听家里的情况。铁拴也给他谈起家乡的变化，才谈到小兰和金虎不知下落，一个武工队员就跑来喊：“鲁丁同志！开会了！”银虎向铁拴和小胖说：“今天要给新抓来的一批汉奸上第一课！这个会很有意思！你们也可以看看去！”“可以看吗？”“可以！公开的！”

这个会场很别致：村外的一段没有水的小土沟岸上长着一棵大柿树，柿树下放着一张方桌和几条板凳，长板凳上坐满了干部，有个干部早已站在桌后边讲话。在桌前边地上坐着的就是从敌占区捉来那三十来个人，其中有七八个被绑着手，每个人旁边都有带枪的队员陪同他们坐着。他们的周围又坐着一层队员，外边才是看稀罕的观众。银虎把铁拴和小胖领到会场，让他们挤在观众中看，自己挤到方桌边。坐在桌旁板凳上的干部们见他走来，又往紧处挤了挤给他腾出一段板凳和可以铺开笔记簿做记录的一块桌面。银虎坐下来，从大皮包里取出记录簿。

正在讲话的是专署的敌工科长。这次会他是主席。两旁板凳上坐着的是县、专两级的行政和司法干部——没有一个是武工队的干部，因为武工队干部常要领着队到敌占区活动，不便让他们认识。敌工科长只简单宣布了开会的意义。铁拴他们没有赶上从头听，只听得科长末了的话：“……今天就让大家了解一下‘汉奸做了些什么事’，‘我们要怎样对待汉奸’！现在先点一下他们的名字！”专署司法科一位同志取了一个汉奸名单逐一点了一遍，各个汉奸也都应了声。主席说：“请专员讲话！”专员站起来走到主席刚才站着的地方，主席坐到专员刚才坐的那一位上。

专员接过那个汉奸名单来叫第一名："傅治家！""有！""站起来！"坐在前排被绑着手的一个深眼窝留着几根黄胡须的家伙站起来。专员向旁边坐着的司法科长说："把他的罪行向大家谈谈！"司法科长从一叠卷宗里找出他的案卷来向大家说："他的历史太长了，现在只能简单说一下：他是十五里铺的一户地主，抗战以前当过几任村长，又是县里的防共委员。一九三八年敌人占领县城以后他就出头维持敌人。前后有三次引着警备队包围过我军的工作人员，有一次捕去我们两位工作同志后来被敌人杀害了，并且连累了当地两户居民。敌人看中他的害人本领，叫伪县政府把他接到城里去住。他给敌人献计叫把十五里铺一带的树林全都砍伐光，给我们到那里活动的人造成困难。最近敌人又不知封了他个什么官，每天骑着马带着十来个警备队员到处转，常常威吓老百姓说：'有我傅治家在，就不许本县有一个共产党人！你们谁要窝藏了共产党、八路军，我报告了皇军就要杀你们个鸡犬不留！'前天我们武工队把他从县城里捉回来……"专员说："下面的用不着讲了！"又向那个傅治家说："你可以算得个死心塌地的老牌汉奸！你是东条的亲生子吧？要不然怎么对抗日的人这样仇恨呢？你知道不知道杀人要偿命？你以为把树林砍光了，我们就不会到那里去了吗？你以为住到县城里凭日伪军保护着就十分保险了吗？想错了！你既然做了坏事，就是钻到老鼠窟窿里，我们也会把你挖出来！作恶已经作到头了！再不能让你那样无法无天了！"说到这里，就转向在他身边的队员说："拉出去！"在他旁边坐着的一个武工队员站起来和在场外进去的一个队员两个人把他拖往预先准备好的地方去。专员又叫名单上的第二名，那个被叫的人颤颤抖抖地站起来，专员又叫司法科长宣布他的罪行。司法科长才翻开他的案卷，就听得"呱"的一声枪响，枪毙了傅治家，吓得才站起来那个人腿一软又倒下去，在他旁边那个队员站起来又把他拖起。别的汉奸听了这一声枪响，也都不约而同地打了个寒战。群众听到枪声，也有一部分跑去看的。这种处理形式，既不像审讯，又不像宣判，只是指出名来，宣布一下罪状，斥责一番，然后就拖去枪毙，实在是他们想不到的。就是这样一连枪毙了三个，吓得那些名字靠近前边的汉奸们现出种种怪象，我们不必多花时间去细说他们。

当专员第四次拿起那张名单，那个第四名觉着自己的时辰已到，不住地向周围张望着，好像想找个人交代什么后事一样。可是专员这一次改变了办法。专员没有再往下念名字，只说："以下这些人，严格点说，都够枪毙的资格，不过比起以上那三个来，还不像那样把敌人当成他的亲爹，钻头觅缝每天起来主动地去害人，我们觉得可以宽大处理，因此他们的罪状就不都在这里公布了！"又用手指向着其余的汉奸们头顶上的空中一划说："你们的罪状，回头叫别人念给你们自己听！这个宽大不是无边的！宽大也不是不问罪，是给你们留个立功赎罪的机会！现在的案卷上写的是你们的罪行，将来你们谁立了功，就把你们的功也写上去，等到立下的功可以赎罪就宣布你们无罪，功大了还可以得到另外的奖励，再有了罪行就罪上加罪，到了一定的期限就再来这么一次处理。至于限期多长，怎样立功，准备花三天时间请教员给你们上上课。今天只能算是个开课典礼！"专员讲完了话，敌工科长宣布了一些开课的安排，就散了会。

散会之后，铁拴他们又请银虎找着了队长说明来意。队长说可以把他们的意见转给上级，只是说马上要八路军去打蒋军还不能向上级提——因为要顾全大局，还不能和他们分裂。

铁拴问到他们两个人自己本身该往哪里去，队长说："我这里正需要从南边来的可靠的人。你们要愿意参加工作的话，就可以参加武工队。"他们两个同意了，就留在武工队里。

十一

这里我们再回头来谈谈金虎和小兰。金虎被轧了一下以后，右胯骨有点脱臼，躲在洞口的石头地上，一夜被冷风吹得直疼，稍一翻身就疼醒了。小兰又摸到洞外，趁着月光摸了些柴来给他烧火让他烤着。将就到天明，小兰又平了平路，招呼着金虎爬到洞外的井底上。这一爬，在两堆圆石头中间卡住了金虎那条带伤的腿，小兰不知道，在前边猛一拉，疼得金虎叫了一声。小兰松开手，擦了根洋火看了看情况，然后才调顺了方向又拉着金虎走，可没有想到这一下除没有坏了事，反把脱臼的地方给纠正过来——金虎的这条伤腿能动了。

俗话说："筋骨疼痛一百天"，伤了骨头不是短时期能完全好了的。金虎又在井底住了几天，等到把那条伤腿养得能做一点主，才爬上井口和小兰两个人又找了个可以存身的石坎住下来。仍然吃着那像姜的东西充饥。那东西原来是一味中国的补药，名叫"黄精"，相传吃得久了可以成仙。他们两个人虽说没有成仙，可是也都养得精神饱满，不到一个月，金虎的腿已经能对付走路了。不过他们不知道这个药名，就把它叫成"山姜"。

这地方是个大山顶，百里之内找不到一个人。小兰也曾在这丛林中钻来钻去想找一找自己的家在哪个方向，只是一点标志也找不着；后来金虎能活动了，拄着一根树枝遛了几天，也看不明白是什么地方。灵泉沟的新洞，在一条深沟的北岸，不可能钻到南边；北、西、东三边比较起来，西边最低，越往西越平，金虎到过那里，又可以断定不是西边；至于北边和东边，山太高、路太远，一般青年人没有特殊事情是走不到的，他们两个都没有来过，不知道究竟是北还是东。

有一天，小兰搀扶着金虎到一处林下去刨黄精，无意中发现了一丛才出土的山药蛋苗，刨了一刨，下边有拳头大一个山药蛋，大的周围，像指头肚大小的小山药蛋就有三四十个，也都长出来一些小芽，芽尖才发红，还没有完全露头。金虎说：“这地方怎么会有山药蛋？”小兰说：“也许就有野山药蛋！”“再找找看！”“那不是一棵？”“那又是一棵！两棵两株！不不不！那个、那个……多得很！”他们越找越多，不过大的很少。他们发现了这种吃不尽的宝物，自然觉得生活改善了许多，只是这东西已经发了芽，再过几天，苗一出土，下边的山药蛋就要烂。他们决定多刨一些存到石坎里。

不妙的是他们的两盒洋火已经用完，只有在柴灰里保存得一点火种，万一熄了就再烧不着火。他们都很为这事担忧，总想发现个邻居，可惜发现不了。有一天小兰搀着金虎爬上了南边的山峰，看见石崖下有一个地方冒烟。小兰指着烟说：“好了！咱们找到邻家了！”金虎一看也很高兴，可惜崖太高下不去。这地方，从北往南是一道斜坡往上爬，可是一到峰头上，南边是五六丈高的齐崖，像一刀劈下去的样子，而且有好几里长的地方都一样。崖下边自然还是山顶，不过比北边低一点，再往南也是平的，总还有里把宽才慢慢低下去。在那平的地方，中间有一道沟，烟就是从那沟里冒出来的。金虎看了一阵说：“看来这一带没有路，总得转到东西两头才下得去。峰顶上有好多缺口，走不通。”小兰又把金虎搀下来先往西转，可是西边的地势低下去，山峰突出来，不止那边下不去，这边也下不去；又转到东头，爬上顶去一看，两个人都吓了一跳——南边的平顶越往东越窄，到这里已经过了平处的尽头，成了几十丈的高崖，下边是长满树林的深谷，一不小心掉下去，不等落到底，上边就看不清了。转了大半天，路也没有找着，金虎的腿就又大疼起来。

第二天，金虎没有出来。小兰一个人爬到山峰上去看，仍见那个地方冒烟；又来往跑了几趟仍找不着路。她要站在山峰上喊，冒烟那地方是可以听见的，可是她不了解是什么人，也不敢随便喊。后来他们一连找了好几天路，只是找不着。这一带，像他们出洞时候遇上的那种井一样的土窝窝，大的、小的、深的、浅的总有一百多个。有一天晌午，他们从一个没有长着草木的土窝窝旁边走过，听见里边有人咳嗽。小兰拉了拉金虎退了一步说："有人！""咱们不是找人吗？""谁知道是什么人？""可惜没有拿着咱们的劈柴斧！"这一片地方，地势比他们住的那边高一点，没有树林，草也很稀，除了那个土窝窝，没有个藏身的地方，碰上好人自然是好事，可是碰上坏人就有些不便。他们站了一下，金虎想出个主意说："咱们每人拿上一颗石头去跟前看看，要是好人，咱就和他谈话；要是村公所那些人，咱就两石头闷死他！"小兰同意了，两个人各自选了一块很得劲的石头攥在手里，走到土窝窝边来会客人。只见一个人，穿着土色的衣裤，上衣破了，露出黑油油的肩膀，一看就知道是常常顶着太阳做活的庄稼人。这人用一个镬头在墙上掘土，旁边放着一担筐子，看样子是准备叫挑土用的。因为墙上的土很干燥，往下一挖，尘土直往上飞，吸到鼻孔里就会引起咳嗽。下边的人掘一阵就要咳嗽几声；尘土飞到金虎鼻孔里，金虎也咳嗽起来。下边的人听见上边咳嗽，就停住手往上看，正和小兰的眼光碰在一处。小兰喊："枣树院伯伯！"下边的人是个老头，眼有点花，一时看不清是谁，正要问，忽然看见金虎，就喊："金虎！你怎么在这里呀？那一个是谁呀？"他们两个见是自己人，就都把手里的石头丢了。这人名叫李洪，就是小胖他爹。小兰说："我是小兰！""小兰？这半年你在哪里来？吃了苦了吧？看那脸上连一点血色也没有！"金虎说："这几天还算好得多了！前几天的脸上就跟白纸糊的一样！"……

老李洪见了这两个早已丢了的青年，连土也不挖了，爬上来和他们谈话。他说：“家里都说你们两个人恐怕都不在世了，没想到今天会碰见你们！”金虎说：“我们很想回去看看，一来我的腿压伤了，二来找不着灵泉沟在哪一边……”老李洪说：“暂且不要回去了！你们家里的人都还好。且到我家里住吧！我家搬到这里来了。”金虎和小兰一齐问他住在哪里，老李洪说：“就住在这南边石崖下不远的一条小沟里！”小兰说：“我们看见那里冒烟，只是找了几天也找不着路！”老李洪说：“这路你们找一年也不会找着！全世界只有我和张得福知道！”“你们怎么知道的？”“说起来话长，”老李洪从腰里取出旱烟袋和火镰来打着火吸着烟接着说：“二十多年前，我给三水镇一家地主放羊，张得福那时候才十几岁，跟着我学放羊。有一次，有些羊跳到这么个土窝窝里吃草，就丢了两只。又过了两天，我们在山头上看见那两只羊在南边崖下跑，可是找来找去没有路，下不去。后来我们觉着那两只羊也许不是我们的，我们又到丢了羊那个窝窝里去找，见那窝窝里有个石洞；点着火一看，见洞里有羊粪，就钻进去，想不到就那样平平地从南边的崖下走出去。那时候，邻近各县的羊，一到夏天，差不多都到这山上来放，放羊的人都带了粮食来碰伙做饭；这几年因为战争，才没有人来了……这些古话说起来没有完！咱们走吧！我带你们到那边去！等我下去担上土！”金虎说：“我给你担！”小兰说：“我担去！你连你自己还顾不住哩！”小兰说着就下去了。金虎问老李洪说：“难道那边连土也没有吗？”老李洪说：“不是！这土是碱土，能熬出盐来！”“你怎么知道？”“羊好啃吃它！”“这里离灵泉沟有多远？”“远得很！一天还走不到！”“没有那么远吧？”“你们走了多长时间？”“我们走的是另一条路。”“我不信！这地方叫阎王脑，从灵泉沟来没有第二条路！谁来也得转到西北，钻完了大沟再往南返！”“不！我们走那一条路，也是全世界上只有我和小兰知道！”“再没有能上来的地方！再一条路就是从灵泉沟往东下了山，再从东边上来，不过那样走至少得三天多！”“不是！我们也不知道是从哪一边来的。灵泉沟在哪个方向，直到现在我们也不知道。我们也是从石头里钻上来的！”“石头里怎么能钻上来？”“说起来一天也说不完！你没有听说灵泉洞后边还有个新洞吧？”“听说过！他们那个土匪县政府还在里边住过哩！”“对！我们就是从那里来的！”接着他就从小兰走出来说起，才说到小兰入洞，小胖爹打断他的话说：“你怎么知道那里有个洞？”这一下把金虎难住了。他和铁拴放走张得福的事，铁拴吩咐他不准向任何人说起。他正想编一个说法，小兰就把窝窝里的土挑上来。小兰快上到口上的时候，有一两步太陡的地方蹬不住，就喊着：“傻大哥！快来拉我一把！”金虎一听，就趁着去拉小兰，老李洪说：“我来！你的腿还不能吃大劲！”说着就抢到金虎前边去把小兰拉上来。金虎见小兰上来了，急着要到南边看看，就催着老李洪说：“老叔！咱们先到那边去吧！”

小兰挑着土，三个人相跟着，金虎和小兰请李洪老汉谈着家乡变化情况，穿过一段树林，经过了好多土窝窝，走到一个也有小树林护着的土窝窝边，老李洪说：“路就在这里边！”小兰问：“为什么有这么多的土窝窝？”老李洪说：“相传说这是‘毒龙窝’，有三百六十个，都是大毒蛇住的地方。不过据我知道，这山顶上根本没有蛇，直到东边下山的地方才有蛇！”金虎说：“依我看这都是水泡下去的！我们也是从这么个窝窝里钻出来的，说不定每一个窝窝下边都有石洞！”李洪老汉领头，抓着树枝走下去，南边墙上密密的树枝下边露出洞口，比金虎他们走出来的那个口大得多，人不用弯腰就可以走进去。老李洪也和金虎一样，早就在洞口里预备下点火的东西，不过不是松柴而是黄萝棒。他们走进去，只转了两个弯，一把黄萝棒还没有点完，南边就露了明。这时候，忽然听得好多种鸟叫，其中有一种特别好听。小兰问这是什么鸟，老李洪说："我也不知道名字，是一种黑色的小鸟，不太怕人捉，有时候还会落到羊背上叫，不过你真要捉可也不容易捉住。"他们说话间就走出洞口。这边的树已经长满了绿叶，地上的草叶也已经长得护住了地皮。金虎说："这边要比那边暖得多！"李洪老汉说："对！我们从前找着这条路以后，在那边的草还没有长起来的时候，常把羊从这洞里赶过这边来放，别的放羊的在山头上看见了，干着急找不着路，喊着问我们，我们只说是从山前边上来的——其实山前边根本上不来。"

紧靠着洞口崖根就是树林。这边的林也与北边不同；北边是松柏树多，这里是青梗树多。老李洪给他们介绍说："这树叫青梗树，也叫槲树，又叫棕树，有一种大叶子的可以放柞蚕，小叶子的结的果子干了落下来，外边的壳子叫橡碗，可以染黑布；老树下边能长木耳；木头硬得很，咱们常用的那青梗木镢把子，就是用这些小树做的。"这老汉虽然介绍得很详细，两个青年并不怎么注意听，等他说完，小兰却另提出个问题说："那个子儿能吃吗？"老汉说："这可没有吃过。""给我们找一个看看好不好？"老汉在周围看了一看说："这都不是结子的树！等碰上了我告你说！"正走着，前边有一片土薄的地方，树也稀了、也小了，露出一块草坪，有一群石鸡在草里跑着咯啦咯啦乱叫。李洪老汉说："停一下！我打个石鸡！"说着顺手拣起一块小石头，金虎也拣起一块。老汉说："你可不要打！一打准跑！"可是没有等他说完，金虎的石头已经抛出去，果然没有打住，不过因为他的腰腿还不得劲，扔出去的石头无力，只惊得飞起两三只来，飞了几步又落下去。李洪老汉说："我说什么来？这回还算好，它们没有看见人，要不早飞光了！"老汉斜了斜腰，对准一个石鸡把石头抛出去，只打得那只石鸡怪叫一声，拍着翅子跳了几步就不动了，其余的咯啦咯啦叫着一齐飞起，不知道飞到什么地方去了。李洪老汉跑到那只被打住的鸡跟前，用烟口袋上吊着的鱼刀先把鸡血放了。小兰说："老伯伯！你这手可真准！"老汉笑着说："抡了半辈子石头了还不该准？这地方的石鸡真多，一天能打好几只！我们这几天就凭吃这个！"他们继续往前走，穿过了这块草坪，又走进树林里。金虎拾起有墨水瓶盖那么大个东西来，见外边长着毛，里边光的，问老李洪说："这是什么？"李洪说："那就是我说的那能染黑布的橡碗！""怎么没有子？""这东西一成熟了就裂开了！子掉在别处！"老汉在地上找到一颗子，拾起来递给金虎说："这就是子！"金虎接过来塞进嘴里去一咬说："怎么这么硬？""傻孩子！这东西跟木头一样，怎么咬得动？""也许能磨面吃！""也许！不过到这里用不着吃这个！这里能吃的东西可多哩：有黄精、菜姜、甘蒌、野百合、山葱、山韭、木耳、石鸡、锦鸡、鱼……"没有等老汉数完了，小兰先笑起来。小兰说："老伯伯摆起酒席来了！"老汉也笑着说："笑什么？要摆酒席真摆得起来！立秋以后还有松蕈、蘑菇、猴头哩！"小兰说："算了！这就够好吃的了！"他们说说笑笑，已经走到下坡的地方，下了不多远就到了沟心。沟心流着一股小水，也把平平的石板上冲成了像茶杯粗细那样个濠濠，从上水往下水坡度也很大。他们又顺着水往下走了一段，走到个平处，靠西边有个水潭，似乎还没有灵泉沟新洞里那一池水大，不过靠墙的地方，水可深得看不见底，里边的鱼很稠密，大约都不过一尺来长，都是红脊梁，一见人来都游到深水处去。李洪老汉说："你看这鱼多不多？从这往下，有这么几十个水潭，都有鱼！"小兰说："这要用石头打，我也打得住！"李洪老汉说："你？我也打不住！想吃鱼得钓！石头可不能打鱼！"过了水潭又要下坡，李洪老汉说："不要下了！我们就住在这崖上！"他先赶到头里引路，顺着左边的山崖，平平地走过去。他们才走了一二十步，金虎到崖边一看，离沟底已经有两丈多高了，再往前的沟还要低得多。金虎说："前边那沟好像比灵泉沟还要低了！我们来的时候，好像也没有上过这么高的坡！”李洪老汉说：“这和灵泉沟根本挨不着！灵泉沟的水是往南走了，这里的水出去就转向东边了。”“从这道沟往下走,还出不了山吗？”“不行！沟里还有几丈高的高崖，水流得下去，人跳不下去！”“我们在那边山顶上怎么没有看见这条深沟？”“你们看见冒烟的地方就是这里，因为沟太窄，从那边山顶上看，只不过是一块平地中间有个黑道道。”正说着，就见前边的石坎里冒出烟来。李洪老汉说：“前边冒烟的地方就是我们家了！”金虎问：“那里也有洞吗？”“没有！这边是沙石山，连一个洞也没有！我们就住在石坎里，跟在老羊坎差不多！”

他们还没有走进石坎，就见张得福的女儿小秀抱着铁拴的小孩子走出来。金虎问小秀说：“怎么你们两个也在这里？”李洪老汉说：“他们也搬来了！”小秀见了小兰自然也很惊奇，免不了问长问短；金虎和小兰没头没尾答应着走进了石坎。小胖娘见了这两位青年，又悲又喜——喜的是老邻居的儿女失而复得，悲的是自己的小胖去向不明。大家坐定之后，老李洪问小秀：“你娘哩？”小秀指着铁拴的孩子说：“我娘和他娘拔菜去了！”小胖娘说：“小胖媳妇也去了！”小兰和金虎一齐问：“我们的家怎么没有搬来？”李洪老汉说：“你们两个人的娘，不知道为什么舍不了灵泉沟那个饿死人的地方，说死说活不肯往外走！”又向金虎说：“偏说你爹不能动，只要你娘愿意出来，我和你娘抬也能把你爹抬上山来！”金虎说：“是呀！况且也不用你们两个人抬，还有铁拴哥和小胖哩！”“唉！不用提他们两个了！”“怎么样？”“他们去支了一趟差，就支得没有下落了！”小胖娘一听提起小胖，就又落下泪来。金虎说：“不要怕！支差这事真说不定遇上什么情况。去年我去支差不是也走了一个多月才回来吗？我想过几天他们会跑回来！”“自然希望是那样！”“我爹我娘和小兰娘都住在哪里？”“都住在你说的那个新洞里！”金虎和小兰，自从警察搜索新洞以后，还不知道后来的变化，金虎想趁此机会打听一下，就问：“新洞不是被他们的公安局占了吗？”李洪老汉说：“你还不知道哩！他们那个公安局起先只是说到里边搜查一个人，后来他们县政府那伙忘八蛋就一齐搬进去住……”“他们搜查的那个人搜着了没有？”“没有！听说可能是被水冲走了！听说还冲走了一个搜查的警察！”小兰听到这里,哈哈地笑起来。老李洪看了她一眼说：“傻闺女！笑什么？”“笑什么？其实里边藏着两个人哩，他们只知道一个！”说着又笑了。老汉想了一想就猜透了说:“原来就是你们两个人吧？”金虎接着问他们家里的情况，老汉说：“不忙！我倒得先听一听你们是怎样上山来的！”金虎扭不过他,只得把新洞里的故事,除了放走张得福、打死杂毛狼、冲走文件三件事以外，都向他粗枝大叶说了一遍。李洪老汉听完了说：“想不到石头里边还有那么大的世界！怨不得你们两个人的娘不愿意离开新洞，也许她们还以为你们两个人能从洞里出去。”金虎说：“可惜没有电筒了，要不真还能从那一头出去！你把外边的路告我说，我明天回去看看她们去！”“不要忙！像你这腿，现在还不能走那个路！我会整骨头，等一会吃点东西，我给你把那块胯骨捏一捏，歇几天你好回去！”

这时候，已经后半晌了。老李洪把新打来的石鸡交给小胖娘说:“剥一剥和前晌打的一只一同炖上，我去烧火熬盐去！”金虎问他盐是怎样熬法，他说：“先挑一挑水来，把土化开、澄清、去了土，把上边的水在锅里熬干，就熬出盐来了！”小兰说：“我帮你挑水去！”金虎说：“我看不如把土再挑到水潭边，把锅和水桶也拿去，就在那里烧起火来熬。”老汉说：“谁要再说金虎傻，算他认不得人！那里离得水也近、柴也近、地方又宽绰，多么方便啊？我看不如连鸡也拿到那里炖去，一会她们拔回野菜来也在那里煮。”小兰说：“依我看锅碗家具也不要往回拿，只要是晴天，白天就在那里吃饭，晚上再回这里睡觉来；下了雨好回这里做饭来！”老汉说：“好！我就是个好干新鲜事的人，你们想得比我还新鲜！就那么办！在这地方，有什么家具爱放哪里放哪里！放下黄金也丢不了！”

大家就依着小兰和金虎的话，把做饭家具都搬到水潭边来过日子。太阳快落的时候，拔野菜的也回来了，鸡也炖成了，鸡汤里放着些山葱和木耳，闻着喷香，看着也顺眼，只是盐还没有熬干，李洪老汉就把快熬成的盐水舀了一点放在鸡汤里尝了一尝说：“好！有了盐就比前几天那个好吃多了。”山葱这东西，在山里人吃起来，不只抵调料，而且抵菜，没有粮的时候还能抵粮。这东西，说是葱，其实只有点葱味，长得不像葱——是一个长把子上长着一片单叶子，像中药里边的藜芦，而且常和藜芦生在一个地方，要不小心把藜芦当成山葱，就会吃出事故来。闲话少说。他们这一锅菜，说成山葱熬石鸡，不如说成石鸡熬山葱，因为主要的东西还是山葱，要它也抵菜也抵饭。老李洪宣布了开饭，每个人都拿到了一碗石鸡熬山葱。

小兰一边吃着一边跟金虎说：“把咱们的山药蛋拿来一些熬到里边就更好了！”李洪老汉不知道他们在山上发现了山药蛋，还以为是指家里留的山药蛋种子说的。他说：“要不是因为二三十斤山药蛋，我们还许来不到这里哩！”金虎和小兰都觉得奇怪。金虎问：“怎么为了山药蛋，就到这里来了哩？”李洪老汉说：“小胖他们走后不几天，下了一场雨也没有下透，有山药种的，都抢着先种山药，我的和铁拴家的那点山药种没有剜出来……”说到这里，有点小事情要向没有种过山药蛋的人交代明白：一个山药蛋上边不是有好几个凹进去的窝窝吗？每一个窝窝，就是个要长芽的地方，种的时候，用刀尖把每一个长芽的地方剜出一小块来作为种子，把其余的部分又都做菜吃了。这是从前的老种法，大跃进以后怎样种，可还没有研究过。老李洪说山药种没有剜出来，就是说还没有把它一块一块剜下来。闲话少说，咱们还是接着听老李洪的话吧。老李洪接着说："……可是地里那一点渗，种得慢了就干了。那时候，咱们四家只有我一个人会摇耧，我说：'你们妇女们在家剜山药种，我先把咱们留的那点谷种种到地里，明天再种山药蛋！'我前晌在地里种着谷，见人家别人刨窝窝种山药蛋，觉得有点着急，因为山药蛋早一点种好，可是到了后晌，就觉着幸亏前晌没有种——他们那县政府有些忘八蛋，把人家前晌种下去的山药种刨出来当野菜吃。我想：'这还成他妈的什么世界？干脆，把咱们那点山药种拿上山去！这地方不能住了！不论种上什么，谁知道自己吃得上吃不上？'就这样我才回去和大家商量上山。你娘和小兰娘都不愿意来。她们说叫我们上山来种山药，吃野味，她们在家里锄拔那种下去的几亩谷，到了秋后谷子要收了叫我们还回去；谷子要丢了，她们好上山来！"金虎听了这话说："这么说来，灵泉沟真不能住了！过几天我回去把他们都接来好了！"小兰问："这里种了多少山药？"老李洪说："一共也不够三十斤种子，种了一小片。这地方就是山药蛋收成好，可惜没有种子！"金虎说："这个不愁！我们那边有种子！"老李洪问他们哪来的种子，他们把他们发现野山药的事说了一遍。李洪老汉说："奇怪！山药蛋哪里会有野的？"等到他打听清楚那个有野山药蛋的地方以后才点头说："我知道了：那地方在三十年前还有两户种山地的，也许是他们种的山药蛋没有刨尽，后来就传下了种。"金虎说："那不就成了野山药蛋了吗？"

李洪老汉说："既然有这种东西，我们明天就去把它挑过来种！"小兰说："咱们就种在那边还不一样吗？"李洪老汉说："这一回可不能听你们的！你们不了解情况。这么大一个阎王脑，只有三条路可以走人：北边的一条路不成个路形，很难走，只有很少的常在这山上放羊的人知道，问题不大；西边的路走到和去灵泉沟那条路岔路的地方，一直正西下去，可以走到日军占的地方；东边一下山，就有日军修的碉堡。我们要住到那边，万一日军要从这山上穿过去，就有些不便。我们住在这边保险得很——除了我和张得福，是谁也走不过来的！”小兰说：“我们两个人不是已经走过来了吗？”老汉笑了笑，也不和她斗嘴，只说：“我们明天就去挑山药蛋去吧！你们有什么行李也都顺路搬过来！”提到行李，金虎和小兰一齐笑了。金虎说：“我们的行李就一把劈柴斧！”

十二

有山药蛋熬石鸡吃着，有李洪老汉这个正骨大夫守着，金虎的胯骨又待了个把月就完全好了。这天金虎要回灵泉沟探他的爹娘和小兰的娘，小兰和山上的人们给他准备了一些礼物，让他带着回灵泉沟。

金虎在路上住了一宿，第二天晌午就到了灵泉沟。他没有回田家湾，直接就到新洞里。一进洞口，见进口偏左一点烧着个柴火灶，他娘和小兰娘守着灶火上的一口煮菜锅坐着，他爹躺在个白草铺上。他娘听见洞口的脚步声，也毫不惊怕，只懒懒地问了一声：“谁？”金虎听见是他娘的声音，赶紧喊：“娘！我回来了！”两位老太太一听，猛一下都站起来：“金虎？”“是我！”金虎娘向小兰娘说：“咱们又等着了！你的糊涂主意使上了！”原来自从那个土匪县政府搬出去之后，有好多在山上住的老百姓搬回这洞里来住；后来那些土匪们和村里驻的土匪兵都走完了，大家又都各自回了家。大家往外搬的时候，金虎娘主张也搬回去，她说：“不用等了！人要还在里头的话，有一百也饿死了！”可是小兰娘不。小兰娘说：“搬到哪里也是吃树叶！我只当给小兰守坟哩！你们走吧！我一个人住在这里！”金虎娘自然不能让她一个人在洞里住，所以就一同留下来。有些好心好意的邻居们，到地里去，路过这里的时候也常好来看看她们，每天差不多都有人来，所以她们听见有人来并不觉惊奇。小兰娘只见金虎不见小兰，并且见金虎是从外边来的，便问："你是怎么逃出去的？小兰逃出去了没有？""都出去了！""小兰哩？""在山上！""哪边的山上？""在阎王脑！""不管在哪里吧，总算把这一条孤根儿留下了！"小兰娘心落实了，反而流下泪来。金虎爹只有一只眼睛和一个耳朵管用，还放在下边靠着枕头，洞里的火光又不太亮，直到人家都答了话，他还没有弄清楚是谁，可是听见大家讲话，他又想马上打听是什么事，所以卷着个舌头问长问短。金虎娘望住他的枕头说："金虎回来了！"金虎也抢过去说："爹！我回来了！"小兰娘又从灶里抽出一根带火的柴来照亮了金虎的脸，金虎爹这才认出："金虎！你还在呀？"这老人家本来淌着泪的眼，泪流得就更多了。小兰娘问金虎和小兰怎么逃出去的，金虎娘说："我看咱们还是先搬回田家湾去再说吧！那里总比这里明亮一点！"金虎说："马上也就说不清楚！既然土匪们都走了，咱们就回去吧！"金虎娘说："咱们把这一锅榆菜吃了再走！"金虎说："枣树院叔叔还给你们捎来些好吃的哩！""你们碰上了？""碰上了！堂屋嫂和东院婶婶都在那里！"说着就把山上带来的礼物从一条破口袋里掏出来——一捆煮熟，又晒干了的山葱（这东西就是这种吃法，干的比鲜的好吃），三只熏鸡和一小布包盐。这些东西，在灵泉沟人看来都是宝贝。

他们吃过饭，就要搬家。金虎问："咱们的驴儿在哪个坡上？"金虎娘说："哪里还有驴？早被土匪们杀吃了！驴也没有了，行李也不多了——只有些破锅烂碗！咱们走两趟：先把东西送回去，给你爹安插好睡的地方，再来抬你爹！"

趁着平常应该睡午觉的时候，他们就把家搬回去了。田家湾的人大部分都逃荒走了，剩下的几家邻家见金虎回来都来问候。金虎一方面感谢大家，一方面仍得和大家说谎——说是被军队抓了差，直到现在才逃回来。

大家都正在金虎家的南房门外阶台上坐着问话，刘家坪的张兆瑞来了。张兆瑞也不像从前那张兆瑞：头发又白了好多，眼窝也陷下去了，手脸也都黑了，衣服也顾不上洗了……一身倒霉劲。大家正围着金虎问长问短，见他进来了，话头就少起来，不过大家对他们村公所那些人的威风，已经不大认账，除了金虎娘这个做主人的懒洋洋地让他坐下之外，别的人都没有和他打招呼。他坐下之后，见大家不多说话了，就先声明来意说："大家该谈什么还谈什么吧，我是来闲坐的，没有什么事！"其实他这声明是假的。他还是来给刘承业办事。大家也常说他这个神婆子走到哪里也会带一些鬼来，所以都想先找一点顶门杠子的话顶他一下。金虎娘是个会随机应变的人，马上想出关门的话来说："有什么谈的？还不是谈夜里该吃什么？能吃的都叫外边来的人吃光了，我们这些腿短走不出门去的人不是活该饿死吗？"张兆瑞本来要先说别的事，见金虎娘提起没有吃的，就也引起了他的心病话。他说："现在谁也不用告诉谁！有的也光了，没的也光了！灾荒年过了多少，也没有今年苦！你们知道：往年我的粮食要往三水镇卖多少趟，谁想到现在连树叶也没有本事弄下来！"金虎娘本来和他们这些户儿开不着玩笑，这时候也想趁势讽刺他几句，就说："你不要堵门子！我们也不敢向你借！借了也还不起！"张兆瑞却又一本正经地说："唉！有头发的谁肯装秃子？从前遇着灾荒，我虽然不像刘家那样趁着东西便宜置房买地，却还没有断过粗茶淡饭，从来也没有弄得像今年这样倒霉！粗糙粮食咱原来也还是有几颗的，可是叫人家替咱吃了！"有个人故意说："我不信！你们成天给军队办事，军队还会把你们的粮要光了！"张兆瑞很伤心地说：“喂不熟，喂不熟！都是只认粮食不认人的！”金虎娘又说：“就算没有粮食，你还和我们不一样！你给刘家办了半辈子事了，他们吃着能叫你饿着？”提起这个来，张兆瑞略略摇了一下头，好像有点伤心，不过他觉着当着这些人的面，不是他诉苦的地方，只“唉”了一声，没有再往下说。旁边一个老太太，见张兆瑞提起刘家趁着灾荒年买东西，又见金虎娘说他给刘家办了半辈子事，以为他是来给刘家买东西来的，就想起卖东西来。她说：“张先生！我求你给我办一点小事：我房后那棵大杨树，求你给我说一说卖给刘家。全灵泉沟还数我那棵杨树大！只要一斗米——好年景三石米我也不卖……”“不行了！他今年连一分钱东西也不买了！他也说他的粮食叫军队要光了！”“你不要推辞了！要是嫌贵，还可以少一点——不过一斗米已经是太便宜了。张先生！我知道你没事不到我们这里来！要房要地我没有！木料也是钱！就请你给我办办这点小事吧！”张兆瑞说：“真不行！我倒是来给他们办事的，不过不是办这个事！”金虎娘已经给他顶上了顶门杠子，大家又都真穷到开不了锅了，所以不止不怕他再讨走了什么东西，反而想听听他又来给刘家办什么事。有个人冷冰冰地说：“我想在如今这个时候，除了给他买点什么，再没有别的事情可办呀？”张兆瑞是个说客，很会随机应变找出打动人心的话来。他说：“怎么没有别的事？大家饿着肚子没有吃的，难道不是大事吗？”金虎是个好说直话的人，他说：“没有吃的刘家给发粮吗？跟我们要粮倒要得凶，发粮还没有见他发过！”“倒不是发粮，是发地！二先生（指刘承业）说：‘村里人逃走了好多，丢下了好多租种地，可以拣好的换给现在留在村里的佃户。要荒也先尽坏地荒，不要把好地荒了。’我想你们田家湾租种的都正是二先生的坏地，所以来和你们商量一下给你们换换！”刚才想卖树那个老太太问：“要是人家还回来呢？”张兆瑞说：“二先生说‘换过就算换过了！他们回来叫他们种坏的！谁叫他们不安心在家哩？'”这些话猛一听起来，好像刘承业对这些没有逃走的佃户特别关心，可是这些佃户已经和他打了多年交道，对他这人早已摸得透熟，知道他不会有什么好心肠，不过是为了秋后的地租打算。金虎娘说：“好地也罢，坏地也罢，今年反正没有指望了！咱这地方的俗话说：‘伏不掩籽’。现在已经入了‘头伏’五天了，还种什么庄稼？我看什么地也不要种了！”张兆瑞说：“夏秋两季还有点树叶，到了冬天吃什么哩？咱这地方还有两句俗话说：‘头伏萝卜二伏菜，三伏荞麦不用盖。’早的误了还能赶一季晚的。二先生想请你们各位租户一会到他家里坐坐，谈一谈今年的地还是怎么种好，怎样给大家把那些最坏的地换换！我还要到白土嘴去打个招呼，你们一会就请到刘家坪去吧！”他把他的话说完，就离开金虎家院里。院里的人一等他出了门，就纷纷议论起来：“刘家把威风使够了，现在又想起种地的人来了！”“我看是饿醒了！”“他可没有饿着了，后院那个靠山的暗窑连口还没有开哩！粮食有的是！”“旅部住在他院里，还会给他留下粮食？早就刨光了！”知道底细的人说：“没有刨着！旅长的勤务兵住在有暗窑那个房子里，就没有找着窑口；兵走了以后还不到一个月，他自己能吃多少？”……一谈到去不去刘家坪的问题，有的主张去，有的主张不去。金虎娘说：“不用上他那当！咱们吃的没吃的，种子没种子，时间又这么晚，牲口也叫他们那些土匪们杀完了，地还不知道种得成种不成，种上了到秋后又不知道谁来抢吃，他可要跟咱们要租。依我说去也可以，地咱不换，没有种上的趁这回给他交回去，荒也让他去荒，免得秋后跟咱麻烦！谁有法子想还要出去逃荒？人家除在外边受了苦，回来再给人家换些坏地，咱的心上也过不去！他有本事他自己去种，要不就让它荒着等人家回来再种！咱犯不着夺咱们自己人种的地！”大家听了金虎娘的话都觉着有理，就都往刘家坪交地去。

他们到了刘家坪，别的庄上也有些人去了，只是村里人本来只剩了二十来户，除了不去的，也不过只到了十来个人——金虎娘没有去，只打发金虎去了。

这时候的刘家院已经不像从前那样神气了：村警都跑光了，刘家的佣人都打发了，刘接旺已经通过他姨夫的关系到伪警备队当参谋去了。整个一座刘家大院前后中院只剩下刘石甫和刘承业两家五口人，接旺媳妇也亲自上碾上磨做饭洗碗了，院里的花也没人浇了，家里的猫也都懒得喂了，青草长上了阶台也懒得拔了，炉灰渣堆到墙角下也不往外送，洗碗水洗脸水也都满院泼，苍蝇嗡嗡地满院飞……院子倒是好院子，只是好院子住成这样，就更能看出他们的倒霉劲来。刘承业把客人让在中院的阶台上坐，自己却搬了一把椅子坐在对面。刘石甫没有参加他这个“盛”会。张兆瑞自己又到屋里搬出个方凳子来坐在刘承业的旁边。刘承业又把他那换地的假慈悲话重复了一遍，问大家有什么意见。大家把金虎娘提到的那些季节晚了、没有种子、没有吃的几个问题提出来。刘承业说：“我看先把地换好，那些事情咱们一件一件商量。”金虎赞成他娘在家说的那不换地的话，就先向刘承业说：“地不能换！出去逃荒的人已经够苦了，回来我们再把人家的好地夺了，都是个租种地的，那像什么话？现在没有种上地，不是因为地不好，是因为人家捣乱得我们种不上……”一提这个，大家的看法都一样，没有等金虎再往下说就都各自发表起自己的观感来：“对！不是咱不种，是咱种上人家给咱刨了！”“不用说换好地，就再比咱种那地坏一点，能早早种上的话，已经该出穗了！”“也不旱，也不涝，都是人误了！”……

刘承业的目的就是想鼓励大家把地种上，免得到秋后自己落空，说换地不过是个引诱的话，见大家不在乎这个，也不坚持，就拨转话头说：“不换也可以，咱们就谈谈怎么种吧：现在种谷子种玉茭都晚了，种荞麦就再迟半月还赶得上。我看最好是种荞麦——面好吃，产量也不太小，时间又赶得上……”有人说：“没有种子！”刘承业说：“这可以想办法！军队不会吃荞麦，没有把我的荞麦要去，不过可惜没有多少，要好好计算一下借给大家。你们先报一报谁能种几亩，让张先生替我开下个单子来，我研究一下再给大家分配！”他怕谁分得多了种不了吃掉。接着他问：“这样可以吧？”好像还很民主。

金虎问：“还出租不？”刘承业想：你这傻鬼！不缴租我请你们来干什么！不过他没有这么直截了当说，他只是冷冷淡淡地说：“那当然该怎么样还怎么样了！”金虎说：“那可不行！种谷打多少？种荞麦打多少？租约上写的是死数目，种荞麦连那个数目也打不够，我们还吃什么？”刘承业想：这傻家伙怎么还知道这么多？可是他还想开开金虎的玩笑，就故意让金虎出主意。他问：“依你说怎么办？”“依我说打多少算多少，按成分账！”刘承业觉着奇怪，他又看了金虎一眼，想：你懂得什么叫按成分账？他又问:“怎么个分法？”金虎说:“打下荞麦来以后，除了你的种子，其余按二八分，我们得八成你得二成！”刘承业说：“你比共产党的减租办法都减得多了！真是共产党员的哥哥！等共产党来了你再是那么办，我没有说的！现在还不是那样时候！”一个老年人替金虎解释说：“金虎说的我看也不是要减二先生的租。荞麦这东西收成薄，种谷子对半分也够吃了，种荞麦我们就分八成也不见得有谷子那一半多。要是种一季庄稼，末了还是个没吃的，不是都提不起劲来吗？”刘承业说：“你们分八成才够吃，我分二成该吃什么？”金虎说：“我们分八成只是各家分各家种的那一点，你分二成是每家都分给你二成。你几口人，我们几口人？”“你倒也不傻！会算账！可惜地是我的，不能由你算！要是你们的地，我连一成也不分你们的！”“我们要不种你能分几成？”刘承业站起来指着金虎说：“你这个傻瓜！让你说几句话你就认不得你是谁了！不种我的地你吃屁吧！我分不上你吃得上吗？”金虎这时候也知道他已经没有村公所和土匪军队那两座靠山了，就放开胆子顶住他说：“不种地我们又不是坐着饿肚子的！树叶也能多采它几筐子！地给你交回来，租约退给我，我去采树叶去！”“树叶也是我的！你姓田的在灵泉沟只有那一座房子！”“树叶是谁采到手算谁的！你要说太阳也是你的，我们就该钻洞吗？”“你抢了我吧！依你说什么东西都没有主了！没有想到漏了你这么个共党分子！”“是共产党你又怎么样？你还嫌没有把灵泉沟人害完吗？”刘承业又指住金虎放开嗓门子去骂，可是一张开嘴，气又喘不上来，憋得他又坐回椅子上去。这时候，张兆瑞抢到他跟前给他揉胸，劝他不要和金虎这个“傻瓜”较量，那个老年人怕金虎惹出事来也劝金虎少说几句，忙成了一阵才又稳定下来。张兆瑞劝刘承业继续和大家谈下去，刘承业说：“我先把金虎家的租约退他叫他走！和别人谈不谈不与他相干！”说罢就回房里去找租约。金虎见他要单独收回自己租的地，就想趁势再把他娘在家说的那话说一遍来提醒一下别人。他说:“退了痛快！我早就不想种了！这样晚的时候，种上地还不知道成得了成不了，成了还不知道自己吃得上吃不上，耽搁得连树叶也采不到手，回头他还要要租，我图的是什么？”刘承业在屋里听见这话要坏事，隔着门嚷：“你小子少说两句废话好不好？”金虎在院里顶他说：“一个人长着嘴就要说话！”刘承业知道已经压不住金虎，再说得多了让他越顶越丢人，就不再接他的下音，匆匆忙忙把他的租约找着，拿出院里来递给他说：“给你给你！”金虎接住租约正往外走，刘承业顺口补了一句说:“拿上走你妈的！”金虎连这也不让他，回头顶了一句：“你妈的！”刘承业后悔他自己不该多补那一句，还想再说句什么争一争面子，可是还没有等他想好，金虎就胜利而去。

金虎去后，会仍然又开下去。金虎的话已经打动了好多人心。好多人想到地不能种了。刘承业说:“不按租约出租也可以,不过不能像‘傻瓜’说的那二八分。大家也得替我想想!我……”白土嘴一个人站起来打断他的话说:“二先生!按几成分账我都没有意见,只是我的腿在前几天受了风,不能着重,说不定几时才会好。我看把我租种的地也让给别人种算了,等我的腿好了,二先生再租给我一点别的地种!”“你的腿好了,别人把我的地租种完了你怎么办?”“不会!二先生的地多得很!真要是那样的话,我也只好另想法!”他这么一说,跟着又站起来好几个人来,有的说“家里有病人”,有的说“已经饿得没有力气了”……虽然理由不同,目的都一样,都想把地交出来。刘承业有点为难。他想:“这一定还是嫌租重,可是要照金虎说那二八分的话,一行开那个规矩,以后就再不容易涨起来了。”闷了一会,他想不出别的主意,最后想到二成也比放了空强一点,就赌了赌气说:“好吧!就按二八分!这可没有说的了吧?”有些人同意了,有些人还坚持要交地。这时候,天快黑了,刘承业向那些要交地的说:“你们究竟为的什么?就为的和我怄气吗?”那个老年人说:“不瞒二先生!说实话是大家光吃树叶做不了活。二先生是不是能特别开恩每家借给几斗粮食呢?”这老人说得虽然十分客气,刘承业一听可就火了。他想:二成荞麦还不知道能收几颗,每户倒先要借我几斗!到秋后你们还不起,我能把你们怎么样?不行,这个要求不能答复。他说:“往年大家也不是没有借过我的,只是今年不行!军队在这里住着把什么都吃光了,我自己还是在囤底扫了一点土粮食吃的。不是不借,是没有!”白土嘴那个人说:“我也知道二先生没有,所以就不敢张口。还是请二先生把租约还我吧!”刘承业见希望不大了,就又赌气说:“好!交地就交地吧!”另有些人说“我也交”“我也交”……

就在这时候,从外边走来了原来的一个村警。他走到刘承业跟前打了个招呼说："村长你好！"刘承业一见是他，就责备他说："这一向你们都跑到哪里去了？村里一点次序也没有，还有漏下的共产党，你们怎么那么心静地走开了？""这个以后再说吧，有……""什么'以后再说'？"刘承业见他在自己面前这样大模大样地说话，实在不成体统，可是那个村警一点也不在乎，只是接着说："有一位副连长要见你！"刘承业一听提起军队的人就有点头疼。他低声说："就说我不在！"就在他说这句话的时候，那位副连长和两个兵已经走进中院来。副连长问："哪位是村长？"村警说："这位就是！"副连长向刘承业说："对不起！我们来打扰你！我们连里的给养一时有点困难，请把你后院暗窑里的粮食借给我们用了吧！以后我们领来了再归还你！"刘承业想：你怎么会知道我后院暗窑里有粮食？想到这里看了村警一眼就明白了，暗暗埋怨说："怪不得你大模大样地！原来就是你搞的鬼！"

这个村警，在刘承业他们看来，是杂毛狼死后最能干的一个，有人叫他是"狼羔子"，是从村公所散伙以后跑到部队里去的。前一些时候，驻在山里的兵不是常到接近平川的地方打给养吗？这些兵，开始还是以排、连为单位被上级派出去打给养，后来被派出去的部分慢慢都不和他们的上级联系，干脆各自成家，游到哪里吃到哪里，有的连他们自己原有的番号都不带了。在刘家坪驻扎的旅部，也是把人派出去都收不回来才走了的。这个狼羔子村警最喜欢那种局面；那些部队也都欢迎狼羔子这种人物，两下一凑合，狼羔子就成了红人。在开始，前山头的部队少、粮食多，到处可以敲诈出东西来，后来各部分都看到这种便宜，都到那地方去称霸，就变成部队多、粮食少了。狼羔子参加的这个部分，原来是驻在三水镇对过黑虎崖的炮兵连，这时候已经把炮埋了跑到前山头去当土匪。狼羔子帮着他们刨了好多窑洞，抢了不知道多少宝贵的东西，后来前山头再也找不到大批粮食，才想起灵泉沟刘承业这位老上司来。

狼羔子已经做了介绍，刘承业想跑也跑不了，张兆瑞趁着狼羔子还没有介绍出他自己名字来，一转身就往外跑，佃户们也都跟着往外走。那位副连长吩咐跟着来的两个兵说："不要让他们走了！还有事！"这时候，张兆瑞和几个动身早的佃户已经走到前院，跟副连长的一个兵向外边喊："不要放走了人！连长留他们有事！"前院门口有些兵挡住了门，连张兆瑞在内都没有得走出去。

刘承业勉强装了一点笑容说："官长！屋里坐吧！"副连长说："不客气！天也晚了，我们还要赶路！请你先开了门让他们装着粮食咱们再谈！""你请到屋里坐一会，我拨人给你装！""不用！我们有人！"回头向一个兵说："叫他们把口袋拿进来吧！"那个兵跑出去一传话，滴里瓜拉进来了好几十个兵，也有拿口袋的，也有只背着一条枪的。这些人不像一般部队那样见了官长先敬个礼然后等待命令，而是见人就问"粮食在哪里"，问得一些佃户回答不出来，只好说不是这家的人，而他们还都不相信。狼羔子这时候还起了点好作用。他说："不用问他们！那都是些穷佃户！村长在这里！"拿着口袋的兵听他这么说，就挤到刘承业跟前来，跟着副连长把刘承业围住；其余的兵，有的站在旁边助威，有的随便到各个房间里翻箱弄柜。狼羔子露着得意的神气催刘承业说："村长！你就把那个钥匙拿出来吧！"刘承业气得翻着白眼说："好！你算升了官了！""就这么一回事吧！你是明白人！"每个人背着一条枪，乱七八糟站下一院，刘承业自然再没有什么好说的，只好回房去取钥匙开门。拿口袋的兵跟着刘承业往后院走，中院里只剩下佃户们和张兆瑞。副连长说："留你们没有别的事，请帮忙往外扛一扛粮食！"在这种情况下，大家也只好跟着扛。张兆瑞没有用惯这种气力，扛撒了一口袋，有个兵揍了他一枪把子。

大家帮着把粮食搬到大门外，早有十来个驮骡站在门外，骡子身上都搭着专为驮炮用的铁架子鞍。赶骡的兵叫佃户门帮他把粮食绑到驮子上，副连长也出来了，刘承业跟在后边送客。副连长点着名字叫两个兵："王天庆！""有！""朱来宝！""有！""咱们借的粮今天运完，派你们两个在这里守着！""是！""别的部分来借的话，就说是我们的存粮！""是！"刘承业一听这话愣住了。他想：怎么呀？拿了二三十口袋还不行？我的粮食算全部给了你们了吗？怎么说你们"借的粮食"还没有拿完？你们问过我吗？副连长也不管他是怎样想，只和他点了点头说："麻烦你！明天见！"刘承业虽然也应酬着，心里却想：最好是明天不见！

抢粮的走了，王天庆和朱来宝留下了，佃户们也都离开了刘家坪。

刘承业送走了副连长，一回到自己房子里，就见接旺媳妇拉着他老婆哭。他问哭什么，接旺媳妇不说话，他老婆要说话又没说的。他一见这情况，知道是接旺媳妇吃了亏，也没有再往下问，只是摇头。一会，接旺媳妇止住了哭，刘承业就向他老婆说："这地方住不得了！他们明天还要来，还留着两个人看管咱的粮仓——怕别的部分来拿——看来他们非把咱的粮食拿完了不行。这些人咱惹不起！我看咱们不如逃出去——逃出去人总能不受伤！"他老婆说："逃也没个逃处！"接旺媳妇抢着说："娘！爹的话对！咱们马上就走，死到外边也比在家好！"刘承业说："我看就逃到城里找他二姨去！接旺也在那里，照顾一下也挺方便。"

话说到这里，三个人的意见就一致了。刘承业吩咐拣值钱多的东西随身携带一点，趁着两个兵向他们要了些面去做饭的时候，三个人就悄悄溜出门去跑了。

十三

刘家坪又来了军队，灵泉沟人谁也不敢不理。田家湾和刘家坪隔着一条河沟正打对过，田家湾的人都跑到枣树林里看动静，别的小庄上也有到这里来看的。

田家湾有些人知道金虎到刘家坪去过，见了金虎，就问刘家坪来的部队是哪一部分，别的去开会的人为什么还没有回来。金虎见问，就在枣树底下叙述在刘家坪开会的情况，谈到他怎样顶住了刘承业，大家都很满意。只是金虎回来得早，部队来的事和开会的最后结果他都不知道。

说话间天已经黑了，早已挂在当头上的月亮慢慢亮起来。月亮下边看什么总不十分清楚。大家见刘家的大门外许多人马的黑影忙乱了一阵，又排成一个长条下了坡，知道是军队已经离开，至于往哪边走了，因为转了弯，被岸挡得看不见了。又隔了一会，田家湾去开会的人回来了，大家就走出枣树林围上来问。有人把金虎去后刘承业怎样答应了二八分账，答应了借给荞麦种子，大家怎样提出借粮，刘承业又怎样推说没有粮，军队怎样逼着他开了暗窑把粮食拿走……详详细细说了一遍，大家更觉得痛快。有个人说："粮食还厚得很！除军队拿走的三十多口袋不算，剩下的至少还有一百口袋以上！"成天吃树叶的人们，一听说有这么多的粮食，兴趣大得很，马上就纷纷议论起来："真可惜放着粮食吃不上！""咱们吃不上，他也吃不上！便宜了土匪兵了！""现在咱们去借，刘承业准借给！借给咱们还能指望咱们还他，土匪兵吃了是一去不回头！""他愿意了，有人不愿意，说还不是白说？""我看咱们也可以和那两个留下来的兵商量一下。粮又不是他们的，又没有个准数，咱们少拿一点，他们的人再来了也看不出来。咱们可以先求他做个人情，他同意了再进去和刘承业商量！”“算了算了！那些兵还有通人性的？”“也说不定！他们也都是老百姓出身，不过是跟着他们的头儿学坏了！难道不会遇上个通人性的吗？”“谁管去说？”“我明天去。”“明天人家的部队就来了！要去现在就得去！”“现在黑天半夜谁敢去？要是说顶了，那些家伙们是不留情的！”站在金虎背后的一个人悄悄地指了指金虎的脊背向大家努了努嘴，大家也都会意，都向金虎看了一眼。有个人说：“金虎！你支差支得多了，该摸得着这些军队一点脾气。你是不是可以去替大家打这一次交道呢？”金虎说：“跟他们说话倒容易——不答应不过成不了事，咱们也不贴什么本钱，只是要我去跟刘承业那老家伙打交道我不去！他的粮食都是咱们的！八路军打回来咱们再跟他算账，现在去他名下求情，我看还不如吃树叶！”有个老汉说：“我跟你两个人去！你管说军队，我管说刘承业！”金虎说：“那倒可以，不过两个人去也不行，得大家都去；这时候不能跟平常一样慢慢由他过斗、记账，只能是说的说，装粮的装粮，他要赶得上记就记某人取了一口袋，赶不上记就多拿几口袋也不算对不起他，因为他向我们要的那代购粮究竟给了军队多少、他吃了多少二毛，谁能查清他的账？我看这样吧：我们两个人先到里边和那两个兵说着，你们大家三个两个地拿上口袋往里边走着，不说刘承业，就是那两个兵，见我们人多了，话也许就好说一点！”要是在常年，灵泉沟的人们见个拿枪的就躲得不敢露面，这几年，一来八路游击队在村的时候有好多年轻人当过民兵，二来又被日军的扫荡和这些土匪兵的折磨也磨炼出几个有胆量的人来，三来吃了几个月树叶实在不愿意把这一百多口袋粮食轻轻放走，所以有几个年轻人马上赞成了金虎的办法，有几个别的庄上的人也都自愿回庄上再叫些人来同去。大家商量好了，拿口袋的拿口袋，叫人的叫人，忙乱了一会，又都集合到枣树林里。金虎查点了一下人数，有十四个人,其中有五个和他都在一块当过民兵。金虎分拨了一下谁先走谁后走，谁和谁走在一起，自己就先和那个老人动身往刘家坪去。

他们两个人走到刘承业的大门口，见大门没有关，就慢慢走进去。前院里每个窗户上都没有灯光，只有刘石甫的窗上红红地亮了一次，马上就又停了，大概是刘石甫在家吸旱烟。他们通过前院走进中院，见西南角上的厨房里有灯光，又听得咯咚咯咚响，就走进厨房去。那个名叫朱来宝的兵正站在案旁切面条，听见了脚步声，抬头一看，和他们打了个照面。金虎他们一齐向朱来宝打招呼 :“还没有吃饭吗老总! ”“没有 !”金虎说 :“我帮你做吧 ?”说着就走到灶前替他烧火。朱来宝说 :“谢谢你 !”朱来宝只顾擀面、切面，炉里的火着残了锅还没有开，也正该料理料理了。老头儿见朱来宝这人很和气，就婉婉转转向他提出要求说 :“老总 ! 我们求你个事 : 我们这里去年遇了灾 (其实没有遇过天灾，都是被刘家要光了)，树皮树叶从春天吃到现在，饿得大家死去活来的。今天后晌，我们正来和村长商议借点粮食，你们一进来我们就再没有谈下去。现在我们还想跟村长谈谈借点粮食，你看可以不 ?”“村长的粮食都借给我们了 !”“我知道 ! 不过粮食很多，我们少借一点，你们的部队来了不会看出来 ! 老总 ! 你就救救我们这几十条命吧 ! 大家肚子里都饿得着了火了! ”……

他们谈着，其他的人也都断断续续走进来，也有在厨房里的，也有在院里的。有些人也哀求着 :“老总救命吧 !”“救我个命我一辈子也不忘你的好处 !”……这朱来宝原来也是农民，当他长到十岁时候家里遭了灾荒把他的寡妇母亲饿死了，他才被一个贩卖人口的带到豫东卖给一家姓朱的农民当儿子。“来宝”这个名字是朱家给起的。说起吃树叶他不外行，曾把他吃得脸肿到脖子根。他见来借粮的人有三四个肿了脸的，就联想到当年吃树叶的苦处，心里有点活动。他正问来了多少人，忽见窗外有人打电筒，就听得那个叫王天庆的兵在院里喊："谁！干吗这么乱七八糟的？走走走！"有个人说："老总！我们是老百姓！""干什么？""向你们求个情借点粮！""呸！都是你妈的什么眉眼！快滚！朱来宝！你他妈的怎么搞的？谁让你给他们开门？"朱来宝知道这家伙是个流氓，怕他对这些吃树叶的人再动手动脚的，就抢到厨房门口和他说："快进来吧！不要那么咋咋唬唬的！你守着门，你问谁？""我守门不守门你管得着吗？"这家伙什么毛病都全占，在部队里也常常欺负老实一点的人。朱来宝叫他帮着烧火，他说他要到前边守门；说是到前院守门，出了厨房可就溜到后院里去；见后院西房点着灯，进去一看没有人，就想翻翻箱柜；翻着梳妆台的抽屉里有些脂粉、首饰，知道是年轻女人住的房子，就想等着人家回来戏弄一番。前院的大门本来是他关上的，可是就在他玩弄着首饰等好事、朱来宝在厨房里和面做饭的时候，刘承业两口子和接旺媳妇就从中院北房溜出来逃走了。大门是他们三个出去开了的。王天庆在接旺媳妇房子里一边拿着一个戒指往自己的小指上套，一边静听着院里有没有脚步声，忽然听到中院里扑通扑通响，脚步声倒是脚步声，不过不是他等的那脚步声。做贼心虚，王天庆觉着要等这些脚步声走进这后院西房里来，纵然自己带着一条枪也不是他们的对手，不如先出去看看情况。他到了中院，打着电筒一晃，见是些拿着口袋借粮的老百姓，就放了心，骂起来。不过他不知道刘承业一家三口逃走的事，还以为是朱来宝开的门，所以骂过了老百姓，也顺路骂到朱来宝头上。朱来宝也不知道刘家逃走的事，反以为是王天庆给开的门，所以就怪他说，"你守着门，你问谁？"王天庆听朱来宝这么一反问，还以为朱来宝已经知道他到后院去的事，所以又着急地说："我守门不守门你管不着！"到这时候，朱来宝让了一点步说："好好好！咱们谁也管不着谁！现在面条该下锅了。你进来！咱们煮上面条吃着再商量！”王天庆也饿得差不多够受了，听说吃饭也还感兴趣，就走进厨房里来。和金虎来的那位老人说：“金虎！你帮着老总们烧火下面条，我去找一找村长去！”

老头走进北房，北房里点着灯没有人；找到后院，西房点着灯没有人；叫了几声“二先生”，也没有个人应声；摸了摸别的屋的门子，一个一个都锁着；找到前院问刘石甫，刘石甫说“没有发明(就是没有见的意思，是刘石甫的省城话)”。老头觉得奇怪，又返回厨房问朱来宝说：“村长一家人都往哪里去了？怎么一个也找不见？”朱来宝问王天庆：“村长他们出去了吗？”王天庆说：“我怎么知道？”“你不是去看大门去了吗？”“没有！我肚子有点不舒服，在屋里睡了一阵子！”朱来宝问金虎：“你们进来的时候，谁给你们开的大门？”“我们进来时候大门就是开着的！”老头儿说:“那还找什么？一定是跑了！”金虎说:“他们跑了就更好办！老总！你看村长也走了，让我们拿上点粮食，明天你们的部队来了不是谁也不会知道吗？你就叫我们拿上点吧！”朱来宝说:“你们有几个人啊？”王天庆说:“问那干吗？谁顾上跟他们搞那个麻烦？这对我们会有什么好处？”又转向金虎他们一伙人说：“不成！上级没有命令，我们不能借给你们！快走吧！”老头说:“好老总！我们借在前，你们借在后；你们多吃些，我们少吃些还不行？”“老家伙！你还要跟我们说理是不是？”“好老总！我知道你不说理，不过……”老头本来是想说“我不敢和你说理”，可是不知道怎么样一下说错，就说了个“我知道你不说理”。王天庆一听火了，没有等老汉往下说，就狠狠地举起巴掌朝着老汉头上打来。幸亏金虎手快，一把架住王天庆的胳膊说:“老总不要动气！要打你打我们年轻人！那么大老人可受不住你这一下子！”王天庆说：“你妈的，我要问他谁不说理？”朱来宝说：“天庆你少咋呼咋呼行不行？那么大老人家是你骂得的？人家要说理你不让说，是谁不说理？”“好！你是老善人！老善人该去修道去，谁叫你来当他妈个穷兵？没有上级命令，你拿粮食做人情，老子就不愿意！”“粮食是你家的？什么上级下级的？你不是不知道咱们是什么队伍！”“不愿意当土匪为什么你不滚开？土匪又不是没个头儿！不服从命令照样枪毙得了你！”“枪毙也轮不着你来毙？我就要把粮食借出去！”“你要起反我就管教得了你！”“什么叫起反？”“不服从命令就叫起反！”“抢人家的粮食不算起反，借给人粮食倒算起反！谁给你定的这法令？”朱来宝说到这里就向门外喊：“大家都去装粮食去！有什么事朝我说！”王天庆从背上卸下大枪来，抡转枪托往朱来宝的顶门上打，朱来宝忙向旁边一闪，王天庆的枪托子打在地下。朱来宝的个子瘦小一点，王天庆不把他放在眼里，就丢下大枪，双手把他抱住正要往地上按，没有想到这一下又激起了金虎的愣劲。金虎见朱来宝要吃亏，就抢到王天庆背后，双手把王天庆连胳膊带胸部抱在一起，好像给他上了一道铁箍，任他怎么挣脱也挣脱不了，只得丢开抱着朱来宝的手。朱来宝气极了，顺手抓起案上的厨刀用刀背向王天庆的顶门上打。虽说是个刀背，王天庆的脑盖也抵抗不住，只挨了一下，脑袋就耷拉到一边，全身的骨头马上都软下来，金虎一放手，他就软软地倒在地下。大家见这情况都愣了。朱来宝虽说跟着他们胡混了几年，可还是个老实人。他摇了摇头，唉声叹气地说：“真没有想到今天夜里会闹出人命事来！这样吧：我闯下的事我来顶，大家不要怕！大家既然是为借粮食来的，还是去拿上些粮食回去吧！”那位老人向大家说：“我看这粮食咱们不可以拿了！这位好老总为了咱们弄出事来了，咱们再要拿走一部分粮食，不是给他加麻烦吗？”朱来宝说：“已经惹下了大麻烦，就不在乎那点小麻烦了！”金虎说：“我看也可以没事！你不要回那部队上去，不就完了吗？”朱来宝说：“那个我也想到了，不过我一走开，事情就成了你们的！我老实告诉你们说：

我们那部分军队现在已经变成了土匪！你们要打死他们个人，他们会来把你们的家抄了。大家来借粮，粮也没有借上，我给你们惹下一场祸，我觉得实在有点过意不去！你们走吧！还是我一个人来顶！你们就是不拿粮食，他们也不会放过我。我看还是不如拿上点！”大家听了他这番话，没有一个不受感动，眼眶里都骨碌骨碌落下泪来。老汉说：“我的好老总！一万个人里边也遇不到你这样一个好人！”金虎说：“老总你不要回去了！我觉着有办法！我们把他抬出去埋了，你不说、我们不说、村长他们一家子又不在，没有人会知道。你再一走，你们的部队来了，不过以为你们两个开小差，也碍不着我们的事！”朱来宝自从金虎帮他抱住了王天庆，就已经感激得很，现在又听他想出一条很周全的计策来，越发觉着金虎是个十分难得的朋友。他说：“老弟！我也学那位老人家说句话：一万人里边也遇不到你这样一个好人！这会我完全听你的！请你再帮我一次忙，咱们把这个该死的东西抬出去埋了！”有个跟金虎在一块当过民兵的青年说：“用不着你们去，我们几个人也办得了这点事！”金虎说：“不要忙着处理他！他自己已经不会跑了，别人这会也不会去报告！依我看，事情既然闹出来了，就索性再闹大一点：现在这地方的村公所、县政府、军队，还有到山里来扫荡的日本人，根本都是土匪！我们的家，早被他们抄得再没有什么抄头了，还有什么怕的？这里的米面锅灶都现成，我们不如先做上一大锅饭大家都饱饱吃上一肚，吃饱了就搬粮食。要把这里的粮食一齐搬到新洞里，够咱们全村剩下来这二十来户吃一年！”有人问：“要是军队找来了哩？”“找来了我们不过钻山！只当土匪军队多来驻了一回！只当日军多来扫荡了一回！有什么了不起的？”“要是找着了粮食哩？”“找着了他们不过搬走，我们不过还吃树叶，也不算赔本！我们现在不就是吃树叶吗？可恨我们民兵的武器都叫他们搜去了，要不他们来了我们把洞口一堵，吊上些手榴弹，埋上些地雷，连粮食也损失不了！”又一个当过民兵的青年说：“你才回来还不知道哩！现在的武器可多得很，光他们那个公安局丢了的、埋了的大枪和手榴弹，就比咱们民兵原来的多得多！有些人见了悄悄拾回去不敢叫人知道，有些人拾起来又埋到别处不敢拿回家去，有些人见了连拾也不拾。光我一个人就拾了两条大枪、五个手榴弹，都还埋在外边哩？”他这么一说，别的人也报起数来——你三条、我两条；你两颗、他三颗;你一排、我两排，步枪、手榴弹、子弹，马上报了一大堆，不过没有别的枪支。金虎听说有这么多的东西，越听越起劲，听着听着他就又想出好主意来。他说：“有人有家伙，我们的粮食保证丢不了！刘承业说我是共产党，可惜我不是，不过我想咱们可以共几天产：我们今天夜里先把这里的粮食倒出去，倒得新洞里，明天和全村各户商量组织一个大灶，谁愿意参加咱们的大灶，就都搬到新洞里去住。咱们把愿意参加的人组织一下，分一部分人管咱们已经种上的庄稼，一部分人打柴，一部分人做饭，一部分人站岗，还有些什么事想起来再说。咱们把老羊坎露天的那一面修上一堵墙，有什么动静就把老老少少行动不方便的人先撤到那里去住，让民兵守洞，万无一失；真要有大部队再住到咱灵泉沟，咱们就一同撤到阎王脑去住，那里更有保险的地方！”有人问：“明天的部队来了要攻新洞怎么办？”“只要有枪、有手榴弹，只用两个人守住里边的套间，有一千人他们也攻不进去！”“要是人家把洞口堵了哩？咱们也出不来呀！”“不怕！里边有出路！路不太好走，不过只要有电筒，年轻人是可以走得了的！”“没有路吧！”“有！”“你怎么知道？”“我走过一次！”“出去是什么地方？”“阎王脑！”四五个青年民兵高兴得闹起来：“真要是那样，来一万人也不怕他！”“干！我们把灵泉沟守住，连刘承业也不让他再回来！”“除了八路军，谁来了揍谁！”……朱来宝说：“我叫朱来宝！原来也是吃过树叶的老百姓！你们真要能这样干，我也不走了！请你们帮我换一套便衣，我参加你们的队伍！”大家都说：“欢迎。”金虎说：“那好得很！请你教我们练武！”老汉低声说：“咱们把声音放低一点！刘石甫还在前院哩！”金虎也放低声音说：“对！我们就把他忘了！”有个青年说：“我们先把他收拾了吧？留下那么个不干不净的东西没有好处！”他这一提，有好多人先赞成。金虎想了想说：“刨一镢头也是动了一回土，打个窑也不过是动了一回土！干就干了他吧！咱们不收拾他他就想收拾咱们！干！我去！”金虎拾起王天庆的大枪，一个青年又取了王天庆的手电筒，四五个人都跟着金虎往外走，朱来宝提起自己的枪拿起自己的电筒来赶着说：“我也去帮个忙！”四五个人一同来到前院，见刘石甫屋里没有点灯，揭开竹帘子用电筒一照，门已经锁上了。原来当那位老人家到他家去找刘承业那时候，他听说刘承业全家都逃走了，埋怨了一阵刘承业走的时候不该不叫上他，接着就卷包了一点贵重东西拉上他老婆也跑了。金虎说：“走了算他的造化高！咱们回去做饭去吧！”大家又回到厨房，就见王天庆的死尸还堆在地上。一个青年问金虎说：“这东西怎么处理？”金虎说：“来！咱们把他暂且拖到门外，等吃过饭搬粮的时候，把他捎到新洞里，让他和被水冲走的那个警察一路去吧！”

这天夜里，就照着金虎的安排做了。那个当了土匪的炮兵连，抢了这一遭粮回去之后，别的部分把他们驻的村子占了，两家都不让，动了一回武，打了个乱七八糟，第二天也没有到灵泉沟来，隔了几天来了，人也没了，粮也没了，还只当是别的部分抢了去，也没有追究就走了。

新洞里开了大灶，把村里人都组织起来了，大家推选金虎和朱来宝做正副洞长兼民兵的正副队长。村里人有的搬到洞里来住，有的只在洞里吃饭仍住在家里。不论住在洞里住在家里，都参加一定的工作，谁管照料庄稼，谁管打柴，谁管拔野菜(因为没有菜吃)，谁管种秋菜，谁管做饭，谁管碾米磨面……都各有分工，每一件事都有专人负责。张兆瑞也要求参加，大家讨论了一下，不让他住在洞里，只准在洞里吃饭。他不会做什么，大家让他学习劈柴、烧火。他老婆和儿媳、女儿，也都参加了缝补小组。

过了几天，生活过顺了，已经种上庄稼的地本来就不多，做了几天也就没有多少要做的活了，金虎便拨了些人，临时组成了个修建小组，把老羊坎的露天的一面修了一堵石墙，把里边堵成个走廊式的大屋子，墙上每隔一段都留着窗户，住起来要比洞里明亮得多。这地方准备叫有时候匪军占了村子，老百姓搬上去住。

又过了些时候，金虎准备了些松柴，配着两支电筒，同几个青年和朱来宝，走洞里那条路往阎王脑去过一次。他们和老李洪商量出山上山下互相支援的办法来。办法是这样：把阎王脑石崖南边沟两岸几处石坎也修上墙，准备万一老羊坎也待不住的时候全村人都搬到这里来住。等山上的山药蛋成了的时候，村里拨人来把山药蛋收了，切成片、晒干存起来，准备叫山下的人来了吃。山上没有粮，到了冬天天气也冷。山上的人收过山药蛋之后都回村里去住，到了种山药蛋的时候再拨人来，种完了就回去，锄的时候、收的时候再来。山上的行李不用往下带，没有的东西再从山下带些来，利用这地方没有人找得到，放下什么也不怕丢了。这样把山上山下和老羊坎安下三个据点，大小战争都应付得了。

灵泉沟实行了金虎的共产办法之后，果然对日军的扫荡、匪军的扰乱都应付得过去，过了一年零八个月，大小战争都经过几次，群众可没有什么损失。村里大大小小都佩服金虎胆大心细，再没有人敢以为他是傻瓜。

到了一九四三年三月之后，情况就有了大的变化：土匪兵集体投敌，八路军分头入山，灵泉沟人到那时候才能算重见天日。

本来我应该接着写下去，只是再写下去就要误了我今年应该参加的劳动锻炼，所以只好等我锻炼一个时期之后再继续写吧！

套不住的手

白云岗公社大磨岭大队有个教练组，是高级社时期就成立了的，任务是教初参加农业生产的人们学技术。当一九五六年高级化的那一会，有些素不参加农业生产的妇女和青年学生被动员参加了农业生产，做的活很不合规格，主任陈满红提议组织一个教练组，选两个做活质量最高的老农民当教师，选一部分产量不高、做不好也不太可惜的地作为教练场，来训练这些人。这个建议经管理委员会通过后，就把大磨岭顶上的几十亩薄地和南边沟里几块小园地选为教练场，又选了两个教师——一个是主任陈满红的父亲陈秉正，另一个是种园地的老人叫王新春。陈秉正兼任组长，王新春兼任副组长，组员是流动的，经常分配在各小队，遇上了教练自己不会做或者做不好的活计的时候才来学。训练的对象虽说是初参加生产的人，可是也有例外：第一是经常参加生产而对于某一种活计做得不好的，在教练那种活计的时候，自动报名来学习；第二是对某种活计做不好或者能做好也不做好的人，经小队评议为需要学习，就送来学习——在学习期间，每个劳动日是打六折记工分的。故意不做好活被送来学习也可以算是一种小小的惩罚。

组长陈秉正已经是七十六岁的老人了。按一般惯例，这样大岁数的人本来早就该不参加主要劳动，可是这老头身体特别强健，在年轻时候一个人可以抵一个半人做活；如今虽说老了，一般青年小伙子还有点比不上他。一九五八年冬天，公社化后，大磨岭算一个大队，大队长仍选的是陈满红。大队成立起敬老院，经过评议，请陈秉正老人退休入院。这老人只进去了三天，就觉着只做那些揭麻皮、拣棉花之类的轻微劳动，有气力没处使，所以又自动要求出院，依旧当他的教练组长。

陈秉正老人的老技术，不但在大磨岭是第一，就整个白云岗山区来说也是曾被评为特等模范的。经他手垒过的石头地堰，从来也不会塌壑儿；经他手压的熏肥窖，从来也不会半路熄了火；至于犁、种、锄、收那些普通活计，更是没有一样会落在马下的。

他在教练组里教人做活，不但要要求规格，而且首先要教架势。他说架势不对就不会做出合乎规格的活儿来。例如锄二遍地，他要求的架势是：腰要弯到一定的度数；一定要斜身侧步，不许乱动脚；两手要攥紧锄把，叫每一锄下去都有准，不许让锄头自己颤动，规格是：一定要锄到庄稼根边，不许埋住生地皮；在庄稼根上拥土，尽可能做到整整肃肃三锄拥一个堆，要平顶不要尖顶。在开始教的时候，他先做榜样，让徒弟们在一边跟着看。他一边做一边讲，往往要重复讲十几遍，然后才让大家动手他跟着看。因为格律太多，徒弟们记着这样忘了那样，有时腰太直了，有时候步子乱了，有时候下锄没有计划，该是一下就能办的事却几下不得解决问题……陈秉正老人不住口地提醒着这一个，招呼着那一个，也往往随时打断他们的工作重新示范。

有个人叫郝和合，半辈子常是直着腰锄地，锄一锄，锄头蹦三蹦，锄头蹦到草上就锄了草、蹦到苗上就伤了苗。教练组成立以后，小队里评议让他到组里受训。他来的时候，老组长陈秉正照例教给他锄地的架势，只是这个人外号“哈哈哈”，带几分懒汉性，弯下腰去锄不了几锄就又直起腰来。陈秉正这老人也有点创造性，第二天回去把自己家里闲着的一个锄头，安了三尺来长一个短把子给郝和合说："你这弯不下腰去的习惯，只有用这短把子锄头，才能彻底改正。"郝和合一换锄头果然改正了——因为三尺来长的锄把，要不弯腰，根本探不着地皮。后来各小队知道了这个办法，都准备了几张短把锄头，专门叫给那些没有弯腰习惯的人用。

徒弟们练架势练得累了，老组长陈秉正便和他们休息一阵子。相隔八九段梯田下边的沟岸上，有副组长王新春领着另一批徒弟在那里教练种园地。在休息时候，上下常好打个招呼，两个老人好到一块吸着旱烟闲谈一会；徒弟们也好凑在一处读一读小报，或者说说笑笑。陈秉正一见王新春就伸出手来和他握手，王新春却常是缩回手去躲开。王新春比陈秉正小十来岁，和陈很友好，就是怕和他握手，因为一被他握住像被钳子挟住那样疼。

有一次休息时候，陈秉正叫王新春上去吸烟。陈秉正是用火镰子打火的，王新春说："烧一堆柴火吸着多痛快！"一个新参加学习的中学生听说，忙帮他们在就近拣柴，却找不到什么东西，只拣了二寸来长两段干柿树枝。王新春笑了笑说："不用找！你陈家爷爷有柴！"那个学生看了看，没有看到什么柴。陈秉正老人也说了个"有柴"，不慌不忙放下火镰子，连看也不看，用两只手在身边左右的土里抓了一阵，不知道是些什么树皮皮、禾根根抓了两大把；王新春老人擦着洋火点着，陈老人就又抓了两把盖在上面。那个学生看了说："这个办法倒不错！"说着自己就也去抓。陈老人说："慢慢慢！你可不要抓！"可是这一拦拦得慢了点，那个学生的中指已经被什么东西刺破了，马上缩回手去。王新春说："你这孩子！你是什么手，他是什么手？他的手跟铁耙一样，什么棘针蒺藜都刺不破它！”

那个学生，一边揉着自己的中指，一边看着陈老人的手，只见那两只手确实和一般人的手不同：手掌好像四方的，指头粗而短，而且每一根指头都展不直，里外都是茧皮，圆圆的指头肚儿都像半个蚕茧上安了个指甲，整个看来真像用树枝做成的小耙子。不过他对这一双手，并不是欣赏而是有点鄙视，好像说“那怎么能算‘手’哩”。

学生的神情，两个老人都看出来了。陈秉正老人没有理他，只是自豪地笑了一下就拿起自己的旱烟袋来去吸烟，王新春老人点着烟之后却教训起这个青年人来。他说：“小伙子！你不要看不起那两只手！没有那两只手，咱们现在种的这教练场恐怕还是荒坡哩！这山是地主王子裕的，山顶上这十几段地，听老人们说从光绪三年就荒了，一直荒到宣统三年。当年间我们两家都没有寸垄田地，他给王子裕家当长工、我给王子裕家放牛。后来他来这里开荒，我长大了从放牛孩子升成长工，跟着老领工在大河滩学着种园地。这些地都是他老哥和咱们现在的大队长他们父子俩一镢头一镢头剜开、一条堰一条堰垒起来的。没有那两只手，这里还不是一片荒坡吗？”

那个学生虽然对他自己那种鄙视的表示有点后悔，可是他除了不愿当面认错，反而还自我解嘲地说：“怨不得我们学习得慢，原来就没有那样的手！”

陈秉正老人一本正经地教训他说：“是叫你们学成我这手，不是叫你们长成我这手！不是开山，我这手也长不成这样；不过上辈人把山都开了，以后又要机械化了，你们的手用不着再长成这样了！”

陈老人虽然不希望别人的手长成那样，可是他对他自己已经长成那样的一双手，仍然觉着是足以自豪的。他这双手不但坚硬，而且灵巧。他爱编织，常用荆条编成各色各样的生产用具，也会用高粱秆子编成各色各样的儿童玩具。当他编生产用具的时候，破荆条不用那个牛角塞子，只用把荆条分为三股，把食指塞在中间当塞子，吱吱吱……就破开了，而他的手皮一点也磨不伤；可是他做起细活计来，细得真想不到是用这两只手做成的。他用高粱秆子扎成的“叫哥哥”笼子，是有门有窗又分楼上楼下的小楼房，二寸见方的小窗户上，窗格子还能做成好多不同角度的图案，图案中间的小窟窿，连个蜜蜂也钻不过去。

土改以后，经过互助、合作一直到公社化了，陈秉正老汉家里的收入也丰裕起来了。一九五九年冬天，儿孙们为了保护老人那双劳苦功高的手，给他买了一双毛线手套。他接过来一看说：“这双手可还没有享过这个福！”向手上试着套了一套，巴掌不够宽，指头也太细、太长，勉强套上去，把巴掌那一部分撑成方的了，指头的部分下半截都撑粗了一点，上半截却都还有个空尖儿。儿子陈满红说：“慢慢用着就合适了！”老人带好了握了握、伸了伸说：“还好！”说罢，卸下来交给满红媳妇说：“暂且给我放过去吧！”满红媳妇说：“爹！你就带上走吧！到地里手不冷？”老人说:“在沟里闸谷坊，戴上它搬石头不利落！”说着就放下走了。以后谷坊闸完了,别的活儿又陆续接上来——铡干草、出羊圈、窖萝卜、捶玉米……哪一种活儿也不好戴着手套做，老人也就忘了自己还有一双手套。

一天，白云岗有个物资交流会。满红媳妇劝老人说：“现在这些杂活计又不用你教多少技术,你还是休息一天去逛逛会吧！”老人答应了。老人换了一件新棉袄，用新腰带束住腰。满红媳妇说：“这回可戴上你的手套吧！”说着把手套给他拿出来，他戴上走了。

大磨岭村子小，没有供销分社。老人穿着新衣服、戴着手套打街上走过，村里人见他要到白云岗去，就有些人托他捎买东西，东家三两油、西家二斤盐，凑起来两只手就拿不了，借了邻家一个小篮子提着。他走到白云岗，逛了半条街，走到供销社门口，把给别人捎买的日用品买全了又向前走，刚走过公社门口，看见山货部新运来一车桑杈，售货员忙着正往车下搬。这东西在这地方已经两年不见了，不论哪个队原有的都不够用。他以为机会不可错过。他自己身上没有带钱，想起满红在公社开会也许有带的钱。他跑到公社向满红一说，满红说："噢！哟！那可是宝贝，赶快买！"说着从口袋里掏出五十块钱来递给他。老人拿上钱就到山货部来挑桑杈。老人对农具很讲究，从来见不得有毛病的。他把手套卸下来往怀里一装，拿起一柄桑杈头放在地上试看三股子平不平、有力没力、头正不正、把弯不弯。他连一柄还没有看完，就来了十来个人，每人拿着一柄看；转眼工夫，买杈的越来越多，连在公社开会的大队长们也暂时休了会出来买杈。这些人也不挑三拣四，问明了价钱就拿。陈秉正老人见情况紧张起来，也不敢再按自己的规格挑选，胡乱抢到手五柄，其余的就叫别人拿完了。他付了钱，把杈捆起来扛上，提起小篮子来挤出山货部，因为东西够拿了，他也无心再逛那半条街，就返回原路走出白云岗村。一出了村，他觉得人也不挤了、路也宽敞了，这才伸手到怀里摸他的手套。他摸了半天只有一只；放下篮子和桑杈，解开腰带抖擞了一下，也仍然不见那一只。他知道一定是丢在山货部里了。他想："丢就丢了吧！拿上它也没有多少戴它的时候！"于是他又束好了腰、扛起桑杈、提起小篮子继续往家走；可是走了不几步，就又想到"孩子们好心好意给买上了，丢了连找也不找一趟，未免对不起他们"，这才又扭回头来重新返回白云岗物资交流大会上的山货部来。幸而售货员早已给他拾起来放在账桌上，见他来找就还了他。

隔了好久，陈秉正老人又被评选为本年的劳动模范，要到县里去出席劳模大会。这自然又该是他戴一次手套的时候。他除换上新棉袄和新腰带外，又把他的手套戴上。

大磨岭离县城四十里，冬天的白天又短，陈秉正老汉从吃过早饭起程，直走到太阳快落山才到。这一天只是报到的日期。老人到县后，先找着报到处报了名、领了出席证，然后就去找晚上住宿的招待所。他半年没有进县城，县城里已经大变了样——街道改宽了，马路也压光了，他们往年来开会住的破破烂烂的招待所，已经彻底改修成一排一排崭新的砖瓦房了。他进入招待所的时候，天已经黑了，后边几排房子靠甬道两旁的窗户里都闪出灯光，一看就知道里边已经住下了人。前三排的窗户，也有明的、也有黑的。他到传达室登记了名字，招待员领他往西二排五号去。他走到西二排，见只有最西边的六号房间窗上有灯光，其余都还是黑的；脚底下踩着些软一块硬一块的东西，也不知道是些什么。招待员向他说："小心点老人家！这房子刚修好，交了工还不到一礼拜，院子还没有清理完哩！——这边些，那里是个石灰池！——靠墙走，那里还有两截木料……"走到五号门口，招待员开了门先进去开了灯，才把老人让进去。老人一看，房子里挺干净，火炉子也燃得很旺，靠窗前一张桌子、两把椅子、一条板凳，后边靠东西墙一边排着两张床，门窗还不曾油漆过，墙好像才粉刷了，经火炉子一熏还有点湿味儿。老人看了看床位说："一个房间住四个人吗？"招待员说："四个人！""这次会议住得满住不满？""都来了差不多住满了！路远的还没有赶到哩！你休息一下吧！我给你打水来洗洗脸！"一会，招待员打来了水，老人洗着脸，路远的人也陆续来着，西二排的房子就也都住满了。五号房间除了老人以外，又住了三位青年，老人和他们彼做了自我介绍。

会议一共开三天半，老人又是听报告、又是准备发言，和大家一样忙个不了，直到第四天上午听罢了县委的总结报告，才算了结了一宗事。下午，离县城近一点的就都回村去了，路远的就得再住一宿。陈秉正老人离家四十里，说远也不算远，说近可也不近，要是青年人，赶一赶也可以在天黑赶到，老人究竟是上了年纪的人，不想摸黑，也就准备多住这半天了。

吃过了午饭，住下来的人们差不多都想上街逛逛。老人回到西二排五号房间里，见和自己同住的三个青年，陪着四号一个人打扑克玩。老人问："你们不上街去？"一个青年回答说："你先去吧老爷爷！我们过一会去！"老人束上腰带，戴上手套，便走出房间。因为院里两截剩余木料碍着路，走过四号门口，便得擦着三号的墙根走，他总觉着太不顺当。他想："把它转过一边不就好走了吗？可是转到什么地方好呢？"他蹲在四号门边来看空子，觉着只有转到石灰池的南边好一点，看准了，把手套卸下来放在阶台上，就来动手转木料。这一截木料是截去两头、中间留下来的一段盘节，又粗又短又弯又扁，很不好转动。老人很费了点气力才掀起来，转了一个过就又跌死了。老人想找个帮手，敲了敲四号的门，四号的人都出去了，这才又回到五号来向那几个青年说："同志们！你们帮一下，咱们把院里那两截木头转到一边让走路痛快点好不好？""好！我昨天还试了一下，没有转动了。"一个青年答应着，放下手里的牌，其他三个也都同声答应着站起来往外走。老人趁空子解了腰带脱下他的新棉袄来放在床上，就跟着走出来了。

老人和青年们一同去转动木料，一个青年拦住他说："你歇歇吧！不够我们转！"短短一截木头，四个人就护满了，老人插不上手，只好让他们转，而自己去搬动另一截。青年们把那一截粗而短的转过去，回头看见老人搬动另一截，一个青年又拦住他说："老爷爷你歇歇吧！

这一截可以抬起来走！”另一个青年就走过来和这个青年抬。这一截比那一截长一点，可是一头粗一头细，抬细头的抬起来了，抬粗头的吃劲一托没有动，连声说：“不行不行，”就放了手。抬细头的见他抬不起来，正要往下放，老人说：“我来！”说着弯下腰去两手托住，两腿摆成骑马架势，两肩一耸，利利落落抬起来。起先来抬的那个青年，看着另外一个青年竖了竖大拇指头，然后两个人一齐抢过来接住说：“老爷爷真行！你上年纪了，还是我们来吧！”

一个招待员提着茶壶来送水，见他们抬木料，忙说：“谢谢你们！我们来吧！”“算不了什么！”“在开会以前，我们只剩前三排院子没有赶上清理完，开会期间又顾不上做它，等明天早晨你们一走，我们几个人用不了两天就清理完了！”陈秉正老人说：“为什么要等到我们走了才做呢？我们的会开完了，现在不是正好帮你们清理院子吗？”招待员说“不便劳驾”，陈老人和青年们说“完全可以”，其他房间里还没有上街的同志们听见谈到帮助招待员清理院子，大家都从房间里走出来表示同意。招待员见这情况，赶忙去问经理，大家不等他回来，就去找清理院子的工具。前三排还没有清理，工具就放在东西排的院子里，被他们找来铁锹、扫帚、筐子、抬杆一大堆，马上就动起手来。陈老人要抬筐子，大家看见他的长白胡须，说死说活不让他抬，他也只得拿起扫帚跟着大家扫院子。劳模总是劳模，前三排没有走掉的人见西二排这样做，大家也都仿照着做起来。不大一会，招待员把招待所经理找来了。经理劝大家休息劝不下去，也就只好号召事务员、会计和每个招待员全体总动员和劳模们一齐参加劳动。

大家用铁锹拢着院里的残砖、破瓦、树皮、锯屑等类的零乱东西，陈老人跟在后边扫地。老人从西二排院子的西南墙角落上扫起，面朝北一帚沿一帚排过来，扫到六号窗下，看见窗台上还有泥块、刨花，把扫帚伸上去，因为地方小扫不着，就放下扫帚用他那两只磨不破的手往下扒拉。他又顺东看去，只见每个窗台上都有。他沿着六号、五号、四号……把每一个窗台都先扒拉干净，然后返回西头来继续扫院子。

人多好做活，不过个把钟头就把六个院子都清理完了，垃圾都堆在大甬道的两旁，成材的东西都抬到存剩余材料的后门外，只等夜间有卡车来装载。老人对这成绩欣赏了一阵，觉着这样一清理，走步路也痛快得多。

经理、事务员、会计、招待员们一齐给劳模打水洗手脸。大家洗过之后有些人就上了街，陈老人重新穿起新棉袄，束住了腰，伸手去戴手套，才发现又把手套丢了。他顺口问那几个青年说："你们打扫时候可见过一副手套吗？"有一个答应说："没有见！你放在哪里来？""放在四号门口的阶台上！"另一个青年说："有来！我们拢着拢着，看见一团刨花里好像有一只手套沾满了泥土。我还当是谁扔了的一只破手套哩！""对！可能是我把四号窗台上的刨花扒拉下来埋住了它，你们没有看见，给拢到泥土里去了！"老人跑到甬道旁边的垃圾堆里来找，可是光西二排的垃圾就抬了几十筐，马上怎么会找到呢？

一个招待员看见了就问："老爷爷你找什么？""我的一副手套拢到这里边去了！""准在吗？""准在！""准在你上街逛去吧，我们给你找！""不要找它了吧！手套给我没有多大用处！"老人干脆放弃了。

老人逛了几道街，除看了看半年以前还没有的一些新建筑外，别的东西也无心多看。他想："我也不买什么、也不卖什么，净在这些店铺门口转什么？"想到这里，也就回招待所来了。他回到招待所，天还不黑，同房间的青年们都还没有回来。一个招待员给他开了门，告他说手套找到了。他到房间里一看，静静的火炉子依旧很旺，招待员已经给他把手套洗得干干净净的，搭在靠近火炉的一个椅背上，都快烘干了。

第二天他回到家，换过衣服之后便把手套还给满红媳妇说：“这副手套还给你们吧！我这双手是戴不住手套的！”

实干家潘永福

潘永福同志和我是同乡不同村，彼此从小就认识。他是个贫农出身，年轻时候常打短工，体力过人，不避艰险，村里人遇上了别人拿不下来的活儿，往往离不了他。抗日战争开始以后，他参加了革命工作，在行政上担任过村长、区助理员、区长、县农林科长、县农场场长、县采购站长；在党内是县委会委员，曾担任过县委农村工作部副部长；在群众团体中，担任县工会主席，现在还是。从他一九四一年入党算起，算到现在已经是二十年了。在这二十年中，他的工作、生活风度，始终是在他打短工时代那实干的精神基础上发展着的。

我对他生平的事迹听得很多，早就想给他写一篇传记，可是资料不全。今年一月份，我到沁水县去，又碰上了他，因为要写这篇传记，就特地访问了他几次。我访问他的目的，不过是想把我知道的事了解得更具体一点，可是一谈之下，他附带谈出来的事都是我不曾听到的，而且比我知道的那些事更重要。这时候，我觉得写他的全传不太容易，就准备只记一些大事，题目就写为《潘永福大事记》。这几次访问，在他的谈话中又发现有一些新的关节还要请他补充，可惜他要下乡我也要下乡，两个人下的不是一个乡，就把这访问停下来。现在三月初，我到晋东南专区（长治市）来参加一个会议，他也来参加另一个会议，又住在一个宾馆，我便继续在会议的空隙中访问他。从这几天访问中，我发现我改拟的题目还不合适，因为他补充的新事，更比我原来听到的“大事”“大”了。这也难怪：在我看来是了不起的大事，在他的工作和生活中已经习以为常，要不从闲谈中以话引话慢慢引出来，有些事他还猛一下想不起来。这正是他的品格高超处，我愿向他学习。他已是五十六岁的人了，从他十六岁算起，所干过的不平常的事，即以每年十件计算，四十年也该有四百件，想要他都谈出来，他也谈不完，我也记不完，而已经谈出来的也不见得比没有想起来的还“大”，所以只好不那样命题而改为现在这个题目，有些事他做过而一般做地方工作的老同志也都做过（如抗旱、灭蝗、土改、民兵等项），别人也写过。关于这一类事，我就暂且不写在这篇文章里。

以下便该书归正传。

慈航普渡

一九五八年秋天，潘永福同志任中共山西阳城县委会（当时阳城、沁水两县合并，后来又分开了）农村工作部副部长，要赴沁水北边的一个名叫“校场”的村子去工作。这地方是安泽县和沁水县的交界处，两县的村庄犬牙交错着，想到校场村去，须得从安泽的马壁村坐船摆渡。这里的船工，都是潘永福同志的徒弟，可是潘永福同志这次上了船，见撑船的是个二十多岁的青年，没有识过面。他看见这新生一代有两下子，就随便问他说：“你是谁的徒弟？”青年似乎不了解潘永福同志问他的意思，或者还以为是看不起他的本领，便回答说：“你管得着吗？”潘永福同志说：“你不说我也知道：你的老师不是马银，就是瑞管，再不就是长拴！”因为潘永福同志在这里只传授过这三个人。那青年说：“咦！你怎么知道？你是不是姓潘？”“你猜对了！”“我的老大爷，你好！”

潘永福同志又问了问他住在哪个院子里，那青年回答了他。潘永福同志想了想当年的情况，记得有两个不到上学年龄的孩子，是弟兄两个，长得很好玩，算了算时间，该是这个青年这样大小了，便又问他说：“你叫黑济呀，还是叫白济？”青年说：“我叫黑济！”潘永福同志又问黑济爹娘的好，黑济说他们都去世了，彼此感叹了一番。潘永福同志顺便又问讯了马壁以北的招贤、东李、魏寨、建始等各渡口老船工的消息，船已靠了岸，就和这青年作别，往校场村去了。

马壁、招贤、东李、魏寨和建始这五个渡口的老一代的船工，全是潘永福同志教会了的。原来安泽县只有孔滩一个渡口有船，船工也是沁水人，父子两个同撑，不传外人。潘永福同志当年在马壁打短工，马壁人听说他会撑船，就集资造了船请他撑。他又回原籍找了个帮手，就在马壁撑起船来，并且带了三个徒弟。上游招贤、李东、魏寨、建始等村也有摆渡的需要，就先后造了船请他去撑，并请他带徒弟，因此五个渡口的老船工都是他的徒弟。

潘永福同志住在校场，有一天晚上到招贤去看他的老朋友们（也就是徒弟，因为年岁相仿，所以彼此都以老朋友看待）。他刚到了一家，村里人就都知道了，凡是熟人都抢着来看他，后来连四五里以外别的村子里的人也知道了，也有些赶来看他的，有点像看戏那样热闹。老朋友们都兴奋得睡不着觉，他也兴奋得睡不着觉，有几位老朋友特地给他做了好饭请他吃，一夜就吃了好几顿。

他为什么这样受人欢迎呢？原来他在这里撑船的时候，每天只顾上渡人，连饭也顾不上做，到了吃饭时候，村里人这家请他吃一碗，那家送他吃半碗，吃了就又去撑船去了。他是个勤劳的人，在谁家吃饭，见活计也就帮着做，因此各渡口附近村庄的庄稼人们对他都不外气。他还有个特点是见别人有危难，可以不顾性命地去帮忙。为了说明他这一特点，不妨举个例子。

他在招贤渡口的时候，也是一个晚饭后，有一伙人要到对岸一个村子里看戏，要求他摆渡。他说：“我还没有吃晚饭，饿得很，撑不动了！”其中有几个和他学过几天的人说：“我们自己来吧！”说着就都上了船，把船解开。潘永福同志对他们的技术不太相信，虽然也未加阻拦，可是总有点不放心，所以当他们把船撑开的时候，自己也未敢马上走开，只站在岸上看着船向对岸前进。沁河的流量虽然不太大，可是水流太急，而且上下游隔不了三里总有乱石花坡，船只能摆渡而不能上下通行。在摆渡的时候，除了发洪期间在篙竿探不着底的地方用划板划几下外，一般只靠划板是划不过去的，全凭用篙撑；撑的时候，又要按每段水势的缓急来掌握船身的倾斜度。坐船的人，看了船身的斜度和船工用力的方向，总以为船是向对岸很远的上游进行的，可是在客观上靠岸的地方只是个正对岸，在水大的时候往往还要溜到下游一半里远。假如在水急的地方把船身驶得斜度小了，船头便会被水推得颠倒过来。船头要是打了颠倒，便要迅速地往下游溜，几棹板摇得扭回头来，也会溜出里把远；要是水太急了，马上扭不过来，溜到乱石花坡是非被冲翻了不行的。潘永福同志开头看见他们撑得还正常，可是一到了中流，船打了颠倒，飞快地顺水溜走；坐船的人都直声喊叫起来。潘永福同志知道凭那几个人的本领，在一二里内是拨不回船头来的，因此也忘记了肚子饿，也顾不上脱衣服，扑通跳下水，向着船游去。撑船的那两个人倒也把船头拨转回来了，只是拨得迟了点，船已溜到个两岔河口的地方。河到这里分为东西两股，中间水底有块大石头挡着一堆小石头。船头被隔在这石头上，船尾左右摇摆着，好像是选择它倒向哪一边溜得更顺利些。西岸上有些人早已发现船出了事，喊着从岸上往下游赶，赶到这里见船被隔住了，可是也无法营救。这时候，潘永福同志赶到，站在几块乱石上，一膀把船尾抵住，两手扳住底部使它不得左右摇摆。照这地方水的流速，不用说逆水行船往上游撑，就是往东西两边撑也是撑不过去的。船上的人向潘永福同志要主意，潘永福同志说："西岸有人，要是带着缆绳头扑过西岸去，叫大家拉住绳顺着水势能拉得靠了岸；可惜我现在饿得没有劲了，要是扑得慢一点，船要被冲得溜起来，我一个人可拖不住它！"坐船的人，有拿着油条和糖糕的，拿出来给潘永福同志吃。潘永福同志两只手扳着船尾的底部腾不出来，就叫船上的人往他嘴里塞。可是水淹在他脖子根，直着脖子不容易咽下东西去。船上的人先给他塞了个油条，他咽不下，吐出去说："油条吃不下去，快拿糖糕来！"船上的人，喂得他吃了十多个糖糕后，他吩咐船上人把缆绳盘顺搁到船边，把绳头递给他。船上的人，一边照办，一边向西岸的人打过了招呼，潘永福同志便丢开船尾，接住绳头，鼓足了劲，拼命地向西岸扑去，不几下子就扑过翻波滚浪的急流，到达西岸，和岸上的人共同把船拉过去。满船乘客全部脱险。

像潘永福同志这样远在参加革命之前就能够舍己为人的人，自然会受到大多数人的尊敬，所以他走到离别十八年之久的地方，熟人们见了他还和以前一样亲热。

为何要到安泽去？

潘永福同志是沁水县嘉峰村人，离安泽县界有百余里，为什么会到那里去当船工呢？这至少也得从他的青年时代谈起。

潘永福同志是个贫困农家出身。当他小的时候，家里因为地少人多，欠下好多外债；一到他能劳动，就给别人做短工——欠谁家的钱，就得先给谁家做，经常是做了工不见现钱，他的体力强，做活一个足抵两个人，到了忙时候，债主们都抢着要他，天不明就会有好几个人找上门，往往还因为争他而吵起来。他不做日工活，只做包工，因为他家欠的外债过多,做日工实在还不了几个钱。他包下的活都能保质保量，又能完成双工的任务。例如担粪，别人每次担两桶，他一次要担四桶。

农家活总有个忙闲，打短工不一定通年有人雇用。在没有人雇用他的时候，他不得不找一些生产门路。他小的时候，夏秋两季常在村外的沁河里玩水，练得个游泳的技术，所以后来在农忙的间隙没有人雇用他的时候，他和一位名叫何田的伙伴，常到沁河里摸鱼、捞鳖。他们真有点发明创造精神：把河边浅水处用石头垒成一道临时小堤，让这浅水与深水隔绝，只留一个口，浅水里撒上有几粒麦子的麦糠。这泡过麦糠的水从他们留的那个口里流出去，水里带有麦味，老鳖就顺着这味儿来找食物。到了夜里，他们把口一堵，就在这小堤里的水里摸，往往一次就能捞到几十个。沁河里较大一点的有鳞鱼不易捉到，因为鱼太稀，用网不能捕；有鳞鱼的动作迅速，用手捉不住。能用手捉的只是老绵鱼，不过捉它的人要会泅水，要钻到光线不足的水底石坎中去摸。潘永福同志就有这个本领。

嘉峰村渡口上的船工叫马成龙。潘永福同志到河里捉鱼的时候也常帮他的忙，日子多了，从他那里学得了撑船的全部技术。不过这种工作没有报酬。住在河边村子里的人们，就有一些爱尽这种义务的，和爱唱戏的票友一样。潘永福同志开始学渡船的时候，也只是马成龙的票友。

潘永福同志在打短工的开头几年里最怕过冬季——冬季里除了打窑洞、垒地堰外，很少有人雇短工。在夏秋两季，闲下来还可以摸鱼，一到冬季，就连鱼也不能摸了。后来潘永福同志找到了冬季的生产门路。村里有个土法凿井的老行家马老金，每到冬季就在邻近各村包打水井。马老金要找一个帮手，不过这个帮手需要具备以下一些条件：体力强，手眼快，遇了险不手忙脚乱，受了伤不大喊小叫。马老金选来选去，觉得潘永福同志最适合自己的要求，就拉做帮手。用土法包打水井，和一般工头剥削工人的包工有区别：打井是包井下不包井上，而井下的活都是自己亲手做的。“包”的意思，就是和要打井的东家定下条约说：“你也不用管我误多少工，打成这眼井你给多少钱。所有井里误的工都是我的，井上绞辘轳或者拉滑车的笨工是你的，几时打成几时算数。”做这种井底活危险性很大：各种土质有各种打法，弄错了塌下去会把自己埋在井底。井上要是遇了毛手毛脚的人，土筐、水桶、石块、铁锹等物，常会因为拴得不牢、扳得不稳而飞落下去，躲闪不好就要吃亏。他们自己常说：“赚这种钱是卖命钱。”潘永福同志跟着马老金做了几冬天，又学得了打井的全部技术，也会找了帮手去赚这种卖命钱了。

在旧中国，欠债多的穷苦人，任你怎样勤劳也不得翻身。潘永福同志学会了赚这卖命钱之后，真要是卖掉了命的话是自己的，赚了钱却还是债主的。他到哪村去包打水井，也不是一天半日可以成功的。债主们的耳朵长、打听着他包工的地方，就找到那个打井的东家，同着潘永福同志，当面把包工的工资拨给他抵利息，往往一冬天得不着个现钱。一九三一年冬天,潘永福同志不但打了一冬天井没有得着现钱，过年时候连家里剩下的百把斤口粮也被债主倒光了。在这年过年关的时候，潘永福同志就跑到安泽县去。

安泽的旧县名叫“岳阳县”，和沁水县的北部连界，是沁河的中游。这地方全部是山区，土山多，地广人稀，可以开垦的荒山面积很大。本地人往往是地主，外省外县到这里开荒的和打短工的很多。安泽附近各县有句俗话说：“措不响，上岳阳”，意思就是说措打不开了，可以到安泽去打短工或者开荒。潘永福同志也是抱着这种打算往安泽去的，只是去的时候是个冬天，没有多少短工可做，找到点杂活也只能顾个吃。但是在潘水福同志看来，这样也比在家强，只要冬季一过，赚钱不论多少总能躲过债主的监视——把钱拿回家去虽说大部分还是还了债，但债主摸不着自己的底，总还可以留一点来解决一下全家的生活困难。他本来也想打短工或开荒地。后来因为那地方缺船工，才开渡口撑船，但他在他所在渡口的荒沙滩上也还种一点农作物来作为附带收入。

潘永福同志在安泽撑了十年船，起先每年还回一两次家，抗日战争开始后，有二三年没有回家去。

抗日战争时期，他在东李渡口上。有一个短时期，渡口两边的村子里，一边住的是蒋军，一边住的是八路军。他是一个船工，每天忙于摆渡，也顾不上多和军队接触，不过他在这两边都走动。对于这两种军队的区别，他理解得很简单——只知道蒋军打人，八路军不打人。后来打人的军队不知去向，不打人的八路军向南开动了。他打听得不打人的八路军开到自己的家乡，也就跟着回了家。

这便是潘永福同志参加革命以前的生活概况。在这种苦难日子里，把他锻炼成一条铁汉。有一些互相对立的日常事物，在潘永福同志看来差别不大——屋里和野地差别不大，水里和干地差别不大，白天和夜里差别不大，劳动和休息差别不大。若用“吃苦耐劳”等普通字样，是不足以说明潘永福同志这种生活风度的。

干部新风

一九四一年，八路军的地方工作队到了潘永福同志的老家嘉峰村，他也赶回了家。这一带原来驻的军队是蒋介石的第三十三军团，后来这部队被敌人打散了，遍地都成了溃兵：嘉峰南边相隔十里的王村又已变成维持敌人的区域，所以这一带的群众，只要是看见军队，用不着看臂章就知道不是来干好事的，马上跑个光。八路军的地方工作队初到嘉峰村的时候，情况也是如此。潘永福同志回到村后，无形中做了工作队的义务宣传员。他宣传的内容只有一句话："这队伍不打人。"这句简单的话效力很大，他的穷朋友们听了，马上跟他先回了村，其他人也慢慢试探着都回去了。

八路军的主力部队把周围的土匪溃兵肃清以后，环境变得单纯了，嘉峰村变成了和日军相持的边缘，群众组织起来在村南边布下岗哨，监视着通往维持区的要道。潘永福同志是夜里在野外活动惯了的人，不论该不该自己的班，夜里都好到那里去看路上的动静，一发生变故马上就报告工作队。工作队见他和他的几个穷朋友们大有舍己为人的精神，就吸收他们入了党。

嘉峰村建立了地方政权，第一任村长是王思让同志，潘永福同志是村供销社干部。在共产党领导下的村干部，从外表上看，和群众无大区别，潘永福同志在这方面更突出——完全和他打短工时期的打扮一样。有个外村的老相识在路上遇上了他问他说："听说你当了干部了，你怎么还是这样子？"潘永福同志反问他说："干部该是个什么样子？"问他的人马上也拟定不出个干部样子来，只得一笑而罢。

潘永福同志当了干部以后，不但外观上没有变化，工作和生活也都按着自己特有的风度发展着。为了说明这一点，也举两三个例子：

一、搭　桥

嘉峰村东北方向五十里外的玉沟村，开了个为沁水民兵制造手榴弹的工厂。这工厂烧的是阳城煤，运煤时候需要在嘉峰村过沁河。沁河上过渡的习惯，夏秋两季用船，冬天冰冻以后至春天发洪之前用桥。每年搭桥的时间是寒露以后——早了水大，迟了水凉，所以选择在这个季节。这年冬天，因为南边离八里的王村成了维持区，群众宁愿自己不过河去，也不愿给敌人制造方便，在非过不可的时候可以多绕四五十里到上游去过别村的桥。嘉峰村的人事先没有想到五十里外玉沟工厂的需要，等到工厂缺了煤找到嘉峰来的时候，搭桥的地方已经被冰封了。上级要求嘉峰村想法子，村长王思让便和会搭桥的党员干部潘永福、何启文等同志接受了这个任务。

这地方，桥的构造是用两根树杈顶一根平梁算一个桥脚，一个个桥脚中间都用五六根长的木料连接起来，上边铺上厚厚的灌木枝条，然后再垫上尺把厚的土把它压平。这些木料都很笨重，在水里边推来拉去倒不太费气力，只是想把顶着横梁的桥脚竖起来就不太容易。竖的办法是用好多人在两岸拖着一股大绳，再用几个人把桥脚从水里拉到应竖的地方，拴在大绳上，自己扶着让岸上的人拉。用对了劲，一拉就竖起来了。活儿倒也有传统办法。只是时间不对，河被冰封着，冰又只有寸把厚。人到冰上，怕把冰压破了；破冰下水，人又受不了。党员们研究了半天，更巧的法子想不出来，也只好破冰下水。王思让同志勇敢得很，把冰打开口，他就先跳下去。可是他的身体没有经过更多的风霜锻炼，一下去就抖得倒在水里。在打开的冰窟里倒下去，马上便会被水推到下游的大冰层下，潘永福同志见势不好，跳下去一把把他抓出来。这时候，王思让同志的皮肤已经变成黑青的了。

潘永福同志是在河里井里泡惯了的，何启文同志也是年年搭桥离不了的人物。岸上的同志们搬运着木料，这两位英雄下了水，打开冰道，送过大绳，来来往往拉木料、扶桥脚……终于在这冰层包围中完成了上级党给予的任务。两个人的腰上、肚上、胳膊上，被顺流而下的冰块割成了无数道的大小创口，只有腿部藏在水底，没有受到冰块的袭击。

二、借渡口

在潘永福同志当区长时候，有一次，敌人集中了大于我们当地驻军十多倍的兵力来“扫荡”这个地区，沁河以西有我们一部分部队一定得渡过沁河转到外线。领导方面知道潘永福同志是撑船能手，就把这任务交给他。潘永福同志接受任务后，马上跑到离区公所十五里路的张山去找部队。他向部队的首长说附近几个渡口船太小，恐怕一夜渡不完；王村的船大，可是维持区，要是把维持会的人挟持住，夜里可以在那里摆渡。部队同意了他的建议，就派了几个便衣，由他领着路，到王村去找维持会。他们走到王村村边，碰上了一个人。潘永福同志要这个人带他们到维持会去。这个人便带他们去了。走到维持会门口，潘永福同志同那个人走进去，便衣在外边守着门。一进了屋子，静悄悄连一个人也没有。领路的那个人向潘永福同志说：“你坐一下，我给你找他们去！”说着就走出院里来。潘永福同志见那个人神色不正，怕他搞鬼，略一思忖便跟了出来，却不见他往哪里去了，问了问门外的便衣，说是没有出去；又返回院里来，见有个通房后厕所的小门，情知是从这小门里跑了。潘永福同志马上向门外的便衣说明了情况，并且又向他们说：“你们监视住河边和村西头的路，不要让有人过去，就出不了事，让我亲自去找撑船的人去！”潘永福同志和这里的撑船的人都很熟识，一会就把他们都找到了。这时候，太阳已经落了，清除了一下船里渗漏进来的积水，吃了些晚饭，部队就开到了。

潘永福同志和王村的船工们共同撑着船，先送过一部分机枪手们到对岸山头上布了防掩护住渡口，然后才渡大队人马。船开得也不慢，只是人太多了，急切渡不完。潘永福同志见深处没有几步，绝大部分淹不住人，就跳下水去拉住缆绳在前边拉；王村有几个船工也跳下去帮着他拉。这样拉的拉、撑的撑，船比以前快得多，一趟又一趟，还不到鸡叫就把全部人马渡完了。部队的负责同志临别的时候向潘永福同志说："潘区长！谢谢你的帮忙！敌人很快就会侦察到我们在这里过渡！你也要马上离开这里！"

潘永福同志向来觉着工作和休息差别不大，可是这一次碰上了例外：他跑了几十里路，找了半晌人，又拉了多半夜船，算起来已经连续劳动了二十个钟头了。打发部队走后，他本想马上离开王村，只是走到村边，身子便摇晃起来，再勉强走是会摔倒的。王村靠河的那一边，支着一排喂牲口的石槽。这时候，潘永福同志已经走得寸步难挪，就穿着一身湿透了的衣服睡进一个石槽里，一闭上眼就睡着了，等到他一觉醒来，天已大明。他一见天明了就觉着有点不妙，慢慢抬了抬头，一只眼睛沿着石槽边向河边一看，不知几时开来的日军已经把这一段河边的空地坐满了。他不敢坐起，急忙扳住石槽的另一边一骨碌滚出背着敌人这一边的地上来，然后爬起来就往山上跑。不巧的是敌人已经在这山头上放下岗哨，一见有人跑上来就开了枪。潘永福同志往旁边一绕，仍然跑他的，身旁边的飞弹吱吱地越来越密，好在抢了几步跳到一条土胡同里，顺住土胡同可以跑到另一段沁河边，他也不管后边的子弹来得怎样密，反正有土胡同隐蔽着打不到身上，就这样跑到河边游过了水，不到晌午又回到他的区公所。

正因为潘永福同志是这样一个苦干实干的干部，在他影响下的群众都十分喜爱他，到处传颂着他一些出格的故事，甚而还有人加枝添叶地把一些故事神话化。在潘永福同志自己，却不曾有过丝毫居功的表现，平常时候在办公之余，仍然和区公所的同志们扛着锄头或挑着粪桶，去种他们机关开垦的小块荒地，和打短工时代的潘永福的神情没有什么区别。

正因为他喜欢实干，所以坚决反对虚伪的俗套子礼节。一九四九年他被调回县里去做农林科长，区公所的同志们要举行个送别的仪式。这种仪式已经形成了俗套，办法是被送的人走在前边，同事们和一组八音会的音乐跟在后边，慢慢摆开八字步走出区公所所在的村镇，和旧时代的送龙王回宫差不多。潘永福同志根本不赞成这一套，不过在送旁人的时候，怕被送的同志多心，也不便反对;现在轮到了送他自己，他想免一免这套过场。可是有些同志诚心诚意要那样送他，说死说活不让免，他也马马虎虎同意了，等到送他的那天早晨，大家都已经准备好，却不见他出来和大家打招呼，有人进到他屋里去看，床上只剩了一条席子,潘永福同志不知道什么时候就挑着行李走了。这也不奇怪，他原来就是个认为白天和夜里差别不大的人。

经营之才

潘永福同志是实干家，善于做具体的事，而不善于做机关工作。一九四九年他被调到沁水县当农林科长。这时期的农林科是新添的部门，从前没有传统，科技人员又缺乏，虽然挂着个指导农林生产之名，可是和实际的农林生产接不上茬。潘永福同志失去了用武之地，摸索了两年也没有摸索出个道理来——后来换了别人也同样对实际的农林起不到指导作用，原因在于那时候的生产资料还属于个人所有，单纯科技的部门指导不了那样散漫的单位。

一九五一年，潘永福同志又被调到县营农场。这也是个新添的单位，归县里的农林科领导，但是潘永福同志觉着这要比当农林科长的工作具体得多。有他个老相识以为他是降了级，问他犯了什么错误。他说：“我没有犯错误，到这里来是党的需要。”

在一九五一年以前，认识潘永福同志的人，往往单纯以为他是个不避艰难的实干家；自他被调到农场之后，在社会主义革命和社会主义建设阶段里，才又发现他很有经营计划之才，不过他这种才能仍然是从他的实干精神发展来的。为了说明这一点，需要举他三个例子，而且第二个例子比较长一点：

一、开辟农场

沁水县要开辟一个县营农场，而这个农场要具备企业和试验两种性质。地址准备在沁水县东乡的端氏镇，共有土地七十亩，三十亩山地，四十亩平地，职工的住址是镇中间的城隍庙。

潘永福同志到任后，首先感到不合适的是这个住址——上街倒很方便，往地里去便差一点。后来他和镇里交涉，把城隍庙换成了南寺，就比较好些了。

再一个成问题的事就是那三十亩山地。这三十亩地离人住的地方有五里远，还隔着一条小河，土质不好，亩产只是百把斤，不论从企业观点和试验观点看来，价值都不大。可是那时候的土地还是个人所有制，这三十亩地是未被分配过的地主土地，其他已分配了的土地各自有主无法调拨。潘永福同志曾向一个农民提出过调换土地的要求。

那个农民提出的条件很苛刻——三十亩远地换他近处一亩菜地，还得倒贴他十石小米。潘永福同志一计算，三十亩地一年的产量也产不够十石小米，三十亩换一亩再贴一年产量，这买卖干不着。

换不成，只有农场自己来种了。潘永福同志是种过远地的。他知道这三十亩地种好了能把产量提高一倍，可是从企业观点上看，提高一倍也还是不合算——共产六千斤粮，按六分一斤折合，共值三百六十元；但想种好须得两个长期农业工人，每人每年工资以二百四十元计，须得四百八十元，一年净赔一百二十元。这买卖还是干不着。

隔了几天，潘永福同志对这三十亩地终于想出了应用的办法。他见端氏镇的农民种的棉花多，牲畜饲草不足，自己农场养的牲口也要吃草，草价很高，就想到种苜蓿。种苜蓿花的工本都很少，二年之后，三十亩苜蓿除了自己牲口吃了，还能卖很大一部分；再把地边种上核桃树，又能卖树苗，算了算细账，收入金额要超过粮产，而节余下的劳力用到近处的四十亩地里，又能赶出一部分粮来。账算清了，他便把这三十亩远地种成了苜蓿和核桃树。到了一九五三年，端氏镇成立了青峰农业社，更扩大了棉田，牲畜的饲草更感到不足。这时候，农场的三十亩苜蓿已经发育到第三年，根深叶茂，长得有一腿多高，小核桃树也培养得像个样子了。青峰农业社提出来愿意用镇边的十多亩菜地来换农场的三十亩山地和这地里的苜蓿、树苗，潘永福同志一计算，光三十亩苜蓿的收入也要抵住三十亩中等棉花，只讲经济价值农场还吃一点亏，但是为了便于集中经营，把地换得近一点也还是有益的事，所以就换过了。要按当年那个单干农民向农场提出来的苛刻条件，换这十多亩菜地，须得三百多亩山地，还得贴一百多石米。

农场的第三个问题是做农事试验的问题。这事潘永福同志自己不在行，又没有这种专门人才，光靠几个上过短期训练班的技术员，也搞不成什么名堂，和实际农业生产还是碰不了头，对企业收入又要有所妨碍。潘永福同志见当地有些群众有到外地买生产树（即干果、水果、花椒等树）苗的，就想起试种树苗来。他想这样既能满足群众需要，又能兼顾企业收入，是件可干的事，问了问县里，县里也说可以干，于是就决定种树苗，种了几年，群众有树苗可买，十分满意；农场也因此增加了企业收入。后来县里见他这样做的成绩不错，干脆把这农场改为育苗场了。

潘永福同志从开办这个农场起，鉴于场子小、工人少、干部多，有碍企业，就和工人们在田间作同质同量的活，直到一九五四年他被调往文化补习学校学习为止，始终不变。

二、小梁山工地

一九五九年冬，潘永福同志担任沁水县工会的主席，同时他又是中共沁水县委会委员，被领导方面派往县东乡的蒲峪沟经修水库。

这年冬天，沁水县要开两个中型水库——较大的一个是由省投资，名山泽水库；其次一个就是这蒲峪水库，原决定由专区投资，后来因为由专区经修的水库多了些，又改为由县投资；两个库都由县里派人经修。

潘永福同志接受任务后，于十月二十七日随同十三个下放干部来到蒲峪。这时候，各公社派来的民工，离得近的也来了一些；县里早已通知水库附近村庄给他们找下了住处。

潘永福同志先到技术员已经画下的库址上看了一下，又上下跑了一跑，觉着库址有点不合适，不如往下游移一移，找了一会技术员，有人说技术员已经往其他小型水库上去了，过几天才能回来。

库址没有落实，坝基不能挖，只得先找一些别的活做。潘永福同志见工地附近有几孔多年没有住过人的旧土窑洞，就和同来的同志商量先拨些人收拾一下给将来的指挥部用；决定以后，就打发了几个同来的同志到附近村里去找先到的民工，自己也拿了带来的铁锨参加了这项劳动。

他走到一孔破窑洞旁边，见这孔窑洞的门面已经塌了，塌下来的土埋住了口，只剩一个窟窿还能钻进人去。他对这一类地下的土石工活也是老行家，认得该从哪里下手。他看准了土的虚实，就慢慢从上层挖虚土。一会，被拨来的民工也都陆续来了。有几个民工见这里已经有人动开手，也凑到这里来参加。一个民工问潘永福同志说："你是哪个村人？"潘永福同志说："嘉峰村的！""参加过水库工作没有？""还没有！"那人见他说没有参加过水库，觉着不足以和他谈水库上的事，就转问另一个民工说："可不知道这库是国库呀还是私库？"那个人回答说："这样大的库，大概是国库吧？"潘永福同志听了莫名其妙，就问他说："怎么还有私库？"那人说："你们没有做过水库工的人不知道：国库是上级决定的，由上级发工资；私库是县里决定的，不发工资，只把做过的劳动日记下来，介绍回自己家里的生产队里作为分红工。我看这个库是私库！""你从什么地方看出来的？""山泽水库是省里决定的。往山泽去的民工，都有公社干部参加带队；来这里的民工，没有人带队，只让各自来：不是私库是什么？""管他是不是国库？把工介绍到队里分红还不一样吗？""怎么会一样？国库的工资高！"潘永福同志觉着他这种看法传播到民工头脑中，对工作很不利，正想批评他一下，另一个民工替他说了话。这个人和原来说话的那个人认识，很不客气地批评他说："你这家伙思想有问题！把工给你介绍回队里去分红，还不和你在家劳动一样吗？你是来修水库来了呀，还是来发财来了？”这个人不说话了。停了一阵，另几个民工又谈起到别的水库上做工的事来——哪个水库吃得好，哪个水库有纪律，哪个水库运输困难，哪个水库吃菜太少……好像他们都是不只在一个水库上做过工的。

潘永福同志把他们谈出来的事暗自记在心上，作为自己的参考，并且趁大部分民工还没有发现他是县里派来的领导干部之前，又到其他做零活的民工中参加了两天劳动，访得了更多的参考资料。

这时候，民工大部分来了——原调两千人实到一千四五百人；原调三十头牛，实到十三头。人来了就得组织起来干活。全体民工中只有一个公社来了个干部，其余都是各自来的，只好按地区民选干部，经过动员、讨论后，选出班、排、连、营、团各级负责人和司务长、炊事员等。

组织就绪，就应该开工了，只是技术员没有回来，坝基迁移问题不能决定。潘永福同志这时候又想出新主意来。他想：民工住的村庄，离工地都有几里远，每天往返两次，多误一个半钟头，用在工作上的劳力就等于打了八折，不如就附近打一些窑洞，让全部民工都搬到里边来住；窑洞里挖出来的土垫到坝上，也和取土垫坝一样，并不赔工。主意一定，就从民工中选拔打窑洞行家，共选出四十个人，每人带粗工二十余人，选定了地址，五十多孔窑洞同时开工。此外，牛要吃草，到附近公社去买，运输不便，又决定选出人来在就近坡上割干白草——每割三百斤草算一个工，共割了三万斤，一直喂到来年青草出来还没有用完，改当柴烧了。

山泽和蒲峪两库都开了工，物资、工具、运输力都感到不足。潘永福同志想尽可能靠自己解决一部分困难，就发动民工自报特技，计报出铁匠十人（用五人）、木匠二十六人、石匠十三人、编筐匠二十人（用十人）、修车三人、缝纫一人（愿自带机）、剃头三人、补鞋二人……所用工具、各自有的回家去取，没有的买得来就买，买不到就借，也买不到也借不到的，等铁木工人开了工就地打造。后来各个行业都配备成套，就地试验取得定额，从此蒲峪水库工地上，放牛、割草、割荆、编筐、自己打铁、自己造车、理发店、补鞋摊、缝纫房、中药铺……各行各业，花花朵朵，在这荒无人烟的山谷中，自成一个小天地。有些民工说这里像个小梁山寨，比得有点道理，此是后话。

这样虽然能把一大部分民工临时用在为工程服务的工作上，但总还用不完，正经工总得施。潘永福同志自己对这样工程技术没有学过，只得尊重技术员的安排，把其余工人调到已经制定的坝基上去做清基工作。做了两天，县里派一位李思忠同志到这里来看开工情况。李思忠同志是一位水利工程的老技术员。潘永福同志把他领到工地上，向他说明自己的改变坝基的打算。潘永福瞧说："从这里修坝，库容小，又是运土上坡；往下移一移，库容要比这里大几倍，又是运土下坡，卧管用的石头又能就地取得，不用运输。依我看是移一下合算，可是技术员不在，我自己又是外行，不知道是不是可以！"李思忠同志上下察看了一会说："你的看法完全对！应该移！"潘永福同志说："要可以的话，早移一天少浪费好多工。责任完全由我自己负，在技术上我听你一句话！你说可移我马上就停了上边的工，明天就移过来！"李思忠同志又答应了句肯定的话，第二天就移到下边新决定的坝基上重新开了工。

又隔了两天，技术员回来了。潘永福同志先向他说明了迁移坝基经过，并问他还有没有不同的意见，技术员表示完全同意。潘永福同志又请他测算一下两个库址投工、投资、容水等项的差别，计算的结果是：原来的需工四十三万个，现在的是四十五万个；原来的需资二十五万元，现在的是三十万元；原来的可容水八十万方，现在的是三百万方。潘永福对于土石方工程做得多了，一看到投工的数字，觉着和自己的见解有些出入。他向技术员说："我看用不了那么多的工，因此也用不了那么多的款。要知道原定的坝基是运土上坡，新改的坝基是运土下坡，一上一下，工效要相差两三倍。"

等到清完了坝基筑坝的时候，运起土来就是省劲，一个小车能推三百斤。取土的地形是开始走一段较平的坡，然后才是陡坡，可是到了陡坡边不用再往下推，因为坡太陡，只要一倒，土自己就溜下来了。有人建议用高线运输，潘永福同志说："用不着！这种没线往下溜，要比高线快得多。""那是技术革新！""这比那还要新！"

在五十里外定购了些石灰。石灰窑上和工地定的条约是一出窑就得全部运走，因为他们怕停放下来遇上了雨淋化了。可是水库工地上只有那十几头牛，每次全部拨去也不够用，何况有时候还有别的运输任务。调牲口调不来，自己烧石灰又没有青石，也是个不好办的事。有人说打窑洞打出来的土里，有一部分蜡姜石（是一种土色的石头，形状像姜，俗名蜡姜石），可以用来烧石灰。潘永福同志用做饭的小火炉试烧了几块，真可以烧成石灰，可是修成烧石灰的窑炉，就烧不成，试了几次都失败了。后来遍问民工谁见过蜡姜烧石灰，有一位姓孔的（忘其名）民工，原籍河南人，说他听说过要在个两头透气的窑洞里烧。潘永福同志根据老孔的启发，捉摸着打了个窑洞又去试烧，结果烧成了。一连烧了几次，取得的经验是一窑可烧一万三千斤，需柴（草柴）六至七千斤，时间是两昼夜零半天一次。一共烧成三十万斤，足够修这个水库用。这一试验成功后，附近各生产队曾派好多人来学习，这时候，已经到了一九六〇年春天，牛已经有青草可吃，把割下来没有喂完的干白草也做了烧石灰的柴。

种地的季节到了，潘永福同志见工地附近也有荒地，也有库容里被征购来而尚未被水占了的地，又有人粪、牛粪，又有用渠道正往外排的水，就想到自己种菜以免收购运输之劳，就又从民工中选出两个种菜能手，自己也参加进去，组成个三人种菜小组——在忙不过来的时候，由下放干部临时帮忙。后来生产的菜，除供全体员工食用外，剩下来的，每个下放干部还缴给县里一千五百斤生产任务。家里没有劳力的民工，有请假回去种自留地的，有特技的民工，因为工作离不开，不能回去种地，安不下心来，潘永福同志允许他们也在工地附近开垦小块土地，利用工地水肥来种植，产品归他自己。

有了这些安排，工程进行得相当顺利。不料到了夏季，发生了点小小变故——请假回家的人逐渐增加，而且往往是一去不回头。潘永福同志一调查，原因是从外边来的。原来山泽、蒲峪两个水库都不是单纯的拦洪库而是有活水的，可是因为地势不同，蒲峪的活水在施工期间可以由渠道排出，而山泽的活水则需要用临时的小库蓄起来。雨季来了，山泽的小库蓄着几万方水，而且逐日增加，一旦来个山洪冲破小库，说不定会把已经做起来的半截坝完全推平。领导方面急了，把山泽未完成的土方分别包给各个公社，限期完成。各个公社怕到期完不成任务，只得增加民工，因为农忙时候劳力难调，有些就把蒲峪请假回去的改派到山泽去。同时，蒲峪库这时已经改为由县投资，“国库、私库”那种谣传，也影响得一部分落后的民工，以回家为名，暗自跑往山泽。潘永福同志见这原因不在工地内部，也想不出扭转形势的办法，只好每天向各公社打电话讨索请假回去的人。

有些公社，在潘永福同志去打电话向他们讨人的时候，他们说人走不开，问派些牛来能不能代替。潘永福同志觉着这正是扭转形势唯一的希望，赶紧和他们搞好具体的头数。一两天后，果然来了百余头牛，可是这些牛又都是骨瘦如柴，其中尚有一些带瘟病的。有些民工，认得一些牛是他们村里派往山泽工地的，就向潘永福同志说："潘部长(他们爱称他这个老衔头)!这都是山泽工地上拉车拉垮了的牛！快给他们退回去吧！"潘永福同志说："可是退不得！在没有劳力时候，这也是宝贝！""一个也不能用，算什么宝贝？""在他们那里不能用，到咱们这里就有用了！""为什么？""为什么？他们那里是运土上坡，路上又净是虚土。牛上坡一发喘，再吸上些灰土，就吃不进草去，怎么能不瘦？到咱们这里是运土下坡，开头拉得轻一点，每天少拉几个钟头，还是能养过来的！"潘永福同志收到这批牛之后，先请兽医检查过，把有瘟病的挑出来隔离开治疗，把其余的分为重病、轻病、无病三类：重病号除医药治疗外只放不用，轻病号每天使用四个钟头，瘦而无病的每天使用六个钟头，卸了车以后，都有专人成群赶到附近草坡上放牧。结果是瘟病的死了四头，其余的抢救过来；重病号养了一段时间又能拉车了；轻病号和瘦而无病的在使用中又都逐渐肥胖起来，恢复了正常的体力。原来是山泽把那些瘦牛病牛退还各公社以后，各公社听民工们说蒲峪工地的牛养得很胖，就把这些牛派到蒲峪来养。这也可以说是"两利"，这批牛对后来蒲峪工地的继续施工，起到一部分主力作用。

因为民工减少，蒲峪水库直至一九六〇年底，尚欠三万工未得完成，可是投资、投工都比原来的预算节约得多。

三、移矿近炉

一九六〇年秋收时节，各个水利、基建工地要把劳力压缩一部分回农村去收秋，蒲峪工地只剩了三百来人。潘永福同志因为在这里领导修水库，长期把自己负责的工会工作托付给会里其他同志做着，这时候水库工地上人少事少了，便想趁空回县里看看去，于是把工地上的事托付给指挥部的同事们，自己便回到县里。

这时候，县西南乡的中村铁厂，正修建着五里长一段运矿的土铁路，也因为民工回家收秋而几乎停工。潘永福同志要到中村铁厂去，因为他又是县党委委员，县委会便托他顺路看一下有关土铁路的情况。他到达铁厂后，铁厂有人向他反映，有好多矿石已经从山顶用高线运输法运到了一个山沟里，只等这里的土铁路建成才能接运回来，要是土铁路停了工，矿石运不到，铁厂就不能开工。

潘永福同志觉着此事对铁厂关系重大，就到运输现场去观察了一番，见到的情况是这样：采矿的地方离铁厂十八里，地名轧儿腰，在一个山头上，原来有一条路可通胶皮大车。现在全线的运输设计是从矿洞所在的山头上把两条铁线架到个较低的山头上算作第一段高线，再从这较低的山头上把同样的铁线架到山沟底，算作第二段高线。这两段高线已经架通使用起来，只是较低的山头上卸矿和装矿还放不到一个地点，因此第一段溜下来的筐子无法就原筐子转挂到第二段线上，还得这一边倒在地上那一边再拿筐子装起搬运到第二段线头上去挂。现在正在修建的五里土铁路，是准备用来接这已经溜到山沟里的矿石的，不过只能接到沟口的较宽处，再往里边还有二三里路便成了陡岩狭谷无法修通，只好用人担出来再往车上装。潘永福同志看了之后一合计，觉着这样是个傻事：高线上每筐只能装一百斤，狭谷里每人也只能担一百斤。每筐装一次只算五分钟、卸下来倾倒一次只算一分钟，每筐或每担装卸一次共是六分钟，每吨每段就得两个钟头，三段共是六个钟头。需用六个钟头才能把一吨矿石送到土铁路上的车子上，若用胶皮大车运输，走下坡路只架一个辕骡每次也能拉一吨，十八里路往返一次也不过用四个钟头。这套运法且不用说运，光装筐也比胶皮大车慢了。他把他这意见向铁厂的负责同志一说，铁厂同意了他的说法，就把土铁路的工停下来。

潘永福同志在中村遇上了个老汉，也是旧相识。潘永福同志问他说："你们这里除了轧儿腰，别处就没有矿吗？""十八条也有！""好不好？""和轧儿腰的一样！""十八条离这里多么远？""就在村西头，离铁厂半里远！""啊？"潘永福同志有点惊奇，接着便又问："铁厂的人不知道吗？"老汉说："说不清！人家没有和咱谈过？"潘永福同志又向铁厂说明了这个新的发现，并建议去刨一刨看。结果按照那老汉指点的地方刨出来了，和轧儿腰的矿一个样，只要查明蕴藏量够用的话，就用不着再研究轧儿腰的运输问题了。

以上三个例子，看来好像也平常，不过是个实利主义，其实经营生产最基本的目的就是为了"实"利，最要不得的作风是只摆花样让人看而不顾"实"利。潘永福同志所着手经营过的与生产有关的事，没有一个关节不是从"实"利出发的，而且凡与"实"利略有抵触，绝不会被他纵容过去。这是从他的实干精神发展来的，而且在他领导别人干的时候，自己始终也不放弃实干。

记　余

我对潘永福同志的事，姑且只写出这么多吧！假如同志们关怀到他现在的生活，我可以在这里加一点补叙：他现在在沁水县县工会工作，没有随带家属（家属还在嘉峰生产队参加生产），只住了一个房间，房子里除了日用的衣服被褥外，没有什么坛坛罐罐。因为县工会只有五个人的编制，经常下厂矿平均就有三个，立不起灶，都在县委会的灶上吃饭。他的衣服比他打短工时代好一点，但也还不超过翻身农民，和民工在一起，光凭衣服你还不会发现他是干部。按他应得到的干部待遇，下厂矿或工地可以骑骡子(因为山里行车不便，所以有此规定)，但是他在百里之内，要不带笨重的东西，他仍是要步行的；要和挑东西的人在一块走，他觉着空走着还有点不好意思，因此在上水库工地的时候，还要捎带一二十斤炸药或三两根钻条。

一九六一年三月十日写于山西长治